# 바람의 언덕에 서서 2

# 바람의 언덕에 서서 2

**1판 1쇄 발행** 2024년 05월 30일

**지은이** 이선율

**교정** 주현강　**편집** 김다인　**마케팅·지원** 김혜지

**펴낸곳** (주)하움출판사　**펴낸이** 문현광

**이메일** haum1000@naver.com　**홈페이지** haum.kr
**블로그** blog.naver.com/haum1000　**인스타그램** @haum1007

**ISBN** 979-11-6440-570-1(03810)

# 바람의
# 언덕에
# 서서 2

## 1부　여름에 시작한 나의 이야기

# 3부    같은 듯 다른 겨울을 맞아

## 4부    또다시 봄이 스며들다

# 글을 담으며


꽃 피는 이 강산아~ 또다시 3월일세.


2년 전 이맘때 온 천지가 코로나의 고통에서 헤어나지 못할 무렵, 산만한 글을 모아 부끄럽기 짝이 없는 『바람의 언덕에 서서』란 제목으로 1권을 내놓았다. 그 후 팬데믹의 긴 터널에서 벗어나자 나는 잃어버린 자유를 보상이라도 받을 듯 노마드를 자처하며 읽고 싶었던 책을 읽고 가고 싶었던 곳을 다니며 먼 땅을 찾아 유랑하듯 돌아다녔다.


헤밍웨이에 이끌려 그의 흔적을 따라 책 속 문장을 거닐었고 그가 머물렀던 단골 카페와 작업실 등을 염탐하듯 쫓아다녔다. 내셔널갤러리에서는 행복한 그림을 그렸던 르누아르의 작품을 보며 원인 모를 행복감에 젖기도 하고 5백 년 전 그려진 "나를 잊지 말아요."라는 애원 가득한 여인의 젖은 듯한 눈동자에 정신이 혼미해지는 울림도 겪었다.


청춘을 바쳐 일에 빠져 살던 시절 미국 직장 동료들과 함께 보았던 해당화가 가득한 포틀랜드의 언덕, 그곳을 아내와 함께 다시 가 보았다. 롱펠로가 거닐었던 바람 부는 언덕에 서서 등대와 조화를 이룬 아름다운 비경에 「해당화가 곱게 핀 바닷가에서」라는 노래를 떠올리기도 하였다. 그 바람의 언덕에 서서 느낀 감상을 고백의 서사와 같이 SNS에 글로 담았다.

　매일매일 글쓰기가 넌더리 날 때도 있었지만 "쓰지 않는 글은 날아간다."라는 어느 작가의 글을 상기하며 나태해지려는 자기와의 싸움에서 지기 싫어 창피한지 모르고 습작 노트에 글을 쓰곤 했다.

　그리고 글쓰기에 지쳐 잠시 휴지기에 접어든 올해 정월 겨우내 죽어 있던 딱딱하고 메마른 가지에 연둣빛 물이 돋을 즈음 어디에선가 움이 트는 소리가 들리며, 새 식구가 탄생하는 경이로움을 맛보았다. 그때 나는 글을 책에 옮기기 시작했다. 나에게 움은 책 그리고 우정과 사랑을 포함한 모든 생명 탄생의 의미이다.

　여기에 평소 즐겨 듣던 음악과 책, 화가들의 그림, 또 여행을 통해 본 낯익고 낯선 풍광과 기억하고 싶은 사진들, 특히 1권에 담지 못한 부모님 모습, 그날그날 느꼈던 일상의 감상을 조금씩 다듬어 보았다. 나의 이러한 경험들을 독자들과 공유할 수 있어서 매우 기쁘다.

　글쓰기에 지쳤을 때 포기하지 않도록 위로와 격려해 주신 우리 형님과 누나들 그리고 응원해 준 아내, 딸과 모든 친구, 지인에게 이 알량한 책을 감사한 마음을 담아 선사하며 그분들이 이 책을 무겁게 느끼지 않기를 바란다.

　물론 우리의 오늘이며 내일의 미래인 손자 예준이와 그의 가족을 포함해서 말이다.

## 1부

여름에 시작한
나의 이야기

더위가 한창이던 지난 6월 말 우리 3남매는 옛집 탐방과 맛의 체험이라는 공통의 아젠다를 갖고 결혼하기 전 살던 효자동 근처로 향했다. 사실은 말이 탐방이지 어머니하고 같이 살았던 옛집을 가 보는 그립고도 명랑한 발걸음이었으며 오붓한 남매들만의 모임이었다. 우리는 깔깔거리다 금세 울고 다시 웃곤 했다.

· 지금은 줄 서서 먹는 명물이 되어 버린 서촌의 한 해물 식당에서

Be my love 같은 사랑의 연서와 장난기 어린 낙서가 가득한 허름하지만 줄을 서서 기다려야만 하는 그 계단 집에서 우리 남매들은 몇십 년 전 즐겨 먹던 한치 동생 같은 꼴뚜기와 미나리의 찰떡궁합에 환호하였다. 소비뇽 블랑의 와인과 돌멍게의 껍질에 소주를 따라 원샷하는 쌉싸름하고 고소한 자연의 맛에 빠져들었는데 어머니가 아버지를 위해

생굴이라도 주시면 그 옆에서 감칠 나게 소금 찍어 맛보던 조선 굴이 추억으로 새록새록 떠올랐다.

우리가 살던 동네의 어귀를 돌며 이어진 옛집 투어. 오래된 사학의 명문이라던 학교는 없어지고 늘 우리를 반겨 주던 단골 약국은 흔적조차 없다 내가 어쩌다 주머니 사정이 넉넉하면 어머니가 좋아하는 단팥빵을 사러 갔던 허름한 베이커리는 지역의 명물로 자리매김한 지 오래다.

내가 매일 드나들었던 동네의 골목길엔 몇 개의 카페가 들어섰고 적산 가옥의 작은 2층집에서 내려다보며 늘 부러워했던 불빛이 휘황찬란하여 고관대작 집 같았던 옆집은 이제 찻집으로 변해 37년 만에 빗장을 풀어 우리를 반겨 주었다.

돌아오는 길에 들른 지금은 없어진 통인시장의 생선 가게. 그 가게 좌판에서 이리저리 생선을 맨손으로 눌러 보며 고르시던 어머니의 손이 그리웠다. 37년 만의 금의환향에 반겨 주는 이 없어 쓸쓸했던 옛집 투어였지만 우리 남매들의 추억 찾기 동행은 여름밤을 아름답게 수놓았다.

이 글을 누나들한테 옮기면 누나들은 또 훌쩍거리며 어머니가 흥얼거리시던 「메기의 추억」을 떠올릴 것이다.

'옛날에 금잔디 동산에'의 그 메기 말이다.

# 음악 없는 삶은 오류다

거의 2주째 비가 오락가락하며 변덕을 부리는 탓인지 마음이 싱숭생숭하다. 요즘 음악 방송에선 18세 피아니스트인 임윤찬 덕분에 '악마의 곡'으로 불린 「피아노 협주곡 3번」 때문인지 라흐마니노프의 곡이 자주 들려온다. 육 척 거구의 장신에다 소도둑 같은 손을 가진 라흐마니노프가 심신이 미약한 신경쇠약증 환자였다니 믿어지지 않는다. 라흐마니노프는 그의 첫 번째 교향곡이 초연에 실패하여 얻은 신경쇠약증을 극복하고 피아노 협주곡을 성공리에 공연함으로써 세기의 연주자 겸 작곡가로 성공하게 되는데 피아니스트 선우예권은 라흐마니노프를 '가슴을 끓게 만드는 작곡가'라고 표현하기도 하였다.

선우예권의 뒤를 이어 세계 3대 콩쿠르인 반 클라이번 국제 피아노 콩쿠르에서 역대 최연소로 우승하며 '건반 위의 피카소'라고 불리는 수줍은 소년이 단테의 『신곡』을 수도 없이 읽었다는 글에 자극을 받아서인지 프랑수아 누델만이 쓴 『건반 위의 철학자』를 읽어 보았다. 반 클라이번 콩쿠르는 내가 비즈니스로 꽤 많이 가 보았던 텍사스주의 댈러스 포트워스에 있는 대학에서 열리는 콩쿠르이다. 철의 장막 시대인 1958년 소련에서 열린 차이콥스키 콩쿠르에서 임윤찬과 똑같은 곡을 연주하여 우승을 차지하고 금의환향하여 워싱턴에서 카퍼레이드까지 벌였던 미국의 반 클라이번을 기념하여 만들어진 콩쿠르인데 다음번 댈러스에 가는 기회가 되면 꼭 연주회장인 베이스 퍼포먼스 홀을 둘러보고 오페라도 관람해야겠다.

한편 『건반 위의 철학자』에서는 철학자로만 알았던 사르트르가 쇼팽을 사랑하는 피아니스트였으며 60살이 넘어서는 파리의 들랑브르 거리에 있는 아지트에서 젊고 가냘픈 그의 딸과 시간을 보내며 쇼팽의 녹턴을 연주하던 음악가라고 소개하기도 하였다.

이 책에서 니체는 18살 때 마주르카와 차르다시를 비롯하여 생애 70여 곡을 작곡한 피아노 연주와 작곡의 귀재였다고 소개한다.

니체가 바그너의 부인에게 자신의 곡을 헌정하였는데 바그너와 그의 부인, 심지어 하인까지도 폄하하여 오랜 시간 바그너 부부와 나눈 찬란한 우정이 하루아침에 금이 갔다 하니 안타깝고 슬픈 일이 아닐 수 없다.

또한 진창에 빠져 허우적대는 말에게 마차의 마부가 마구 채찍질을 해 대는 모습을 본 니체가 뛰어들어 말의 목덜미를 끌어안고 흐느껴 울었다는 이 전설 같은 이야기가 몹시 슬프게 느껴지는 여름날이다.

"음악이 없는 삶은 오류다."라는 명언을 남긴 니체. 그의 따뜻한 인간적 면모도 들여다볼 수 있는 일화들이 아닌가 생각해 본다.

# 니체가 너무도 좋아해 열 번도 넘게 보았다던 비제의 오페라 카르멘 중 「하바네라」를 메조소프라노 엘리나 가르차의 음성으로 들어 본다. 하바네라는 '사랑은 자유로운 새'라는 뜻이다.

나는 늘 미래를 긍정적으로 생각했다.

소망하는 것을 위해 많이 노력했다.

그렇다고 공상을 좋아하지는 않았던 편이다.

최대한 현실 가까운 곳에서 찾으려고 노력했다.

많은 사람이 그러했듯이 말이다.

성격도 깨우치려고 했고 엔지니어로서 부족한 실력을 외국어로 만회하려고 애썼다.

그리고 무엇보다도 궁핍에서 탈피하고 싶었다.


10년 후에 나의 미래로 나 자신을 초대한다는 것은 여행하는 꿈과 같을 것이다.

그때 나는 늙은이의 언어로 젊은 사람들과 대화할 것이다.

세대와의 단절을 피해 부단히 끈을 놓지 않을 것이다.

일주일에 한 번은 나와 연이 닿는 지인과 친구들과 적당한 양의 술과 함께 담소를 즐길 것이다. 가끔 그들을 위해 선물을 사는 기쁨과 근사한 와인 한 병 사는 즐거움 또한 만끽할 것이며 녹슬지 않은 나의 문장력을 뽐내며 문학과 예술과 예술인 들의 삶을 이야기할 것이다.

자애로운 모습으로 주위 사람들을 대할 것이며 그리고 지금처럼 규칙적인 운동과 적당한 음주, 그리고 음악과 함께 책을 읽고 글을 끄적이며 지적인 호기심을 키울 것이며 내가 터득한 삶의 진리를 이야기할 것이다.

그때도 아직 젊다고 생각할 것이므로 여행을 하고 끝없이 스쳐 가는 한 순간을 살아가는 데 온 힘을 다 쏟을 것이다.

그리고 올림픽이나 국제 행사에 나가 자원봉사자로 그 엉터리 발음을 굴리며 외국인들에게 봉사하고 영어를 배우지 못한 어린이들에게 꿈을 키워 줄 것이며 이렇게 크게 외칠 것이다.

「죽은 시인의 사회」에서 키팅 선생이 외친 것처럼 "Seize the day!"라고….

그러니 세월아, 그리 빨리 가지는 말아다오.


추신: 내가 애지중지하는 우리 집의 파수꾼인 충견 '심바'의 10년 후의 모습을 상상하다 불현듯 나의 모습은 어떨까 생각하며 적어 보았다.

· 입양 후 얼마 안 된 어린 시절의 심바 모습


# 「휘파람 소리와 개」 들어 본다. 미국 작가로 트롬본 연주자이기도 한 아서 프라이어(Arthur Pryor)의 곡으로 우리 귀에 익은 명랑하고 밝은 곡이다.

## 소설 파친코(PACHINKO)

배우 윤여정을 보면 한국의 역사가 그려진 지도 같다는 표현들을 하는데 75세의 나이에 주인공인 노년의 '선자' 역으로 Apple TV에 나와서 최근에 더욱 주목받고 있는 책이다.

제목을 보니 28년 전 처음으로 어머니를 모시고 어머니의 온 식솔들이 함께한 도쿄 여행과 한 파친코에서 5천 엔의 횡재를 해 즐거워하시던 어머니 그리고 쌍라이트 형제를 흉내 내며 즐거운 시간을 가졌던 대머리 형님들과 누나들…. 그러나 지금은 함께할 수 없는 분도 계시기에 잠시 슬퍼졌다. 책 읽는 즐거움도 잊은 채….

이 작은 구슬 기계 파친코는 내게 여자의 핸드백같은 'Small is beautiful(스몰 이즈 뷰티풀)'의 미학을 떠올리게 하는데 몇 년 전 오바마 전 대통령이 추천해서 영어 공부를 한답시고 읽어 봤지만 한글 번역판을 보니 마치 새로운 작품을 대하는 느낌이 났다.
또한 펄벅의 『대지』와 할레드 호세이니의 『연을 쫓는 아이』의 이종교배를 통해 태어난 책 같은 느낌도 받았다.

"역사가 우리를 망쳐 놨지만 그래도 상관없다(History Has Failed Us, but No Matter)."라는 첫 문장이 톨스토이의 『안나 카레니나』 첫 문장만큼 유명해진 한국계 미국인 작가 이민진이 구상부터 탈고까지 장장 30년이 걸렸다는 이 소설의 첫 문장에 사로잡혀 막힘없이 읽어 내려갔다. 이 책은 역사는 되감을 수 없고 역사가 망쳐 놔도 지속되는 삶에 대한 담담한 이야기이자 그럼에도 살아가야 하는 사람들의 이야기이다. 아니 삶에 대한 경이다. 한 집안의 이야기가 온 세계의 이야기가 된 진실과 아름다움이 가득 담긴 마치 고전 같은 책이어서 혹자는 "디킨스와 톨스토이의 손길이 일본에서 살았던 20세기 한국인 가족에 스며들었다."라고 표현했다.

읽기 쉬우면서도 뛰어난 작품이자 열정적인 이야기에 매료되어 책장을 계속 넘길 생각에 벌써부터 감성이 충만해지는데 이 진실의 책을 독자들께도 적극 추천한다.

\# 지휘자로 변신한 장한나의 지휘로 드보르자크의 교향곡 9번 「신세계로부터」 중 4악장 들어 본다. 어렸을 때부터 많이 들은 곡으로 힘차고 발랄한 기운을 느낄 수 있다.

며칠 전 낮 같은 이른 저녁에 치맥의 유혹에 못 이겨 친구들과 맥줏집을 찾았다. 강남의 꽤 넓은 평수에 자리 잡은 미국 시카고가 Origin이라는 이 수제 맥줏집은 규모나 내부 디자인 등이 꽤 그럴싸했는데 지나가다 봤다며 그 집을 추천한 친구의 눈썰미에 경탄하였다. 우리는 IPA 맥주와 닭 날개를 시키곤 옥스퍼드 영어 사전에 '치맥'이란 단어가 한국 문화의 상징으로 올라간 연고로 K-문화인의 대열에 당당히 합류하며 치맥을 즐겼다.

IPA란 인디아 페일 에일(India Pale Ale)로 영국에서 만들어져 인도로 전해졌으며 어원은 영국의 특정한 맥주를 가리키는 '에일'에 '인디아'와 '페일'을 붙여 '인디아 페일 에일'이 되었다.

그날 IPA 맥주 특유의 씁쓸한 맛과 버팔로윙을 매콤한 소스에 찍어 먹는 고소하고 짭짤함이 닭 날개의 식감과 어우러져 우리는 시간 가는 줄 모르며 담소하였다. 이렇게 시원하고 씁쓸한 맥주 맛 때문에 무라카미 하루키는 맥주의 오타쿠(특정 분야의 매니아)여서 삿포로 맥주의 광고 카피까지 썼으며 셰익스피어 역시 에일의 종주국 출신답게 "마음 편히 에일 맥주 한 잔을 즐길 수 있다면, 모든 명예를 내려놔도 아깝지 않다."라며 맥주 예찬론자 대열에 합류하였다.

『위대한 개츠비』의 저자인 피츠제럴드는 맥주를 하루에 20병씩 마시기도 하였으며 괴테는 흑맥주를 사랑하는 등 맥주를 즐긴 예술가는 헤아릴 수 없이 많다.

# 맥주 이야기가 나왔으니 맥주 양조공의 아들로 태어난 체코 출신 스메타나의 「팔려 간 신부」 들어 본다. 클래식 입문하는 사람들이 많이 좋아하는 곡이다.


## 내가 좋아하는 것들                                         ___


간밤에 비가 와서 그런지 폭염이 사라진 휴일 아침의 공기에 선선함이 묻어 있다. 오늘따라 강아지풀과 한 무리 군락을 이룬 무궁화꽃을 대하며 같은 듯 다른 소소한 일상을 대하는데 "여기 내 구역을 허가도 없이 침입했어? 내 새끼 건드리면 알지?"라고 우리 강쥐를 위협하며 대치전을 벌이는 들고양이에게서 모성 보호 본능을 느낀다.

안톤 슈나크의 수필 『우리를 슬프게 하는 것들』을 읽다가 그럼 내가 좋아하는 것들은 무얼까 생각하며 두서없이 나열해 본다.

내가 좋아하는 것들


어느 가을날 길거리에 떨어진 대추를 보며 황순원의 『소나기』를 떠올릴 때

황순원의 아들인 황동규 시인의 「즐거운 편지」 같은 가슴 설레는 시를 읽을 때

조수미의 시그니처 곡인 「오 나의 사랑하는 아버지」와

라흐마니노프의 피아노 협주곡 같은 명곡이 들릴 때

무언가 쓰고 싶어 끄적거릴 때

마음이 맞는 친구를 위해 면세점에서 싱글 몰트위스키를 고를 때

내 옆에 앉은 강아지를 쓰다듬고 그와 눈을 맞추며 교감할 때

금장 단추 달린 네이비 더블 재킷을 매장에서 보았을 때

몇십 년 된 군자란이 활짝 피어나는 3월의 어느 날

축구를 하며 똥 볼을 날린 후 땀에 젖어 찬 맥주 원샷할 때

누나들하고 카톡 수다 떨 때

독립한 딸의 집에 떡볶이 사서 문 앞에 살짝 두고 도망치듯 나올 때

보유한 주식이 갑자기 7~8% 오르고 그날 떨어지지 않을 때

어쩌다 친구들과 내기 골프를 하다 동반자가 미스 샷이나 OB 낼 때

『그리스인 조르바』 같은 책이나 신문에서 맘에 드는 명문장을 접할 때

처음 만나는 사람이 인상 좋다고 할 때

내가 모르는 분야를 누군가에게 배울 때

격식과 천박함, 허영 사이에서 잠시 수영하듯 허우적거릴 때

좋아하는 것들에 대해 누군가와 이야기할 때

낯선 거리에서 골목길을 배회하다 가로등 불빛을 대할 때

글을 쓰는데 첫 문장이 술술 떠오를 때

예상치 못한 갑작스러운 선물을 받거나 공짜 술 얻어먹을 때

오래된 바지 뒷주머니에서 감추어 놓은 비상금을 발견할 때


그런데 좋은 것의 반대는 싫은 것인데 위의 글들을 반대로 생각하니 황당하다. 선물 줄 때나 술 사 줄 때를 싫어한다는 뜻이 아닌가. 하기야 위의 글들도 잘난 체하느라고 일부러 쓴 것일 수도 있다. 아, 나란 인간이란 이렇다.


좋아하는 것들과 늘 마주치며 그것들을 즐기고 옆에 두며 단절되지 않기를 바라 본다.


# 조수미의 음성으로 잔니 스키키의 오페라 중 「오 나의 사랑하는 아버지」 들어 본다.

철딱서니 없는 딸이 아버지한테 결혼 안 시켜 주면 베키오 다리 밑으로 떨어져 죽겠다는 아름다운 아리아로 제목과 내용과는 다소 안 어울리는 곡이다.

## 여자가 싫어하는 것 세 가지

이렇게 제목을 정하니 참 뻘쭘하다. 여성이 싫어하는 것들이 한두 가지가 아니건만 딱 3가지를 꼬집어서 이야기하다니(요즘 MZ 세대와는 다소 동떨어진 이야기일 수 있다).

나 같은 자칭 아재 타칭 꼰대들이 술자리에 앉으면 아직도 군대와 운동 이야기와 군대에서 축구를 하는 이야기를 안주 삼아 이야기하곤 하는데 아주 오래전엔 여성들이 제일 듣기 싫어하는 것들이라며 선배들이 데이트할 때 조심하라고 입단속을 시키곤 했다.

그런데 공교롭게 나는 아직도 이 세 가지에 푹 빠져 있으며 친구들과 모이면 으스대며 축구 이야기부터 꺼낸다.

"내가 말이지, 백넘버 10번이야. 난 대박이 아빠 이동국 팬이야. 베컴처럼 나도 아킬레스건 나갔었어."

그리고 직접 간첩이라도 잡았던 영웅처럼 전설적인 청년 장교의 무용담을 자랑스럽게 떠벌리곤 한다(사실은 제일 편한 고향의 해수욕장 근처에서 근무했다). 그러면서 잘난 척하듯 장교 출신의 거장들을 들먹인다.

"글쎄, 헤밍웨이가 구급차 부대의 소위로 임관하고 세계 1차, 2차 대전에 참전했으며 『위대한 개츠비』의 스콧 피츠제럴드 그리고 화가 마리 로랑생의 연인이었던 시인 기욤 아폴리네르 등이 장교 출신이며 생텍쥐페리도 공군 대위 출신이야.”

사실 지독한 술꾼에다 자살까지 하고 젊은 나이에 스페인 독감으로 죽고 비행 중 다시 돌아오지 못한 슬픈 이야기들이 있지만 이 위대한 전설의 장교 출신 작가들은 내가 지금도 지극히 좋아하며 그들이 남긴 작품들과 문학의 발자취에 감탄한다.

그들이 함께했던 파리의 몽파르나스 거리에 있는 카페들을 탐색하며 『무기여 잘 있거라』에 나오는 이탈리아의 마조레 호수의 벤치에 앉아 사색하며 호숫가를 거닐고 싶은 것이고 마이애미 옆의 키웨스트에 가서 헤밍웨이의 애묘(愛猫)였던 ‘백설 공주’의 후손들을 보며 헤밍웨이보다 더 유명해진 모히토를 마실 날이 오기를 기다리고 있으니 팬데믹이 빨리 사라지길 바랄 뿐이다.

헤밍웨이는 매일 글쓰기를 멈추지 않았으며 편지를 7천 통이나 쓰고 읽었다. 노벨 문학상 작품인 『노인과 바다』에서는 “인간은 파괴될지언정 패배하지 않는다.”라는 명구 등을 남기며 1차 세계대전 후 피폐해진 미국 시민들에게 용기와 자부심을 불어넣기도 하였다.

이 문장처럼 운명에 지배받지 않는 불사조의 정신으로 글을 쓰고 그가 참전한 전쟁터들과 대형 사고에서도 살아남았으나 가족의 조현병을 이어받아 애석하게도 권총으로 자살하고 만다(병을 치료하던 중 기억력을 상실해 글을 쓸 수 없는 까닭에 모든 희망을 잃고 자살하는데 아버지도 같은 방법으로 자살했으며 그의 손녀인 마고는 약물 중독으로 생을 마감했으니 3대에 걸친 자살을 유도한 가족력은 참으로 무서운 유전이다).

그는 전 세계 20여 국을 돌아다니며 삶의 흔적을 남겼고 작품들도 현지에서 완성하곤 하였는데 여성 편력도 심해 한 여성에 머물지 않고 네 명의 여성과 결혼과 이혼을 반복했으며 그를 따르는 여성도 많았다 그때마다 명작이 탄생했으니 그 뮤즈들이 창작 활동의 원천이었는지도 모른다. 마치 피카소가 그런 것처럼….

# 몇십 페이지를 써도 모자랄 것 같은 헤밍웨이의 삶을 초고속으로 짧게 마치며 냇 킹 콜의 노래로 「Quizas, Quizas, Quizas(아마도, 아마도, 아마도란 뜻)」 들어 본다. 「화양연화」에 나오는 이 노래는 오늘 같은 날 저녁 무렵에 참으로 어울릴 듯하다.

추신: 1. 고양이를 그다지 좋아하지 않았던 헤밍웨이는 키웨스트 뱃사람들이 행운의 상징으로 여기는 발가락 여섯 개를 가진 고양이를 선물로 받고 열렬한 애묘인으로 거듭났다고 하는데 이 고양이 이름은 '백설 공주'다(책『작가와 술』中에서).

2. 모델 겸 영화배우로 활동한 손녀의 이름을 그가 좋아하는 와인인 샤토 마고를 따서 '마고 헤밍웨이'로 지었다. 샤토 마고는 보르도 와인으로 어릴 때는 강하고 남성적이지만 숙성하면 부드럽고 여성적인 와인으로 변하는, 100년을 넘는 시간을 견딜 수 있는 와인이라고 한다(소

설가 한은형의 칼럼에서).

3. 헤밍웨이는 자신이 좋아하거나 선망하는 모든 여자를 부르던 호칭이 딸내미(Daughter)였다고 하니 모든 여성분이시여, 딸내미라 부르는 남성을 경계하시라!!!

## 밤의 여왕의 아리아

5월의 어느 날 코로나 거리 두기가 해제되자마자 달려간 조수미 공연. 'Love from Vienna'라는 공연의 주제가 조수미보다 더 끌렸는지도 모른다.

팬데믹으로 거의 3년 만에 대하는 공연이라 그런지 마스크 속 사람들의 표정은 알 수 없었으나 공연장으로 향하는 각양각색의 걸음걸이에서 신나고 기운이 넘쳐흐르는 조수미 덕후들의 들뜬 모습이 엿보였으며 빈에서 온 작은 오케스트라와 무대 분위기도 5월의 빈을 옮겨 놓은 듯한 느낌이었다.

요한 슈트라우스 2세의 오페라 「박쥐」의 서곡을 시작으로 맨 마지막 「라데츠키 행진곡」까지 마치 빈 신년 음악회를 복제한 듯한 편성이었는데 관중들은 계절의 여왕 5월에 뿜어내는 조수미의 카리스마와 천상의 보이스에 압도되어 브라보를 외치며 열광하였다. 고객들을 위해 공연마다 몇 번씩 무대 의상을 갈아입고 특유의 몸동작으로 관객들과 함께하는 조수미의 무대 매너는 이번에도 루이지 아르디티의 「일바치오(IL Vacio, 입맞춤)」에서 관중과 호흡하며 관객들을 즐겁게 해 주었으며 오랜만에 가까이서 본 조수미에 매료된 그날 밤, 그녀가 신이 내린 천상의 목소리를 잘 유지해서 오랫동안 우리에게 기쁨을 주기를 염원했다.

규칙적인 생활과 운동으로 늘 절제된 생활을 하는 그녀는 마에스트로 본 카라얀의 "목에 무리가 가니 너무 많이 부르지 말라."라는 충고를 잘 지켜서 그런지 이번에도 그리 많은 곡을 소화하지는 않았는데 시그니처 곡인 「밤의 여왕」도 아주 특별한 경우에만 부른다고 한다.

\# 그럼 오늘은 우리에게도 친숙한 독일의 디아나 담라우와 조수미의 음성으로 그 특별한 경우에 부르는 곡을 들어 본다.

추신: 「밤의 여왕」은 모차르트의 가장 대표적인 오페라인 「마술피리」에 나오는 아리아인데 원제목은 '지옥의 복수심이 내 가슴속에 끓어오르고'이다. 모차르트가 작곡한 마지막 작품인데 오페라가 귀족 중심에서 서민이 참여하는 기회가 된 모차르트의 최대의 걸작인 「마술피리」가 그를 더욱 쇠약하게 만든 곡이라니 참으로 아이러니하다.

# 「Goodbye again」, 브람스를 좋아하시나요? —

이른 아침 길가에 널브러져 있는 매미의 사체에서 스산함과 공허감마저 느낀다. 여름에 가장 시끄러운 생명체인 매미들의 합창 소리는 예전보다 못할 것이며 이브 몽탕의 「고엽」이나 리처드 클레이더만의 「가을의 속삭임」이 이곳저곳에서 들려올 것이다.

오늘 같은 흐린 날은 전혜린과 브람스를 들추기 좋은 날이지만 즐거움이 넘치는 축구를 하는 날이니 전혜린보다 외로움이 덜한 브람스를 주제로 한 책과 영화를 소개한다.

프랑스의 작가 프랑수아즈 사강의 소설 『브람스를 좋아하세요...』를 원작으로 하여 만든 영화 「Goodbye again」은 사랑에 목맨 젊은 청년을 맡은 시몽 역의 앤서니 퍼킨스와 14살 연하남 사이에서 방황하는 중년여성 폴 역의 잉글리드 버그만이 주연한 오래된 영화이다.

사강은 18살 때 『슬픔이여 안녕』으로 전 세계를 깜짝 놀라게 하더니 6년 후인 24살에 쓴 이 소설에서는 아래와 같은 문장 등으로 많은 사람을 매료시켰다.

"저는 당신을 인간으로서의 의무를 다하지 않았다는 이유로 고발합니다. 이 죽음의 이름으로, 사랑을 스쳐 지나가게 한 죄, 행복해야 할 의무를 소홀히 한 죄, 핑계와 편법과 체념으로 살아온 죄로 당신을 고발합니다. 당신에게는 사형을 선고해야 마땅하지만, 고독형을 선고합니다."

-25세 시몽이 39세 폴에게-

(중략)

"어제 일은 죄송했습니다." 시몽에게서 온 편지였다. 폴은 미소를 지었다. 그녀가 웃은 것은 두 번째 구절 때문이었다. "브람스를 좋아하세요?"라는 그 구절이 그녀를 미소 짓게 했다.

오늘 6시에 플레옐 홀에서 아주 좋은 연주회가 있습니다. 브람스를 좋아하세요?

음악과는 아예 담을 쌓고 지냈다. 그녀의 집중력은 옷감의 견본이나 늘 부재중인 한 남자에게 향해 있을 뿐이었다. 그녀는 자아를 잃어버렸다. 자기 자신의 흔적을 잃어버렸고 결코 그것을 다시 찾을 수가 없었다. "브람스를 좋아하세요?" 그녀는 열린 창 앞에서 눈부신 햇빛을 받으며 잠시 서 있었다. 그러자 "브람스를 좋아하세요?"라는 그 짧은 질문이 그녀에게는 갑자기 거대한 망각 덩어리를, 다시 말해 그녀가 잊고 있던 모든 것, 의도적으로 피하고 있던 모든 질문을 환기시켰다.

그녀는 연주회 동안 시몽이 자기 손을 잡으려 들지 않을까 걱정스러울 뿐이었다. 자신이 그것을 기대하고 있는 만큼 두렵기도 했다. 언제나 그런 기대가 사실로 확인되면, 떨쳐 낼 수 없는 권태가 치밀어 올랐던 것이다.

그러니 모든 여성분이시여, 음악회 같이 가자고 하는 남성분들을 조심하시라. 아니, 표를 덥석 받으시라.

# 브람스 교향곡 3번 3악장이 OST로 삽입된 「Goodbye again」 들어 본다.

추신: 사강은 본명이 아니고 마르셀 프루스트의 소설 『잃어버린 시간을 찾아서』의 등장인물인 사강(프랑수아즈)을 필명으로 삼았다. 사강은 이 소설을 흉내 내려고 했는지 사르트르의 노년기에 서른 살의 나이 차이에도 불구하고 잠시 연인이 된다.

## 지난여름의 왈츠                                        —

8월도 20일이 지났으니 이제는 끈적거리고 눅눅하고 습한 기운은 보내고 뜨거운 햇빛만이 곡식을 풍성히 무르익게 할 것이다.

내 굼뜬 행동과 지난주의 산란한 마음을 정리하고자 마쓰이에 마사시의 소설 『여름은 오래 그곳에 남아』를 이제야 주문하며 미리 보기로 맛을 보았다(책의 원제는 『화산 기슭에서』이다).

여름 별장의 조용한 풍경들, 새들의 울음소리와 하늘의 신비한 빛깔 그리고 "안개 냄새에 색깔이 있다면 그것은 하얀색이 아니라 초록색이다."라는 서정이 넘치며 감각적인 표현에 보통이 넘는 필력을 갖춘 소설가임을 가늠해 보았고 또한 입찰이라는 비즈니스 용어가 내가 신입사원 때 경쟁 회사의 정보를 캐느라 혈안이 되었던 젊은 시절을 돌이켜 보게 하여 늦은 여름을 보내며 읽기에 안성맞춤인 책인 듯하다.

이대로 여름을 보내기가 서운해 동인문학상 수상자인 김애란의 『바깥은 여름』이라는 책을 펼쳐 들었다. 그러자 몇 년 전에 무심히 넘겼던 에든버러라는 글자에 내 시선은 멈추었다.

무라카미 하루키의 에세이 『만약 우리의 언어가 위스키라고 한다면』을 읽고 흉내 내어 여행한 에든버러성과 빨간색의 전화박스. 일 디보의 공연 광고 그리고 도처에서 보이는 위스키의 흔적들과 아직도 록앤드롤을 꿈꾼다는 90세 할머니가 생각나서다.

이어지는 책 속의 문장 '희미한 향수 냄새'에서는 강신재의 『젊은 느티나무』에 나오는 한국 문학에서 아름다운 첫 문장으로 꼽힌다는 다음 글귀는 젊은 시절의 우리 같다는 착각을 일으켰다.

"그에게서는 언제나 비누 냄새가 난다."

계절이 지나가고 새로운 계절이 오면 나는 늘 이렇게 혼자 뇌까린다.

그대 이번엔 정령 오려나?

# 아다모의 「지난여름의 왈츠」를 본다. 가사가 부드럽고 달달하나 그것이 나를 슬프게 한다. 나에겐 여름 왈츠가 없었던 것이다.

## 톨레랑스(Tolerance, 관용)에 관하여　　　　　　　　　　　　　—

오늘은 우리가 가끔 들어 보는 톨레랑스(Tolerance 관용 또는 오차)에 대해 짧게 이야기하려고 한다.

　내가 지금 몸담고 있는 IT 업계에서는 오차(Tolerance)에 대한 개념은 매우 심각하고 편향적이며 물샐틈없이 빡빡하다. 즉, 정해진 기준의 오차에 조금이라도 벗어난다면 텔레비전이 폭파하고 가전제품에 치명상을 입힐 수 있어 늘 조바심이 난다.

반면에 사회에서 오차의 개념은 다른 듯하다. 특히 프랑스 사람들의 톨레랑스는 똑같은 의미지만 관용을 내포하고 있어 나 같은 엔지니어링 쪽의 오차와는 전혀 다른 뜻의 자유와 허용 그리고 눈감아 주는 것을 의미한다.

특히 파리 사람들의 톨레랑스는 유별나서 동물도 우리와 함께 살아가는 공동체고 배설의 권리가 있다고 하여 아무 장소에서나 볼일을 보게 한다는데 그들의 동물 사랑엔 관용이 넘친다.

또한 그들은 대통령의 메가톤급 스캔들에도 관심이 별로 없다.
사르코지 전 대통령은 부인과 결혼을 유지하며 「밥 잘 사주는 예쁜 누나」의 OST인 「Stand by your man」을 부른 카를라 브루니와 동거했고 어떤 대통령은 애인 집에 가려고 오토바이를 몰고 파리 거리를 달렸다가 기자들에게 찍힌 바 있으나 사람들은 "뭐, 그게 어때서."라며 험담 없는 가십거리로만 취급할 뿐이다.

또한 엊그제 신문에서 본 광란의 파티를 즐겼다는 30대 핀란드 여성 총리는 "춤추고 파티를 즐기는 일은 합법적 총리라고 해서 다르지 않다."라고 하며 개인의 자유를 옹호했다.

내가 오늘 말하려 하는 것은 성에 개방적인 프랑스를 말하려는 것이 아니고, 젊은 핀란드 여성 공직자의 자유분방함을 이야 하는 것도 아니다.

팍팍한 삶 앞에서 따스한 위안을 주고받기 위해 만나는 친구들이나 지인들의 미숙함과 실수는 도처에서 일어날 수 있으니 세련된 톨레랑스의 우산을 펼치자.

이런 톨레랑스들이 잔잔한 물결을 일으키며 가슴속에 작은 파문으로 전달되어 우리네 일상에 좋은 관용이 가득하면 좋겠다.

# 카를라 브루니의 「Stand by your man」 들어 본다. 사르코지가 반할 만한 미모와 우수가 깃든 매력적인 보이스를 지녔다.


## To sir with love(선생님께 사랑을)                            _


마쓰이에 마사이의 『여름은 오래 그곳에 남아』를 읽던 중 "선생님이 산책 나가는 소리를... 아침 식사 준비를 시작한다... 냉장고에서 계란과 베이컨..."의 문장을 읽고 난 무릎을 탁 쳤다. 계란(달걀) 바로 그것이었다.

주요섭의 『사랑방 손님과 어머니』에 나오는 어린 딸이 선생님이었던 아버지의 친구인 사랑방 아저씨를 위해 달걀을 준비하는 장면이 떠올라서였다.

"아저씨가 삶은 달걀을 좋아하는 것을 알고 어머니께 말씀을 드리자

어머니는 아저씨 밥상에 삶은 달걀을 놓아 드렸어요.”

6살 난 딸의 눈에 비치는 어른들의 순수하고 애틋한 사랑이라고 하면 너무 시대에 안 맞는 진부한 표현이라고 할지도 모르지만 난 사랑방의 수더분하고 친근한 느낌과 하숙생을 위해 밥상에 삶은 계란을 준비하는 이 고전미 풍기는 짧은 단편 소설에 정감이 가서 아직도 기억하고 있다.

내 이야기로 넘어가 보자.

나에겐 잊히지 않는 선생님이 계셨다. 같은 종씨(宗氏)라며 평소 나를 아껴 주던 선생님이 초등학교 4학년 때 방과 후 대궐 같은 중국집에 데려가 짜장면을 사 주셨는데 난생처음 맛보는 짜고 기름진 장과 면발의 조화에 감탄하여 후루룩거리며 탐닉했던 추억과 그 선생님이 방학 때 숙직 후 다음 날 아침이면 날 해장국집에 데려가시곤 했는데 생전 처음 맛보는 해장국과 선지의 낯선 식감 속에서 국물 맛이 주는 따뜻함과 시원함을 동시에 느끼곤 했었다.

이렇게 내 생애 최초의 고급스러운 음식인 짜장면과 해장국은 선생님을 통해 친근한 음식이 되었으나 “고마웠습니다.”란 말도 제대로 남기지 못한 채 선생님은 전근을 가시고 난 초등학교를 졸업하게 되었다.

보고 싶은 이윤구 선생님!!! 그 선생님 사진을 내 에세이에 꼭 담고 싶었으나 나와 함께 찍은 선생님 사진은 없고 내 동무와 찍은 사진이 있어 여기 담아 본다.

· 보고 싶은 이윤구 선생님.
50년도 넘은 사진이어서 몹시 낡았다.

선생님의 생사는 모른 채 세월은 바람같이 날아갔고 요즘 내가 선생님이라 부르고 싶은 분은 몇 분 안 계시다. 김형석 교수님과 얼마 전 작고한 이어령 교수님 등 책 속에서만 뵙는 분들이다.

우리 시대의 진정한 스승이신 『백세일기』의 김형석 교수님을 집 앞 백화점 식당에서 뵌 적이 있는데 교수님을 다정히 챙겨 주는 예순 살도 넘어 보이는 제자 같은 아주머니가 '선생님' 하며 부르는 존경심과 다정함이 묻어나는 '선생님' 호칭에 우리는 정감에 빠진다.

나도 10년 후에 다정히 '선생님'이라 불러 주는 분이 있으면 좋겠는데 욕심 많은 영감탱이라 할까!!!

# 학창 시절 많이 들었던 루루(LuLu)의 「To sir with love」 들어 본다.

To sir with love(선생님께 사랑을)

시드니 포이티어가 감동을 준 「언제나 마음은 태양」의 맨 마지막 가사에 약간 목이 멘다.

추신: 그 선생님께 진 신세를 갚기 위해 명절 때는 어머니가 광주리에 무언가를 싸 주시면 누나와 함께 언덕길을 따라 학교에 가 인사를 드리고 했는데 지금은 아파트가 잔뜩 들어선 그 언덕길. 아마도 내 에세이 제목의 뿌리가 여기서 시작되었는지도 모른다.

## 기차에 대한 고찰

기차로 여행한다는 친구의 소식에 기차 안의 떠들썩거림을 잠시 떠올렸다. 오래전 홍익회라는 이름으로 객실을 드나들며 "김밥, 오징어 있어요~"고 외치던 소리, 대전역에서 짧은 시간 내 해치우는 전설 같은 우동 한 그릇을 맛보는 기쁨과 역사에서 풍기는 이름 모를 냄새 그리고 서울역 앞에 옹기종기 모여 있는 각양각색의 사람들에 대한 기억은 기차를 타고 끝없이 이어지는 광활한 차창 밖의 풍경들을 보는 것보다 손으로 만질 수 없는 노스탤지어를 불러일으킨다.

엔지니어 출신이 문학 타령을 한다는 것은 가당치도 않으나 내가 읽은 책에서 기차와 기차역은 여러 가지 의미를 부여하고 있다. 특히 19세기 러시아 문인들은 기차를 소재로 많은 책을 썼고 기차역은 삶과 죽음이 교차하는 애증의 장소이며 많은 소설의 시발점이자 종착역이었다.

톨스토이의 『안나 카레니나』가 브론스키 백작을 만난 곳이 기차역이요, 생의 끈을 놓아 버린 곳도 기차역이다. 그리고 겨울 눈 속에서 기차가 달리는 근사한 장면의 「닥터 지바고」에서는 지바고가 애타게 그리던 라라를 발견하고 플랫폼에서 뛰다가 생의 마지막을 기차역에서 맞았다.

또한 톨스토이의 『크로이체르 소나타』나 도스토옙스키의 『백치』 등에서의 도입부는 기차 안의 사람들을 묘사하는 것으로 시작된다. 그러나 아이러니하게도 톨스토이는 몇 번 시도한 가출을 포기하다 여든두 살에 성공하나 가출한 지 며칠 안 되어 시골 간이역에서 폐렴으로 일생을 마쳤으니 러시아 문학은 기차 안에서 태동하고 기차역에서 사라졌다고 해도 과언이 아니다!!!

한편 기차는 음악가들에게도 지대한 영향을 미쳤으니 우리에게 「신세계 교향곡」으로 잘 알려진 체코의 드보르자크는 기관차가 움직이는 것을 관찰하는 게 취미였고 그것들을 곡에 반영하기도 했는데 몹시 바람 부는 날 프라하 기차역에 기차를 보러 나갔다가 독감에 걸려 운명을 달리하게 된다.

그러고 보니 사랑 이야기가 빠진 듯한데 기차 속의 아름다운 이야기는 「비포 선라이즈(Before Sunrise)」가 가장 기억에 남는다. 부다페스트에서 출발해 파리로 향하는 기차에서 만난 이선 호크와 줄리 델피는 중간의 빈에서 내려 밤을 같이 보내고 해 뜨기 전에 다시 헤어지는 하루 동안의 짧지만 강렬한 사랑 이야기를 그린 작품이다.

이렇듯 예술 속에서 인생의 희로애락을 맛보게 하던 기차도 객실의 분주함과 소곤거림이 사라진 지 오래이며 요즘의 기차는 안락함과 정숙과 시간의 정확성을 추구하며 KTX 등의 이름을 붙여 대니 대한민국은 K의 천국임이 틀림없다.

곰곰이 생각해 보니 기차는 사랑과 죽음의 슬픔이 깃들어 있는 화통 삶아 먹는 움직이는 기계다. 아, 나도 덩달아 갑자기 기차 타고 싶어진다!!!

# 차이콥스키의 현악 4중주 중 2악장 「안단테 칸타빌레」를 지휘자로도 명성을 떨치고 있는 장한나의 연주로 들어 본다. '천천히 노래하듯' 연주하란 뜻인데 이 곡을 듣고 톨스토이가 눈물을 흘렸다고 한다.

추신: 톨스토이는 늘 자기 자신에 대해 외모 콤플렉스가 있다고 생각해서 작품 속의 미녀들, 즉 안나 카레니나 등을 불행하게 그렸다. 『전쟁과 평화』의 엘렌도 마찬가지다. "엘렌은 급사했다."라고 표현했다.

"탱고는 3분의 사랑이에요."라는 빨간색의 강렬한 시놉시스에 훅 빠져 긴급히 티켓을 예매했다.

나에게 발레는 뾰족한 발레 신발 토슈즈나 발레 옷 튀튀 때문에 그런지 여성 전유물이란 생각에 별로 관심이 없어 모스크바 출장 중 가 본 볼쇼이 발레단의 공연이나 차이콥스키의 발레 갈라 콘서트에 가 본 것이 전부이나 정구호 디자이너가 연출한 현대 무용 작품에서 남녀 무용수들의 날아다니는 듯한 군무에 매료된 적은 있다.

또한 영화 「여인의 향기」에 나온 앞이 안 보이는 알파치노가 멋진 스리피스 슈트 차림으로 부드럽게 춤을 리드하는 장면과 파트너의 서투르듯 우아한 탱고의 동작 그리고 유튜브를 통해 「라 쿰파르시타」를 보며 남녀의 격정적이고 도발적인 동작에 "저건 내 스타일이야."라며 배우고 싶은 유혹은 있었지만 이젠 물 건너갔다.

30년 넘게 백조가 되어 날아올라 뮤지컬, 발레 등 온갖 장르를 소화해 낸 김주원. 이번 탱고 발레 공연에 대한 기대가 크다. 또 하나의 별인 강수진은 연습 벌레이어서 울퉁불퉁하고 찌그러진 발이 몇 년 전 지면을 장식했는데 김주원은 어떠할까?

# 「라 쿰파르시타(La Cumparsita, 가장행렬이란 뜻)」 감상해 본다.

대머리 신사가 등장하는 걸 보니 탱고는 새파란 MZ 세대에겐 전혀 안 어울리고 중년에게 안성맞춤인 춤이다(동영상 중반에 댄서들이 등장하는 걸 봐서 탱고는 또한 뜸 들여야 제맛 나는 춤이다).

추신: 1. 원래 발레 종주국은 프랑스이나 19세기 후반 러시아로 옮겨 갔다. 작년에 발레리나 박세은이 파리 오페라 발레단에서 동양인 최초로 에투알 자리에 올랐다. 에투알은 프랑스어로 '별'을 뜻한다.

2. 여인의 향기에 나오는 탱고곡 「포르 우나 카베차(Por Una Cabeza)」는 경주 용어로 '말 머리 차이'란 뜻이다.

3. 피카소의 세 번째 부인은 러시아 발레리나였고 오드리 헵번도 발레리나였으니 발레리나는 다 뮤즈라고 불러야 하는 건 아닌지?

4. 루이 14세는 발레를 좋아했고 일곱 살 때부터 20여 년간 매일 춤 연습을 했다 한다. 직접 출연했던 발레 무대에서 태양 역을 맡아서 별명이 '태양왕'이라 전해진다(단신이던 루이 14세가 하이힐을 즐겨 신었다는데 발레가 아닌 탭댄스를 추었는지도 모를 일이다).

요즘 아침 산책에서 느끼는 게 있다면 이전에 못 보던 것들이 가끔 보일 때가 있다는 것이다. 알밤 비슷한 마로니에라는 열매라든지 어제까지 보이지 않았던 길고양이를 위해 숲속에 숨겨진 작은 밥그릇과 물통 그리고 기어다니는 이름 모를 벌레까지…. 이런 독특하고 섬세한 것들을 보면 걸음이 느려지며 관찰을 하기도 하는데 디테일을 통해 느리게 거니는 산책자의 즐거움도 느낀다.

　이러한 디테일은 문학 작품 속의 도처에 깔려 있다. 금아 피천득 님의 수필집을 보면 막내딸인 서영이에 대한 글들이 자주 등장한다. 이런 다정하고 자상한 글은 아빠가 딸에게 보낸 지상 최고의 디테일이다. 이 문장을 대할 때마다 내가 일에 전념한다는 핑계로 젊었을 때 딸에게 자상하게 못 해 준 걸 후회하게 된다(그래도 어릴 적 사준 점퍼, 스커트와 귀마개를 지금도 고이 간직하고 있는 딸에게 고마움도 느낀다).

　서영이에게

　아빠가 부탁이 있는데 잘 들어주어.
　밥은 천천히 먹고
　길은 천천히 걷고
　말은 천천히 하고

네 책상 위에 '천천히'라고 써 붙여라.

눈 잠깐만 감아 봐요. 아빠가 안아 줄게.

자, 눈 떠!

- 수필집 『인연』 中에서

지금 읽는 책에서도 책의 곳곳에 디테일이 뿌려져 있다. 인물들에 대한 섬세한 표현이나 새, 물, 바람 같은 온갖 자연의 목소리와 기후 그리고 화산 등의 주변 환경에 대한 묘사, "음식 냄새나 아이들의 목소리는 도서관에 어울리지 않는다."라는 감각적이며 디테일한 문장은 일본소설의 정수인지도 모르겠다.

그래서인지 무라카미 하루키의 명문장과 담백하고 디테일한 표현들을 좋아하게 되어 그의 발자취를 따라 아일랜드, 에든버러와 크레타섬에 가게 되었으며 그를 흉내 내듯 싱글 몰트위스키를 애호하고 비틀스의 노래와 클래식을 들으면서 하루키와 동시대에 사는 걸 즐거워하니 책 속의 디테일은 삶을 바라보는 시각을 풍성하게 한 원동력인지도 모른다.

또한 탱고 이야기로 엊그제 잠깐 본 알파치노의 복잡하지 않고 심플한 스리피스 슈트가 보여 주는 중년 남자에게서 풍기는 멋스러움과 동영상에서 본 댄서들의 세밀하고 풍부한 역동적인 동작과 섬세한 발놀림에서 우리는 감각적인 디테일을 느낀다.

이렇듯 디테일이란 우리 일상의 섬세한 감각들을 아름답고 풍미 있게 하는 것이다.

건축 거장의 말을 옮기며 글을 맺는다.
"God is in the details(신은 디테일에 있다)."
"Less is more(간결한 것이 더 아름답다)."
오늘은 일상에서 작은 디테일들을 찾고 싶은 날이다.

추신: 지금 이 순간 나에게 생각나는 디테일은 '어느 수집가의 초대전(이건희 컬렉션)'에서 본 작품 중 '가을의 소리를 듣는다'는 「추성부도(秋聲賦圖)」인데 김홍도의 마지막 작품이다.

# 가을의 소리, 비발디의 「사계」 중 「가을」 들어 본다.

## 다시 가고 싶은 코주부들의 천국 더블린

난 여행가가 아니다.
하지만 유독 가을만 되면 여행에 대한 노스탤지어가 있어 지나간 곳에 대한 그리움이 가득하다. 이름 모를 기차역과 공항 그리고 낯설고 한적한 공원, 때론 북적대는 사람들로 가득한 도심의 거리 등 여행 이야기가 나오면 난 괜히 기분이 좋아져서 너스레를 잔뜩 떤다. 이런 허풍쟁이인 나에게 사람들이 "또다시 가고 싶은 곳이 있다면 어딘가요?" "제일 좋았던 곳은요?"라고 물으면 난 거침없이 이렇게 답변한다. "그야 아일랜드의 더블린이지요."

더블린을 찾는 사람들은 제각기 다른 설렘을 갖고 그곳으로 향한다. 몇억 년 된 기암절벽인 모허의 절벽(Cliffs of Moher)을 보러오거나 제임스 조이스와 오스카 와일드의 흔적을 찾거나 음악 페스티벌을 찾는 사람 등 각각의 아젠다를 가슴에 지닌 채….

나를 반겨 줄 공항 택시 아저씨부터 Pub에 있는 마음 좋아 보이는 아저씨까지 주독에 걸려 코가 빨개진 코주부들이 자주 보이는 그 동네 더블린은 삶이 느리게 가는 곳이다.

그 아일랜드인들은 한적한 동네의 사랑방 같은 Pub에서 그들이 자랑하는 기네스 맥주나 각양각색의 위스키를 천천히 음미하며 신문을 읽거나, 시시껄렁하게 옆집 부부들의 이야기 등 일상을 이야기하며 편안하게 시간을 즐긴다. 무엇보다도 늘 끊이지 않는 순박한 웃음과 유머로 낯선 여행자를 편안하게 하고 친절하게 맞아 주는 그들에게서 따뜻한 온정을 느낀다.

그곳은 날씨 탓인지 페치카의 따뜻함이 Pub을 감싸고 도는데 그 분위기에 위스키 한 잔이면 온 세상이 내 것이 된 듯하여 나그네가 처음 대하는 낯섦을 없애 주며 오래된 친구처럼 금방 친해진다. 그곳에서 직책이나 품위나 그런 것들은 개나 주면 된다. 우리 댕댕이는 안 먹는다. ㅎ

우리보다 더 심한 몇백 년 동안 계속된 영국의 핍박과 보릿고개보다 몇십 배 심했던 감자 기근 속에서도 살아남은 저들에게 동질감을 느끼며 바에서 나올 때는 포옹을 나누었던 기억이 난다.

그 편안함과 따뜻함, 순박한 웃음, 농담 그리고 영롱한 위스키의 맛이 있는 그곳은 더블린이고 내가 다시 가고 싶은 이유이다.

아, 더블린이여!!!

# 빌리 조엘의 「Piano man」 들어 본다.

2억 명이 넘게 본 영상인데 저런 Pub도 어쩌다 한번은 가 볼 만하다.

추신: 언제 갈 거냐 물으면 난 9월이라고 꼭 집어서 이야기할 것이다. 왜냐하면 몇만 명의 유럽 사람들이 매년 9월이면 짝을 찾으려고 이 더블린의 교외에 있는 부킹 장소로 몰려오기 때문이다. 참으로 희한한 국제 부킹(?)도 있다.

## 내가 좋아하는 마드모아젤

어제저녁 지인들과 좀 과하게 술을 마셨더니 아침까지도 발음이 살짝 꼬인 듯 부드럽다. 내친김에 부드러운 발음에 대해 적어 본다(원래 두서 없는 글을 쓰는데 ㄴ, ㄹ, ㅁ, ㅇ을 최대한 많이 쓸려니 글이 뒤죽박죽이어서 오늘따라 올리기가 민망하다).

대학 1학년 때 교양학부의 국어 시간이었다. 느닷없이 노 교수님은 내 이름을 부르시더니 "자네 이름은 발음하기 좋지 않아. 자음의 받침이 있어 혀가 잘 안 굴러가."라고 말씀하셨다.

그 이후로 나는 성대의 울림이 있고 나긋나긋하게 들리는 ㄴ, ㄹ, ㅁ, ㅇ이 수반되는 유성음의 발음들을 연구하기(?) 시작했는데 지금부터 나열해 본다(아래의 내용은 내 사견으로 국문학자의 의견과 상관없음). 부드러운 발음의 종주국은 뭐니 뭐니 해도 프랑스다.

특히 여성이 "봉~ 주루 무슈~" 하며 혀를 부드럽게 굴리면 '날 좋아하나?' 하며 잠시 착각에 빠지기도 한다. 생활 속에서 무수한 유성음이 함께한다. 마담 마드모아젤 에비앙과 추억의 배우 알랭 드롱, 몽생미셸 수도원과 그리고 최근에 신드롬을 일으키는 임윤찬은 프랑스 말로 '빼어난 연주 실력을 가진 무서운 아이'인 앙팡테리블이다.

우리나라 노래에서 내가 제일 좋아하는 가사는, "바람도 살랑살랑 맴을 돕니다(「짝사랑」)"이고 "울렁울렁 울렁대는 가슴 안고"의 「울릉도 트위스트」 등인데 아름다운 유성음을 대표하는 가사들이다.

독자분들이시여, 영롱한 사랑의 술인 샴페인과 신의 물방울인 와인을 들고 좋아하는 사람이 생기거든 이렇게 건배하라. "당신의 눈동자에 건배!"

ㄴ, ㄹ, ㅁ, ㅇ이 어우러진 둘도 없는 주옥같은 사랑의 찬사이다.

그러나 암만 ㄴ, ㄹ, ㅁ, ㅇ이 좋아도 "안녕, 내 사랑."이란 말은 쓰지 말자. "아름다운 사람아, 영원하자."라면 몰라도….

우리 모두 오늘 하루만이라도 모든 사람에게 이야기할 때 말랑말랑하게 표현해 보자(나한테는 앞으로 부드럽게 '무슈 조르바 님' 하면 더 할 나위 없이 좋겠다. 그럼 난 무조건 '마드모아젤'이라 할 것이고 나보다 손윗사람이 계신다면 마담이라 부를 것이다. 그들은 아줌마에게 마담, 아저씨에겐 무슈. 이리 말하니 전혀 기분 나쁜 소리가 아니다. 그런데 제일 부드러운 마담 이름은 주요섭의 『아네모네 마담』이다.

# 이름도 예쁜 에디 피아프(Edith Piaf)의 「사랑의 찬가(Hymne à l'Amour)」 들어 본다.

추신: 1. 내가 가장 좋아하는 부드러운 영어는 폴잉 인 러브이다(사랑에 빠지다).

2. "당신의 눈동자에 건배!"는 영화 「카사블랑카」에서 험프리 보카트가 잉글리드 버그만에게 한 대사이다.

## 2부

가을을
지나며

## 재즈와 자라섬

태풍이 지나간 흔적들로 길거리 가로수의 잎들은 사방에 흩어져 있고 아파트 단지 안에는 은행알들만 어지러이 널려 있어 청소하는 분들을 한숨짓게 한다. 햇살은 환하게 비추었으나 편치 않은 마음으로 글을 올린다.

얼마 전의 일이다. 후배 한 분이 "자라섬 페스티벌 가실래요?" 하길래 나는 "이 나이에 무슨 자라섬??" 하며 태연한 척하고 "다음에 가지, 뭘." 하고 정중히 사양했는데 사실은 오래전부터 가고 싶었던 곳이었으나 나이를 탓하며 내 발로 좋은 기회를 찬 것이다.

나에게 재즈는 참으로 어렵다. 누군가가 "재즈곡이다." 하면 난 "그런가?" 하고 내가 재즈라 하면 남들은 "아니야."라고 한다. 너무 자유분방하여 도대체 알 수가 없다. 하기야 내 취향은 75%가 클래식이고 20%가 팝이며 그나마 재즈는 냇 킹 콜의 감미로운 「Unforgettable」이나 클래식 음악에 재즈적 요소를 가미한 「랩소디 인 블루」를 아는 정도이니 그럴 수밖에.

그저 영화에 나오는 담배 연기 자욱한 곳에서 라이브로 흐느적거리며 색소폰을 연주하는 모습과 손가락으로 현을 자유자재로 요리하며 멜로디를 만들어 내는 더블베이스 연주자의 몽환적인 장면과 오래전

미국 친구들과 남산 밑에 있는 호텔의 지하 바에서 염탐하듯 두리번거리다 한잔하며 그들의 유연한 즉흥 연주에 잠시 즐거워했던 기억뿐이다.

그런 나도 재즈 하면 어김없이 떠오르는 트럼펫을 든 루이 암스트롱의 노래들과 재즈 카페에서 아르바이트를 했고 재즈 바를 차렸던 무라카미 하루키가 자주 들었다는 「It's the talk of the town」과 빌리 홀리데이가 부른 「I am a fool to want you」 등은 어쩌다 한 번 듣고는 하는데 특히 빌리 홀리데이의 곡을 들으면 감미로우면서도 깊은 울림이 있는 느낌을 받곤 한다. 굴러 들어온 자라섬 재즈 관람의 기회를 놓친 나.

내년엔 체면 불고하고 그 후배 허리띠 붙잡고 데려다 달라고 사정 좀 해 봐야겠다.

점잖게 브라보를 외치는 클래식도 좋지만 한 번쯤은 아무 때나 박수 치고 휘파람 불며 신나게 멋대로 몸을 흔들고 싶은 것이다. 그게 재즈 아니던가? 필 받을 때 자유롭게 흔드는 것!!!!

# 빌리 홀리데이의 「I am a fool to want you」 들어 본다(나는 당신을 원하는 바보).

## 또 다른 에필로그

—

책을 발간한 지 6개월이 다 되어 가니 책장을 넘기는 설렘은 없어진 지 오래고 가끔 읽어 보니 허접하고 미숙하기 짝이 없다. '더 잘 쓸걸.' 하는 후회만이 가득한 채 글을 더 써 보고 싶은 열망과 나에 대한 지속적인 성장의 욕망은 여전히 가슴에 남아 있다.

왜 책 제목이 『바람의 언덕에 서서』냐고 물어본 분들이 많아 여기에 남긴다. 또 다른 에필로그라 할까?
나는 늘 언덕길에 서 있었다. 『그리스인 조르바』의 작가 카잔차키스가 묻힌 크레타섬의 작은 언덕에서 그의 묘비를 보며 묵념했을 때도 에게해의 잔잔한 바람은 불고 있었다.

· 크레타섬 카잔차키스의 묘비 앞에서 본 에게해

수니온의 사나운 바람이 내 얼굴을 강타하며 그리스 태생의 마리아 칼라스를 떠올렸을 때도 산토리니에서 푸른 바다의 전설을 생각하며 부드러운 바람이 내 얼굴을 간지럽힐 때도 언덕에 서 있었으며 눈부신 태양과 물과 바람의 향연에 감탄했다.

알람브라궁전이 보이는 언덕에서는 눈이 안 보이는 로드리고가 신혼여행을 왔었다는 생각에 파란 하늘과 대자연을 바라보며 남긴 사진이 1권의 책 표지가 되었고 부코스키의 흔적을 따라가 본 하이델베르크의 언덕에서는 부코스키가 섰던 그 장소에서 똑같은 포즈를 취하기도 했으며 영화 「황태자의 첫사랑」을 흉내 내듯 낯선 사람들과 술잔을 부딪쳤다. 그리고 크로아티아의 두브로브니크에서는 아드리아해의 바람을 맞으며 걸려 있는 빨래를 보고 어머니 생각을 한 것도 그 언덕이었다.

샌프란시스코의 케이블카가 오르내리는 언덕과 에든버러와 리스본의 언덕이 아주 흡사하면서도 다른 모습들, 멕시코의 티후아나의 언덕에서 슬럼화된 집들과 광활한 사막을 내려다보며 한숨짓던 생각과 부다페스트와 프라하의 언덕, 그리고 슬로바키아의 성에서 내려다본 그곳들에선 늘 바람이 함께했다.

베토벤이 죽을 결심을 하고 유서를 썼으며 산책길에 나서서 「전원교향곡」을 작곡한 하일리겐슈타트의 언덕에서는 뜨겁던 태양 때문에 팔뚝이 익었던 기억과 한겨울의 눈바람 속에서 빈의 제일 높은 곳에서 아내와 함께 본 눈꽃에 행복한 때도 있었으며 모로코의 카사블랑카(하

얀 집이란 뜻)의 28층 꼭대기에서 본 카사블랑카의 실체와 포르투갈 제2
의 도시 포르투(porto)의 언덕에서는 가을바람과 낙엽 그리고 달콤한 포
르투 와인에 취해 언덕길을 터벅터벅 내려왔던 기억이 있다.

　최고의 언덕을 꼽으라면 나 장가보낼 때 어머니가 주신 몇십 년 된
군자란이 아늑히 숨 쉬고 있어 엄마의 숨결을 느낄 수 있는 우리 집, 발
하임의 언덕이라 명명된 작은 발코니이며 그 발하임의 언덕이 내 첫 번
째 작품 제목의 근간이 되었다.

· 금년에도 활짝 핀 나의 신줏단지 군자란

#「바우고개」들어 본다.
바우고개 언덕을 혼자 넘자니 옛 임이 그리워 눈물 납니다.

지인이 추석 선물로 보내 준 햅쌀로 오랜만에 하얀 쌀밥을 먹으니 그 꼬들꼬들한 맛에 식구들은 연신 맛있다며 즐거움이 가득한 표정들이다. 글자 그대로 백미(白米)의 향연이다.

이렇듯 좋은 사람으로부터 받은 선물은 늘 우리를 기쁘게 한다. 또한 선물 받을 사람을 떠올리며 이곳저곳 두리번거리고 발품을 팔아 낙점된 선물을 주는 사람의 즐거움도 만만치 않을 것이다.

내가 요즘 타인에게서 제일 듣고 싶은 말이 "You are a good guy(넌 참 좋은 사람이야)."인데 어떤 분은 이런 모임에서 "저의 인생에서 좋은 분을 만나는 과정이 있다."라고 한 걸 보니 분명 좋은 사람은 곳곳에 있는 듯하다.

젊을 때는 "저 친구 킹카야."란 말을 듣고 싶어 했고 미국 친구들이 "넌 참 멋진 녀석이야(You are so cool)." 하면 집에 와서 어깨를 으쓱한 적도 있었는데 나이가 들어 가니 '오래 기억되고 싶은 친구', 때론 '따뜻하고 다정한 사람' 그리고 친구들이 '골프 칠 때와 술 마실 때 부르고 싶은 사람'으로 기억하면 좋겠다.

다른 사람들은 뭐라고 기억되길 바랄까?

허먼 멜빌의 소설 『백경, 모비딕』은 에이허브 선장이 일등 항해사 '스타벅'에게 하는 말, "자네는 좋은 사람이야."로 글을 맺는다.

# 시인 문효치의 「사랑이여 어디든 가서」를 테너 박세원의 음성으로 들어 본다. 사랑이 어디든 가서 닿기만 하면 좋은 사람 만나게 될지도 모르겠고 이왕이면 과년한 딸아이에게 콕 박혀 주길 간절히 바란다.


## 예술의 쓸모 1부

___

### 1. 춤바람 난 사람들

학창 시절 우리 세대들이 주로 추었던 춤은 막춤 비슷한 고고(GOGO) 였다. 특히 내가 잘 추었던 춤은 무릎을 바들바들 떨며 추는 개다리춤이라고 할 수 있는데 가히 전문 춤꾼을 뺨치는 수준이었고(?) 다이아몬드라는 춤은 스텝도 심플하여 즐겨 추었으며 한때는 코미디언들의 춤을 흉내 내며 연습한 적도 있다. 춤을 잘 추는 친구들을 보면 부럽기도 했지만 각양각색의 춤추는 모습을 지켜보는 재미도 쏠쏠했던, 춤을 젊은 이의 특권인 양 생각했던 시절도 있었다.

화면 속 주인공들의 평균 나이는 61세.

정말 오랜만에 TV를 보았다. 덥지 않은 날씨에도 겨드랑이에 땀이 날 정도로 몰입해서 보았다.

그들의 직업은 지하철 환경미화원, 차량 기지에서 청소하는 분, 야간 청소원 그리고 건물 경비하시는 분 등 노동자이며 공연 이름은 「지하철 차차차」이다.

이 이야기는 중년 남녀들의 춤바람 난 이야기가 아니다. 쓰레기통을 뒤지며 화장실을 청소하는 막일을 하는 사람들이, 그들이 줍고 처리하는 것 등 일상에서의 동작과 제스처를 춤으로 표현한 1년 동안의 다큐멘터리다.

역장 출신의 경비를 하시는 분은 철도에서 쓰는 수신호를 춤으로 나타내려고 했는데 틈틈이 스텝을 밟고 연습을 하는 걸 보니 영화 「셸 위 댄스(Shall we dance)」가 떠오르기도 하였다.

자신을 잊고 살았던 사람들의 춤에 대한 도전이며 기댈 곳이 없던 암울했던 사람들이 벽을 찾는 순간이었다. 그들의 표정들을 몸으로 끌어낸 열정과 정열이었으며, 감정을 촘촘하게 손짓, 발짓으로 나타낸 살아있는 드라마였는데 그들은 서로를 따뜻하게 감싸며 작아지지 말자고 격려한 작은 거인들이었다.

우리도 다 같이 춤 한번 추어 볼까요?

# 「Let's twist again」 들어 본다.

추신: 예술에 대해 끝없는 도전을 한 사람들의 이야기를 총 3부로 제작했는데 EBS 방송에서 다시 보실 수 있다. 무언가를 성취하고 싶거나 꿈꾸시는 분들께 강추해 드린다.

---
## 2. 첫 번째 춤 이야기

진작 안은미 님의 이런 말을 들었더라면 그 옛날 나이트클럽에서 체면 불고하고 바로 아리따운 여인에게 대시하여 "춤 한번 추시겠어요?" 했을 것이다. 그놈의 블루스 타임만 되면 영 기가 죽었다. 평소 깜냥도 안 되는 내 똘마니 같은 친구들은 "이때다!" 하며 참 유들유들하게 빙글빙글 잘도 돌았다.

젊은 시절, 사람들 속에 휩싸여 몸을 이리저리 흔드는 막춤은 꽤 봐 줄 만했고 자신이 있었다. 그러나 슬로우, 퀵퀵 시간만 되면 풀이 죽어 플로어 한번 제대로 나가 보지 못하고 늘 한탄만 남긴 채 집으로 돌아왔다. 젊었을 때 내 나이트클럽 인생은 망했다!!!

몇십 년이 지난 요즘은 오히려 뻔뻔해져 어쩌다 가라오케, 카페라도 가면 고수인 척 서빙하는 아가씨와 빙글빙글 돌아 보지만 그것도 해 본지 10년도 훨씬 지났다.

안무가 안은미 님을 TV에서 만났다.

생머리가 하늘하늘한 게 특권처럼 느껴지던 때 머리가 너무 무겁고 필요 없어서 머리를 민 독특하고 과감한 안무로 '재미있는 파격'을 선보이는 도발적인 안무가이다.

어릴 때 빨주노초파남보의 색이 주는 강렬한 판타지 때문에 계기가 되어 춤을 시작했단다. 춤을 보고 사랑에 빠진 게 아니라….

"내가 뭔가 나의 스타일을 가르치면 그 스타일이 획일화가 되는 게 싫다."라고 했고 "춤으로 언어를 쌓아 가는 것이 중요한 작업이다."라고 했다.

"어떻게 추든 무슨 상관이야?" 하며 용기 없는 사람들에게 심장을 열어 놓았다.

안은미 님 말씀대로,

"몸치가 없다고 생각하는데 내가 못 춘다고 생각하니 몸이 굳는다. 정말 특이하게 춤을 출 수 있는데도 그냥 막 춰도 된다. 막춤을 춰라."

내가 추석날 본 이 프로그램에서 느낀 것은 "몸이 그렇듯 남은 인생에서 내 마음도 막춤을 추듯 유연해지자."였다.

니체의 글로 끝을 맺는다.

"춤을 한 번도 추지 않은 날은, 그냥 잃어버린 날쯤으로 여기자."

# 베버의 곡인 「무도에의 권유(Invitation to the dance)」 들어 본다. 많이 들어 본 곡일 텐데 남성이 여성에게 첼로의 낮은음으로 춤을 청하고 여성은 오보에, 클라리넷과 또는 플루트의 부드러운 음으로 거절하다가 결국 화려하게 왈츠춤을 춘다는 흐름이다.

—
## 3. 두 번째 춤 이야기

R석이 2석만 남았다. 잘 보이는 앞자리와 보일 듯 말 듯 신비감이 더할 중간 자리 중 뒤쪽을 택했다. 왠지 앞자리엔 여성들이 많을 거 같아 만약의 사태에 대비하기 위해서다. 즉, 나의 거칠어질 숨소리를 낯모르는 여성들에게 들키고 싶지 않아서이다.

누드에 관해선 두 번째 관람이다. 첫 번째는 5년 전 올림픽공원의 소마 미술관에서 본 보험료 375억 원짜리 로댕의 「Kiss」를 비롯한 조각과 그림 위주의 전시회여서 그런지 파격적인 것은 없었다(누드 공연보다 더한 모 항공사 승무원들이 뻔질나게 드나든다는 독일 프랑크푸르트의 남녀 혼탕은 갈까 말까 망설이다 매번 혼자라서 안 갔는데 이젠 영영 글렀다. 사실 미국에서 미국 친구들과 폴 댄스를 하는 데 가 보았으나 내 앞에서 도발적인 자세를 취했을 때 1달러짜리 팁을 찔러 넣어 주지도 못한 창피함과 쩨쩨함이 교차한 순간도 있었다.).

세 명의 男神과 세 명의 女神이 금기를 깨고 파격적으로 선보인 裸神들의 공연에서 기대했던 에로틱 장면들은 없었으며 통속적이지도 않았다.

처음 10분간 관객들은 기침 소리 하나 없이 긴장했고 나신들은 관객들을 응시했다. 그들의 몸짓과 동작은 기이했고 모호했으며 원시적이면서도 역동적이었다. 외계인의 목소리 같은 그들이 창조해 낸 몇 마디 소리와 이따금씩 내뱉는 괴성으로 관객들과 교감하였을 뿐 언어도 없었다. 옷 벗는 소리와 발 구르는 소리만이 정적을 깨고 있었는데 내 상상력은 마티스의 그림에 에곤 실레를 입힌 듯한 몸동작을 떠올리고 있었다.

현대 무용은 언어가 필요 없이 그저 느끼는 것. 이것을 내게 보여 준 오늘의 공연은 벌거벗은 무용수들을 본 것이 아닌 자유의 아름다운 몸짓들을 숨죽이며 지켜본 순간들이었다.

· 무용수들이 남긴 옷. 그들에겐 그저 거추장스럽고 형식적인 것들이다.

"누드는 아무것도 감추지 않는다. 감출 것이 없기 때문이다. 뭔가를 감추는 순간 음란해진다."라는 어느 시인의 글을 마지막으로 맺는다.

# 그리그의 페르퀸트 모음곡 중 「아니트라의 춤」 들어 본다.

추신: 스트라빈스키의 「봄의 제전」 초연 시 파격적인 모습에 관객들이 웅성거리고 무대 위에 올라와 난동을 부렸다는데 내용은 다르지만 오늘과 같은 파격이 있지 않았을까?

---

### 4. 마지막 춤 이야기

결론부터 말하면 내가 읽었던 소설 속의 주인공들은 여자, 남자 할 것 없이 전부 다 망했다. 특히 종종 언급되는 소설 속의 주인공 대부분이 욕망과 자유를 갈구하는 내용들이며 그들은 춤이나 가면무도회를 통해 자신의 언어를 몸으로 표현하거나 아니면 아예 반대로 자기의 얼굴을 카멜레온처럼 숨겨 감정을 감추거나 드러내지 않는 것들이었다.

그중 대표적인 것이 플로베르의 『마담 보바리』와 톨스토이의 『안네 카레니나』고 괴테의 『젊은 베르테르의 슬픔』이요, 정비석의 『자유부인』이다.

새장에 갇혀 있던 평범하고 일상적인 소도시 루앙의 시골뜨기인 보바리가 파리를 여행하며 즐긴 화려한 무도회장의 추억을 꿈꾸다 결국 파탄에 빠져 비소를 먹고 자살한다.

무도회장에서 "파트너를 찾아라."라는 사회자의 안내에 브론스키 백작은 키티에 대한 관심도 잊은 채 안나 카레니나와 춤을 추고 욕망의 화신이 된 안나는 결국 기차로 뛰어들어 자살한다.

교수인 남편에 대한 권태의 탈출구로 남편의 제자에게 춤을 배운 주인공 오선영. 정비석의 『자유부인』은 국내 최초의 베스트셀러가 된다. 여기에서도 오선영은 간접적으로 파멸된다.

베르테르를 자살하게 만든 로테를 처음 만난 곳이 바로 무도회이고 정혼한 약혼자를 사랑한 베르테르는 자살로 생을 마감한다.

그런데 내가 존경하는 박완서 님의 소설 『그 남자네 집』에서도 그분이 권태에 빠져 보바리 부인의 빙글빙글 춤추는 장면을 묘사한 것이 나오는데 박완서 님도 일상의 궤도에서 일탈하고 싶은 은밀한 욕망이 있었는지도 모른다.

여기서 사실 내가 말하려고 하는 것은 그들의 허망한 죽음이 아니라 『그리스인 조르바』의 자유고, 안무가 안은미의 자유며 알렉상드르 뒤마의 『동백 아가씨』가 추구했던 그 억압으로부터의 탈출이었는지도 모른다.

여태껏 읽어 본 춤에 관한 글 중 가장 기억할 만한 글을 소개한다. 서울대 정치 외교학과 김영민 교수가 쓴 글이다.

춤에는 흥과 리듬이 필수다. 그뿐이랴. 막춤 아사리판이 아니라, 사교 댄스에는 파트너가 필요하다. 파트너란 합을 맞추어야 하는 존재. 파트너와 조화를 이루려면, 어느 정도 정신 줄을 놓되 완전히 놓지는 않아야 한다. 춤은 배우기 쉽지 않은 고난도의 예술이지만, 동시에 즐길 수 있는 유희이기도 하다. 인생 행로에서 봉착하는 모든 것을 댄스 파트너로 간주할 수 있다면 얼마나 좋을까.

- 일간지 칼럼 中에서

괴테의 『파우스트』를 오페라로 만든 곡은 많은데 제일 유명한 곡이 구노의 작품이다. 가면무도회에서 파우스트가 고대 그리스의 헬레나를 만나며 그 아름다움에 반하는 장면이다.

#「파우스트」중「왈츠」를 카라얀의 연주로 들어 본다.

## 자장면 시키신 분~

이 광고로 일약 스타덤에 오른 개그맨이자 MC인 모 씨(이하 모 씨로 호칭)는 동네의 피트니스에서 자주 보는 연예인 중 한 사람이다. 톱클래스의 유명한 연예인들도 가끔 눈에 띄지만 눈도 마주치지 않는 연예인 스타일하고는 다르게 좀 여유가 있어 보이며 운동도 열심히 한다.

얼마 전 TV에서 모 씨와 그분의 어머니에 대한 스토리가 방영되어 만나면 꼭 내가 본 느낌을 전해 주고 싶었으며 몇 달 동안 꾹 참고 있었는데 며칠 전 사람이 없는 사이에 말문을 틀 기회를 얻었다. "TV 프로 너무 잘 봤어요. 덕분에 좋은 인상을 갖게 되었어요. 그런데 왜 그렇게 TV에선 얼굴이 더 나이 들어 보이지요?" 실제 그는 50대 중반의 나이임에도 탄탄한 몸매와 예상외로 나이보다 젊은 얼굴을 지니고 있었다. 모 씨 왈, "카메라는 속일 수 없어요. 메이크업이나 분장을 좀 해야지."

우리는 몇 년간 서로 멀뚱멀뚱 보기만 하다가 내가 먼저 시동을 걸어 그렇게 인사를 하게 되었다(사실 내가 좀 서글서글한 편이라 먼저 인사를 하는 편인데 남을 무시하는 듯한 태도나 내리깔은 눈의 연예인들은 다 '그럼 그렇지, 별수 있나?'라는 선입견을 갖게 된 것 또한 사실이다).

그 친구 기분 좋은 표정을 지으며 내 시답잖은 몸을 보고 "몸 관리를 잘 하시네요. 제가 분발하겠습니다." 하며 "좋은 하루 되셔요."란 인사와 립 서비스까지 남기며 자리를 떴다.

아, 그렇다! 이렇게 상대방에 대한 관심이나 짤막한 인사는 연결 고리의 계기를 만들고 서로에 대해 '앎'이라는 축복을 줄 수 있다. 이제 계절이 깊어지면 가을의 쓸쓸함과 그리움이 점점 더할 텐데 딴사람들이 눈을 째리던 묵묵부답이던 많은 사람이 서로 엄지척을 해 주며 따스하게 격려해 주는 세상이 오면 좋겠다.

# 엘가가 작곡한 「사랑의 인사」를 사라 장(장영주)의 바이올린 연주로 들어 본다. 이 곡은 엘가가 그의 부인인 엘리스에게 헌정한 곡인데 엘가는 아내를 부를 때 휘파람을 불어 신호를 보냈다고 전해진다.

자장면 시키신 분~

난 여인들의 옷자락, 특히 바바리코트에서 계절의 바뀜을 느낀다. 아직도 낮에는 더운 기운이 남아 있어 입은 사람들이 눈에 띄진 않지만 심플하고 군더더기 없는 클래식한 느낌의 바바리코트에 자연스레 눈길이 간다. 오늘같이 바람 부는 날 코트를 걸친 실루엣들이 거리를 메우면 얼마나 근사할까!!!

사실 요즘 매일 한두 번씩 들리는 첼로 음으로 편곡된 곡들을 통해 계절이 바뀌었음을 실감하게 되는데 가장 대표적인 곡이 패티킴의 「가을을 남기고 떠난 사람」이다. 이 노래를 독일의 첼로 연주자인 베르너 토마스 미푸네의 첼로 곡으로 들으면 가을의 우수와 쓸쓸함이 더욱더 느껴진다.

다수의 곡을 편곡하여 우리에게도 낯이 익은 토마스 미푸네는 젊은 시절 오펜바흐의 미발표 첼로 악보를 발견하고, 첼리스트로 살다 젊은 나이에 유명을 달리한 '재클린 뒤 프레'를 기리어 「재클린의 눈물」이라 명명하며 세상에 알려 명성을 떨치게 된다.

재클린 뒤 프레(Jacqueline Du Pre). 그녀는 발음상 듣기에 프랑스인 같지만 대영제국이 자랑했던 영국인 첼리스트이다. 큰 키를 이용한 파워풀한 연주로 연주 중 줄이 잘 끊어졌고 남성 몇 명의 연주 음량을 냈다고도 전해졌으며 당대의 최고 연주자였던 파블로 카살스나 로스트로포비치도 극찬할 정도였다니 얼마나 대단하였는지 짐작할 수 있다.

그러나 안타깝게도 젊은 나이에 섬유경화증이라는 불치병에 걸려 연주를 못 하게 되고 그가 그리도 사랑하던 다니엘 바렌보임은 그녀를 떠나게 된다. 바렌보임은 아르헨티나 출신으로 이스라엘과 팔레스타인 등 세 개의 국적을 가지고 있는 피아니스트 출신의 지휘자로 올해도 빈 필하모닉의 신년 음악회에서 지휘봉을 잡은 백전노장의 거인이다.

병든 뒤 프레를 저버리고 다른 여자와 아이까지 가진 바렌보임의 행동이 아직까지도 많은 비난을 받고 있지만 한편으로는 예술가들의 한 스타일로 해석하기도 한다(재클린과의 호적은 아직 정리 안 했다고 하는데…).

# 이 세상에서 제일 슬픈 곡이라는 「재클린의 눈물」 들어 보겠다.

## 리추얼(Ritual)에 대하여 —

매일매일 글을 쓰는 것은 나의 심복인 심바와 한강 주변을 산책하는 것과 함께 작은 리추얼(의식)이 되었다. 이 리추얼들은 내 곁에 있는 강아지와 글을 공감해 주는 동료들이 함께하기에 더 가치가 있고 위안을 받는다. 가끔 무엇을 쓸까 망설여지고 막힐 때도 있는데 이상하리만큼 스토리텔링은 그런대로 흘러간다. 가끔은 억지로 눌러쓴 흔적도 보이지만….

오늘 같은 경우도 예외는 아니다. 스스로 약속한 매일 글을 쓰는 것이 꼭 의무는 아니지만 가만히 있으면 자기와의 싸움에서 지는 것 같아 무엇을 쓸까 하다 아르키메데스가 생각나니 피타고라스가 연상되고 곧이어 수학자 허준이 교수가 생각난다.

허준이 교수가 갖고 있던 문학적 꿈을 똑같이 꾸었던 임윤찬과 그가 수없이 읽었던 단테의 『신곡』이 떠오르며 단테가 사랑한 불멸의 여인 베아트리체와 그리고 화자인 주인공이 단테의 『신곡』을 읽던 순간 나타난 조르바, 『적과 흑』의 스탕달, 단두대와 「1000일의 앤」 볼린과 『두 도시 이야기』, 프랑스혁명과 빅토르 위고, 노트르담의 파리와 콰지모도, 호밀빵 훔친 『레 미제라블』의 장발장, 『호밀밭의 파수꾼』, 허수아비와 밀밭 그리고 까마귀 고흐와 압생트, 와인과 토스카나 그리고 다시 단테로 이어지는 돌고 도는 순환의 이야기가 되어 순간순간 뇌리를 스치며 지나가고 난 이 순간을 놓치지 않으려고 발버둥 치곤 한다. 헤밍웨이는 자만하지 않으려고 그날 쓴 단어의 수를 기록했다지???

짧은 글이지만 소소한 리추얼을 통해 내 마음도 농부가 담은 와인이 익어 가듯 정화되고 숙성되어 다듬어지길 바란다. 물론 나의 거친 글도 함께 말이다.

· 「단테와 베아트리체와의 만남」, 헨리 홀리데이, 1883

찬 바람이 불어 가을이 깊어지고 겨울이 되면 더 많은 소소한 일상의 리추얼을 꿈꾸리라. 오늘도 일어날지 모르는 그 작은 리추얼을 위하여 건배!

최백호를 소소한 느낌이 나는 가수라고 말하면 어떤 분들은 부정하실지 모르지만 난 그리 말하고 싶다.

# 「낭만에 대하여」 들어 본다.

롯데 콘서트홀 8층에서 내려다본 석촌 호수의 물 색깔은 에메랄드빛이었다. 잠시 유치환 님의 「행복」을 떠올렸다.

"사랑하는 것은 사랑을 받느니보다 행복하나니라."

한중 수교 30주년 기념 오페라 갈라 콘서트를 관람했다.

처음으로 두 개의 오페라를 한 무대에서 연속적으로 감상할 수 있는 기회였다. 무대배경을 설치하지 않은 관계로 등장인물들과 무대 의상 등의 효과는 적었지만 오케스트라의 장엄함과 성악가들의 아리아와 이중창이 돋보이는 무대였는데 한국 최초의 오페라 「춘희(라 트라비아타)」와 중국을 배경으로 제작된 베르디의 마지막 오페라 「투란도트」를 선보였다.

「라 트라비아타」의 「이상하다! 아, 그대인가」에서는 소프라노 김미주의 노래가 끝나자 지휘자가 성악가의 손등에 키스하는 장면을 보여주었는데 곰곰이 생각해 보니 손등에 하는 키스는 사랑의 고백 말고 축하하거나 경의를 표할 때도 쓰는 모양이다.

성악가는 한국 3명, 중국 2명의 총 5명으로 구성되었는데 2020년 팬텀 싱어 우승자 박기훈의 크지 않은 체구에서 뿜어 나오는 압도적이고 카리스마 넘치는 성량과 오케스트라의 웅장하고 폭발력 넘치는 끝맺음이 잠실벌을 벌겋게 달구었다.

#「투란도트」 중「네슨 도르마(Nessun Dorma, 아무도 잠들지 말라)」를 박기훈의 음성으로 들어 본다. 마지막에 3번 울려 나오는 "Vincero(승리하리라)!"는 대사는 「투란도트」의 백미이며 관중들에게 큰 울림과 감동을 선사했다. Vincero, Vincero, Vincero!!!

추신: 옴니버스란? 몇 개의 독립된 짧은 이야기를 모아 하나의 작품으로 만든 영화나 연극의 한 형식이다.

## 왕세자비의 우정에 관하여     —

흔들림 없는 리더십과 권위로 87년간 해가 지지 않는 나라의 품위를 지킨 故 엘리자베스 여왕 2세의 서거는 축구 영웅 베컴이 13시간 동안 줄을 서서 조문하는 등 영국 국민의 슬픔을 전 세계에 알리며 여러 기삿거리를 제공했다. 오늘은 여왕과 등을 졌지만 아직도 영국인들의 사랑을 받고 있는 故 다이애나 왕세자비와 가수들의 우정에 대한 스토리를 아주 짧게 옮긴다.

다이애나는 자선단체 공연을 통해 루치아노 파바로티와의 우정을 쌓아 왔는데 파바로티는 다이애나에게 오페라 「마농 레스코」의 「돈나 논 비디 마이(Donna Non Vidi Mai 일찍이 본 적 없는 여인)」을 헌정하고 다이애나 황태자비(공식 명칭은 에일스 공작 부인이다)는 비 오는 공연장에서 제일 먼저 우산을 접고 비를 맞으며 공연을 즐기는 등 둘은 각종 자선 공연을 함께하며 우정을 쌓았다.

한편 다이애나와 가수 엘튼 존과의 우정은 너무나 유명하며 엘튼 존은 다이애나의 장례식장에서 피아노를 치며 부른 추모곡 「Candle In The Wind」로 세계 몇십억 인구의 주목을 받은 바 있다.

그런데 엘튼 존의 히트송 '미안하다는 표현이 세상에서 가장 어려운 말'이라는 「Sorry seems to be the hardest word」는 언뜻 제목만 보면 다이애나의 불운함을 예고한 듯하다('지켜 주지 못하고 먼저 보내서 미안하다'는 나의 억지성 꿰맞추기 추측이다).

내 이야기로 넘어간다. 어제는 오래전 같이 근무했던 직장의 동료들과 가게 이름도 근사한 「화양연가」라는 양고깃집에서 만났다. 그 시절 홍콩에서 회의하고 침사추이를 활보하고 다니며 실적 좋다고 태국의 꼬사무이에서 단체 견학을 핑계 삼아 놀던 꽃처럼 아름다웠던 시절인 화양연화(花樣年華)를 그리워하며 영화 속의 장만옥과 양조위가 스테이크를 먹듯 그리 양갈비를 뜯었다. 술이 몇 순배 돌며 왁자지껄해지자 30년 전 인연을 맺은 이 친구들을 보며 내가 늘 하던 말을 또 했다. "우정은 신이 내린 축복이야."

내 지인이 적조해지면 만나자고 채근할 때 잘 써먹는 말을 옮기며 글을 맺는다.

"사랑(우정)은 오솔길과 같아서 오고 가지 않으면 곧 없어진다!!!"

그 친구는 이 말을 한 뒤에는 늘 21년 이상 된 위스키나 싱글 몰트 있으면 갖고 오라고 한다. 술이 우정보다 더 좋을까?

# 엘튼 존의 「Sorry seems to be the hardest word」 들어 본다.

추신: 1. 맘에 드는 여성과 우정을 쌓으려면 '일찍이 본 적 없는 여인'이라고 속삭여라.

2. 다이애나에 관한 스토리는 영화 「파바로티」의 일부 내용이며 파바로티의 생애를 주변의 인물과 파바로티를 직접 인터뷰하는 형식으로 진행된 다큐멘터리 영화이다.

나는 고약한 취미가 있다. 연예부 기자 출신도 아니건만 남의 사생활 캐기를 무척 좋아한다. 특히 시대를 풍미했던 작곡가나 화가들의 은밀한 연애편지나 그들의 사랑에 얽힌 비하인드 스토리를 들추어내는 것은 모연예인의 숨겨진 연애사를 듣는 것처럼 흥미진진하며 특종 기삿감이다.

19세기 말 아르누보 시대에 남자의 집착에서 탈출하려 몸부림친 예술가가 있었다. 그 이름하여 알마 말러. 이름에서 짐작하듯이 작곡가 구스타프 말러의 부인이었고 빈에서 화려한 연애사를 장식한 문인이자 유명한 작곡가이기도 하였다.

알마는 13살 때 아버지를 잃고 엄마가 아버지의 제자와 결혼하자 충격을 받아서인지 나이 차이 많은 남자를 좋아하게 되어 새아버지의 제자인 클림트와 베네치아에 가서 첫 키스를 나누며 사랑에 빠지기도 했다(알마는 일상을 매일 글로 남겨 알 수 있었다고 한다).

미모와 사교성 덕택에 여러 남성이 청혼했지만 19세 연상의 유명한 작곡가 구스타프 말러와 결혼했다. 막상 결혼하게 되자 말러가 알마의 활동을 억압하는 바람에 알마는 우울증을 앓았다. 그 가운데서도 바우하우스의 창시자인 그로피우스와 눈이 맞아 외도를 했고 말러와의 결혼 생활은 9년 만에 말러의 사망으로 끝이 났다. 여전히 아름다움을 과

시하던 알마는 7살 연하의 화가인 오스카 코코슈카와 격정적인 사랑을 나누지만 알마에게 집착하는 코코슈카에게 2년 만에 싫증을 느끼고 그 로피우스와 결혼하나 낳은 자식이 친자가 아니라는 이유로 파경을 맞고 소설가인 프란츠 베르펠과 세 번째 결혼을 한다.

알마 말러의 결별로 코코슈카는 그 충격을 견디지 못해 수백 통의 편지를 보내며 돌아오라고 애원하지만 한번 떠난 알마는 마음을 굳게 닫았다. 이별의 슬픔을 견딜 수 없었던 그는 알마를 닮은 봉제 인형을 뮌헨에 있는 인형 제작자에게 만들어 달라고 하여 함께 자고 돌아다니며 일상을 함께했다고 전해진다. 훗날 알마는 코코슈카에게 용서를 구하는 편지를 보냈는데 코코슈카는 이미 오래전 용서했다고 답하며 평생 그녀만을 그리워하고 사랑했다고 한다.

· 알마를 닮은 실물 크기의 봉제 인형과 자고 먹고 끼고 다니며 활보했다.

죽을 때 "아빠가 있는 정원으로 돌아가고 싶다."라는 말을 남긴 알마는 제일 사랑한 사람이 말러여서 성은 바꾸지 않았다.

# 서유석의 「아름다운 사람」 들어 본다. 말러와 코코슈카에게 알마는 영원히 아름다운 사람으로 남은 것은 틀림없다.


## 20년 동안 주인을 기다린 댕댕이 아르고스(Argos)

도시 곳곳에 반려동물들이 활보하는 모습이 감지된 지는 이미 오래되었으며 동물병원은 넘쳐 나고 명품 시장 등 펫셔리 사업은 파죽지세다. 펫티켓이나 펫캉스 같은 신조어도 등장하였으며 스페인 같은 경우 법적으로 이미 가족의 일원이 되었다.

> 누군가를 10시간 넘게 기다린 적 있으세요?
> 반려견은 당신만을 기다립니다.
> 하루 종일 당신이 올 때까지요.
> 특별하게 대하지 않아도 돼요.
> 그냥 함께 있어주세요.

· 반려동물 전문가 강형욱의 책, 『당신은 개를 키우면 안 된다』

강형욱의 글을 보고 대부분의 댕댕이를 키우는 분들은 고개를 끄덕일 것이다. 그들은 마치 온종일 나를 문 앞에서 기다린 것처럼 계단을 올라오는 소리나 엘리베이터 소리만 들어도 짖어 대며 금방 알아챘다.

가끔 들리는 댕댕이와 인간의 아름다운 러브 스토리는 도처에 널려 있으나 나는 지금 가장 슬프고 감동적인 전설 속의 이야기를 하려고 한다.

아르고스는 오디세우스가 온 사실을 알고 꼬리 치며 두 귀를 내렸으나 주인에게 가까이 갈 힘이 없었다. 오디세우스는 자신이 사랑하는 개였던 아르고스를 알아보고 에우마이오스에게 들키지 않으려고 고개를 돌려 눈물을 닦았다.

- 호메로스의 『오디세이』 中에서

천신만고 끝에 20년 만에 거지꼴로 변장을 하고 돌아온 옛 주인 오디세우스왕을 아무도 알아보지 못할 때 그를 알아보는 유일한 존재가 늙은 아르고스라는 개다. 그러나 20년을 기다린 충직함과 인내의 대명사 아르고스는 주인을 만나자마자 기력이 없어 죽는다. 얼마나 감동적이고 슬픈 이야기인가? 유모도 오디세우스의 발의 흉터를 보고 알아본다.

오디세이를 떠나서 나 같은 개 주인들은 가끔 이런 생각을 한다. 개는 자기 동족을 좋아할까? 아니면 나를 더 좋아할까? 여기 그 해답이 있다.

심지어 개들은 동족과 함께 있기보다 사람과 함께 있기를 더 좋아한다.

20년 동안 주인을 기다린 댕댕이 아르고스(Argos)

평생 따르고 충성하는 대가로 개들은 음식, 따뜻하고 사랑 넘치는 가족, 좋은 집을 얻는다. 이 거래를 완성하는 건 우리 몫이다. 개는 자격이 충분하다. 아무렴, 천재 아닌가!

- 브라이언 헤어, 버네사 우즈의 『개는 천재다』中에서

그러니 댕댕이 주인들이시여, 우리의 애기들이 산책 시 다른 강쥐들하고 잠시 어울리더라도 너무 불안에 떨지 말라. 자식 같은 강쥐는 동족보다 주인을 더 좋아하고 어떠한 상황에서도 주인을 항상 믿고 따르는 끝내주게 이쁘며 귀여운 우리의 막내가 아닌가?
댕댕이와 냥이는 우리의 사랑이며 우리가 그들을 선택한 것이 아니라 그들이 우리를 선택한 것이다.

# 로시니의 곡인 「고양이 이중창」을 파리 나무십자가 소년합창단의 음성으로 들어 본다. 야옹야옹.

추신: 개는 3만 5천 년을 인류와 함께하였다. 고대 이집트 사람들의 경우에는 인간의 삶과 영혼을 개에게 맡겼으며 영혼의 보호자라 생각하여 투탕카멘은 개의 형상을 한 아누비스의 조각을 무덤에 같이 묻기도 하였다.

## 복비 챙기는 남자 —

난 거간꾼이다.

물건을 중개하고 중간에 구전, 흔히 말하는 복비를 챙기는 일을 한다. 그래서 내가 제일 좋아하는 단어는 수수료인 커미션(Commission)이며 은행에서 "입금됐어요."라고 전화 오면 한잔 거나하게 먹기도 했는데 요즘은 많이 홀쭉해졌다.

아버지가 주인은 아니지만 복덕방(부동산 소개소)에서 일을 하셨기에 내가 대를 이어 무역으로 거간꾼 노릇을 하니 가업을 물려받은 셈이다. 요즘 어쩌다 부동산에 들르게 되면 왠지 모를 친근감이 드는데 그건 아버지에 대한 노스텔지어 때문인지도 모른다. 20년 전까지도 남부럽지 않은 다국적 기업에 있다가 복비 수입이 연봉의 2배는 넘는 것 같아 싱가포르 무역상과 결탁하여 퇴직하고 몇 개월 잘 했다. 그러나 그 싱가포르 X 꾐에 빠져 패가망신을 당할 뻔하다 용케 살아남아 아직까지는 버티고 있는데 그래서인지 난 중국 말 쓰는 싱가포르 친구들은 탐탁지 않게 여긴다. 그네들 영어 발음은 나처럼 시원치 않아서 알아듣기도 힘들고 말꼬리에 점잖지 못하게 '~랄라' 하며 항상 뒤에 무엇을 붙인다.

내 발음은 순전히 구닥다리지만 영어를 도구로 몇십 년 밥을 빌어먹고 있다. 본의 아니게 글을 쓰면서도 영어책을 뒤적거리며 잘난 체하고 있으니 내가 생각해도 꼴불견이다.

실은 엉터리 엔지니어 출신이라 그 실력으로는 명함도 못 내밀 듯해 조금 공부하였던 것이고 영어 소설들을 취미로 읽은 것이니 이 기회를 빌려 양해를 구한다.

나의 다음 목표는 AI나 번역기 도움 없이 영어로 된 에세이를 쓰는 것인데 오늘과 어제의 글들도 영어로 활자화되어 책 냄새를 맡게 되면 좋겠다.

책의 제목은 『Standing On The Windy Hill III(바람의 언덕에 서서 3편)』일 텐데 시쳇말로 글이 허접하고 쪽팔려서 잘 될지 모르겠다. 그런데 '시쳇말과 허접함과 쪽팔려'를 어떻게 영어로 표현하지?

# '꾼'이라는 말이 나오니 이참에 모차르트의 마지막 오페라인 「마술피리」에 나오는 「나는야 새잡이꾼」 들어 본다.

## 그린 북(Green Book)

2019년 3월, 유럽 가는 비행기 안에서 영화 검색을 하다가 「그린 북」이란 제목이 눈에 띄어 꾹 스위치를 눌렀다. 미국의 피아니스트 돈 셜리의 실화를 바탕으로 한 작품인데 영화 제목인 '그린 북'은 여행을 떠난 흑인들만이 이용할 수 있는 숙소나 음식점의 리스트가 적혀 있는 안내문이다.

돈 셜리가 미국 남부인 켄터키와 테네시 등 음악 투어 여행을 하는데 동행할 운전사 겸 보디가드로 클럽 종업원인 이탈리아 백인 운전사 토니를 대동한다.

돈 셜리는 무대 위에서는 피아노 연주로 관중을 압도하지만 백인들과 같이 호텔이며 식사도 함께할 수 없고 하물며 화장실도 같이 쓸 수 없는 차별을 받는다. 8주 동안 이동하면서 취향도 다르고 편견이 있어 늘 티격태격하던 두 남자는 서로를 이해하게 되며 우정은 깊어진다.

특히 흑인에 대한 편견을 없애기 위해 공연료가 몇 배나 많은 북부 투어를 포기하고 일부러 남부 투어를 한다고 돈 셜리가 밝히자 토니는 깊은 감명을 받는다.

실제로 화면을 보니 냇 킹 콜이 1956년 앨라배마주 버밍햄에서 연주하는데 백인 전용관에서 백인들의 음악을 연주한다며 습격을 받아 폭행당했다는 장면이 나오는 걸 보아 인종 차별이 얼마나 심했는지를 알 수 있었다.

마지막 공연을 마치고 크리스마스 전에 집에 도착하기로 아내와 약속한 토니는 집으로 출발한다. 셜리는 토니의 가족이 있는 크리스마스 파티에 초대받지만 그는 자신의 집으로 간다. 그러나 와인을 들고 토니의 집으로 찾아오며 영화는 막을 내리는데 그 후 둘은 계속 우정을 유

그린 북(Green Book)

지하다가 2013년 같은 해에 한 달 사이로 사망한다.

이 영화를 보면서 좌충우돌 여행을 통해 유색인종에 대한 편견을 없애고 우정의 금자탑을 세우며 끝나는 해피엔딩 스토리에 제인 오스틴의 『오만과 편견』을 떠올렸다면 오버하는 것일까?

# 영화에 나온 쇼팽의 연습곡 25번 중 11번째 곡인 「겨울바람」 들어본다. 50초 동안 폭풍우같이 몰아친다. 스트라빈스키는 그의 연주를 "신의 경지에 이르렀다."라고 표현했다.

추신: 1. 인종차별은 나의 중학교 시절에도 있었다. 키 크고 까무잡잡했던 친구의 별명은 '사우디'였고 나는 '튀기'였다.

2. 몇 년 전 본 영화를 본 후 메모하였던 초안을 오늘에서야 탈고하면서 아래와 같이 느꼈다.

영화 제목의 '그린 북(Book)' 그리고 백인을 비롯한 많은 사람을 감탄시키며 피아니스트가 폭발시킨 음악(Music) 고용자가 피고용자를 위해 크리스마스 선물로 집에 들고 가 두 사람의 인생을 연결해 준 이음이었던 와인(Wine) 또한 그 둘이 술집에서 주문한 커티 삭 위스키 두 잔.

이렇듯 책과 음악과 와인은 곳곳에 교묘하게 얽히고설켜 있다. 그것들을 줄여 표현하면 바로 내가 만든 문학 밴드 B.M.W.인데 이 밴드가 엉터리가 아니었음을 이 영화에서 여실히 증명해 준다.

"너 오늘 잘 만났다. 맞짱 한번 뜨자."

얼굴만 보면 다 아는 공인들이 사우나에서 벌거벗은 채 난투극을 벌이기 일보 직전의 돌발 상황은 주위 사람들이 뜯어말려 겨우 진정되었다. TV에선 나비넥타이에 압도적인 기량으로 관중을 매료시키던 신사의 품격은 온데간데없고 주위 사람의 시선은 아랑곳하지 않는 그들의 무례함에 천박함마저 보여 씁쓸했다. 이유야 어떻든 나도 똑같은 상황이면 그랬겠지만 적어도 그는 공인 아니던가?

'신사의 품격' 하면 떠오르는 분은 안타깝게도 몇 년 전에 영면하신 우리 시대의 진정한 '낭만 논객' 故 김동길 교수님이다. 그분에 대해서 잘은 몰라도 늘 잃지 않는 미소로 나비넥타이를 맨 채 개그맨 최병서를 흉내 내며 "이거 이래서야 되겠습니까?"가 트레이드 마크였던 분으로 기억한다. 그분을 추모하는 글을 보니 늘 위트 넘치는 대화로 좌중을 웃게 하고 대본 없이 방송을 진행할 정도로 여유와 수완이 가득하신 분이셨던 게 떠올랐다.

그가 나오면 시청률이 꿈틀댈 정도였고 여든여섯 노인에게서 전광석화처럼 애드리브가 튀어나왔으며 '감성은 팔딱팔딱 스무 살 청춘이고, 지식은 이백 살 현자'라고 불리며 외우고 있는 시만 300개가 넘는다는 낙천주의자였다.

- 출처: 조간신문

박사님이 남기고 후배들에게 남기고 싶은 이야기는 "쫄짜가 되지 말자."와 "용서할 줄 아는 남자."였다.

가뜩이나 꼰대 강박증에 시달리던 내게 지면에서 본 교수님에 대한 몇 줄의 글은 여태껏 '품격과 격식'에 관해 내가 읽은 모든 책과 경험 등을 압도하며 깊은 울림을 주었다.

낙천주의자가 되자.

쫄짜가 되지 말자.

용서해 주자.

그래, 눈감아 주자.

# 파블로 카살스의 「새의 노래」 들어 본다. 그가 90세 넘어서까지도 매일 아침 연습하던 곡이라 알려져 있다(카탈루냐의 독립을 위해 투쟁했던 그가 40년 동안 대중 앞에서 연주하지 않았다).

교수님이 즐겨 쓰셨다는 영어 표현을 아래와 같이 배우며 독자분들께 인사드립니다.

With loved respect(깊은 존경을 표하며).

추신: 교수님이 평생 독신이셔서 그런지 구름같이 많은 여성 팬을 몰고 다니며 인기를 끄셨다는데 그분이 가진 나비넥타이만 몇백 개라니

나도 부지런히 무언가 더 모아야겠다.


## 나비넥타이의 추억

    —

몇 년째 쓰지 않은 나비넥타이가 구석에 걸려 있다. 자줏빛, 보랏빛, 초록빛, 흰색, 검은색···. 나비넥타이는 선명함의 상징인지도 모르겠다.

한 뼘도 안 되는 이 작은 넥타이를 매면 이상하리만큼 교양미를 갖춘 사람처럼 느껴져 목과 성대에 힘을 주며 목소리는 매끄럽지 못해진다. 괜히 우쭐해지고 뽐내고 싶어 위대한 예술가라도 되는 양 거리를 활보하고 싶었던 때가 한두 번이 아니다.

그 나비넥타이를 매고 공사 기간만 16년 걸려 완성되었다는 시드니 오페라하우스에서 샴페인을 마셨던 추억을 이야기해 본다.

2019년 6월의 어느 날, 휠체어에 의지하는 분들과 함께 시드니로 향했다. 내게는 빈에 이어 두 번째로 함께한 공연 반 여행 반의 '연주 여행(?)'이었는데 교민들을 위한 합창 협연을 위해서였다(난 그 후에 개인적인 이유로 활동을 중단했다). 이른 새벽 시드니 공항에 도착한 우리는 휠체어 운송 때문에 입국장을 나오는 데만 해도 몇 시간이 걸렸는데 이런 우리를 VIP 영접하듯 정장을 입고 직원들과 도열하여 반갑게 맞아 주며 불편한 분들을 안내한 그 당시 모 은행 시드니 지사장이 보여 준 품격과 밤을 새우며 고생한 의전에 우리 모두 감동하였다.

공연은 장애인을 돌보며 몇 차례 이루어졌는데 비장애인에 대한 거동이 불편한 분들의 곱지 않은 시선과 편견을 깨느라 1:1로 밀착 봉사를 하며 시내 언덕의 오르막길과 내리막길에 휠체어를 밀며 낑낑대던 일과 인도 택시 운전사들의 불친절과 바가지요금에 입에 담지 못할 쌍욕을 하며 싸웠던 기억들이 있다.

오페라하우스 옆 시드니 공원을 새벽에 걸으며 여명을 맞았던 순간들과 마치 야외 스케치 같았던 비가 오락가락한 시내 투어 그리고 우리가 교민들에게 「고향의 봄」을 불렀을 때는 TV에서 해외 동포들이 이 곡을 들으면 왜 울먹거렸는지 실감할 수 있었다.

체류 기간 동안 헌신적인 봉사를 아끼지 않은 인물이 훤칠한 모 은행 지사장의 사택에서 그 귀한 돔 페리뇽 파티와 오페라를 보면서 마신 샴페인은 여태껏 마신 술 중 가장 달콤한 우정과 낭만이 담긴 사랑의 술이었다. 봉사라는 이름과 함께 그때 우리 일행을 최선의 성의를 다해 보살펴 준 그 친구를 며칠 후 만날 수 있다니 가슴이 뛴다.

가을바람 스산하니 무대에서 넥타이를 바로잡아 주던 동료들의 손길과 격려해 주던 따뜻한 눈길이 그리워진다. 언제 또 나비넥타이를 매고 뽐낼 날이 있으려나??

# 오페라 「나비부인」 중 「허밍 코러스」 들어 본다.


## 1년 전 오늘을 반추하며 ___


길거리와 아파트 단지 내 은행잎들의 색채는 점차 노란색으로 물들어 가고 가을의 전설이라는 춘천 마라톤을 대비하는 듯 한강 변을 달리는 건각들의 모습들이 눈에 띈다. 가을이 이리 깊어지면 윤도현의 노래를 들으며 쓸쓸함을 느끼는 사람도 늘어나겠지?

"가을 우체국 앞에서 그대를 기다리다
  노오란 은행잎들이 바람에 날려가고"

일 년 전 이맘때 연휴를 맞아 산책한 소마 미술관 근처의 일상엔 핑크 뮬리와 강쥐의 사진과 함께 이런 메모가 적혀 있었다.

"몽촌토성에서 전형적인 가을을 느낀다. 장석주 시인의 「운 좋은 인생」이란 글과 Al Di La(저 멀리란 뜻)의 칸초네를 들으며 미술관 전시회와 음악회 등 여러 가지 이곳에서의 지난 추억을 떠올린다."

인생은 약간의 열망과 불안을 갖고 살아 있는 것은 기적이다. 통장 잔고가 비어 있다고 우울해지지 말자.

군락을 이룬 가을 식물 등의 위로와 자연의 선물들과 심바와 함께한 날씨 흐린 휴일의 산책, 음악을 들으며 시구를 통한 작은 성찰의 시간들…. 이러한 교감들은 내 영혼을 성장시키는 듯하다.

1년이 흐른 지금 세월은 속절없이 흘렀으나 계절만은 변함없이 청량하고 핑크 뮬리는 다시 살아났건만 내 미래의 꿈은 퇴색되어 사라졌다.

그 사이 우리 강쥐는 키도 커졌고 몸집도 불어 엉덩이와 다리 근육은 토실토실해졌으며 목청도 굵어졌고 혈기는 왕성해졌다.

하지만 꽤 다부지다던 소리를 듣던 내 근육은 줄어들었고 키는 작아졌으며 볼살도 빠지고 머리카락은 빠져만 간다. 왕성하다고 자랑했던 상상력은 궁핍해졌고 똘망똘망하던 기억력과 정신은 흐트러졌으며 줄어든 남성 호르몬인 테스토스테론 대신 에스트로겐이 생성되었을 것이다.

이렇게 모든 것이 퇴색되어 가고 있어도 마음의 근육은 담금질하고 싶어 『위대한 개츠비』의 마지막 문장처럼 나 자신의 일상을 오늘도 헤쳐 나간다. 보통 사람들이 다 그리하듯이.

"그러므로 우리는 조류를 거스르는 배처럼 끊임없이 과거로 떠밀리면서도 앞으로 계속 나아가는 것이다."


## 10월의 장미

요즘 산책길에는 싱싱한 장미의 모습이 가끔 눈에 띈다. 주황색과 붉은색의 황홀한 모습으로 만개한 채 말이다. 장미는 5월의 여왕 아니던가? 이 가을에 빛을 발하고 있는 모습을 요즘에서야 보았으니 그동안 꽃들에 무심했든지 아니면 모든 사물을 건성건성 봤던 탓이리라.
그나저나 남자들에게 치명적인 유혹을 불러일으킨다는 샤넬 넘버 5 향수가 저런 장미로 만들어진다지? 얼마 안 있으면 시들어 몇 장 안 남을 저 장미를 보며 사랑과 관계의 길들임을 떠올렸다.

영화 「미녀와 야수」에서 요정의 저주로 마법에 걸려 야수로 변해 버린 왕자의 성에 있던 그 마법의 장미 잎이 4장 아니었나?
책 읽기를 좋아하는 야수와 유머를 좋아하는 미녀 벨, 겨울 가면 봄이 오듯 사랑은 또 온다며 옛 노래처럼 그들은 아름다운 이야기를 나누었다. 야수가 "우리의 손님이 되어 주세요."라며 아주 낮은 목소리로 "Be our guest."라고 벨에게 말했을 땐 그는 야수가 아니라 적어도 신사였다. 내가 듣는 한.

마지막 장미꽃이 떨어질 때 엠마(벨)의 사랑한다는 고백을 받고 마법이 풀린 야수. 결국 사랑의 눈물은 모든 것을 구했다. 아, 그렇지. 그것은 관계의 길들임을 통해 맺어진 진정한 사랑이었다.

해 지는 걸 정말 좋아했던 어린 왕자가 일곱 번째 본 별이 지구였다.

"아주 이상한 별이야. 메마르고 날카롭고 아주 가혹한 별! 수백, 수천만 년 전부터 꽃들은 가시를 키워 왔어. 양들이 꽃들을 먹는 것도 수백, 수천만 년 전부터야. 꽃들이 아무짝에도 쓸모없는 가시를 왜 그토록 애를 써서 만드는가 하는 걸 알아보는 게 그리 중요하지 않단 말이야? 양과 꽃들의 전쟁이 그래 중요하지 않단 말이야?"

(중략)

그는 얼굴이 빨개져서 계속했다.

"수백, 수천만의 별 중에 단 하나밖에 없는 꽃을 누군가 사랑한다고 해. 그럼 별을 바라보기만 해도 충분히 행복해질 거 아냐. '내 꽃이 저기 어디에 있겠지.'라고 생각하며 말이야. 그런데 양이 그 꽃을 먹어 버리면, 그이에게는 대번에 그 모든 별들이 빛을 잃어버리게 될 것 아니야! 그래 그게 중요하지 않단 말이야?"

그는 목이 메어 더 말을 잇지 못했다. 그는 갑자기 울음을 터뜨렸다. 밤이었다. 나는 연장들을 내팽개쳤다. 망치니 볼트니 갈증이니 죽음 따위가 다 시들해졌다. 내 것인 어떤 별, 지구 위에는 내가 달래야 할 어린 왕자가 있는 게 아닌가! 나는 그를 껴안았다. 나는 그를 달랬다. 나는 그에게 말했다. 네가 사랑하는 꽃이 위험하지 않게 양에게 씌울 굴레를 하나하나 그려 줄게.... 꽃에게 입힐 갑옷도 그려 주고.... 난, 나는 더 이상 무슨 소리를 해야 할지 알 수 없었다. 무슨 짓을 해야 할지 알 수 없었고, 어떻게 그를 진정시킬지, 어디 가야 그의 마음을 다시 잡을 수 있을지 도무지 알 수 없었다.

눈물의 나라란 그렇게도 신비한 것이다.

다시 얇은 책을 펼치며 내가 슬퍼하는 대목을 대했다.

"그는 나를 엄숙하게 바라보더니 두 팔로 내 목을 껴안았다. 나도 오늘 내 집으로 돌아가요. 너무 멀고 너무 힘들어요."

나도 어린 왕자처럼 눈물을 터트렸다. 나도 그새 벌써 누군가에 길들어 있단 말인가?

아, 으악새 슬피 우는 가을이다. 이 아름다운 계절이 오늘은 으악새와 나를 슬프게 하며 눈물짓게 한다.

독자분들은 '장미' 하면 무엇을 떠올리실까요?

# 「백만송이 장미」 들어 본다.

추신: 오래전 젊었을 때는 여우의 '길들임과 관계'에 시선이 가더니 요즘은 나이 먹은 탓인지 따뜻함에 더 느낌이 온다. 양에게 씌울 굴레와 꽃에게 입힐 갑옷도 그려 주었으며 어린 왕자가 지구를 떠날 때 마지막으로 몸을 따뜻하게 껴안아 준 것도 조종사인 생텍쥐페리였으니…. 물질과 교양보다 따뜻함을 가지고 있는 사람에게 더 애정이 간다. 반성하는 날이다.


## 내가 좋아하는 문필가들 ⸺


지금 내가 아래에 말하려고 하는 작가나 교수들을 문필가라고 한다면 혹자는 "찰스 디킨스나 빅토르 위고 같은 고전 문필가들을 욕되게 하는 것이다."라고 말할 수 있겠으나 이분들의 칼럼이나 글을 대할 때마다 난 울림을 받곤 한다.

어릴 때 소녀들이 읽는 『빨간 머리 앤』을 언급하기는 조금 뻘쭘하지만 내가 좋아하는 백영옥 소설가는 글을 쓰면 실패할 것 같은 생각에 사로잡혔을 때와 연애에 실패했을 때 이 책을 수십 번 읽고 절망의 구렁텅이에서 희망의 아이콘으로 태어났다고 한다.

"죽을 줄 알면서 살고 사람은 헤어질 걸 알면서 사랑한다. 실패할 줄 알며 산다. 내일의 오늘을 사는 것이다."라며…. 난 작가의 어둠 속에서 핀 긍정의 아이콘을 사랑한다.

그리고 두 번째는 주말 칼럼에 나오는 전직 김황식 총리의 글인데 글을 읽고 있노라면 그분의 품격과 격식이 떠오르며 "좋은 사람은 곳곳에 있습니다." 같은 담담하고 자연스러운 글씨체가 나의 시선을 끈다.

노어노문학과 김진영 교수는 러시아 문학의 전문가답게 톨스토이, 도스토옙스키나 투르게네프 등의 작품 배경과 해석을 통해 내게 지적 호기심을 지속적으로 유발케 하여 그들의 책을 늘 옆에 두게 한다.

최인아(최인아 책방 대표)는 유수한 광고 회사의 고위 임원 출신인데 백영옥 작가와 비슷하게 타인을 위로하고 용기와 열정을 불어넣어 주는 글을 통해 "애쓴 것은 사라지지 않고 언제든 튀어나온다."라며 나의 나약하고 꺼져 가는 열정의 불꽃을 다시 끄집어내어 주곤 한다.

○○교회 목사님의 막내아들인 김정운 교수는 특유의 촌철살인의 유머와 심리학 박사다운 교양과 지식 그리고 삽화 등을 통해 그리스인 조르바의 자유라는 카잔차키스의 사상을 실천하며 여수의 미역 창고에서 자유를 구가하고 있다.

정치외교학과 김영민 교수는 품격, 격식 등 유난히 나이 들어서 걱정해야 할 것들과 노년의 퇴행 등에 대해 칼럼을 쓴다. 문학, 미술, 음악과 철학 등 다방면에 걸쳐 전문가 뺨치는 박식함과 날카로운 필체로 기승전결의 화법을 구사하며 점점 줄어드는 나의 뉴런을 자극하며 그의 문장 속을 거닐게 만든다.

· 페르디난드 호들러(1853~1918)의 「삶에 지친 자들(Die Lebensmüden, 1892)」, 김영민 교수의 칼럼 中에서

마지막으로 빼놓을 수 없는 것이 술에 대해 언제, 어디서, 무엇을 마셔야 할지 자신의 경험담을 소재로 술의 전 장르에 대해 기고하는 소설가 한은형이다. 그는 내가 모르는 식전주인 아페리티프나 아몬티야도를 소개하며 낮술의 유혹에 빠져들게 하고 때론 아페롤 스프리츠(Aperol Spiritz)를 언급하여 궁금증을 유발하며 밀라노의 두오모를 여행하는 착각에 빠트리기도 한다.

내가 열거한 이분들을 뵌 적도 없고 강연도 들은 바 없으나 나 같은 '공돌이'에게 의욕과 용기를 주어 글을 들여다보게 하니 그분들을 좋아한다.

김정운 교수의 글을 옮긴다. 『가끔은 격하게 외로워야 한다』에 나오는 대목이다.

고독한 개인의 구원은 역설적으로 개인 내면에 대한 더 깊은 성찰로 가능하다. 고독할수록 더 고독해야 한다는 이야기다. 그게 예술적 몰입일 수도 있고 종교적 명상일 수도 있다. 아, '팔굽혀펴기'일 수도 있다. 하루에 수백 번씩 팔굽혀펴기를 하면 고독 따위는 아주 쉽게 견딜 수 있다고, 언젠가 목욕탕에서 만난 김창근 SK수펙스 의장이 그랬다. 이제까지 내가 본 어깨 중에 가장 멋있는 역삼각형 어깨를 가진 60세 중반의 김 의장은 팔굽혀펴기를 하면 중년의 허접스러운 성욕도 깨끗이 사라지고 정신도 아주 맑아진다고도 했다.

오늘 난 팔굽혀펴기 열다섯 번 만에 고독은 물론, 성욕도 깨끗이 다 해결했다. 난 고작 열다섯 번이면 충분한데, 김 의장은 왜 하루에 수백 번씩 하는 걸까? 아무튼 난 아주 맑은 샘물 같은 영혼을 지녔다.

그러고 보니 김정운, 김영민 교수의 공통점이 있습니다. 금기(禁忌) 깨기를 두려워하지 않는 것, 엉뚱한 상상과 도발을 즐기는 것, 영화, 클래식, 미술 등 곳곳에 안테나를 세운 채 '매우 산만하게' 사는 것, 마지막으로 유머를 잃지 않는 것!

- 출처: 조간 신문 칼럼 중에서

# 뮤지컬 「캣츠」의 버전으로 「Memory」 들어 본다.




## 날짜변경선을 지나며 —


코로나의 기세가 꺾이며 일본 관광이 풀렸다는 소식에 공항 입국장의
관광객은 장사진을 치고 도착 후 인증 샷이 쇄도한다고 한다.
이런 뉴스를 접하면 가을에 무척이나 외유를 자주 해서 그런지 비행기
타고 싶은 욕망이 가득해진다. 그야말로 에어식(Air sick)이라고 할까?
에어식은 비행기 멀미인데 그 멀미마저 그리운 모양이다.

어떤 곳이든 삶의 현장을 벗어나면 상쾌하고 신나서 새벽 추위도 아
랑곳하지 않고 종종걸음으로 집을 나서서 공항 주변의 Voyage라는 간판
을 보면 "드디어 출국하는구나."라며 흥분했던 내 모습들이 떠오른다.

기내의 몇 평도 안 되는 폐쇄된 작은 공간의 창 속에서 보이는 동이
트는 순간과 나를 반기는 작은 도시들의 모습을 보며 일탈을 즐기는 기
분은 황홀하게 느껴지기도 했다.
한두 번의 기내식과 때론 한두 편의 영화를 마치고 날짜 변경선을 지
나 기착지인 공항에 도착할 때쯤 되면 늘 듣던 귀에 익었던 소리들….

그 소리들이 그립다.

랜딩을 하기 40분 전에 꼭 들리는 'Ladies&Gentleman'으로 시작하여 "승객 여러분, 장시간 수고하셨습니다. 이제 40분 후면…." 하는 기장의 안내 방송과 비행기가 공항 쪽으로 크게 선회하며 랜딩 기어 빠지는 소리, 그리고 "승객 여러분, 이제 좌석 벨트 등이 꺼졌습니다." 무척이나 사무적으로만 들리는 스튜어디스의 멘트가 이젠 정겹기까지 하니….

비행기 창문 밖으로 보이는 바다와 광활한 평야, 그리고 장난감 모형 같은 낯선 도시의 모습이 눈에 들어오기 시작할 때의 그 느낌, 미끄러지듯 활주로에 랜딩하면 어김없이 흘러나오는 랜딩 송과 입국장으로 향하며 느끼는 그 건조하면서도 색다르고 신비한 이국의 냄새….

그리움의 계절인 가을, 이렇게 지나간 여행에 대한 노스탤지어가 가득한 걸 보니 내가 한 여행들은 무척이나 아름다웠던 모양이다. 아름다운 사람들을 그리워하듯이.

조지 클루니가 주연한 영화 「인 디 에어」에서는 해고 전문가인 그는 1년에 300일 이상을 비행기 타고 미국 전역을 누비는데 아메리칸 항공의 1000만 마일 마일리지를 달성한다.

가고 싶은 도시들을 비행할 날을 꿈꾸며 하루키의 『상실의 시대』의 앞부분인 생긋 웃는 스튜어디스와 「Piano man」의 주인공 빌리 조엘이 나오는 부분을 어김없이 도용한다. 내가 가장 좋아하는 대목 중 하나이다.

아리따운 비행기 승무원의 모습과 기장의 'Ladies&Gentleman'의 안내 방송이 더 그리운 계절 가을이다!!!

# 체코 항공을 타고 프라하에 도착하면 늘 들려오는 랜딩 송 「블타바」 들어 본다. 스메타나의 교향시 「나의 조국」 중 두 번째 곡인데 그가 베토벤처럼 청력을 완전히 잃고 난 후 작곡했다.

## 내 인생 종 쳤다

고향의 들판엔 8~9월 태풍의 시련을 이겨 내고 농민들에게 풍요로움을 선사했던 곡식들은 싹 베어졌으며 한가로이 건초 더미만 널린 채 메마름으로 가득 쌓여 있다. 저 건초 더미엔 추수가 끝나 지금은 삶의 고단함을 달래고 있을 농부들의 눈물이 담겨 있으며 때론 모네와 고흐의 그림 소재가 되어 화가들의 위로가 되었고 조지 오웰의 『동물 농장』에선 그 못된 돼지들이 다른 동물에게 "건초도 침대다."라며 자기들은 아늑한 침대에서 잠을 잤던 애환의 상징이기도 하다.

고향 집에선 "유~세차(維歲次) 임인 시월 초오일." 집안의 나이 든 형의 축문 낭독에 모두 엎드려 부복했다. 엄숙하고 긴장감이 흘렀지만 목소리는 밋밋했다.

30년 전 같은 장소에서 아버지의 축문을 읽는 소리는 끊길 듯 말 듯 이어짐을 반복하며 애간장이 타듯 처량하면서도 진지했다. 30년이 지난 지금의 나는 아버지의 애끓는 축문 소리를 그리워하며 한참 동안 그 자리에 엎드려 있었다. 몇 년 후엔 내가 기필코 아버지를 흉내 내어 축문을 읽으리라. 그리고 세월이 한참 흐른 30년 후 내 아들은 나를 떠올리며 축문을 읽는 대물림의 이어짐이 있으면 좋겠다. 펄 벅의 『大地』가 또 떠올랐다.

5시간의 상하행 버스 안에서 엊그제 산 올해 노벨상 수상자인 아니 에르노(Annie Ernaux)의 『단순한 열정(Passion simple)』을 읽었다. 프랑스 작가의 자전적 소설은 마르그리트 뒤라스의 『연인(L'Amant)』 이후 처음인데 에르노가 노르망디 출신이라 더 관심이 이어졌다. 자신의 이야기를 너무 적나라하게 표현하여 "글이 아니다. 폭로다."라고 비평받았던 에르노의 글은 전적으로 과거의 기억과 체험을 통한 작품이어서 진실성과 현장감이 더했다.

아나나 다를까. 내가 좋아했던 퐁텐블로성과 옹플뢰르에 가기 위해 이용했던 도빌역에 『안나 카레니나』, 피렌체의 단테와 베아트리체 그리고 오래된 소설이라 그런지 남자들이 BMW를 타면 으스댄다고 적혀 있었다.

아래 대목에 시선이 옮겨졌다.

"그로스먼의 『삶과 운명』에서 서로 사랑하는 사람들은 포옹할 때 눈을 지그시 감는다."라는 표현에 나는 읽다 말고 가만히 생각해 보았다. 내가 젊었을 때 누군가와 포옹할 때 눈을 감았는지 아닌지. 그런 기억조차 가물가물하니 난 단순한 열정조차 없었다. 아니다. 난 여태까지 눈을 지그시 감기는커녕 부릅뜬 기억만이 가득한데 그게 언제인지도 모를 만큼 기억도 흐릿하다.

아, 그런데 그 얇은 책을 그만 버스에 두고 내렸다. 노벨상 주인공이 쓴 책을 두고 내리다니…. 많은 분이 참새 방앗간처럼 들락거리며 옆에 두고 보는 그 책을.


다시 한번 집에 와서 곰곰이 생각해 보니 첫 키스 할 때도 그런 것 같았고 난 어디서나 눈을 뜨고 있었다. 제기랄.

그리고 이제 눈을 감아 보려 해도 감흥도 없고 기회조차 사라졌으니 그야말로 별 볼 일 없는 사람이 되어 버렸다.

내 인생은 종 친 것이다!!!

이 책을 읽으며 나의 해석은 이랬다. 마치 책의 제목(Passion simple)처럼 에르노의 사랑, 그것은 단순한 열정이 아닌 그녀의 열정은 단순했다(같은 듯 다르다). 한 남자를 기다리는 일 외에는 아무것도 하고 싶지 않았으므로….


"그 사람과 사귀는 동안에는 클래식 음악을 한 번도 듣지 않았다. 오히려 대중가요가 훨씬 마음에 들었다. 예전 같으면 관심도 갖지 않았을 감상적인 곡조와 가사가 내 마음을 뒤흔들었다."

　# 실비 바르탕의 음성으로 에르노가 들었다는「사람아 그건 운명이야」들어 본다.

　추신: 마지막 문장이 색달라서 옮겨 본다.
　"조금 자라서는 지성적인 삶을 사는 게 사치라고 믿었다. 지금은 생각이 다르다. 한 남자, 혹은 한 여자에게 사랑의 열정을 느끼며 사는 것이 바로 사치가 아닐까."


## 그 남자네 집　　　　　　　　　　　　　　　　　　　　　　—


"선율아, 고맙다."
초로의 신사 종서가 이리 다정하게 내 이름을 부르는 소리는 매혹적인 프랑스 여인의 코맹맹이 소리보다 더 부드럽고 정겨웠다.
점잖으면서도 말이 없는 종서의 스타일에 마음이 끌려 정을 준 지 40년도 넘었다. 그는 학창 시절 야전교범(FM 군대 용어)이라 불렸다. 내가 후배들에게 한바탕 폭풍을 일으켜 얼을 빼고 나면 그 친구는 후배들의 뒤로 살며시 다가가 눈물을 닦아 주었다. 마치 엄마처럼. 그렇게 우리의 시시콜콜함이 없으면서도 깊은 우정은 시작되었다.

난 그 친구의 솔직함과 과묵함에 반했고 그 친구는 나의 다소 우당탕한 행동이 맘에 들었는지 서로 말이 많지는 않았지만 눈빛으로 소통하며 우정을 교환했다. 그 친구는 술을 먹으면 「늙은 군인의 노래」와 정태춘의 「촛불」 부르기를 유난히 좋아했다.

군 복무를 마치고 귀가하던 어느 여름날, 나는 금호동의 「그 남자의 집」에서 한 여자를 8시간 기다리고 있었다. 사전 연락도 없이 무조건 기다렸다. 박완서 님의 소설 제목인 바로 '그 남자의 집'이었다. 난 한 여자가 나오면 '오래 간직한 사랑을 고백하리라.' 생각하며 기다렸다. 8시간이 짧았는지 그 집의 대문은 하루 종일 열리지 않았고 난 그만 집에 돌아왔다. 한 여자는 나를 '오빠'라고 부르며 사진도 찍어 주고 군에 있을 때 위문편지도 보내 주었던 종서의 동생이었는데 집안의 막내였던 내가 '오빠'라는 말을 그때 생전 처음 들었다.

그 한 여자에게 오빠라는 소리를 또 들은 것은 그 후 10년 후의 친구 아버지의 장례식장에서인데 "오빠. 오랜만이에요." 이 소리에 난 제대로 답변도 못 하고 그녀를 쳐다보지도 못했다.

어제 캐나다에 이민 가서 살고 있는 친구와 몇 년 만에 만났다. 우리는 또 다른 40년 지기 친구로부터 점심을 초대받아 근사한 식사를 마쳤는데 나는 그 여자의 안부를 물어보려다 차마 입이 떨어지지 않아 그대로 있었다. "네 동생, 잘 있지?" 난 그 소리도 못 한 찌질이였다. 아마도 남편이 판사라고 해서 주눅이 든 모양이다.

아무튼 보일 듯이 보이지 않는 40년이 넘어 만개한 우리의 우정은 내가 고이 간직한 식물 채집 표본처럼 우리 둘만의 가슴에 곱게 담겨 있다. 저렇게 고우면서도 우아하게 물든 단풍처럼 종서와 그의 가족들에게 평안함과 안녕이 깃들기를 바란다. 물론 한 여자도 포함해서 말이다.

# 모차르트 「피아노 협주곡 23번 2악장」 들어 본다. 피아노 협주곡의 2악장은 아다지오(Adajio, 느리고 평온하게)로 많이 진행되는데 곡이 아름답고 평화로움을 준다.

추신: 난 그 친구를 어지간히도 좋아했는지 아들을 그 친구 딸에게 소개했는데 그 예쁜 친구 딸이 내 아들에게 까였다. 아들이 몇십 년 전에 까였던 아빠를 위해 복수한 셈인데 내가 전혀 바라지 않던 참 슬픈 복수였다.

## 슈필라움에 대하여

모슬렘의 집단 예배 행사인 라마단에서나 볼 수 있는, 몇백만 명이 모이는 중동 먼 나라의 일이라고 생각했던 압사 사고가 코앞의 이태원에서 일어났다. 믿을 수 없는 비극적인 사고에 한탄했다.

몇 해 전 본 유럽 어느 호텔에서의 핼러윈 장식은 심플했고 그들은 조금 왁자지껄했지만 아주 소란스럽지는 않았다. 평소의 주말 파티에 익숙한 그들이기에 동양의 귀신 놀음과는 사뭇 다를 수 있을 것이다.

작은 땅덩어리를 가진 나라이기에 제한된 놀이 공간과 놀이의 일상화가 자리 잡지 못한 우리네들은 그 좁은 공간에서 해방되어 자유를 느끼고 싶은 욕망이 젊은 청춘들을 과밀한 그 좁은 골목으로 끌어들인 것인지도 모른다.

심리학자 김정운 교수가 이야기한 대로 슈필라움의 결핍에서 온 것일 수도 있다. 그래서 단풍놀이, 보트 놀이, 불꽃놀이, 물놀이에 환호하며 무서운 「오징어 게임」의 '무궁화꽃이 피었습니다'가 나타난 것일 수도 있다.

> 슈필라움이란, 타인에게 방해받지 않고, 휴식하며 여유를 가질 수 있는 나만의 놀이 공간을 뜻하는 말로, 독일어 '놀이(슈필, spiel)'와 '공간(라움, raum)'을 합쳐 만든 말이다.
>
> — 김정운 교수

우리도 마찬가지일 수 있다. 회사 일과 가사에 매달리며 자식들 뒷바라지하고 이제야 허리를 펴며 "휴~" 하고 살아온 삶의 뒤를 돌아보니 허전하고 서운하여 일상의 쉴 곳을 찾고 싶은데 그런 분들이 모인 곳이 바로 작은 슈필라움의 집합체인 우리 모임인지도 모른다.

오늘도 일상에 지쳐서 때론 힘에 겨워 쩔쩔매는 분들에게 이 공간이 잠시나마 쉴 수 있는 휴식처가 되길 소망하며 젊은 희생자와 그 가족들께 깊은 위로와 애도의 마음을 전한다.

## 예술 속의 자유

                                           —

오랜만에 벼르고 벼르던 자유에 관해 간단히 쓰려고 한다. 문학 작품과 영화 그리고 화가들 그림 속의 자유를 놓고 이야기하면 소재가 풍부해져서 나 자신도 괜히 기분이 좋아진다.

무엇보다도 자유라고 하면 나의 게시 글에 숱하게 이야기한 바 있는 파리 세계를 동경한 루앙에 있던 시골뜨기 보바리 부인과 알렉상드르 뒤마의 동백꽃 여인 그리고 안나 카레니나 등 그들이 추구하는 것이 바로 자유였다. 다 비록 비극으로 끝났지만….

그리고 82세 때 가출한 톨스토이야말로 농민을 더 만난다는 핑계였지만 내 개인적인 순수한 견해는 그의 생애에 수많은 가출을 시도했으니 악처로부터의 탈출임이 틀림없다.

    제일 높이 날아 자유를 시도했던 것은 이카루스이다. 많은 화가가 표현하고 싶어 하는 주제가 된 그리스 신화 속의 이카루스. 날개를 만들어 날아오르는 이카루스에게 아버지 다이달로스는 태양을 향해 절대 높이 올라가지 말기를 당부하였다. 그러나 너무 높이 올라 밀랍이 녹아내려 추락하는 모습이 마티스와 샤갈 등의 그림에 나타난다.

· 마티스의 「이카루스」는 추락하는
이카루스가 아닌 하늘을 향해
오르는 이카루스다.

빅토르 위고의 『레 미제라블』과 억압 속의 자유를 꿈꾸었던 「레이디
맥베스」, 파란 눈의 주인공 폴 뉴먼의 「영광의 탈출(엑소더스)」과 오랫
동안 감옥에서 자유를 향해 탈출을 꿈꾸는 「파피용」의 스티브 맥퀸, 베
르디의 오페라 「나부코」에 나오는 히브리 노예들 그리고 억압에서 탈
출한 알마 말러 등이 자유를 원했던 주인공일 것이다.

우리나라에서 내가 알고 있는 분들은 신여성의 자유를 갈구하다 길
거리 행려병자로 생을 마감한 나혜석일 것이고 진주에서 세 아들을 버
리고 프랑스로 탈출해 우주로 날아올랐다는 평을 받은 이성자 화가 등
이며 젊은 여배우와 자유를 위해 도피한 영화감독 그리고 자유로운 춤
을 갈구하는 안은미 안무가 등이다.

한편 『그리스인 조르바』처럼 완전한 자유를 꿈꾸는 친구가 있다. 바로 그는 2년 전 아들을 장가보내고 아들 방에 틀어박힌 채 매일 글을 쓰며 완전한 탈출을 꿈꾸고 있으며 완전한 자유를 꿈꾸고 있다.

마치 카탈루냐의 독립을 위해 매일 아침 「새의 노래」를 연주한 첼로의 거장 카살스처럼.

그는 95세의 연주회 때 이렇게 말했다.

"나는 지난 40년간 거의 공개 연주를 하지 않았지만 오늘은 꼭 연주를 해야 할 것 같습니다. 이 작품의 제목은 「새의 노래」입니다. 이 새는 하늘을 날 때 피스(Peace), 피스(Peace), 피스(Peace) 하고 웁니다. 이 아름다운 곡은 내 조국의 영혼이기도 합니다. 바로 카탈루냐."

그래서 나는 오늘도 도전한다.

시시포스처럼 절망하지 않고, '자유', '자유', '사랑', '사랑'….

이 책, 저 책을 뒤적이다 『노인과 바다』를 다시 끄집어냈다.
책의 서두를 지나서 노인(산티아고)이 고기잡이를 떠나기 전 소년(마놀린)과 나눈 대화의 아주 인상적인 대목이 있었다. 꼭 나를 두고 하는 말 같았다.

"I am a strange old man."
이리저리 해석해 보았다. "나는 정신 나간 노인이다.", "나는 이상한 노인이다.", "나는 아리송한 노인이다." 곰곰이 생각하니 "아리송하다." 해석이 그럴듯하다. 그렇지, 내 친구는 나보고 돈키호테 같은 친구라고 1권의 추천사에 썼는데 나보고 이상한 나이 많은 친구라고 표현하지 않은 게 다행이라고 생각했다.

84일의 사투를 끝내고 상어에 먹혀 뼈만 남은 커다란 청새치를 들고 온 노인과 소년은 그 고생한 손을 보고 울기 시작한다. 커피를 가지러 가며 우는 모습을 상상하니 괜히 슬퍼진다(기억할 만한 또 하나의 떠오르는 손은 스페인의 세비야 여행 시 비행기의 내 옆 좌석에 앉은 신부님의 손이었다. 그 손을 본 순간 참으로 애처로웠다).
나도 고생한 사람의 손을 보면 따뜻한 커피를 주며 손을 잡아 주어야겠다.

난 소설 속의 이런 사소한 우정에 왜 감동하는지?

때때로 나이 먹은 사람과 어린 사람의 우정은 영화와 소설에 가끔 등장한다. 「일 포스티노」에서 우편배달부 마리오와 시인 네루다 그리고 「시네마 천국」의 촬영기사 알프레도와 토토의 우정을 꼽을 수 있는데 난 그중 최고를 꼽는다면 『노인과 바다』에 나오는 노인과 소년의 우정이다. 노인의 고생한 손을 보고 우는 그 소년 말이다.

그리고 노인은 소년에게 이리 말했다.

"네가 그리웠어."

마지막 대목이다.

"오두막집에서 소년의 곁에서 자고 있는 노인은 사자의 꿈을 꾸었다." 여기서 사자는 희망을 나타낸다.

이 위대한 소설을 읽으며 난 우리 댕댕이를 '심바'라고 이름을 짓기를 정말 잘했다고 생각했다.

소설에서 의미하는 사자의 꿈, 이 희망이 가득한 새끼 사자야말로 아리송한 노인의 친구이며 길잡이이고 파수꾼인 것이다.

점점 을씨년스러워지는 이 계절에 옆에 친구가 있다면 따뜻한 커피와 함께 손을 잡아 주자.

\# 「핸드 인 핸드(Hand in Hand)」 들어 본다.

추신: 좋은 친구가 있다면 생선회를 먹을 때 뱃살(Belly meat)을 권해라. 뱃살은 우리에게만 있는 게 아닌 온 인류의 만국 공통어였다. 원문에도 이리 이야기하고 있지 않은가?

"I will give him the belly meat of a big fish."

## 전주 한옥 마을 —

조상으로부터 대대로 물려받은 역사와 전통 그리고 모던함이 어우러진 전주의 한옥 마을에 왔다.

먼저 맛집 탐방. 민물 새우의 시원함과 시래기가 주는 식감의 독특함에 반해서 오모가리탕을 게 눈 감추듯 해치웠다.

이어진 한옥 마을 투어. 한옥 마을을 한 폭에 담을 수 있는 5층의 루프톱 카페에 가 보자는 멤버의 제안에 카페에서 내려다본 한옥은 고만고만하고 아담한 한옥들이 질서 정연하게 널려 있었다.

빌딩 하나 없는 휜한 한옥 마을을 보니 뭔가 탁 트인 상쾌함을 느꼈다. 저 멀리 100년도 넘었다는 전동성당과 전주 향교 안의 노랗게 물든 은행잎이 우리를 반겨 주는 듯했으며 200년 전 양반집 자제들이 드나들었을 이곳 향교의 모습을 상상하였다.

하늘 천, 땅 지, 검을 현, 누를 황.

우리는 전통차를 마시며 이 마을을 점령한 점령군이라도 된 듯(『천자문』을 가르쳐 주는 훈장님을 골탕 먹이는 도령들처럼) 송년회에 대해 작당질을 하였다. 현악 4중주단을 초청할 것인가??

일 년에 몇천 명씩 오는 한국말을 그럴듯하게 구사하는 베트남 학생들의 모습에서 국력 신장의 모습과 제법 멋을 아는 사람들이 찾는 한옥 타운의 촌스럽지 않은 올드함과 모던함을 느끼며 익숙함과 예스러움이 담겨 있는 한옥 마을 투어는 내게 또 하나의 그리운 어릴 적 노스탤지어를 남기며 끝을 맺는다.

어릴 적 따뜻하게 해 주셨던 주인집 아주머니의 고운 모습과 반들반들한 툇마루, 매일 눈에 띄었던 상량문, 겨울의 고드름과 여름이면 가끔 손봐야 했던 기왓장과 창호지 그리고 작은 화단 한편에 얌전히 자라고 있던 맨드라미, 채송화와 봉숭아, 풍덩 하고 들리던 우물의 두레박 소리, 우물 옆에서 빨래하던 어머니의 모습.

돌아오는 길에 맛본 색다른 초코파이의 새콤달콤함과 스윗한 맛엔 우리를 안내한 연식 후배의 따뜻함과 섬세함이 가득 담겨 있었다.

눈물에 관한 글을 읽고 눈물이 많았던 부모님과 그 부모님의 DNA를 받아서 울보인 나에 대해 잠깐 적어 본다.

   막내인 나를 43살에 낳으셨던 어머니. 난 친구들 엄마보다 늘 행색이 초라하고 쭈글쭈글한 얼굴의 엄마가 육성회비(등록금)를 못 내서 학교에 불려 오는 게 창피했다. 그렇다고 떼를 써서 해결할 방법도 없었다. 친구들이 칠성 사이다 한 병을 가져오면 "한 모금 먹어 보자." 소리도 못 하고 속으로 입맛만 다셨다. 그래도 초등학교 1학년 때 엄마가 수업 참관을 오셨는데 너무나 반가워 "저요, 저요!" 하며 손을 번쩍 들고 선생님께 큰 소리로 질문하였고 창가에서 자랑스레 웃으시던 어머니의 모습이 생생하다. 그리고 그 후 국어책에 있는 「벌거벗은 임금님」을 너무나도 잘 읽어 다른 반을 돌면서 읽어 준 적이 있다. 지금 이 순간도 어머니 생각에 눈물이 앞을 가리니 울보임이 틀림없다.

   형님들의 도움으로 대학을 마칠 수 있었는데 아버지께서는 "막내 장가가는 거 보고 죽으면 원이 없겠다."라고 입버릇처럼 말씀하셨다. 대학 졸업을 하고 소위로 임관하여 임지에 가는 기차가 용산역에서 출발하는 2월 말 어느 날, 아침 눈물이 앞을 가려 군화 끈을 맬 수가 없었다. 칠십이 다 되신 두 분이 덩그러니 집에 남아 계실 생각과 어려운 살림에 끼니라도 제대로 때우실지 걱정이 앞섰다. 가끔씩 삐뚤빼뚤한 어머니의 필체가 담긴 위문편지를 받고 베갯잇을 적신 적이 한두 번이 아니었다.

군 복무를 마치고 지금은 해체된 D 그룹에서 딴 그룹보다 5만 원을 더 준다는 조건에 미련 없이 그 회사를 택했고 효도한답시고 28살에 선을 보아 6개월 후에 결혼하였다. 내가 잘 따르는 막내 누나에게 선을 본 규수를 소개해 주었는데 "그 정도 수더분한 여자면 됐다."라고 해서 양가는 결혼하기로 결정했다. 어머니는 늘 "네 색시는 누나들처럼 선생이면 좋겠다."라고 하셨는데 무척이나 기뻐하셨을 것이다.

그 당시는 약혼식이라는 것이 유행이었는데 유교식 신랑 집안과 현대식 신부 집안의 식구가 어우러진 약혼식이었다. 그해 여름휴가 기간에 약혼자를 어떻게 해야 할지 몰라 회사 차량 기사님께 "약혼했는데 여름휴가를 어찌해야 하나요?" 물었더니 그분 말씀, "당연히 같이 가야지요."

그래서 결혼 전에 난생처음으로 여자와 아니 약혼녀와 여름휴가를 같이 가게 되었다. 주문진의 작은 해수욕장에서 우리는 함께 머물렀는데 참으로 어색했다. 그때 어느 책의 제목처럼 '그리고 아무 일도 일어나지 않았다'와 한 편의 영화 제목처럼 '나는 너희가 그해 여름 한 일을 알고 있다' 둘 중 하나일 것인데 그것은 신과 나 그리고 지금은 할머니 되기를 바라는 아내만이 알고 있다.

# 차이콥스키의 「그리운 고향의 추억」 42번 3악장 「멜로디」 들어 본다.

윤형주의 노래 가사처럼 가을에 결별 인사라도 하듯 어제는 비가 내렸다. 생명이 끈질긴 노란 은행잎도 가을비에 문자 그대로 추풍낙엽이 되었고 덕분에 아침 청소를 하시는 분의 손놀림이 무척 바쁘다.

지난주 양재천에서 본 청둥오리들의 한가로운 자태와 한 떼의 군락을 형성하며 나한테 손짓하듯 넘실거리는 갈대를 보며 베르디의 오페라 「리골레토(이탈리아 Rigoletto)」를 생각했다 이 오페라의 아리아 중 가장 유명한 부분이 「La donna è mobile(라돈나 에 모빌레, 여자의 마음)」이다.

여자의 마음이 나왔으니 잠시, 여자의 마음을 가장 근사하게 훔친 사람은 알 파치노이다. 스리피스의 멋진 슈트에 탱고를 추며 카페의 여자를 반쯤 뉘었다 일으키는 매너와 위트가 넘치는 영화 「여인의 향기」 속 고전미 넘치는 젠틀맨. 그 신사 앞에선 늘 마음을 숨기는 여인네들도 문을 열 듯하다. 나도 탱고나 배웠으면 여인들을 들었다 놨다 했을 터인데 그놈의 탱고가 원수다.

각설하고 너무 유명해서 많은 사람이 가끔 흥얼거리는 "여자의 마음은~ 갈대와 같아~" 노래는 나도 무척 좋아해 한때 나의 닉네임을 '라 돈나 모빌레'라고 하였는데 이 곡은 빅토르 위고의 희곡을 근간으로 탄생하였다.

꼽추 리골레토는 만토바 공작을 꼬드기며 문란한 생활을 부추기는 광대이다. 사나운 몰골과 거친 행동으로 주위 사람들에게 나쁜 인상을 주는 리골레토는 사랑하는 딸 질다에게는 둘도 없는 인간미 넘치는 따뜻한 아버지이다.

나는 여기서 나오는 이 질다를 스콧 피츠제럴드의 부인인 젤다로 착각한 적이 있다. 피츠제럴드는 젤다를 『위대한 개츠비』의 첫 장 프롤로그에 이리 썼다. "Once again to Zelda(다시 한번 젤다에게)." 피츠제럴드와 젤다는 평생을 앙숙처럼 싸우고 지내는데 결국 젤다가 정신병원에 입원하게 된다.

리골레토로 돌아가자. 이 흉측한 리골레토를 저주하는 귀족은 질다를 리골레토의 정부로 오판하고 납치하여 공작에게 바칠 계획을 세운다. 그러나 질다는 공부하는 가난한 학생으로 위장한 만토바 공작을 좋아하며 사랑의 싹을 키운다. 리골레토는 몰랐다, 딸이 '그놈'과 사랑에 빠질 줄은….

부녀간 사랑의 목표는 엇갈리며 결국 딸을 유린한 바람둥이에게 복수를 하려 한 아빠의 바람과는 달리 딸은 일부러 죽임을 당하게 되고 아버지 리골레토는 저주가 실현되었음을 깨닫는다는 오페라로 부녀간의 슬픈 비극을 그렸다.

\# 「라 돈나 에 모빌레」 들어 본다.

추신: 이른 아침에 산책을 하다 보면 가끔 숲속이나 잔디에 새들의 깃털이 보이는데 그들은 갈대보다 더 가벼운 듯하다. 즉, 여자의 마음은 깃털보다 가볍다. 내 아내처럼.


## 진공관 전축&차이콥스키 ___

중학교 때의 일이니 아주 오래전인가 보다. 오랫동안 집 없이 사시던 부모님이 처음으로 집을 장만하시면서 마련한 것이 천일사에서 나온 두꺼운 바늘이 달린 전축이었다. 그때 즐겨 들으셨던 곡이 「경복궁 타령」 등이었고 덤으로 받은 레코드판으로 나는 차이콥스키 「피아노 협주곡 1번」이나 스메타나의 「팔려 간 신부」 등을 들었으며 누나들은 윤형주, 송창식의 곡을 주로 들었다.

그것이 내가 최초로 접한 클래식이었고 차이콥스키는 그 이후로 내 머릿속에 깊게 각인되었다. 그 후 석유 파동으로 집을 팔자 그 보물 같던 전축도 사라지고 클래식의 세계와는 몇 년 동안 이별하게 되었다.

차이콥스키는 아주 어렸을 때부터 어머니의 영향을 받았는데 음악 교육뿐만 아니라 불행하게도 신경쇠약과 우울증의 DNA도 함께 받았다(슈만도 법대생이었다가 진로를 바꿨고 신경쇠약의 공통점이 있다).

그는 결혼 3개월 만에 파경을 맞고 철도 사업으로 돈을 많이 번 아이만 12명인 미망인 폰 메크 백작 부인으로부터 서로 만나지 않는다는 조건으로 재정을 지원하겠다는 편지를 받는다. 요즘의 키다리 아저씨나 얼굴 없는 스폰서라고 말할 수 있을까?

그 후 15년간 한 번도 만난 적 없고 오직 편지 교환 등으로 둘의 우정은 지속되었으나 50살 되던 해 지원마저 끊어지고 일방적 결별로 둘의 우정은 끝이 난다(혹자는 서로에게서 느껴지는 신비감을 잃게 될까 봐 만나지 않았던 것이고 두 사람이 만나지 않았던 것은 '주위의 시선 때문'이라고도 했다).

이런 폰 메크 부인과의 교제 중단 등으로 이후 차이콥스키는 급속도로 노쇠하였고 3년 후 53살에 사망하는데 이때 마지막으로 발표한 작품이 최고의 걸작으로 손꼽히는 교향곡 6번 「비창」이다(동생에 의해 Pathetigue라 명명됨). 동성애자인 그가 젊은 조카한테 헌정된 곡인데 조카에게 보낸 편지에는 이 곡이 가장 사랑스럽고 진지한 곡으로 기술되어 있다.

「비창」 작곡 후 9일 만에 차이콥스키는 콜레라로 사망하게 된다.
보통 교향곡의 구성은 2악장이 느리고 슬로우하나 이 「비창」은 거꾸로 2악장은 부드럽고 약간 빠르고 4악장이 가장 느리며 슬프고 애처롭다.

# 차이콥스키의 음악 생애, 그의 성 정체성, 그리고 혼자만이 간직했

던 폰 메크 부인과의 우정과 결별 그리고 말년에 겪었을 우울증 등도 생각해 보며 4악장을 들어 본다.

추신: 많은 학자는 차이콥스키가 조카와의 동성애 사실이 드러나 스캔들로 비화되자 자살한 것으로 본다.


## 영화 속의 와인과 처칠의 샴페인       —

내가 몇 년 전에 활동했던 합창단의 후배는 나를 「사운드 오브 뮤직」에 나오는 트랩 대령처럼 생겼다고 한다. 그 말에 혹해서인지 자뻑계의 대왕답게 행세하는데 남들이 내 농담을 다큐로 받아 버리면 나를 진땀 빼게 한다. 언젠가는 큰코다칠 수 있어 조심해야겠다.

잊지 못할 명화 「사운드 오브 뮤직」의 트랩 대령이 잘츠부르크의 저택에서 결혼 날짜를 잡으러 온 슈나이더 부인을 테라스에서 만나며 마셨던 것이 황홀한 분홍빛의 로제 와인이다. 로제 와인은 레드 와인과 제조 과정은 같으나 적포도를 압착해 만든 분홍색의 와인인데 일반 와인보다 15~20% 비싸다(화이트 와인처럼 주로 차게 해서 마신다).

로시니의 오페라 「세빌리아의 이발사」의 주인공인 알마비바 백작의 이름을 딴 알마비바 와인은 고급 칠레 와인이다. 알마비바 백작은 자기 신분을 속이고 대학생 평민으로 가장하며 거리의 이발사 피가로의 도움을 받아 로지나와 결혼한다. 그런데 가격이 39만 원이니 나에겐 언감생심 꿈도 못 꾼다.

어니스트 헤밍웨이는 프랑스 와인 샤토 마고를 너무나 사랑한 나머지 손녀 이름을 마고 헤밍웨이로 지었으며 현대 공산주의의 창시자 프리드리히 엥겔스는 행복이 무엇이냐는 질문에 "샤토 마고 1848년."이라고 했다.

처칠 수상은 하루도 빠질 수 없는 일상이 있었는데 그중 하나가 일기를 쓰는 것이며 또한 매일 아침을 샴페인으로 시작했다. 처칠이 광적으로 좋아한 샴페인은 폴 로저(Pol Roger)인데 영국군이 세계대전에 참전할 때 처칠은 이런 말을 남겼다고 한다. "프랑스를 위해 싸우는 게 아니라 샴페인을 위해 싸우는 것이다."

오늘 아침 출장길에 라운지에서 내가 좋아하는 골드 도금된 이탈리아 보테가의 스파클링 와인을 기대하였으나 5대를 걸쳐 샴페인의 역사를 이어 나간다는 보셰 오리진 부뤼를 뜻밖에 접하고 처칠을 흉내 내며 점잖고 우아하게 샴페인을 마셨다.

그나저나 한 병에 2백만 원 한다는 마고 샤토 와인을 내 평생에 먹을 날이 있으려나?

#「사운드 오브 뮤직」Opening song을 청순한 모습의 줄리 앤드루스 음성으로 들어 본다.


## 어머니를 그리며


지인이 보내 준 커다란 대봉감이 무르익어 홍시가 다 되었다. 이 주황색 과일은 온갖 바람과 서리, 눈 등의 풍상을 맞으며 곶감이 되고 때론 홍시가 그리고 본연 그대로의 모습인 단감으로 스윗함을 선사하며 우리네 생활에 늘 함께한다. 또한 가을의 시제 차례상에 올리는 과일 조율이시(棗栗梨柿) 중 하나로 자손의 번창을 기원하는 빠져서는 안 되는 과일이며 한겨울엔 보시하듯 까치밥이 되어 말 못 하는 미물을 기쁘게 한다.

"반중 조홍(盤中早紅) 감이 고와도 보이나다. 유자 아니라도 품음직도 하다마는 품어가 반길 이 없을세 글로 설워하나이다."
박인로(朴仁老)의 시에 나오는 대목이다.

치아가 좋지 않으시던 어머니는 늘 부드러운 것과 단것을 좋아하셨다.

10월 말부터 시장에 나오는 홍시와 팥이 잔뜩 들어간 단팥빵과 찹쌀떡을 오물오물 잘 드셨다. 팥 앙금이 가득하고 김이 모락모락 나는 찐빵을 동네 어귀의 찐빵집에서 부리나케 사 들고 식을세라 뜀박질로 달려가 엄마 입에 넣어 드린 어린 시절의 기억들이 떠오르며 겨울의 문턱을 향해 달리는 늦가을이 나를 잠시 슬프게 한다.

사진에 보이는 반중 조홍 감이 오늘따라 정말 곱게도 보인다. 어머니의 고운 눈길처럼….

"피와 땀이 스며 있는 이 고지 저 능선에 쏟아지는 별빛은 어머님의 고운 눈길~"

내가 장교 훈련을 받을 때 제일 좋아하던 군가(軍歌)인데 '어머님의 고운 눈길'이란 대목만 나오면 내 목소리는 유난히 더 우렁찼다.

# 영화 「건축학개론」의 OST 「기억의 습작」 들어 본다.


## 또다시 노마드       —


    가을 끄트막의 하늘은 유난히 맑고 파랬으며 주말 아침 차량의 속도는 거침없었다. 클래식 방송을 틀어 놓은 기사님의 부드러움과 친절함에 감사했다.

    유난히 늦은 가을에 집을 떠났던 나의 여행 본능과 아내의 채근이 시동을 걸며 노마드란 그럴싸한 이름으로 나를 다시 포장했다.


    코로나로 봉쇄되었던 3년 만의 외출. 날짜변경선을 지날 생각에 설렘이 앞섰다. 공항과 기내엔 해외 여행객이 국내 사람보다 더 많고 나이 드신 분들의 코로나로 인한 건강 염려증 때문인지 유독 젊은이들이 눈에 띄었다.

    웅장함을 자랑하며 후미에서 따로 기내 칵테일 서비스를 제공하는 A380의 기종은 온데간데없고 승객이 줄어들어서인지 보잉 777에 탑승했다.

    최근 몇 번 맛본 후배 연식의 환상적인 칵테일 덕택에 기내 칵테일 메뉴에 먼저 눈이 갔다.

왜 이리 본전 생각이 나는지 샴페인부터 주문했다.

누군가는 "공짜 심리와 본전 생각 좀 버리라고 했고 엘리베이터 말고 계단으로 올라가는 게 진짜라 했거늘…." 식사를 준비하는 승무원들의 분주한 움직임에 이제 비행기가 구름 위에 있음을 느끼니 여행에 대한 갈망과 설렘도 사라지고 와인만 탐닉했다.

러시아 상공이다. 날짜변경선을 지난 듯해서 비행 중 필수 코스인 영화 한 편을 골랐다. 그놈의 사랑, 질투, 욕망의 화신인 「안나 카레니나」가 또 나를 흔든다. "사랑을 안 하고 후회하는 것보단 하고 후회하는 게 낫다." 대사는 변함없는 진리임을 깨닫는다.

기장의 "승객 여러분, 앞으로 40분 후면 파리 샤를 드골 공항에 도착합니다."란 멘트에 눈을 뜨며 『백세일기』 김형석 교수님의 "공부하라, 사랑하라 그리고 여행하라."를 떠올렸다.

\# 이브 몽탕의 「고엽」 들어 본다.

몽마르트르 언덕 근처에선 유난히 키가 아주 작은 단신들이 눈에 띄었다. 리처드 도킨스가 『이기적 유전자』에서 말한 DNA 덕분인지 근친혼의 대물림으로 인한 기형만이 남았나 보다.

귀족 출신이지만 부모의 근친혼으로 불구의 난쟁이 모습을 한 몽마르트르의 '작은 거인'이라 불렸던 톨루즈 로트레크. 거리의 여인들 치마 속에서 평생을 보냈던 그의 본거지에 왔다 그날 오르세 미술관에서 본 그의 커다란 작품은 그의 키보다 몇십 배는 큰 듯했으니 거인임이 틀림없다.

꽤 자주 와 본 거리였지만 환락가의 낮은 초라해 보였고 물랭루주가 자랑하는 풍차는 한낮 조형물에 지나지 않았다. 거리의 넘쳐 나는 섹스숍에서 프랑스인들의 자유분방함과 그네들의 특유한 용서를 상징하는 톨레랑스가 떠올랐으며 거리를 활보하는 길거리의 댕댕이들조차 자유로움이 느껴졌다(그들은 지하철 안에서조차 No Mask의 자유를 사랑했고 나와 아내만 마스크를 쓴 채 우리의 나이 먹음을 위장했다).

· 로트레크의 「물랭루주에서」(맨 오른쪽
중절모를 쓴 남성이 로트레크)

　언덕으로 올라가는 골목길엔 그리 시끄럽게 쏼라거리던 중국인들의
모습은 눈에 띄지 않았고 우비의 물결로 넘쳐 났다. 19세기 후반 파리는
예술의 중심 도시처럼 지구촌의 가난하고 젊은 예술인들이 센강과 몽
마르트르로 향했으며 그들의 전성시대를 이루었는데 고흐, 피카소 르
누아르, 드가, 로트레크, 수잔 발라동과 에릭 사티 등 셀 수 없는 작가들
이 바로 그들이었던 것이다.

　자유분방함이 넘쳤던 그들은 집세가 싼 몽마르트르로 모여들었고 이
언덕은 그들의 삶의 터전이며 아지트가 되었다. 그때의 예술가가 그랬
듯이 그들은 가난했으며 몸을 파는 거리의 여자들과 물랭루주의 발레
리나 틈에서 그림을 그리고 음악을 작곡하면서 낭만을 노래했고 그것
들은 바로 예술이 되었다.

평지가 가득한 파리의 유일한 산동네였던 이 빈곤함이 넘쳤던 언덕에서 내려다본 파리의 시가지들은 판잣집을 연상케 하듯 따닥따닥 붙어 있었고 저 멀리엔 성당 등이 눈에 띄었다.

관광객들의 초상화나 거리의 풍경을 그리는 한 무리의 이름 모를 화가들을 마주하며 그들의 선배들이 150년 전 이곳에서 열정과 낭만을 불태웠듯 예술혼을 발휘해 주길 염원하며 오르세 미술관으로 향했다.

\# 만인의 모델이며 연인이자 화가였던 수잔 발라동을 그리워하며 평생을 독신으로 지냈던 에릭 사티의 「짐노페디」 들어 본다.

비가 내리는 파리에서 쓰다.


몽파르나스 　　　　　　　　　　　　　　　　　　　　　　　　—


몇 년 전 묵은 호텔에 다시 투숙했다. 거기서 순간의 미학을 남긴 앙리 카르티에 브레송의 작품들을 처음 대했던 기억 때문이고 헤밍웨이가 즐겨 찾았으며 글을 썼던 카페 등을 가 보고 싶은 강한 유혹이 오래전부터 잠재해 있었기 때문이다. 딜레탕트의 호기심이라 할까?
호텔에 들어서니 장소와 진열된 사진 등은 변하지 않았지만 지난 4년 전

여름과 달리 크리스마스 장식이 가득했고 세월의 흔적만이 느껴졌다.

이번에도 몽파르나스는 나를 실망시키지 않았고 또 다른 위대한 작가인 만 레이의 작품을 득템했다. 만 레이는 제임스 조이스와 헤밍웨이 등과 함께 동시대를 살아온 거대한 사진작가며 추상 화가이자 조각가인데 그의 사진집이 호텔 방 입구에서 떡하니 나를 기다리고 있었다.

만 레이의 사진첩을 펼쳐 들었다. 그는 술 취한 채 다리미 바닥에 작은 못 여러 개를 접착제를 이용해 일자로 붙이고 「선물」이라는 이름으로 개인전에 출품하여 소변기에 물이 흐른다는 이유로 「샘」이라는 제목을 붙인 마르셀 뒤샹의 작품과 함께 모든 정해진 것을 거부한 예술가로 유명해졌다.

만 레이의 사진 작품들과 호텔 방 천장에서 끊임없이 나에게 도발하는 젊은 여자의 입술이 어젯밤 뇌쇄적으로 나를 유혹하고 있었다. 저 입술 때문에 심장이 요동쳤지만 옆 침대엔 할머니가 되길 거부하나 손자 보기를 갈망하며 코를 골고 자는 아내가 누워 있었다.
마스크를 써서 늙어 감을 몰랐다는 아내가 갑자기 불쌍해졌고 나는 퇴색한 찌질이 올드보이 같았다.

# 에디트 피아프의 「빠담빠담」 들어 본다.

추신: 앙리 카르티에 브레송. 그는 누구인가? 사진전에서 본 그에 대

한 느낌을 간단히 적어 본다.

"나는 사진이 찰나의 순간을 영원히 붙잡을 수 있다는 사실을 불현듯 깨달았다."

내 마음을 요동치게 한 말이다.


나에게 브레송이란?

내가 그를 처음 접한 건 4년 전 파리의 몽파르나스에 있는 힐튼 호텔의 로비에서다. 파리에서는 늘 오페라하우스 근처나 이동의 편이성을 고려 샤를 드골 공항 근처의 호텔을 애용했는데 제임스 조이스, 스콧 피츠제럴드. 헤밍웨이와 에디트 피아프 등이 드나들던 카페들에 대한 호기심과 시내를 한눈에 볼 수 있는 몽파르나스 타워 때문에 그곳에서 묵게 되었는데 호텔 매니저와 환담하다가 눈에 띄었던 브레송의 사진집. 거기서 순간의 미학을 곁눈질하게 되었다.


## 오르세 미술관 ___


파리의 미술관을 올 때마다 늘 느끼는 게 있다. 프랑스 시민들, 그들의 예술에 대한 사랑은 위대하다 못해 존경스럽기까지 하다. 특히 몇 시간씩 줄을 서야 하는 오르세 미술관의 장사진을 친 관람객을 보면 더욱

**그렇다**(프랑스인들의 급하고 다혈질인 성격은 우리 대한민국 사람들하고 비슷하지만 몇 시간씩 기다리며 유유자적하는 저들의 모습에선 세계 최고 문화 예술의 강대국임을 느낀다).

인상주의 화가들의 그림을 전시한 5층에는 르누아르, 마네, 모네의 그림이 가득했다. 본 것을 그대로 표현한 사실주의 화가 쿠르베의 여성의 몸을 적나라하게 묘사한 작품 앞에선 늘 사람들이 웅성거렸다(나 혼자 왔을 땐 아무렇지도 않았는데 아내랑 같이 오니 내가 왠지 무안해 본척만척했다). 돈 맥클린이 「빈센트」에서 묘사한 차이나 블루가 가득한 자화상 앞에선 세계가 하나가 된 듯 각 나라의 사람들이 모여들었다.

때마침 오슬로의 '뭉크 박물관'을 옮겨 놓은 듯한 뭉크 특별전이 열리고 있었는데 「절규」를 비롯한 온갖 작품들이 즐비하게 널려 있어 오슬로에서 놓친 관람에 대한 나의 갈증을 해소해 주었는데 연인의 집착으로 인한 권총의 오발로 손가락 하나를 잃은 뭉크. 그의 그림에선 온갖 죽음에 대한 공포, 불안, 비통 그리고 절규가 가득했다.

미술관 투어를 마치며 나오는 길에는 한가롭게 흐르는 센강과 유유자적함을 즐기는 사람이 가득한 유람선이 눈에 띄었는데 멀리서 바라본 콩코르드 광장에 건재하게 우뚝 서 있는 눈에 익은 오벨리스크와 서서히 저물어 가는 석양의 아름다운 모습에 한은형 작가가 파리에서 일몰을 보며 마시고 싶다던 식전주 아페리티프를 한잔하고 싶은 유혹만이 가득했다.

# 실비 바르탕이 불러 더욱 유명해진 모차르트 「교향곡 40번 1악장」
들어 본다.


## 프랑스 3대 카페에서     —


비가 추적추적 내리던 날 몽파르나스에 있는 헤밍웨이의 아지트였던
단골 카페에서 그의 잔재를 맛보았다. 프랑스 3대 카페 중 하나라는
「Le Select」란 곳이다.
헤밍웨이가 즐겨 마시던 위스키 칵테일인 헤밍웨이 사워(Sour)는 레몬
을 넣어서 그런지 신맛과 단맛에 위스키의 중후함이 가미된 새콤달콤
한 칵테일이었다.

  에스프레소 커피 한 잔을 앞에 놓고 책을 읽는 중년의 부인과 조용히
담소를 나누는 몇몇 그룹의 사람들이 보였으며 문화의 공간답게 각종 공
연의 포스터가 눈에 띄었다. 난 이 역사적인 공간에서 대문호들이 남긴
과거의 흔적을 느끼며 교감이라도 하려는 듯 공기를 힘껏 들이마셨다.
  그리고 세계 공통어인 몸짓, 발짓으로 그들이 자랑스럽게 추천하는
작은 삶은 콩을 버무린 메로구이와 관자 요리를 주문했다(종업원들이 No
English라며 일부러 영어를 안 쓰는 듯한 인상을 받았다).

오후 4시가 다 되니 사람들이 삼삼오오 모여들었다.

메뉴의 맨 하단을 보니 이 식당은 100년 전 오픈되어 헨리 밀러, 마티스, 헤밍웨이와 스콧 피츠제럴드 등 세계의 지성들이 드나들었던 문화 예술의 공간으로 소개되었고 구름같이 몰려들었던 사람들의 사진을 보니 이 레스토랑이 얼마나 많은 사람의 사랑을 받았는지 짐작할 수 있었다.

· 프랑스 3대 카페 Le Select

난 이 역사적인 현장에서 나의 우상 같은 소설가가 즐겨 마시던 칵테일과 세계의 지성들이 오래전 다녔던 고전의 향기를 듬뿍 느끼며 정말 기분 좋은 시간을 보냈다.

돌아오는 길. 거리엔 레코드판을 파는 상점이 눈에 띄어 잠깐 걸음을 멈추었다. 딱 이런 분위기 같았을 우디 앨런의 영화 「Midnight in Paris」를 떠올리며 레코드판 상점 점원과 빗속을 거닐었던 주인공처럼 아내와 함께 빗속을 걸었다.

"파리는 비가 내릴 때 최고로 아름다워."

영화의 마지막 장면을 같이 감상해 본다.


타지에서 친구 만들기                                    ___


마르세유에서 1시간 떨어진 사블레 플라주라 불리는 코트다쥐르 지방
(프랑스 남부)의 작고 조용한 마을에 짐을 풀었다. 샌프란시스코의 소살
리토 같은 느낌이 나는 한적하고 휴식하기 좋은 마을이어서 꼭 들러 보
고 싶은 곳이었다.
소박하면서도 고급스러움이 어우러진 듯한 호텔 로비에선 프랑스의 식
민지였던 알제리풍(?) 같은 흔적과 고풍스러운 분위기가 가득했다.

　손으로 꾹꾹 눌러쓴 "60년 전통의 호텔에 온 것을 환영한다."라는 손
편지와 스파 용품 선물이 나를 반겨 주었다. 호텔 마일리지가 제법 쌓여
가끔 환대를 받았지만 정성이 넘치는 서비스에 나도 약간은 놀랐고 아
기자기한 방 안의 장식과 망원경까지 갖추어 놓은 특이한 분위기에 연

신 탄성을 지르는 아내에게 으스대며 어깨에 힘을 주었다.

아직도 시차 적응이 덜 된 다음 날 아침, 커튼을 젖히고 테라스로 나가 니 지중해의 찬란한 바다가 내 앞에 펼쳐졌다. 아침마다 맞을 이런 환상 적인 분위기의 테라스에 반해 이 호텔을 정말 끔찍이 좋아하게 되었다.

파도 소리의 위력에 감탄하며 최남선의 시 「해에게서 소년에게」를 떠올렸다.

"철썩 철썩 쏴아 쏴아"

훌리오 이글레시아스의 「La Mer(바다)」가 저절로 흥얼거려진 순간이 었다.

이 아침, 지중해의 파도 소리와 저 멀리 펼쳐진 수평선과 주위의 경 이로운 풍광의 감흥에 젖어 올해 최고의 아름다운 순간을 맞으며 낯선 곳에서의 하루를 시작했다.

동으로 도금된 수저와 나무로 된 집게의 독특함에 아침을 배불리 먹 고 산책에 나섰다. 이곳 사람들은 평화스러운 이 마을을 작은 빌리지 (Village)라고 불렀다. 길을 묻다가 만난 나이가 나와 비슷한 느낌이 나는 버나드와 오지랖 넓은 듯한 그의 부인 미로(자기 스스로를 화가인 호안 미 로와 같은 이름이라 소개)는 활달했으며 생전 처음 보는 낯선 동양의 이방 인에게 프랑스인의 따뜻한 미소와 친절을 베풀었다.

우리는 그렇게 친구가 되어 1시간을 같이 거닐며 프랑스의 문화와 이 작은 마을에 대해 이야기했다. 이럴 땐 이국 사람들과 그 나라의 문화에 대해 엉터리라도 이야기할 수 있으니 그나마 다행이다. 스위스의 국경 지역에서 이곳으로 이주한 그들 부부가 행복하고 건강하기를 바라며 그들이 소개해 준 보트를 타고 시내로 가서 한국에서는 공짜로 주어도 잘 안 먹지만, 프랑스인들이 자랑 단지처럼 내놓은 홍합탕을 식전주인 마티니 아페리티프와 함께 폭풍 흡입했다.

· 친구가 된 버나드와 미로

돌아오는 길, 저 멀리 석양이 저물어 가는 가운데 파도와 사투하며 파도타기를 즐기는 장면은 한 폭의 그림 그 자체였다.

이 잊지 못할 풍광을 우리 둘만 즐겨서 아들, 딸에게 미안한 마음으로 글을 쓴다.

#「라 메르(La Mer, 바다)」 들어 본다.

난 글쟁이는 아니지만 헤밍웨이는 나의 우상 같은 작가이다.

어쩌면 그의 소설보다 그의 지칠 줄 모르는 삶을 좋아하는지도 모른다. 1, 2차 대전을 함께한 종군 기자로서 또는 앰뷸런스 운전사였던 장교 출신의 경력까지도 말이다. 그래서 나의 허접한 글에는 그에 관한 내용이 가끔 선을 보이곤 하지만 대대로 물려받은 조현병과 권총 자살은 너무도 싫어한다.

좀 더 디테일하게 들어가면 하루에 글을 끊임없이 쓰는 그의 글에 대한 성실성과 부단한 노력 그리고 넘치는 술에 대한 애정과 열정은 그의 소설의 원동력이 되었는지도 모른다. 두 번의 끔찍한 비행기 사고를 넘긴 불사조의 정신과 권투 선수와 사냥꾼 같은 승부사의 기질도 좋아한다(그가 파리에 머물렀던 시절 생계를 위해 하루 2불을 받으며 권투 선수들의 스파링 파트너 노릇을 한 적도 있다). 또한 『노인과 바다』에 나오는 어린 소년 마놀린과의 우정에서 보여 준 산티아고 노인의 감추어진 따뜻한 인간미도 좋아하는 것이다.

그가 즐겨 찾던 서점인 「셰익스피어 앤 컴패니 서점」을 다시 찾았다.

오래전에는 파리의 어느 누구든 책을 읽을 수 있던 곳이고 무료로 책을 빌려 볼 수 있었던 서점이다. 여기서 그는 제임스 조이스와 피츠제럴드와 함께 책 읽기를 즐겼다.

서점 주변 거리엔 「셰익스피어 앤 컴패니 서점」 로고가 생긴 천으로 만든 가방(?)을 들고 행복에 겨운 듯 걸어가는 젊은이들의 모습이 눈에 띄었다. 오래전 추억을 되살려 아담한 서재 같은 느낌이 나는 2층으로 가 보려 했으나 기다란 줄과 아내의 성화에 포기했다.

혼자만의 여행에서 누릴 수 있는 자유로운 행동의 특권. 그 소중함을 느끼는 순간이었다.


근처에 있는 노트르담 대성당으로 향하여 전소되었던 역사적인 건물이 재건되는 모습을 가까이서 바라보았다. 저 성당에서 종지기 노릇을 했던 『노트르담의 꼽추』의 콰지모도 역할을 한 앤서니 퀸이 살아 있었다면 땅을 치고 통곡했을 것인데.

온갖 상념을 뒤로하고 헤밍웨이가 즐겼던 산책로를 따라 뤽상부르 공원으로 향했다.

뤽상부르 공원. 가을의 뤽상부르는 바람 불고 을씨년스러웠으나 밝고 화사한 모습은 그대로 남아 있었다. 어쩌면 땀을 찔찔 흘렸던 몇 년 전의 여름보다 가을을 느끼기에 더 좋았는지도 모른다.

· 뤽상부르 공원의 한적한 늦가을 풍경

날씨가 맑은 날이면 나는 포도주 한 병과 빵 한 조각, 그리고 소시지를 사 들고 강변으로 나가 햇볕을 쬐면서 얼마 전에 산 책을 읽으며 낚시꾼들을 구경하곤 했다.

-『파리는 날마다 축제』中에서

나도 이런 혼자만의 근사한 피크닉을 즐겼던 몇 년 전 퐁텐블로성에서의 시간들을 반추하며 다음번 뤽상부르에서의 피크닉을 기대하면서 잠시 낭만에 빠졌다. 최백호의 「낭만에 대하여」가 왜 떠오르는 건지….

몇백 년 된 공원의 느낌이 물씬 풍기는 이곳의 벤치에 앉아 커피와 빵 몇 조각으로 허기짐을 달래는데 한 떼의 비둘기들이 주위에서 모여들었다. 다시 헤밍웨이를 떠올리는 순간이다. 『파리는 날마다 축제』에 이런 글이 나온다.

"배가 고파 뤽상부르 공원에서 비둘기를 잡아먹었다는 식의 비확인. 당시 우리는 스스로 가난하다고 생각한 적이 없었다. 그런 사실을 인정하지 않았던 것이다. (중략) 우리는 값싼 음식으로 잘 먹고, 값싼 술로 잘 마셨으며, 둘이서 따뜻하게 잘 잤고, 서로 사랑하고 있었다."

이렇게 헤밍웨이가 즐겨 찾던 곳들의 동선을 따라 움직인 하루는 뤽상부르에서 막을 내렸다[그가 우정을 나누는 친구들과 즐겨 찾았던 180년 된 레스토랑에서 단골 메뉴인 푸아그라와 에스카르고(달팽이 요리)를 맛볼 기회를 놓친 것이 못내 아쉬웠다. 예약 문화에 익숙하지 못한 나의 무지 탓이다].

#「노트르담 드 파리」중「대성당의 시대」들어 본다.


미녀와 야수                                                          —


휴양지로 알려진 니스엔 두 곳의 아담한 미술관이 있다.

지난 페이지의「예술 속의 자유」라는 제목의 글에서 마크 샤갈과 앙리 마티스의 그림에 대해 이야기했는데 우연의 일치인지 니스에는 그 화가들의 작품들이 작은 규모로 각각 1시간이면 볼 수 있는 곳에 전시되고 있었다.

마티스 미술관에는 감각적인 색채를 사용하며 사물을 사실적으로 그리지 않는 마티스 특유의 둥글둥글하거나, 굵거나 가느다란 특성을 나타낸 흑백 판화와 선 굵은 색채들의 그림과 조각품들이 널려 있었다.

   미술관 입구의 공원에는 한 떼의 노인들이 모여서 꽤 무게 나가는 커다란 구슬로 구슬치기를 하고 있었다. 처음 보는 어른들의 구슬 놀이에 신기해했으나 곧 이해되었다. 아, 그렇다. 구슬치기는 우리에겐 어린 시절의 놀이였으나 지구촌 구석구석엔 이런 어른들의 구슬 문화가 성행

하고 있었다. 기쁨과 슬픔이 교차하는 구슬놀이인 파친코를 포함해서
말이다.

마티스 미술관에서 걸어서 약 25분 거리에 위치한 마크 샤갈의 미
술관엔 주로 성경을 주제로 한 이삭과 야곱, 아담과 이브 및 노아의 방
주 등을 다룬 그림들이 전시되었는데 교회의 권사님인 마나님의 성경
의 지식을 통한 그림 해설이 시작되었다. 따라만 다니다가 '기회는 이때
다!' 하며 9회 말 역전 홈런을 터트리듯 신이 나서 설교를 늘어놓았다.
샤갈 특유의 인물이 날아다니는 듯한 그림과 호메로스의 『오디세
이』를 배경으로 한 그림들이 인상적이었다. 샤갈의 아내인 벨라를 대상
으로 한 그림을 열심히 찾았으나 그림은 두 점밖에 없어 다소 실망했는
데 아마도 파리의 퐁피두 센터 안에 전시되어 있을 것이다.

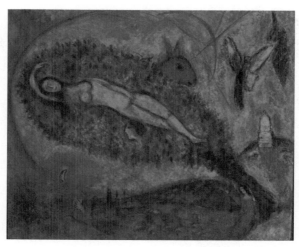

· 「Song of Songs」, 1957년. '내 아내는 나의 기쁨이자
기쁨'이 샤갈의 친필로 적혀 있다.

그런데 그림 속의 벨라를 보니 '아름답다(미인)'는 뜻의 Belle가 변해 '아름다운(Beautiful)'이 되고 명사인 Beauty가 되지 않았을까 추측했는데 문득 영화 「노팅 힐」과 애니메이션 영화 「미녀와 야수」가 떠올랐다.

「노팅 힐」에서는 잘생긴 그랜트 휴가 줄리아 로버츠를 "She may be Beauty or the Beast(그녀는 미녀 아니면 야수)."라며 OST를 통해 사랑하는 사람을 극과 극으로 표현했고 영화 「미녀와 야수(Beauty and the Beast)」의 여자 주인공 이름이 '벨'인 것도 이런 의미에서 우연의 일치인지도 모르겠다.

난 엘비스 코스텔로의 「She」란 노래가 나오면 "She may~"의 가사에 공감하며 노래의 선율과 「노팅 힐」이 주는 마지막 반전에 늘 감탄하곤 하는데 야수파의 대장 마티스의 작품을 본 그날은 "여자는 미녀 아니면 야수."라는 그 가사가 참으로 구구절절 맞다고 느낀 날이었다.

독자분들은 여성이 미녀 아니면 야수란 말에 공감하시는지요?

# 「She」 들어 본다.

—

## 파리를 떠나며

파리를 떠나기 전날 시내에 들렀다. 중심가에는 블랙 프라이데이 세일 기간임을 말해 주는 듯 인파들이 거리를 가득 메웠고 아이들은 백화점의 윈도에 걸려 있는 인형들의 놀이에 마냥 행복해했다. 백화점 내는 발 디딜 틈조차 없을 정도로 사람들이 몰려들었고 그들의 양손엔 커다란 박스들이 들려 있었으며 득템에 성공한 쇼핑객들의 표정은 마냥 행복해 보였다.

쇼핑몰의 중심에서는 가스펠 송의 목소리가 울려 퍼지며 벌써부터 들떠 있는 분위기가 확연했으며 이제 며칠 있으면 "노엘, 노엘." 하며 크리스마스 분위기가 무르익을 것이다.

집에 갈 준비를 하느라 짐들을 주섬주섬 챙기는데 아빠를 그리워했을 댕댕이 심바에게 미안한 마음이 가득했다. 오늘 하루만 참으렴.

11일 동안 베짱이처럼 놀기만 했다.

회사랄 것도 없는 구멍가게 같은 곳이지만 내팽개치고 위축된 글로벌 경제를 핑계 삼아 '케세라세라' 했다.

가성비 좋은 음식만 찾는 아내에게 "짠지같이 굴지 말고 이제 좀 넉넉히 쓰고 살자."라며 투정을 부리기도 했고 하루 일과가 끝나면 때론 쏟아지는 졸음을 참으며 글을 담으려고 노력도 했다. 늙어 가는 아내와 오랜만에 손을 잡으며 우정과 가족애를 확인한 순간들이 가끔 있었다.

3년 만에 다시 온 파리에서는 휴식보다는 성지 순례를 하듯 헤밍웨이가 즐겨 찾는 흔적들을 찾아다녔고 기욤 뮈소의 『아가씨와 밤』 등 베스트셀러의 배경인 코트다쥐르에서는 지중해의 바람과 온화한 기온을 느끼며 낯선 여행자에게 친절을 베푸는 중년 부부도 만났다.

여행 중 내내 헤밍웨이 타령을 했는데 그럼에도 다음번 여정은 또다시 그의 발자취를 따라 이동할 것이며 거기가 스페인이나 스위스 또는 미국의 키웨스트가 될지도 모르겠다.

그리고 순위에서 밀렸던 와인 성지인 보르도와 피렌체의 토스카나나 흑인들 목화밭의 애환이 담겨 있는 루이지애나, 『안나 카레니나』를 탄생시킨 톨스토이가 태어나고 자라고 묻힌 그의 영지에서 문학 작품 속 배경을 이해하고 싶으나 우크라이나의 전쟁 때문에 거긴 요원하다.

3년간의 여행 금지가 나를 옥죄었지만 핑계였던 코로나로부터의 탈출에 이제야 성공했다.
덕분에 졸렬하기 짝이 없는 책도 발간했고 글 쓰는 동료들과 한배에 승선하며 글쓰기 모임이라는 연결 고리를 통해 공감을 나누기 시작했으니 사실 그리 나쁠 것도 없다.
마르셀 프루스트의 글을 옮기며 여행기를 마치면 너무 진부하다고 할까?

"여행은 새로운 풍경을 보는 것이 아니라 새로운 눈을 가지는 데 있다."

\# 「라 트라비아타」에 나오는 아름다운 2중창인 「파리를 떠나서」 들어 본다.

거의 마지막 부분에 나오는 곡으로 알프레도가 병약한 줄리에타에게 자기와 아버지를 용서해 달라며 파리를 떠나 새로운 삶을 시작하자며 부르는 유명한 아리아이다.

추신: 180년 된 식당 「라 클로즈리 데 릴라(La Closerie des Lilas)」를 찾아 헤밍웨이, 뭉크와 기욤 아폴리네르 등 당대의 예술가들이 앉았던 의자에서 아페리티프를 마셨다. 이 책에 수없이 담아 많은 분이 지긋지긋했을 이 칵테일이 늘 나와 함께했다. 지면에서 글로 배운 칵테일이 이번 여행의 묘미를 더해 주며 여행 중 늘 나와 함께한 것이다.

## Piano Man

내가 거나하게 취하거나 아주 기분 좋을 때 부르는 노래가 빌리 조엘의 「피아노 맨(Piano Man)」이다. 흥겨움을 더해 주는 하모니카 소리도 일품이지만 부드러운 멜로디와 하이 톤을 요구하는 곡의 리듬도 나를 즐겁게 한다. "내 옆에 앉은 노인이 진토닉과 사랑을 나눈다."라는 가사와 신나게 건반을 두드려 대는 빌리 조엘의 모습을 보면 기분이 그렇게 좋을수가 없다.

최근 열흘 동안 내가 가는 곳엔 늘 피아노가 놓여 있었다.

여행자가 빼곡한 큰 기차역이나 마치 간이역을 연상케 하는 작은 역의 대합실에서 또는 쇼핑몰의 한복판이나 호텔의 로비에서도….

오랜 세월 동안 인간들의 삶의 여로에 늘 함께하며 많은 사람을 기쁘게 하고 또한 슬프게 하며 심금을 울렸던 이 건반악기는 자신의 건반을 두드려 줄 주인공을 다소곳이 기다리고 있었다.

그 근처에 있던 여행자들 중 몇몇 사람은 그들 여정의 고난과 피로를 스스로 위로받으려는 듯 자유롭게 몇 분 또는 아주 잠깐 동안 그들이 좋아하는 곡을 연주하고는 다소 긴 여행이나 짧은 여정을 재촉하듯 목적지를 향해 바람같이 사라지는 것이다.

피아노를 치며 자유를 구가하는 그들의 모습이 부러웠고 프랑스 혁명의 근간인 자유, 평등, 박애 중 자유가 떠올려진 순간들이었다.

역사 안의 많은 사람에게 아름다운 선율을 들려주고 훌쩍 어디론가 사라져 버린 초로의 노신사. 그는 빌리 조엘의 「Piano Man」보다 훨씬 멋졌던 진정한 Piano Man으로 내게 기억될 것이다.

# 바람이 휘몰아치니 쇼팽의 「연습곡」 중 「겨울바람」을 예프게니 키신의 연주로 들어 본다.

## 3부

같은 듯 다른
겨울을 맞아

## 니스에서 못다 한 이야기들 ___

니스에서의 둘째 날, 이번 여행에서 바닷가는 질린 듯 많이 보았고 전에도 맛본 곳이어서 에즈(Eze) 마을로 향했다. 가는 도중 차창에서 바라본 풍경은 절벽과 해안 사이로 지중해가 햇살을 반사하며 은빛 색깔을 띠고 있었고 영화 「페드라」에 나오는 듯한 구불구불한 도로는 아슬아슬한 모습을 띠며 장관을 이루었다. 그전까지만 해도 렌터카를 끌며 해안도로를 폼 나게 드라이브했는데 이젠 자신이 없어 버스를 타다니. 몸의 그레이드가 점점 낮아지는 게 인생임을 불현듯 느낀다. 제기랄.

에즈 마을에서 중세의 샤토(성, 城, Chateau)를 만났다.

노벨상 수상 작가인 가즈오 이시구로가 쓴 『The remains of the day(남아있는 날들)』에 나온 대저택 같은 유서 깊은 호텔은 영국의 뉴캐슬에서 맛보았으나 프랑스의 샤토는 내 예상을 완전히 빗나가 난공불락의 언덕 위에 위치하고 있었다.

7백 년 전 이 지역을 관할한 영주가 살았던 곳이고 지금은 개인 소유의 영지가 된 샤토엔 7백 년의 전통이 가득 담겨 있었으며 정문을 지난 입구엔 아름다운 절벽과 해안을 지키기라도 하듯 영주의 문양이 담긴 기사가 늠름히 버티고 있었다.

좁고 구불구불하여 마치 미로를 연상시키는 골목들과 성주를 태운 말이 들락거렸을 오래된 도로들. 거기엔 작은 갤러리들과 고급스러운 기념품 가게들 그리고 개인 소유의 샤토 호텔들이 아담하며 고풍스러운 모습으로 언덕 위에 서 있었다.

프랑스 혁명 시 이 샤토는 귀족의 잔재라며 파괴되고 훼손되었는데 오늘날 호텔로 개조에서 쓰고 있다. 주인이 직접 손님을 맞이하며 최상의 서비스를 제공한다고 하는데 동떨어져 있으며 남의 시선이 별로 없는 곳이고 한적한 곳이어서 신혼여행의 장소로 안성맞춤일 거라는 쓸데없는 상상을 해 보았다.

난 내가 묵고 있는 호텔이라도 되는 양 잔뜩 폼을 잡았다. 특유의 느끼한 모습의 포즈가 제법 나오는 걸 보니 역시 "남의 떡이 커 보인다." 라는 옛말이 불변의 진리임을 깨닫는다.

다음번엔 위장 투숙객이 아닌 진짜 투숙객으로 그들이 베푸는 럭셔리를 맛보리라.

700년 전 시간에 멈추어 선 듯한 느낌을 주는 아주 작은 마을에서 프랑스 남부 프로방스의 고풍스럽고 아름다움을 진정으로 느끼며 이 글을 쓰다.

# 오래전 말을 타고 이 지역을 누볐을 프랑스의 선구자들 상상하며 「선구자」 들어 본다.

# 천 원의 행복

토요일, 친구들과의 송년 모임 후 남겨진 온갖 상념을 뒤로하고 세종문화회관으로 향했다. 이 근처만 오면 코끝이 찡한 건 꼭 초겨울 스산한 바람 때문만은 아니다. 장가가기 전 부모님과 살던 곳이 바로 근처이기 때문이다. "늦지 말고 얼른 들어와." 아직도 어머니가 나를 향해 손짓하며 이리 말씀하시는 듯하다.

공연장에 구름같이 몰려든 관객들과 그들의 표정을 보니 기쁨과 설렘이 가득하다.

늘 그렇듯 조수미 공연은 매진이요, 청중석은 만원사례다.

더군다나 천 원짜리를 무료로 볼 수 있는 천 원의 디스카운트는 사람을 더욱 즐겁게 하는 것이다...... 시장에서나 음악회서나(그러나 사람이 대접을 제대로 못 받는 인물 디스카운트는 싫어한다).

그들은 조수미에 매료되었을까? 아니면 단돈 천 원에 열광하며 이리 오는 것일까?(R 석은 늘 15만 원, 20만 원이었다)

조수미는 늘 그대로 변하지 않는 위트와 매너로 청중들과 함께했다.

프로그램 북의 조수미 모습이나 무대 위의 조수미는 6개월 전 예술의전당의 공연 모습 그대로였다. 그러고 보니 나만 변했다.

공연의 시작을 알리는 서곡. 역시 요한 슈트라우스의 「박쥐」 서곡은 지휘자들이 사랑하는 단골 메뉴였다.

휘황찬란한 드레스와 노란 머리로 관중들의 눈마저 호강시키더니 마지막 앙코르곡인 「라데츠키 행진곡」에 청중은 폭발하듯 들끓었고 관중석은 환호와 함성에 도가니탕이 되었다.

역시 끝판 대왕은 「라데츠키 행진곡」이다. 늦가을의 빈이 떠올려졌다.

# 조수미의 음성으로 「라데츠키 행진곡」 들어 본다.

## 사진의 용도　　　　　　　　　　　　　　　　　　　　　—

『단순한 열정』에 이어 아니 에르노(Annie Ernaux)의 작품을 두 번째 읽는다. 겉표지에 나오는 '섹스 후 남겨진 흔적들'이라는 문구를 대하니 '자전적 소설이어서 진솔하겠구나.'라는 생각과 2004년에 쓴 글인데 '좀 더 일찍 읽었어야 하는 책 아닌가?'라며 나의 게으름을 한탄했다. 사랑을 나눈 현장을 사진으로 남기다니. "마음으로 사진을 읽는다."라는 신수진 사진작가가 이 책을 본다면 쌍스럽기 짝이 없다고 할 것인데 어쨌든 겉표지치고는 참으로 파격적이다.

다음 장을 폈다.

조르주 바타유의 "에로티시즘은 죽음 속까지 파고드는 생(生)이다."
라는 글이 한 페이지의 지면을 장식하는 걸 보니 에로티시즘의 여왕이
아닌가 하는 착각을 일으키며 본격적인 예고편을 대하는 듯하다.

책을 읽기 전에 에르노의 약력을 살펴보았다. 그녀는 많은 문인을 배
출한 노르망디 출신이며 특히 내가 좋아하는 도시인 루앙의 대학에서
문학을 전공했고 교수 자격증을 획득했다.

노르망디는 영국과 프랑스의 영토 확장 전쟁으로 주인이 여러 번 바
뀌었던 지역으로도 알려진 곳이고 2차 세계대전 시 상륙 작전의 본거
지로 아이젠하워 장군을 대통령으로 만들었던 이 지방은 시드르와 칼
바도스라는 사과술로 유명한 곳이다.

노르망디 지역의 대표적인 예술가는 에트르타 출신의 『여자의 일
생』으로 유명한 모파상이 있고 루앙엔 『보바리 부인』의 플로베르, 옹플
뢰르엔 에릭 사티가 있다. 특히 루앙은 모네가 「루앙 대성당」을 그리며
활동했던 곳이고 고갱이 정착한 곳이기도 하며 백 년 전쟁의 영웅 잔
다르크가 화형을 당한 유서 깊은 곳이어서 몇 년 전 루앙에서 하루를
보낸 적도 있는 애착이 가는 곳이다(플로베르는 모파상을 문학적 아들이라
고도 불렀다).

본문을 읽기 시작했다. 『단순한 열정』에서 에르노의 상대로 나왔던
M이 또 등장하는 걸 보니 둘이 좋은 관계를 지속할 것 같다.

좀 더 읽으며 들어가 보았다. 그리고 곧 깨달았다. 그들이 벗어 놓
은 옷들을 사진에 담는 행위는 예술이었고 그들의 잠자리는 창작 활동

을 위한 예술의 전조 활동이었는지도 모른다. 일부러 그런 건 아닐지라도….

"사진과 글은 매번 우리에게 표현할 수 없어서 사라져 버리고 마는 쾌락의 순간에 현실감을 더욱 부여해 주었다."

이 대목에서 무릎을 탁 쳤다. 그들이 사진을 담은 이유는 내가 이 공간에 글을 남기는 이유와 같은 것이어서 깊이 공감하였는데 "나는 단어들이 떼어 내지 못하는 얼룩이기를 바란다."라는 그녀의 표현에 감탄하다 못해 절규하였다.

"자전적 소설도 소설이냐?"라는 숱한 비평가들의 힐난을 잠재우며 노벨상을 거머쥔(?) 아르노의 문장들과 삶의 철학을 배우면서 이 글을 남긴다.

# 에릭 사티의 「Je Te Veux(당신을 원해요)」를 조수미의 음성으로 들어 본다.

# 첫사랑

우리 대부분 가슴 한편에는 아름답거나 아주 슬플지도 모르는, 그러나 간혹 이루어지기도 하는 첫사랑의 아련한 추억을 갖고 있을 것이다. 첫사랑엔 공통적인 그 무엇이 있다. 대부분 처음 본 순간 바로 상대방에게 마음을 빼앗겨 버린다. 루이자 메이 올컷의 소설 『작은 아씨들』도 그랬다.

대학가요제 1호의 주인공 김효근의 「첫사랑」도 예외가 아니다. 처음 가사가 이리 시작된다.

"그대를 처음 본 순간이여, 설레는 내 마음에 빛을 담았네."

러시아의 문호 투르게네프의 『첫사랑』도 별수 없다.

블라디미르가 지나이다에게 첫눈에 홀딱 반해 이리 혼자 말한다.

"그렇게 그녀를 바라보고 있는 사이에, 그녀는 내게 더없이 귀중하고 더없이 친근한 존재가 되어 버린 것이다."

내게 '첫사랑' 하면 떠오르는 것이 만해 한용운 님의 「님의 침묵」 중 아래 대목인데 그 이유는 나도 모른다. 꼭 키스 때문만은 아니었을 것인데 그 당시엔 정말 귀먹고 눈멀었다.

날카로운 첫 키스의 추억은

(중략)

나는 향기로운 님의 말소리에 귀먹고

꽃다운 님의 얼굴에 눈멀었습니다.

블라디미르의 첫사랑인 지나이다가 아버지의 정부(情婦)이고 추후 멀리 떠나 타향에서 죽음을 맞게 되는 투르게네프의 『첫사랑』은 『닥터 지바고』보다 슬프고 지금은 어디서 무엇을 하고 있는지 모르는 나의 첫 사랑도 슬프다. 황순원의 『소나기』에서 소녀의 모습을 더 이상 못 보게 되는 소년의 모습이 슬프며 『책 읽어주는 남자』의 미하엘이 연상의 여 인 한나가 갑자기 사라지자 슬퍼했듯이…. 내가 아는 세상의 모든 첫사 랑은 슬프기 짝이 없다.

그러나 지금도 가끔 생각나는 그 첫사랑 때문에 나는 오늘도 봄의 사 람이다.


봄의 사람
나태주


내 인생의 봄은 갔어도
네가 있으니
나는 여전히 봄의 사람


엊그제 공연에서 조수미와 테너 장주훈이 부른 김효근 곡의 「첫사 랑」이 뇌관이 되어 이 글을 쓰게 하다.
# 김순영의 음성은 참으로 청초해 이 곡과 잘 어울린다.

## 여인의 향기(Scent of Woman)

"부관의 피부는 어떻게 생겼나?"

앞을 못 보는 퇴역 육군 중령 프랭크가 3백 달러짜리 아르바이트를 구하러 집에 찾아온 고등학생인 찰리를 보고 물은 내용이다. 불현듯 나도 침대 옆에서 다소곳이 잠들어 나를 경호하는 댕댕이 심바를 보고 갑자기 부관이라고 부르고 싶어졌다(부관은 장군급 이상의 군인의 비서에 해당하는 젊은 청년 장교를 일컫는다).

프랭크와 찰리의 우정을 통한 심쿵한 모습을 그린 「여인의 향기」에 대해 담아 본다. 몇 번 본 기억은 있으나 춤추는 장면 이외의 모습은 별 관심이 없었던 터라 비행 도중에 차근차근 소화하며 보았다.

비누 냄새를 기막히게 잘 맡아 여인의 마음을 훔치는 이 눈먼 장교를 보고 있노라면 강신재의 『젊은 느티나무』의 첫 대목을 떠올리곤 한다.

"그에게서는 언제나 비누 냄새가 난다."

"차가 무겁게 느껴져. 이유를 알아? 네가 세상 짐을 다 짊어지고 있기 때문이야."

"여자의 머리칼은 모든 것이야. 그 속에 얼굴을 묻어 본 적이 있니? 영원히 잠들고 싶은 적 없었어."

"여자의 입술이 뭔지 아니? 또 입술 닿는 기분은 사막을 지난 뒤 마신 첫 모금 포도주와 같을 거야."

프랭크는 권총으로 자살할 계획의 일환으로 찰리와 뉴욕으로 동행하기 위해 아르바이트로 위장한 채 그를 끌어들인 것이다.

"전 여자에게 관심 없어요."

"관심 없다면 우리는 죽은 거야."

장면을 앞뒤로 이리저리 돌리고 영화 속 대사를 캡처하느라 몇 시간 걸려 감상한 영화였지만, 진리 같은 영화 속 대사, 알 파치노의 눈먼 연기와 스리피스의 슈트, 그리고 불의에 타협하지 않으며 "리더란 무엇인가?"라고 외치는 프랭크에 반한 영화였다.

이 영화에서 여인의 향기(비누 냄새)와 프랭크의 여인에 대한 표현은 단지 관계를 위한 설정에 지나지 않았다. 자포자기하여 수렁에 빠지며 생을 포기한 자살 직전의 눈먼 사람을 구하느라 끊임없이 노력하는 젊은 청년과 퇴학 직전의 학생을 구하기 위해 열정으로 화답하는 중년 남성 간의 용기와 희망의 메시지를 주고받는 우정의 스토리인 것이다.

# 춤추는 댄서를 위한 곡이 아닌 일반 대중에게 탱고 음악을 들려주기 위해 클래식에 탱고를 접목시킨 선구자가 아르헨티나의 피아졸라인데 오늘은 「망각(Oblivion)」 들어 본다.

왠지 모를 우수와 슬픔과 격정 그리고 뜨거움이 담겨 있다. 반도네온 특유의 표현할 수 없는 먹먹하고 끈적거리는 느낌 때문일까?

## 오페라 「라 보엠(La Boheme)」

'라 보엠'은 보헤미안 사람이란 뜻이다. 즉, 자유분방하게 떠도는 집시를 말한다. 파리를 배경으로 크리스마스이브에 돈은 없고 꿈은 많은 시인 로돌포와 화가 마르첼로 등 가난한 예술가들의 정열과 사랑을 노래한 작품이다. 시대는 다르지만 파리의 몽마르트르 언덕, 싼 하숙집에 몰린 벨 에포크 시대의 빈곤한 예술가들과 배경이 비슷하다.

오페라 사상 걸작 중의 걸작으로 손꼽히며 주로 겨울에 크리스마스를 전후로 공연되는데 난 이 오페라를 어지간히 좋아했던지 주인공 로돌포의 이름을 다른 문학 밴드의 닉네임으로 쓴 적도 있는데 영하의 날씨에 보아야 제맛이 나고 분위기에 어울리는 이 작품을 대할 때마다 나의 배고팠고 추웠던 학창 시절을 떠올리게 한다.

그 시절 난방도 안 되는 2층 다다미방에서 테이프가 늘어지도록 들었던 「그대의 찬 손」을 직접 공연장에서 들을 생각에 어제저녁 아트홀로 향하는 발걸음은 마냥 가벼웠고 기분은 상쾌했건만 공연장 앞엔 빈의자들과 초겨울의 황량함이 가득했다. 마치 「라 보엠」의 겨울 분위기처럼….

가난하고 병약한 미미. 촛불이 꺼지며 어두컴컴한 가운데 잃어버린 방의 열쇠를 찾는 미미의 손을 덥석 잡는 로돌포. 「그대의 찬 손」을 부르며 이렇게 춥고 가난한 젊은이들은 서로 사랑에 빠진다. 푸치니의 공식처럼 나오는 사랑에 빠지고 병들거나 무책임하거나 정신 차리고 돌아오면 슬프게도 죽음으로 끝난다. 「나비부인」도 그랬듯이.

# 우리 인생의 영원한 테마인 '남과 여'의 사랑 이야기이자 자유와 질투와 가난과 낭만을 소재로 한 「라 보엠」의 「그대의 찬 손」 들어 본다.
늘 성악가들의 풍성한 음량과 무대 배경, 배우들의 연기가 가슴속 깊은 감동을 주며 겨울밤의 찬 공기를 녹여 주었다.

## 라면을 끓이며     —

술 먹은 다음 날 속풀이를 할 때나 온 집안 식구들(평소엔 두 명이고 많아야 세 명이다)의 귀차니즘이 절정에 오르면 가끔 라면을 끓인다. 쫄깃한 면발은 기대하지도 않으며 파 송송과 계란 탁도 없으나 반드시 나무젓가락만을 이용한다는 불문율은 있다. 명절에 먹다 남은 떡국용 떡이라도 넣으면 고급스러운 떡라면의 기분을 느낄 수 있으련만 냉장고 문 열기가 싫은 것이다.

어쩌다 단무지 몇 개를 포장한 김밥을 누가 사 오기라도 하면 금상첨

화다. 그러다 찬밥이 눈에 띄면 라면밥이 된다. 짬뽕밥처럼.

　이때 김훈의 산문집 『라면을 끓이며』가 생각나는 건 당연한 일인지도 모른다.

　연필로 직접 원고지에 글을 쓴다는 짧고 간결한 문장의 대명사 김훈 소설가는 영문과를 졸업한 『동아일보』 기자 출신이다. 그는 우리의 먹고사는 것에 대해 정통한 듯 에세이 『밥벌이의 지겨움』에서 "전기밥통 속에서 밥이 익어 가는 그 평화롭고 비린 향기에 나는 한평생 목이 메었다."라며 밥에는 대책이 없다고 하더니,

　『라면을 끓이며』에서는 "배고픈 시절에 나타나 경이로운 행복감을 싼값으로 대량 공급했고 그 맛의 놀라움은 장님의 눈 뜸과도 같아 '불의 발견'과 맞먹을 만했다."라고 하며 밥과 음식에 대해 풍성한 재료를 풀어 놓은 아주 개성이 넘치는 작가이다.


　겨울날 몇 젓가락 안 남은 불어 가는 라면을 보며 김훈이 우리네 정서의 음식이라고 한 빨간 포장지 속의 이 라면이 한국을 넘어 베트남과 인도네시아 그리고 스위스 융프라우의 정상에서도 쉽게 볼 수 있는 세계 1위의 한국 라면이 된 것에 감사하며 국물까지 후루루 다 마셨다. 내 분노의 속 쓰림과 허기를 조용히 잠재워 준 라면. 어제는 그 라면의 온기를 느끼며 일요일의 일탈에 잠깐 빠졌다.


　# 그리그의 페르귄트 모음곡 중 「아침 정경(Morning Mood)」 듣는다.


　추신: 그러고 보니 영문과 출신 중 글 쓰시는 분들이 많다. 클래식을

좋아했던 이효석과 피천득, 장영희 교수님 등. 그래서 영국에는 대문호들이 많았던 게 아닌가?

## Call me by your name ─

좀 더 쉽게 이야기하면 '내 이름 네 것', 이런 제목 아닐까 싶다.

17살의 이탈리아 청년과 24살 미국 철학 교수의 남성이 6주 동안의 휴가 기간 중에 만나 일어난 사랑과 이별 등의 동성애를 섬세하게 그린 소설이다.

아마도 우리에겐 영화로 더 친숙해진 느낌인데 티모테 샬라메는 이 영화를 통해 일약 스타덤에 오른다. 영어 공부를 하느라 사 놓고 요즘에서야 읽었지만 젊은 사람들의 사랑 이야기를 쓰려니 난감하기 짝이 없다.

동성애라고 표현하지만 통속적인 표현은 하나도 없고 감정의 묘사가 참으로 디테일하다. 감각적인 글이며 우정과 사랑을 담은 최고의 베스트셀러라고 극찬했지만 영어 원문이고 가끔 이해 안 되는 부분이 있어 내게 온 감흥은 덜했을 것이다.

파파고 번역기를 사용하면 더욱 난해해진 문장들이 많아 그냥 스캔해서 읽었는데 "번역은 언어를 연결하는 아주 중요한 작업이고 제2의 창조다."라는 걸 확인한 순간들이었다.


　주인공들은 예술가들을 이야기하며 지적인 교감을 하게 되면서 사랑을 느끼게 되는데 모네가 그림을 그린 언덕에서(Monet's Berrm) 키스를 하게 된다.

　그 키스에 대해 참 특별하게 멋진 영어 표현이 있어 소개한다. 보통 '달콤한, 스윗한' 이런 표현들을 쓰는데 아래 내용이 꼭 키스의 달인 같다.

　"나는 반만큼만, 내 키스가 얼마나 달콤한지 네가 깨달을 때까지 더이상의 진도는 나가지 않을 것이다."


　이 책에는 많은 작가와 화가에 대한 이야기도 나온다.

　이곳 바닷가에서 영국의 낭만파 시인인 퍼시 셸리가 물에 빠져 죽었다는 소식을 전해 들은 부인 Mary와 친구들은 라틴어로 'Cor Cordium'이라고 말했으며, 그 뜻은 '마음의 마음'이다(셸리의 묘비명도 Cor Codium이며 "겨울이 오면 봄도 멀지 않으리."로 유명한 바로 그 시인이다).

　그리고 해변에서 화장을 하기 전 부인인 메리와 친구들이 심장만을 남겼다고도 말한다(그의 부인 Mary Shelley가 쓴 소설이 그 유명한 『프랑켄슈타인』이다).


　6주간의 행복했던 휴가가 끝날 무렵, 그들은 3일 동안 로마로 여행을 간다. 낯익은 테르미니역과 베키오 다리를 가로질러 가는 베아트리체를 목격하는 단테의 모습도 상상하는 고전 속의 이별 여행이다. 고흐의 「론강의 별이 빛나는 밤」 장면도 나오고 늦가을의 아름다운 여름 날씨

를 말하는 인디언 서머의 해 질 무렵을 상상하는 섬세함의 극치를 나타
낸다.

그들은 15년이 지난 후 옛날 일을 생각하며 이렇게 말한다.

"Cor cordium(마음 중의 마음). 누군가에게 이렇게 진실한 말을 하는
건 처음이야."


앞 장의 「첫사랑」에 이 글을 삽입하면 참 근사할 뻔했다.

그만큼 그들의 첫사랑은 열정적이고 미숙하며 또한 오랜 세월을 두
고 잊지 못하는 둘만의 우정과 사랑이 담긴 소설이기 때문이다.

영화엔 유명한 클래식 곡들이 많이 나온다고 한다. 언젠가는 영화로
꼭 보고 싶다.


# 모네의 언덕, 그 장면서 흘러나왔다는 브람스의 「인테르메조(간주
곡)」 들어 본다.


추신: 제목에서 풍기듯 상대방에게서 내 모습을 발견하면 사랑의 감
정이 싹트는지도 모른다.

"상처를 빨리 아물게 하려고 마음을 잔뜩 떼어 내다간, 서른쯤 되었
을 땐 남는 게 없지. 그럼 새로운 인연에게 내어 줄 게 없단다."

이별의 상처를 받을지도 모를 아들을 위해 이탈리아 청년인 엘리오
에게 그의 아버지가 남긴 말이다. Go bankrupt '파산하다'라는 표현을
'남는 게 없다'며 근사하게 표현했다.

모네, 퍼시 셸리와 단테 그리고 고흐의 그림까지 등장하는 고전이 함께하는 이 책의 묘미에 빠졌으나 사랑을 이야기하기엔 너무 늙어 버려 씁쓸하다. 아, 세월아, 어찌 이리 빨리 왔는가?

고전의 향기 넘치는 고대 로마의 말이 달렸던 반들반들 빛나는 오래된 도로와 피렌체의 베키오 다리는 내 노스탤지어를 자꾸 자극한다.

## 한 여자(Une Femme)

아니 에르노의 책 『한 여자』를 읽었다. 너무 얇아서 책 같지도 않은 책이다. 여태까지 읽었던 두 권의 책하고는 성격이 전혀 다르다. 약 35년 전에 쓰인 아르노 어머니의 희생과 그 희생으로 성공한 딸과 어머니와의 반목, 그리고 후회와 그리움 등이 담겨 있는 글이다. 뒤표지의 글이 나를 조금 슬프게 했다.

어머니가 살아계신 분들은 이 책을 읽어 보시길 강추드리며 짧게 글을 적는다.

"어머니가 4월 7일 월요일에 돌아가셨다."라는 문장으로 책은 시작된다. 알츠하이머병에 걸렸던 그 여자다.

에르노는 어머니와 그 여자라는 3인칭 대명사를 자꾸 혼합해서 썼다.

왜 그랬을까? 마음이 편해서일까? 인물을 특이하게 묘사해서일까?

노르망디의 작은 소도시 이브토에서 태어난 에르노 어머니의 희생. 그것은 우리네와 다를 바 없이 똑같았다. 모든 희생을 감수하고서라도 자기보다 아들, 딸들이 더 나아질 수 있다면 무엇이든 다했다. 밭에서 땀을 뻘뻘 흘리시며 들깻잎을 따시던 나의 어머니는 상점에서 일했던 그 여자와 다를 바 없다. 그녀의 어머니를 묘사한 모습에 인류, 아니 세상의 어머니들은 다 같다고 생각했다.

그녀는 알뜰하게 살았다. 그러니까 최소한의 돈으로 가족들을 먹이고 입혔고, 미사를 보러 가면 구멍도 나지 않고 더럽지도 않은 옷을 입힌 아이들을 나란히 앉혀 놓았고, 그럼으로써 시골뜨기라는 느낌을 갖지 않고 살아가게 해 주는 자존감을 추슬렀다.

가난이라는 어려움과 열등감을 극복하고 딸인 에르노를 위해 원하는 건 뭐든지 해 주려고 노력했지만 청소년기에서부터 아르노와 그녀의 어머니 사이에는 투쟁만이 존재했다. 좋아했던 어머니의 장사꾼 같은 거친 성격과 말, 행동이 부끄러워졌고 거슬렸으며 더 이상 그녀는 아르노의 동경의 대상도 모델도 아니었다. 어머니는 딸의 속마음을 알아챘다.

세상 모든 어머니는 주기를 더 좋아하고 자식들은 늘 받기만 한다.
이 책은 문장이 자주 끊긴다. 늘 그러하듯 에르노 특유의 밋밋한 문체로 어머니의 일상적 삶의 장면들과 죽음을 나열한 것뿐이다.
글을 읽으시는 분들께서 어머니를 다시 한번 생각하길 바라며 마지막 문장으로 글을 맺는다.

"앞으로는 그녀의 목소리를 듣지 못할 것이다. 여자가 된 지금의 나와 아이였던 과거의 나를 이어 줬던 것은 바로 어머니, 그녀의 말, 그녀의 손, 그녀의 몸짓, 그녀만의 웃는 방식, 걷는 방식이다. 나는 내가 태어난 세계와의 마지막 연결 고리를 잃어버렸다."

\# 신영옥의 「Mother of Mine」 들어 본다. 여태껏 남의 노래라고 생각했는데 이 곡을 들으니 눈물이 툭 터진다.

## 기다리는 마음, 전○○ 교수님께

교수님, 당신은 날 모르지만 난 당신을 잘 압니다.

40년도 지난 그 무더운 여름의 낮과 밤, 땀 냄새조차 싱그러웠던 장교 후보생 교육 시절, 땀과 눈물이 얼룩지며 동기들이 지치고 힘들었을 때, 교수님이 불러준 「기다리는 마음」의 "일출봉에 해 뜨거든 날 불러주오." 특히 "봉덕사에 종 울리면" 2절이 나오면 저는 감탄했고 많은 위안을 받았습니다.

그때 제 옆 동기들은 여자 친구의 위문편지를 받고 있었고, 전 엄마의 삐뚤빼뚤한 글씨를 받고 많이 울곤 했지요.

막내아들이 훈련 잘 받고 돌아오기를 기다리는 일흔이 다 되신 노부모의 모습을 생각하면 가슴이 많이 저리고 했는데…. 그때 들려주신 성악가의 풍부한 음량과 애절한 가사가 내게 위안과 감동을 주며 그 시절의 '10분간 휴식'은 정말 꿀맛 같았고 하이라이트였답니다.

지난달 행사에서 동기들을 위해 주옥같은 곡을 들려주며 특히 「라 트라비아타」의 「축배의 노래」를 들려주었을 때 40여 년 전 우리에게 위안을 준 그 감동이 되살아나 나는 꼭 인사를 하며 손을 잡고 싶었으나 다음 날 출국한다는 핑계를 대고 그냥 나왔습니다.

어제 아침, 피아니스트 김정원이 DJ를 하는 방송에서 「기다리는 마음」을 듣고 전 교수님의 모습이 떠올랐기에 이리 적어 봅니다.

# 이번 일요일 예술의전당에서 열리는 솔리스트 앙상블 공연 축하 드리며 40년이 지난 그해 여름 제가 받은 위안과 감동이 다시 전해지길 기대하며 「기다리는 마음」 들어 봅니다.

기다리는 마음, 전○○ 교수님께

## 소마 미술관의 추억

『나는 미술관에 간다』라는 화가의 책도 있던데 어제같이 눈이 하얗게 세상을 물들인 날은 '나는 소마 미술관에 가고 싶다.' 미술에 대해 감각이 없는 나이지만 눈 속에 파묻힌 소마 미술관의 호젓한 분위기를 좋아하기 때문이다.

작년 어느 겨울 눈이 소복하게 쌓인 날, 몽촌 토성에서 바라본 소마 미술관 주변의 풍경은 마치 동화의 나라 '겨울 왕국' 같았다. 작은 숲속 같은 공원과 오르내리는 경사가 아주 낮은 언덕길에선 정감마저 느껴졌으며 설경이 주는 상쾌함과 여유로움 그리고 눈 속의 고요함에서 겨울의 절정을 맛보았다.

눈 내린 후의 미지의 세계를 정복한 새들의 눈 발자국과 나의 사각거리는 눈 밟는 소리와 눈 온 후의 찬란함과 청량하고 호젓한 분위기에 반했다. 거기엔 관람객의 북적임도 없었고 가끔씩 들려왔던 학생들의 재잘거림도 없는 고요와 한적함만이 가득했다.

눈 속에 모습을 드러내고 있는 조형물에서 느끼는 자유로움과 느리게 걸으며 사색하는 몇 명의 사람들. 추위에도 아랑곳하지 않고 제철을 맞아 그의 세상을 즐기는 신비한 파란 눈을 가진 시베리아허스키. 그들에게서 느끼는 삶의 풍경들을 관찰하는 묘미의 맛을 느낄 수 있는 소마 미술관. 그런 곳이 바로 예술과 일상이 함께하는 공간이지 않을까?(이곳 옆에 동물원이 있다면 「미술관 옆 동물원」이란 영화가 되지 않겠는가!!)

눈이 펑펑 온 날, 올해 처음으로 겨울다운 느낌을 가지며 짧은 글을 마치다.


\# 비발디의 「사계(四季)」 중 「겨울」을 주미 강의 연주로 들어 본다.

四季 하면 비발디와 차이콥스키 그리고 피아졸라의 「부에노스아이레스의 사계」가 있는데 역시 12월엔 적당히 빠르게 몰아가는 비발디의 1악장이 어울리며 이어지는 2악장의 「Largo」는 우리를 안온하게 한다.


## 굴(Oyster) 이야기


친구 재명이가 보내 준 자연산 생굴에 배, 고춧가루, 식초만 넣고 굴탕한 사발을 만들었다. 굴을 넣고 끓인 탕이 아닌 생굴 무침을 우리 식구들은 굴탕이라 불렀다. 그리고 굴 미역국도 빠질 수 없는 메뉴다. 그야말로 굴들의 향연이다.

계절이 깊어 갈수록 맛이 익어 가는 조선 굴의 모습은 탱탱하고 탄력이 있고 쫀득거리며 야한 글 쓰시는 분들의 표현을 빌리자면 젊은 여자의 피부처럼 매끈거리며 뽀얗다.

생굴과 싱글 몰트가 찰떡궁합이라고 어디서 들은 듯하여 글렌피딕 작은 병을 꺼내 들고 반 잔을 들이켰다. 갯내 가득한 생굴탕과 위스키의 환상 속으로 빠져들며 굴 캐는 분들의 노고와 고단함을 떠올리며 오래전 기억에 젖었다.

군부대 앞 아스팔트 길을 지나는 한 떼의 무리. 매서운 겨울의 칼바람이 그들을 방해해도 아랑곳하지 않았다. 고무장갑과 기다란 장화 차림에 리어카를 뒤에서 밀고 앞으로 끈다. 아낙네들의 웃음소리와 새빨개진 볼과 갈라진 손톱과 거친 손 그리고 겨울의 햇빛과 바람을 친구 삼아 도로를 따라 해안가로 걸어간다. 리어카 안에는 양동이 몇 개, 그리고 호미와 굴 캐는 이른바 장비들이 널려 있다.

"많이들 캐셔요. 이 중위님, 수고하세유."

그들은 해가 뉘엿뉘엿 질 즈음이면 서둘러 집으로 들어왔다. 때론 웃음과 때론 한숨이 교차된 표정과 함께 추울수록 행복해했고 봄이 깊어질수록 시름이 가득했다(영어의 'R' 자가 없는 5월부터 8월까지는 굴의 비수기였는데 그야말로 공 치는 날이었던 것이다).

지금은 개발이 되어 흔적조차 사라진 바닷가 주변의 고즈넉한 시골 풍경과 그 아낙네들의 정겨운 사투리, 그리고 돌아가신 셋째 형님과 온 가족이 예산의 식당에서 정겹게 먹던 그 시절을 떠올리며 새콤달콤한 굴탕을 폭풍 흡입했다.

20년 만의 굴탕 맛에 반해 혼술을 하며 이 글을 쓰다.

# 「섬집 아기」들어 본다. "엄마가 섬 그늘에 굴 따러 가면~"

## 솔리스트 앙상블 송년 음악회      —

성악가 동기가 직접 구매해 준 초대권을 선물로 받고 예술의전당으로 향하던 날, 체감온도는 낮았고 찬 바람이 엄습했으나 공연장의 열기는 뜨거웠다.

30대부터 80대까지 아우르는 대한민국 성악계의 상징과도 같은 70여 명의 전직, 현직 대학교수들이 38년간 유지해 온 프로 중의 프로가 모인 솔리스트 앙상블 합창단의 송년 음악회였다.

79세의 차인태 아나운서의 사회로 진행된 음악회에서 성악계의 산 증인인 엄정행 교수가 무대에 등장했다. 원로 성악가와 노년의 아나운서가 결코 안주하지 않았음에 관중들은 환호했으며 합창이 주는 따뜻한 위로에 매료되며 앙상블의 세계로 빠져들었으며 남성 합창단 특유의 파워풀한 성량과 절정의 화음으로 최고의 기량을 선보이며 희망과 용기와 위로를 선사한 그들에게 관객들은 폭발적인 박수와 환호로 화답하였다.

내가 몇 년 전 롯데 콘서트홀에서 다른 분들과 함께 합창으로 불렀던 낯익은 곡들이 많았지만 또 다른 깊은 감동을 받는 걸 보니 나는 역시 부르는 것보다 보고 듣는 걸 즐기는 체질인가 보다.

푸치니의 마지막 오페라인 「투란도트」 중 「네슨 도르마」에서 앞에 나온 세 명의 성악가와 나머지 모든 성악가가 마지막에 "Vincero!"를 외치는 장면에선 흥분에 못 이겨 거의 자리에서 벌떡 일어날 뻔했다. Vincero, Vincero, Vincero(승리하리라)!

마지막 곡인 가곡 「희망으로」를 옮겨 본다. 다소 거동이 불편한 차인태 아나운서가 퇴장하면서 관객들에게 남긴 말에 따뜻한 위안과 용기를 받으며 삶은 희망으로 가득 차 있음을 느꼈다.

"너는 외롭지 않아."

공연장을 나오니 매섭고 차가운 공기가 내 주위를 감쌌지만, 합창을 통해 위안을 선사받은 휴일의 저녁은 참으로 따뜻했다.

독자분들, 모두 승리하시라. Vincero!

# 구노의 「파우스트」 중 「병사들의 합창」 들어 본다.

잘 알지도 못하는 음악의 템포와 연주 지시어를 제목으로 넣으니 참으로 뻘쭘하다. 가끔 이런 낯선 음악 용어들은 나의 기분을 들었다 놨다 하며 때로는 아드레날린을 용솟음치게도 하는데 어떤 때는 이 용어들에 일부러 파묻혀 보기도 한다.

몇 년 전 아일랜드의 더블린을 여행하면서 그들이 낯선 여행자에게 베푸는 따뜻한 친절과 유머 그리고 그들이 사랑방처럼 드나드는 Pub에서 느낀 페치카의 따뜻함에 반했다. 그리고 위스키 한 잔과 친구들과의 여유로운 담소와 느린 삶의 안단테가 느껴지는 곳. 그곳이 부러워 나도 내 삶이 저들처럼 천천히 가기를 바라며 안단테와 비바체를 책 속의 문장에 넣은 적이 있다.

"인생은 안단테, 사랑은 비바체로."

· 더블린 교외의 한가한 Pub

그러나 그런 꿈과 바람은 지금은 다 허탕이 되었다. 최근 내가 느끼는 세월의 흐름은 사람들이 요즘 그토록 퍼 나르는 아래의 글과 같다(좋은 글이라고 출처도 없이 퍼 온 글은 정말 옮기기 싫지만 이해해 주시길 바라며).

"눈뜨면 아침이고 돌아서면 저녁이고 세월이 빠른 건지, 내가 급한 건지."

헨델의 매우 느린 「라르고」나 가끔은 보로딘의 「현악 4중주 안단테」 또는 차이콥스키의 「안단테 칸타빌레」처럼 느리게 노래하듯이 그렇게 편안하고 안온하게 가 주면 좋으련만 토끼처럼 달아나는 세월을 붙잡을 수는 없다.

그래서 요즘 내가 좋아하는 지시어가 알레그로 마논 트로포(Allegro ma non troppo)인데 빠른 걸 막을 수 없으면 너무 지나치지 않았으면 좋겠단 말이다.

아다지오(느리게)와 알레그로 마논 트로포가 우아하게 어우러지는 베토벤의 명곡을 소개하는데 바로 「피아노 협주곡 5번 황제」이다.

황제의 2악장은 느릿하고 자유스러우며 서정적이고 감동을 주는 아다지오 운 포코 모소(Adagio un poco mosso, 천천히 조금 움직여)이고 2악장이 끝나면서 연이어 쉬지 않고 바로 3악장으로 시작되는 알레그로 마논 트로포가 자연스럽게 전개되는데, 난 이 느림과 빠름이 교차하는 이 어울림을 너무도 사랑한다.

이때가 되면 몸이 저절로 반응하며 나를 음악의 세계로 몰입하게 하는데 엄친아 김정원의 연주도 좋지만 연배가 있는 이경숙 님의 연주는 경륜과 품격이 묻어나는 듯해 더 아끼고 싶은 곡이다(그래도 꿈은 꾸어야 하니 누가 뭐래도 그룹 아바가 노래한 「안단테 안단테」의 속도로 천천히 천천히 그리고 그런 여유를 갖고 살면 좋겠다).

# 올해의 신드롬 임윤찬의 연주로 「황제」 3악장 들어 본다. 2악장과 3악장의 절묘하게 이어지는 부분이 연주 초반에 바로 나온다(론도는 A와 B가 있다면 A와 B를 계속 왔다 갔다 반복하라는 뜻이다).

## 나는 조르바의 사촌 ___

하얀 눈과 함께 크리스마스가 바로 코앞으로 다가왔다.
해마다 12월 중순 이맘때가 되면 나이를 한 살 더 먹어야 한다는 서운함과 서글픔이 있지만 크리스마스 때문인지 설렘 또한 공존한다. 해마다 그 강도는 약해지지만….

갖가지 상념이 스치는데 가장 뇌리에 떠올려지는 것은 '조르바'란 이름으로 매일매일 글을 쓰기 시작한 것이다(오리지널 그리스인 조르바는 크리스마스 잔치에 들러 진탕 먹고 마신 다음, 잠든 사람들에게서 홀로 떨어져 별을 이고 뭍을 왼쪽, 바다를 오른쪽에 끼고 해변을 걷는 것. 그러다 갑자기 인생은 마지막 기적을 이루어 동화가 되어 버렸음을 깨닫는 것이라고 했다).

김규나 소설가는 그가 남긴 칼럼에서 그리스인 조르바가 다루는 악기인 산투르를 인용하며 자유에 대해 이렇게 이야기하였다.

"기분 내키면 치겠소. 마음이 내키면 말이오. 당신이 바라는 만큼 일은 해 주겠소. 거기 가면 나는 당신 사람이니까. 하지만 산투르 말인데, 그건 달라요. 마음이 내켜야 하지. 처음부터 분명히 말해 두겠는데 나한테 억지로 시키면 그때는 끝장이오. 당신은 내가 인간이라는 걸 인정해야 한다 이거요."

"인간이라니, 그게 무슨 뜻이지요?"

"자유라는 거지. 인간이 된다는 건 바로 그거요. 자유로워진다는 것."

아, 자유라고!!!

곰곰이 생각해 보니 내가 쓴 글 중 제일 많이 다루었던 게 자유였다. 『안나 카레니나』, 『보바리 부인』, 「라 트라비아타」와 「라 보엠」 그리고 아니 에르노의 자유!!

아, 그런데 자유와 관련 있는 사람은 죄다 이니셜이 Z이다.

그리스인 조르바(Zorba), 독립을 위해 싸운 쾌걸 조로(Zoro)며 닥터 지바고(Zhivago, 실제 이름은 유리이나)까지. 맞다. 나는 아주 엉터리는 아니고 조르바의 사촌은 되겠다. 가운데 이니셜이 J니 Z나 한국 발음은 둘러치나 메어치나 똑같으니 그걸 부정할 사람은 없을 것이다.

나는 역시 꿰맞추기 선수다. ㅎ

# '땡' 하고 종 친 날 —

"탄일종이 땡땡땡." 이 소리가 아니다.
올해의 셔터를 내리며 '땡' 하고 종을 쳤다. 넌더리 나는 비즈니스와의
전쟁을 끝내고 결산을 마쳤다는 말이다.

분주하게 내년 계획을 세우고 중요한 전략적 고객들을 점검하는 것
도 끝내니 이맘때면 늘 그랬듯 "휴~" 하며 안도의 숨을 내쉰다.
몇 명 안 되는 직원들을 위해 쥐꼬리만 한 보너스라도 챙겨 줄 수 있
음을 감사히 생각하지만 내년도엔 장밋빛 전망이 하나도 없다.

"전시를 방불케 하는 전략 회의를 하며 돌파구를 찾는다."라는 대기
업의 뉴스들이 들리고 "내년 상반기가 가장 어려울 것이다."라고 하니
경제 한파가 몰고 올 혹독한 시련을 치를 생각에 한숨이 절로 나온다.

암만 힘들어도 설마 찰스 디킨스의 『크리스마스 캐럴』에 나오는 스
크루지 영감 같지는 않겠지?
"세찬 바람도 스크루지만큼 혹독하지 않았고, 눈보라가 휘몰아쳐도
스크루지의 목적을 향한 집념만큼 거세지는 않았으며, 비가 억수같이
퍼부어도 스크루지처럼 무자비하지 않았다."
주변 사람에게 너무나 인색했던 스크루지 영감을 생각하니 오래전
월급쟁이 시절 우리네 샐러리맨들의 보편적인 갈망인 승진 자리를 놓

고 외국인 사장과 인터뷰를 한 생각이 난다.

"Mr. Lee는 고객(Customer)이 누구라고 생각하나요?"
"지금 거래하는 거래선과 미래의 잠재적인 고객이라 생각합니다."
"내 생각에는 말이지요. 자기 자신을 제외한 주변 사람들과 그와 관련된 조직이라고 생각해요. 그런 태도로 앞으로 고객들을 대해 주기 바래요."

한 해가 저무는 요즘 스크루지가 자신의 몰인정을 회개하고 주변 사람들에게 자비를 베풀면서 해피엔딩이 된 『크리스마스 캐럴』을 생각하며 오래전에 이국인 상사에게 들은 "나의 고객은 누구인가?"를 떠올려 본다.
농담을 주고받는 것이 인간의 따뜻함을 느끼는 열쇠가 될 수 있다는 『남아 있는 나날』의 주인공인 집사 스티븐스를 통해 남겼던 주인을 위해 농담의 기술이나 배우며 주변 사람들을 대해야겠다.
거리는 크리스마스의 빨갛고 노란 불빛으로 빛난다.

#「The First Noel」 들어 본다. 립싱크라 착각할 정도로 목소리에 비해 모습이 어리다. 한국에서는 1926년에 윤심덕이 처음 불렀다.

크리스마스 캐럴과 파티는 사라지고 명동의 노점상들이 몇십 년 만에
개점휴업을 한다고 한다. 나와는 별로 상관없는 동네였지만 젊은 연인
들의 거리였고 빼곡한 인파로 발 디딜 틈 없던 만인들의 노는 마당이었
던 명동. 그 명동의 낭만 시대도 이제 막을 내려 바야흐로 '크리스마스
실종 시대'가 도래한 것인가? 아니면 잃었던 3년의 일상을 보상이라도
받듯 인파가 몰릴지 알 수 없는 노릇이다(한 매체는 크리스마스 퇴조라고
예고했고 인터넷은 인파가 엄청나게 쏟아질 거라고 말한다).

  오래된 사진 한 장을 꺼내 들었다. 그리고 그 시절의 크리스마스 파
티를 떠올렸다.

사람들은 보령(대천)에 있는 자그마한 야산을 '해망산'이라 불렀다. 크리스마스이브가 되면 병사들의 움직임은 호떡집에 불난 듯 재빠르고 분주해졌다.

그들은 이리저리 주변에 널려 있는 자연의 재료인 싸리와 대나무 등을 이용해 찬란한 무대를 꾸미려고 애쓰는 모습이 역력했으며 솜도 붙이고 반짝이와 빨간 띠도 주렁주렁 달았다.

그리고 덮고 자는 군용 모포들을 세상에서 제일 멋진 녹색 커튼으로 변신시키고 딱딱한 내무반에 은은함과 근사한 분위기를 자아내며 우중충한 전등도 적당히 조절되었다.


그 이름하여 '해망산의 밤.'

지칠 줄 모르는 병사들의 열기는 식을 줄 몰랐고 기타 반주와 노랫소리는 천지를 진동했으며 광란의 파티는 전쟁을 방불케 했다.

도회지에서 온 병사와 저 시골 깡촌에서 온 병사가 하나가 되는 날이었다.

새벽에는 그중 교회에 다니는 병사들과 함께 간부들 집 앞에 가서 크리스마스 캐럴을 부르며 아기 예수의 탄생을 축하했다. 고요한 밤 거룩한 밤~


그 파티는 이 세상에서 가장 시끌벅적했고 요란했으며 아름다운 젊은이들의 함성이었으며 추웠지만 따뜻한 크리스마스 파티였다.

다시는 돌아오지 않는 25살 때의 크리스마스 파티를 떠올리며 "특별한 약속과 화려한 파티는 인스타 사진에나 있는 법이다."라는 정이현 소설가의 글로 셀프 위안을 한다.

# 「Feliz Navidad」 들어 본다.

## 우리는 모두 집으로 돌아간다         _

크리스마스의 다소 들떴던 기분을 잠재우며 우리네 인생을 담담하게 그려 낸 책을 소개한다(원제는 '빛의 개').

  120년 전 일본 메이지 시대 홋카이도에서 조산원을 운영하는 요네와 박하주식회사에 근무하는 소에지마 신조라는 그의 남편으로부터 시작해 손녀인 '아유미'라는 삼대(三代)의 가족과 그들과 함께하는 네 마리의 홋카이도견, 그리고 그 주변 사람들의 이야기를 담은 마쓰이에 마사시의 501페이지의 달하는 장편소설이다. 지난여름에 읽은 『여름은 그곳에』도 430페이지가 넘는 장편이었는데 마사시는 늦깎이 작가임에도 불구하고 장편소설 전문인 듯하다.

  마사시의 겉표지는 늘 고즈넉한 풍경을 배경으로 한다.
  삼대에 걸친 인물들의 삶을 그렸다는 점과 작품이 1900년 초에 시작되는 점은 박경리 님의 『토지』와 흡사함마저 엿보인다.
  이 작품은 객관적이며 디테일한 묘사가 빛을 발하지만 일반적인 우리네 삶과 등장인물을 미화하지 않고 그대로 덤덤히 풀어내어 밋밋한 무색무취의 아름다움마저 느끼게 한다.

지금은 드물지만 우리가 추어탕집이나 중국집에서 식사 후 먹었던 박하사탕의 추억을 소환해 주는 장면이 소설 속에 나온다. 소에지마가 다니던 회사에서 박하뇌가 역사가 있는 제품이고 귀중한 일상생활의 진통제, 위장약, 살균제 등의 의약품 외에 비누나 치약, 껌, 음료수, 아이스크림, 초콜릿, 담배 등에 첨가되는 원료로 많은 수요가 있었다니 참으로 신기했다.

이 소설에도 비발디의 「사계」가 등장하고 바흐의 「인벤션」이 등장하는 걸로 보아 일본 소설에 접미되는 클래식 음악은 무라카미 하루키와 그의 후예들에게 발견되는 공통적인 소재인 듯하다.

개를 주제로 한 소설은 아니지만 홋카이도견에 대한 표현이 무척 살갑게 느껴진다.

"혼잣말을 하듯 코로 킁킁 풀 냄새 돌 냄새를 맡으며 앞으로 나아간다."

"이렇게 비 오는 날에는 지로의 노린내가 코에 되살아난다. 젖은 몸을 격렬하게 떨며 물을 털어 내는 소리도."

우리 댕댕이 심바와 산책할 때나 비 오는 날에 이 책 생각이 나 괜히 슬플 듯하다.

홋카이도견은 혹독한 환경 속에서 주인과 고락을 함께했기 때문일까?

충성심이 매우 강하고, 큰 곰에게 맞서 싸울 만큼 용맹하다. 또 고독한 환경에서도 명령을 수행할 정도로 인내심도 천하일품이다.

- 출처: 다음 백과

이 개의 특성을 본다면 이 소설은 일본 사람들에게 가장 잘 어울리는 소설이다. 왜냐하면 홋카이도견이 주인에 대한 충성심과 용맹이 대단한데, 일본인 특유의 주인 섬기기의 대명사인 할복자살을 연상케 하는 에도 시대의 장수들이 떠올려졌기 때문이다.

영원히 만날 수 없지만 상상 속에서 만나는 점 같은 사라지는 선이라는 뜻을 내포한 소실점(消失點). 그 소실점을 책의 도입부에 인용하며 죽음, '돌아간다'의 쓸쓸함과 허무함과 인생의 희로애락을 느끼게 해 주며 클라이맥스 없이 그려 낸 소설인데 책의 종반 무렵에 암으로 세상을 떠난 주인공 아유미가 학생 시절 삼대 홋카이도견 지로와 나눈 아래의 대화에 지금 나의 모습과 언젠가는 맞이해야 할 우리 댕댕이와의 이별이 아주 슬퍼져서 거의 읽기를 포기하고 그만 책을 덮었다. 그리고 소실점의 의미를 깨달았다.

"아유미는 지로를 끌어당겨, 지로의 하얀 볼, 하얀 귀밑에 얼굴을 들이댔다. 지로의 냄새를 맡는다.

멀리 바위 밑에서 디젤차가 출발하는 소리가 들렸다.

지로, 지로, 말하자마자 눈물이 흐른다. 지로는 아유미의 볼과 입을 핥았다. 눈물도 함께. 언젠가 내가 죽으면 이 기분도 영원히 사라져 없어질 거야. 그러니 지로, 핥아 뒤."

맨 마지막 페이지엔 기어다니던 시절의 아유미가 강아지와 교감하는 장면이 이리 묘사된다.

"아유미는 아직 말을 할 수 없으므로 강아지라는 말도 모르고 그저 보고 듣고만 있었다. 아유미는 우우, 아아, 우우 하고 말했다."

늦은 여름에 구입하여 계절을 건너뛰며 이제야 독파한 『우리는 모두 집으로 돌아간다』, 이 책은 삶과 죽음 그리고 처음 대하는 소실점을 통해 인생의 의미를 느끼게 하며 울림을 준, 이 추운 겨울과 어울리는 제법 괜찮은 소설이었다.

# 양성원의 첼로 연주로 슈베르트의 「아르페지오네 소나타」 들어 본다(1악장 13분 정도만 들으시길 추천해 드린다).

오래된 지인들과 만나 흉금을 터놓고 이야기하며 술잔이 몇 순배 도는
어느 순간, 서로를 감싸 주고 위로하는 모습을 발견하게 되며 그들이 내
게 보여 준 우정과 신뢰에 감사하게 된다.
술과 함께하는 우정의 풍미는 때로는 나의 삶이 고급스러운 것처럼 느
껴진다.
그러나 때로는 가슴 한편으로 밀려오는 셀 수 없는 오지랖의 물결들과
마주치게 되는 것도 숨길 수 없는 현실이며 그 파도는 가끔 나의 마음
을 슬프게 한다.


　　나이가 들수록 오지랖은 접고 입은 다물어야 하는데
　　내 오지랖은 넓은 건지 많은 건지
　　그게 좋은 건지 나쁜 건지
　　시시콜콜하게 모든 일에 참견하는 꼰대는 아닌지
　　맘에 내키지 않거나 불필요한 오지랖은 아닌지
　　남의 일에 관심을 두면서 자기 오지랖을 자랑하려고 하는 한따까리
　　하는 빅오지라퍼는 아닌지
　　내가 터를 닦고 길을 내는 것이 아니라 길이 잘 나 있는 반들반들한
　　도로를 뒤죽박죽 진흙탕으로 만드는 건 아닌지
　　양방향의 길을 일방통행으로 만드는 건 아닌지
　　정해진 여정의 길에 일단 접어들면 빠져나가기 쉽지 않은데 이제 와

서 유턴을 하며 오던 길을 빠꾸, 오라이 해서 갈 수 있는지

가다가 그리워해서 다시 오지는 않을는지

그렇다면 처음부터 함께 가는 게 맞는 건지

원래 인생이란 다 그렇고 그런 것이니 지지고 볶고 사는 건지….

· 길을 향한 많은 이정표

이럴 때 AI에게 물어본다면 그는 무어라고 답할까? 그 알고리즘은 1초도 안 되어 내게 이리 말할 것이다.

"조르바 님, 왜 그리 사세요? 이젠 그만 적당히 하실 때도 되었습니다. 이제 달갑지 않은 오지랖 좀 좁히시지요? 그분들도 조르바 님을 긍휼히 여기고 있답니다."

'길' 이야기가 나오니 영화 「길」의 차력사 앤서니 퀸과 젤소미나가 떠

오른다.

　젤소미나는 새롭게 떠나는 그 길마다 토마토 씨를 뿌렸었지?

　그러한 희망을 만드는 작은 불씨는 인생의 여정에 꼭 남겨 두어야 하는가 보다.


　며칠 있으면 넘겨질 마지막 남은 탁상 캘린더를 보며 미련퉁이같이 오지랖 넓은 찌질이…. 여러 가지 상념에 젖는다.


　# 영화 「길」의 주제가 들어 본다.


## 등 번호 없는 유니폼과 희망가 　　　　　　　　　 _


몇 년 전 14살의 어린 모습으로 트로트 대세의 주인공이 된 정동원과 줄리아드 음악학교 출신이며 퀸 엘리자베스 콩쿠르에서 우승한 성악가 홍혜란, 이 두 사람에게는 공통점이 있다. 둘 다 '이 풍진 세상을 만났으니 나의 희망은 무엇이냐'로 시작되는 「희망가」를 기가 막히게 잘 부른다는 것이다. 식민지 시대에 일본에서 건너와 허무에서 희망으로 이루어지는 구슬픈 노래로 인해 한 소년은 일약 스타덤에 올랐고 홍혜란 한종 교수는 최근 오페라 「리골레토」에서 질다 역을 맡으며 성숙한 성악가로 거듭나고 있다.

「올드 랭 사인」과 「어메이징 그레이스」가 울려 퍼지는 연말이 되면 모든 매체의 글은 오늘보다 더 나은 '미래'를 신년의 메시지로 담고 화두는 '희망'으로 넘쳐 난다. 최근 책을 낸 81살의 김혜자는 "바늘귀만 한 희망이 보이는가? 그것이 내가 작품을 선택하는 기준이고 앞으로도 사람들에게 희망을 주는 역할을 할 겁니다."라며 발간을 기념한 인터뷰에 응했다.

또한 월드컵 대표팀의 등 번호 없는 유니폼은 도전이고 희망이기에 그것을 입은 예비 선수는 제2의 손흥민이 되기 위해 오늘도 아킬레스건이 끊어져라 뛰며 구슬땀을 뻘뻘 흘릴 것이다.

난 '희망' 하면 푸치니의 마지막 오페라 「투란도트」에서 투란도트 공주가 칼리프 왕자에게 낸 첫 번째 수수께끼가 늘 떠오르곤 한다.

"근심에 잠긴 사람들 곁을 날아다니다가 새벽이 오면 사라지지만 밤이 되면 모든 이의 가슴에서 다시 살아나는 것은?" 답은 희망이다.

"조르바, 그럼 이 풍진 세상에서 너의 희망은 무엇이냐?"

술술 넘어가는 글을 쓰되 깊이 있으나 무겁지 않고 정감 있으며 독자들이 다음 이야기가 무엇일까 궁금해하는, 그러다 가끔 빙그레 웃을 수 있는 이야기를 쓰는 게 희망이고 궁극적으로는 내 삶이 지금보다 더 밝고 경이롭게 채워졌으면 좋겠다.

내가 즐겨 보는 조간신문의 News English에 나오는 희망에 관한 글을 소개하며 끝을 맺는다.

"사람이 행복해지는 데는 세 가지만 있으면 된다. 사랑할 사람(Someone to love), 해야 할 일(Something to do), 그리고 희망을 가질 대상(Something to hope for)이다. 매일 아침 깨어날(Wake up every morning) 때 오늘은 어제보다 나을 것이라고 믿어라. 희망은 꽃이 없이도 꿀을 만들 수 있는 (Make honey without flowers) 벌이다. 희망은 허락받지 않고 떠나지(Leave without being given permission) 않는다. 결코 당신을 버리지(Abandon you) 않는다. 버리는 건 당신이다. 일단 짜기 시작해라(Begin to weave). 실은 하늘에서 내려 주실(Give the thread) 것이다."

# 홍혜란의 「희망가」 들어 본다.


## 역사 속으로 사라질 힐튼 호텔 　　　　　　　　　　　　　　　—


난 이 특정 호텔을 몹시도 사랑한다. 지금도 해외 숙박 시 이 호텔만 이용하는데, 마일리지를 모으기 위한 얄팍한 속내도 있지만 유독 이 호텔을 고집하는 이유가 있다. 지금은 역사의 뒤안길로 사라진 D 그룹의 서울역 앞 대우빌딩에서 일에 파묻혔던 생애 첫 직장 시절, 그때 우리의 총수였던 고 김우중 회장은 "세상에서 가장 어려운 일이 아무 일도 하지 않고 가만히 있는 것이다."라며 젊은 사원들을 독려했다.

나는 그 빌딩 6층 구내식당에서 점심을 먹고 나면 식당 위 주변의 작은 꽃들이 널려 있고 나비가 날아다니는 정원의 길을 따라 작은 연못이 있는 힐튼 호텔의 언덕길을 산책하고는 했다. 호텔 안으로 들어가면 휘황찬란했던 조명과 내부의 장식들 그리고 별천지 같은 이탈리아 식당 「일 폰테」, 일식당 「긴자」 등의 고급스러움에 어안이 벙벙해지기도 했다.

그리고 후암동의 언덕길과 남산 도서관의 입구까지 걸어 올라가며 출처를 알 수 없는 막연한 꿈과 목표를 세우곤 했다. "그래, 비록 엉터리 엔지니어지만 꼭 해외 비즈니스를 하며 꿈속 같은 곳인 이런 호텔을 기필코 들락거릴 것이다."라며….

몇십 년이 지난 지금은 가끔 호텔에서 밥이라도 먹을 수 있으니 젊은 시절의 꿈은 실현되었다고 할 수 있겠다. 어쩌다 기분이 울적할 때면 남산의 구불구불한 도로를 드라이브하며 오래전 "세계는 넓고 할 일은 많다."의 도전 정신을 갖고 거닐었던 호텔의 언덕과 남산의 산책길 앞을 지나면 우울함은 금방 사라지곤 한다.

오늘 저녁 예술의전당 언덕에서 낭만주의 음악가들을 만날 생각에 기분 좋은 하루지만 역사의 뒤안길로 사라질, 내 꿈을 키웠고 낭만이 깃들었던 힐튼 호텔의 소식에 여러 가지 감정이 교차하며 짧은 글을 남긴다.

# 한국 사람들이 가장 좋아하는 곡 중 하나인 라흐마니노프의 「피아노 협주곡 2번 1악장」 들어 본다. 우크라이나 출신의 육 척 거구인 그는 「교향곡 1번」의 초연이 비난을 받아 신경쇠약증에 걸리기도 했으나 결국 재기에 성공하는데, 소도둑 같은 손으로 직접 연주를 즐기기도 했다고 전해진다.


송구영신(送舊迎新) 송년 음악회     —


이제는 거의 리추얼(Ritual, 의식)이 되어 버린 매년 마지막 날 12월 31일 송년 음악회. 웅장한 합창단과 함께하는 베토벤의 9번 「합창」 교향곡에 나오는 「환희의 송가」는 헨델의 「메시아」의 「할렐루야」와 함께 송년 음악회의 단골 메뉴로 송구영신(送舊迎新)의 기분을 맘껏 느끼게 한다.

오늘 저녁 현장에서 느낄 프로그램은 전혀 다르다.

클래식에 춤과 탭 댄스의 율동을 접목해 새로움과 새 기술을 선보이는 색다른 송년 음악회다.

발음하기도 힘든 「스트릿 우먼 파이터」의 댄서 립제이는 바이올리니스트 조진주가 협연하는 「치고이너바이젠」에 맞춰 춤을 추고, 탭 댄서 오민수는 「아이 갓 리듬」에 맞춰 화려한 탭 댄스를 선보인다니 순수

클래식을 즐기는 분들께는 색다른 요깃거리가 될 것이며 나 같은 엉터리 관객은 흥에 겨워 엉덩이를 들썩거릴지도 모른다. 그럼 또다시 열광의 도가니. 무대 위로 뛰쳐나가면 어떡하지???

늘어나는 MZ 세대 젊은 관람객을 위해 새로운 모습으로 변모하는 기획사의 변신에 갈채를 보내며 오늘 저녁의 혼공이 매우 기대된다(어제의 낭만주의 거장들 연주회에는 80% 이상이 MZ 세대였으며 거의 다 쌍쌍이었다. 혼자 보니 심술이 나려고 한다. 참 성격 고약하다).

그렇다. 새해에는 나의 삶도 기존 것들을 고집하는 고루함보다는 아주 작은 좌클릭 또는 우클릭을 통해 일상의 미세한 변화가 있기를 기대하며 이러한 작은 변화가 우리의 삶을 즐겁게 하고 가치 있게 하며 이를 통해 나 자신도 성숙해지길 바란다.

가끔은 엉덩이가 들썩거리게! Fun, Fun, Fun!

일신일신 우일신(日新日新 又日新)!

# 조진주의 연주로 「Somewhere over the rainbow」 들어 본다.

독자분들 모두 가슴마다 사랑과 희망이 함께하는 새해를 맞이하시길 바란다.

계묘년 정월 초하루, 어제의 사방에서 오는 채팅 덕담들에 휩싸인 채 게으르고 겸손하지 못한 나는 독자분들께 이리 짧게 인사한다.

　신년쾌락(新年快樂). 나와 함께 일하는 대만과 중국 사람들은 신년 인사를 그렇게 한다. 그들은 무슨 놈의 쾌락을 그리 추구하는지 크리스마스 인사도 성탄쾌락(星誕快樂)이라고 한다.
　유구한 대륙의 역사를 자랑하는 그들이 생활에 즐겨 쓰는 언어인 걸로 보아 정제된 게 분명하니 쾌락은 뭐 그리 꺼림칙하고 의심스러운 용어는 아니다.

　에릭 와이너는 『소크라테스 익스프레스』에서 그리스 학자 에피쿠로스가 추구한 사상은 쾌락과 단순함, 좋은 삶의 추구인데 쾌락이라기보다는 정신적 평정으로부터 오는 잔잔한 기쁨이라고 설명하였으며 우정이 인생의 커다란 쾌락 중 하나라고 보았다.

　결국 쾌락은 참 경건하고 축복이 넘치는 좋은 것들을 대변하는 단어일 수도 있는 것이다. 토끼의 해를 맞아 루쉰의 소설 전집에서 「토끼와 고양이」 편을 잠깐 펴 들었다. 100년 전에 쓰인 동화 같은 단편이다.

　루쉰의 친척이 토끼를 귀여워하여 정성껏 키우는데 검은 고양이가 토끼 새끼들을 해치려 하자 필사적으로 어미 토끼가 방어한다는 내용이다. 그리고 보니 검은 고양이는 동서양에서 약간 주술적인 것들을 대표하는 동물인 듯하다. 에드거 앨런 포의 소설에도 등장하여 복수를 하는 내용을 담고 있으니 말이다.

곳곳에서 루쉰의 고향인 소흥에서 만들어진 소흥주(紹興酒)의 이야기가 나오니 아버지가 신년이면 늘 말씀하셨던 귀밝이술 생각에 언젠가 마셨던 검붉은 와인색의 소흥주 생각이 간절하다. 그리고 섣달그믐날에 잠을 자면 눈썹이 하얘진다는 말씀도 하셨는데 그러고 보니 엄마 아버지는 1915년 토끼띠셨다.

단편 소설집이라고 하나 루쉰은 이 35편의 단편 소설집을 만드는 데 꼬박 13년이 걸렸다고 하며 13년이 지났는데도 여전히 별로 진보한 게 없다고 자책한다. 『파친코』의 이민진 작가는 『파친코』를 대학 3학년에 착상하여 무려 26년이 지난 후에 발간하였다.

결국 좋은 글이 만들어지려면 인고의 세월이 필요함을 느끼듯이 한 인간의 성숙을 위해선 헤아릴 수 없는 시간이 필요한지도 모른다.

"흰토끼 가족은 더욱 번성하였고 모두들 대단히 기뻐했다."
독자님들도 흰토끼 가족처럼 모두 번성하시길 바란다.

#「라데츠키 행진곡」 들어 본다.

신년에 이 곡을 듣지 않는다면 간첩일지도 모른다고 하면 꼰대식 표현일까???


## 하얼빈 —


"여기는 겨울에 콧구멍 속에 안개가 언다." 10월 중순 하얼빈역의 아침 안개를 두고 안중근이 한 말이다.

'~하다, ~이다'로 끝나는 명쾌하고 간단한 김훈 특유의 단문 형식에 매료되며 막힘없이 줄줄 읽어 갔다.

144년 전 토끼의 해 기묘년에 태어나 하얼빈역에서 이토 히로부미를 저격하고 체포된 심문에서 자신의 직업이 포수라고 밝힌 대한민국 참모 중장 안중근.

너무 늦은 감이 없지 않지만 수많은 매체에서 연일 나오는 뮤지컬 영화 「영웅」과 각계 전문가 30명이 2022년 '최고의 책'으로 선정한 김훈의 장편소설 『하얼빈』을 읽지 않고 무심코 넘어갈 수 없었다.

아래 대목은 포수인 안중근과 담배 팔이인 우덕순의 대화이다. 동갑

내기 두 사내가 죽음을 함께하는 총알을 징표로 지니고 있겠다는 일상적으로 주고받는 담담한 대화는 암살 모의라고 볼 수 없을 정도로 간결하고 명료해 내 마음을 단번에 사로잡았다.

　- 자네는 여유가 있는가?
　- 나는 탄창 하나면 충분하다. 네 발을 주마.
　- 고맙다. 정표로 지니고 있겠다.
안중근이 총알 네 발을 우덕순에게 주었다. 우덕순은 손바닥으로 총알을 받아서 안주머니에 넣었다. 둘은 한동안 말이 없었다. 한참 후에 안중근이 말했다.
　- 나는 내일 열차로 하얼빈으로 돌아가겠다. 너는 채가구에 하루 더 남아 있어라.
　- 내일 헤어지면 끝이겠구나.

이 소설에서 제일 많이 나오는 단어는 청년이다.
31살 청년을 글로 묘사한 상상 속 안중근의 모습에서 이미 영웅임을 느꼈다. 그 나이보다 두 배나 더 나잇살을 먹은 나는 무엇을 했단 말인가?

황해도 해주의 부유한 토호의 자식으로 태어나 한학의 지식과 무골을 지니며 장대함을 가진 안중근이 이토를 저격 직전에 표현한 모습은 이랬다. "저것이 이토로구나. 저 작고 괴죄죄한 늙은이. 저 오종종한 것이." 동양을 쥐락펴락하던 침략자를 쓰러트리고 그는 이리 외쳤다(나는 한술 더 떠서 '저 쥐방울만한 것이'라고 덧붙이고 싶었다).

"코레아 후라(대한민국 만세)!"

사형 선고 후 안중근을 면회 온 동생과 마주한 아래의 대목에선 내 옆에 있던 강쥐를 무릎에 앉혔다. 슬픔에 억눌린 내 감정을 우리 댕댕이에게 의지하고 싶었기 때문이다.

"안중근은 면회실로 들어서면서 안정근을 보았을 때, 자신과 닮은 동생의 얼굴에 놀랐다. 놀라움은 친밀감이라기보다는 슬픔에 가까웠다. 이목구비가 닮았을 뿐 아니라, 어디라고 말할 수 없는 그늘까지도 닮아 있었다. 이것이 혈육이구나. 끝날 날이 가까워지니까 안 보이던 것이 더러 보였다."

그를 따르던 간수에게 묵을 갈아 써 준 글은 아래와 같았다. 사형수 아들에게 수의를 지어 보낸 뒤 사랑하는 내 아들 도마를 부르는 조 마리아.
"내 아들, 나의 사랑하는 도마야.
나갈 시간이 왔구나.
멈추지 말고 뒤돌아보지 말고 큰 뜻을 이루렴.
한 번만, 단 한 번만이라도 너를 안아 봤으면….
너를 지금 이 두 팔로 안고 싶구나."

영화 「영웅」의 최고 명장면이라는 안중근의 어머니 조마리아의 역을 맡은 나문희의 노래에 모든 관객이 울었다고 한다.
책을 다 읽은 지금, 영화 「영웅」을 볼 것인지 말 것인지 망설이고 고민하고 있다. 눈물을 뚝뚝 흘리며 저 영화를 보고 들을 것인가?

계묘년 정월 초이튿날 쓰다.

\# 영화 「영웅」의 OST 들어 본다.

추신: **위국헌신군인본분**(爲國獻身軍人本分, 나라를 위해 헌신하는 것이 군인의 본분이다).

안 의사가 뤼순 감옥에서 자신을 감시, 경호한 헌병 상등병 지바 도시치(千葉十七)에게 써 준 유묵이다. 지바 도시치는 처음엔 안 의사의 이토 히로부미 사살에 크게 분노하며 적개심을 가졌다. 그러나 안 의사의 감옥 생활과 재판 과정을 보면서 생각이 바뀌고, 오히려 미안한 마음을 전한다. 그러자 안 의사는 이 유묵을 선물하며 이렇게 말한다.

당신은 일본 군인으로서, 나는 대한제국 의군 참모 중장으로서 각자 나라를 위하여 일한 것이니 나에게 미안한 생각을 가질 필요 없다.

- 출처: 조간신문

지난 12월 31일 롯데 콘서트 공연장. 포토존 옆엔 마치 MZ 세대의 춤추는 클럽을 연상케 하듯 DJ가 다소 빠른 비트의 음악을 틀고 있었다.

"이건 뭐지?"

꽤 많은 공연을 다녀 봤지만 엄숙한 클래식 공연장에서 가벼운 DJ의 모습을 본 것은 처음이었다. 조명이 화려하게 무대를 비추고 있었고 공연이 시작되자 무대 뒤의 DJ는 전주곡인 양 비트를 깔았다. 나이 제한으로 걸려 애석하게 못 가 보았던 클럽의 분위기가 이런 거 아닌가? 딱 감이 잡혔다.

객석의 관객들은 명불허전의 만남과 컬래버. 노랑머리를 한 콩쿠르계의 여왕 조진주와 세계적인 왁킹 댄서 립제이(조효원)에게 열광했다. 특히 춤은 무언의 외침이었고 자유를 향한 절규였으며 그것은 질서 정연한 막춤이었고 희망의 몸부림이었다.

립제이는 '집시의 노래'라는 뜻의 「치고이너바이젠」에 맞춰 특히 팔을 주 무기로 격렬하며 뇌쇄적인 모습으로 관중들에게 도전하듯 숨결을 내뿜었고 숨죽이며 지켜보던 관객들은 연주가 끝나자 들끓었다(여기도 MZ 세대가 80%가 넘는 듯했으니 이제 공연계도 MZ의 시대가 도래한 듯했다).

이어진 젊은 탭 댄서의 발동작은 절도와 스피드 그리고 부드러움이 가미되어 클래식과 재즈를 접목한 거슈윈의 음악과 자연스러운 조화를 선보였다.

정말 생소하지만 댄서 중의 댄서, 왁킹 댄서의 전설이라는 립제이의 영상을 본다. 가끔 이리 젊은이들의 프로그램을 보는 것도 우리 자신을 위해 그리고 아들, 딸들과의 교감을 위해 필요한지도 모른다.

추신: 왁킹(Waacking)은 1970년대 디스코가 유행하는 동안 로스앤젤레스의 게이 클럽에서 만들어진 클럽 댄스의 한 형태이다. 왁킹 스타일은 일반적으로 70년대 디스코 음악에 최적화되어 있으며, 주로 회전하는 팔 동작과 포즈, 풍부한 표현력에 중점을 둔다는 점 등이 다른 장르와 구별되는 춤이다.

## 견고하니 염려 말게

화분에 물을 주었다. 고만고만한 난초들 옆에 내 키만 한 몇 그루의 나무들. 햇볕의 방향인 남쪽으로 가지의 방향이 일정하니 수구지심이 떠오른다. 볼품은 없어도 겨울엔 그저 시들지 않고 뻣뻣이 올라가길 바란다. 황량한 저 들판엔 봄을 기대하며 새싹인 움을 키우는 이름 모를 나무도 있으리라.

바리바리 짐을 꾸렸다. 이따 자정 때면 날짜변경선을 지나려나?
동시대에 살았으나 서로 다른 시대에 사랑받았던 엇갈린 운명을 가진 위대한 작가들이 남긴 흔적을 찾고 싶었다.

한 사람은 『위대한 개츠비』의 스콧 피츠제럴드이며 또 다른 한 명은 내가 그렇게 외쳐 대던 헤밍웨이다. 두 사람은 파리에서 약 2년 동안 머무는 중 서로를 칭찬하며 아끼고 제일 가까운 친구가 되었지만 또한 서로를 미워했다. 그놈의 술이 원수였다. 얼마나 친했는지 피츠제럴드는 자기의 거시기를 헤밍웨이에게 보여 주며 부인인 젤다(Zelda)의 끝없는 욕정을 험담하기도 하였다. 헤밍웨이가 피츠제럴드에게 이리 위로했다. "아주 견고하니 아무 염려 말게."

그는 『위대한 개츠비』의 첫 장에 이리 썼다. "Once again to Zelda(다시 한번 젤다에게)." 서로 원수지간처럼 싸우며 지냈는데, 프롤로그에 이렇게 딱 나오니 속내가 무엇인지 알 수 없다.

스콧 피츠제럴드는 화려한 도시 생활로 넘쳐 나는 글을 쓰는 작가로 '재즈 시대'에 많은 사랑을 받았고 헤밍웨이는 제1차 세계대전 이후 절망과 허무에 시달렸던 미국의 '상실 세대(Lost Generation)'에게 가장 사랑받은 작가였다.

하루키는 헤밍웨이와 피츠제럴드의 엇갈린 운명을 이렇게 표현했다.

1930년대라는 시대는 문자 그대로 피츠제럴드를 매장했다. 사람들은 뚱한 표정으로 들떠 지냈던 1920년대를 과거라는 어두운 서랍장에 밀어 넣었다. (중략) 새로운 시대의 문학 영웅은 헤밍웨이였다.

- 출처: 조간신문

난생처음 가 보는 헤밍웨이라는 위대한 전설이 남긴 흔적의 장소가 어떤 곳이고 피츠제럴드와 재즈는 무슨 상관관계가 있는지 가슴이 벌써부터 두근거린다.

## 헤밍웨이의 흔적을 찾아서

공항버스 타러 가는 길. 차를 기다리며 10~20분 동안 온갖 상념과 그리움 등이 가슴 한편에 넘실거린다. 혼자 외로이 주인을 기다릴 우리 멍멍이와 함께 정체 모를 무언가에 대한 그리움 등 그 짧은 시간에 여러 생각이 교차한다. 82세에 가출한 톨스토이도 비슷한 마음이지 않았을까??

나의 복잡한 상념은 일단 차에 오르기만 하면 씻은 듯 사라진다.

평소엔 그리 매혹적이던 심바의 엉덩이 자태도 오늘은 주인이 며칠 집을 비울 것을 아는지 뒷모습이 왠지 모르게 처연했다.


미국 국적기는 양코배기들의 부산스러움 때문에 정신없고 시끄럽기도 하지만 저들의 여유와 농담은 너무나 자연스럽고 난 그러한 분위기가 맘에 쏙 든다. 사실 승무원들이 아줌마를 넘어 할머니 같은 분도 있지만 그들의 이유 없는 방긋 웃음에 나도 덩달아 웃는다.

그들은 비행기 착륙 시 공항에 비가 오면 굿 바이 인사 대신 "샤워 잘해라."라며 유쾌한 미소를 날린다. 젊음을 자랑하는 우리네 승무원은 여유와 자연스러움이 부족한 듯하여 아쉽지만 그들이 나긋나긋이 쌩긋거리면 사실 난 맥을 못 춘다.


새해 정월 초닷새, 키웨스트 가는 길이다. 독자 여러분께 낯선 곳이지만 나에게도 생면부지의 땅이다. 플로리다주 최남단에 있는 섬으로 우리나라의 마라도와 같다고 할까? 한국 사람들이 돈을 벌면 이곳 플로리다주에 집을 산다고 하니 부자들의 사치를 즐기기 위한 휴양지인지도 모른다.


지금은 눈이 잔뜩 내린 미니애폴리스에서 비행기를 갈아타기 위해 기다리면서 습작 노트를 열었다. 비행시간만 16시간 정도 걸리는 이곳에 난 왜 왔단 말인가?

사실은 쿠바의 아바나에서 헤밍웨이의 흔적을 찾고자 했는데 몇 년 전 읽은 『헤밍웨이의 말: 은둔 시절의 마지막 인터뷰』와 작년 4월에 읽은 『작가와 술』에 매료되어 키웨스트로 급선회하였으니 나에 대한 약속을 지킬 수 있어서 기쁘다.

내일이면 헤밍웨이의 자택에는 고양이 냄새가 가득한지, 전설 속의 발가락 6개가 달린 헤밍웨이의 애묘(愛猫)의 후손들이 존재하는지 확인하게 될 것이다. 그리고 해변가에서 비키니 입고 활보하는 멋진 여성들을 눈요기하며 저 멀리 배를 타고 청새치 잡으러 나갔을 헤밍웨이를 상상하련다.

# 눈이 내린 곳에서 듣는 발트토이펠의 「스케이트 왈츠」는 참으로 낭만적이다.

## 75세의 여행가

비행기에서 한국인 승무원에게 얻은 2개의 컵라면을 구겨 넣으며 얼마 전 작고한 세기의 라면왕을 떠올린다. 젓가락을 어디서 구하지 싶었는데 "이것도 필요하실 거 같아요." 하며 젓가락을 내민다.

역시 사람은 끼리끼리 통한다. 피부가 약간 까무잡잡한 걸로 보아 이 승무원도 이민자의 딸 디아스포라라 짐작하는데 미국 최대 항공사의 승무원이면 성공한 셈이다.

이 광활한 땅에서 편의점에 가려면 차로 5~10분 이동해야 하니 내겐 고생을 덜어 줄 이 작은 컵라면이 최고의 간식이다. 이 작은 컵라면은 출출할 때 내 공복을 채워 주며 니글니글한 속을 달래 줄 것이다.

아내가 공항 라운지에서 이런 라면을 갖고 왔다면 창피하게 왜 그러냐고 했을 텐데 혼자 오니 별짓을 다 한다. 요즘 깨닫는 게 있으니 신사는 혼자 있을 때 점잖아야 신사다. 가끔은 아내의 짠지 같은 절약에 고마움을 느낄 때가 있으니 이제야 철이 드나 보다. 키웨스트로 향하는 국내선 항공기에 탑승했다. 국가를 위해 봉사하는 군인과 참전 용사에게 탑승 우선권을 부여하는 걸 보니 강대국임이 틀림없다.

옆자리에선 75살 정도 되신 듯한 시니어 여성분이 랩톱 PC의 자판을 두드리고 있었다. 그래픽 디자인을 하는듯하다. 그것도 영화를 보면서 멀티 작업을 하는 저분. 아까 음료도 보드카에 오렌지 주스를 탄 스크루드라이버를 칵테일로 하는 걸로 보아 평범한 분은 아니라고 생각했다 (감히 나이를 물어볼 수 없어 내 짐작으로 설정한 나이다).

"맘, 무얼 그리 열심히 하세요?"
"나쁜 그림을 없애고 수정 작업을 해요. 쌍둥이 손녀들에게 보여 주려고요. 작년 7월 탄자니아에 여행 가서 찍은 사진들이고 이번엔 코스타리카에 가요. 사파리에 있으면 사자와 얼룩말이 코앞에 있어요."

여행이 취미라는 75세의 시니어. 자연으로부터 많은 것을 배운다고 한다.

한 사람의 친구 만들기에 성공했다.

이렇듯 여행에는 예상치 못한 일들이 벌어진다.

이름 모를 여행자를 통해 미루었던 계획을 앞당겼다. 바로 아프리카 투어이다. 또한 75세의 시니어가 남긴 열정과 정열을 배웠다.

구름 위를 지나더니 어느덧 목적지에 다 왔는지 저 밑의 도시는 불야성을 이룬다.

## 헤밍웨이로 먹고사는 키웨스트(Key West)

내가 언제부터 헤밍웨이에 심취했는지는 나도 모른다. 권투 선수와 사냥꾼으로서 지기 싫어하는 승부사의 기질과 근성, 집요하리만큼 습관을 고수하는 일상적인 글쓰기 그리고 고통과 숱한 역경을 이겨 낸 열정 때문이었던가? 그러고 보니 나도 한때는 합창에 취해서 취미보다 인생의 한 무게로 여길 때도 있었다.

공항에 내리니 태양은 빛나고 바다는 잔잔했으나 바닷바람은 머릿결을 강타했다. 제주도 공항보다 훨씬 규모가 작은 시골의 공항 느낌이다.

짐을 풀자마자 시내 중심가로 나왔다. 조그만 타운 같은 곳이나 온통 카페와 레스토랑과 옷 가게가 즐비했다. 대낮부터 카페는 시끌벅적했으며 가수는 목청을 높여 노래를 불렀고 사람들은 흥겨워했다. 여기다 쿠바의 아바나를 옮겨 놓은 것인가? 하기야 코앞 150km밖에 거리가 안 된다.

거리는 관광객들로 붐볐고 헤밍웨이가 즐겨 찾던 카페인 「Slopy Joess Bar」의 음악은 넘쳐 났으며 사람들은 빼곡했다.

사방팔방이 헤밍웨이의 물결로 가득하니 키웨스트는 헤밍웨이 때문에 먹고사는 도시라고 해도 틀린 말은 아니다. 그의 별명인 파파(Papa)가 도처에 널려 있었다. 럼 제조 공장부터 칵테일 이름까지….

· 칵테일 메뉴 파파 도블레(Papa doble). 파파가 좋아하던 메뉴이다.

헤밍웨이로 먹고사는 키웨스트(Key West)

그가 즐겨 마시던 모히토와 다이키리와 파파 도블레를 시켰다.

라임 향 가득한 모히토는 이제 제법 익숙해져 신선했고 발음도 힘든 다이키리는 얼음과자처럼 차가웠지만 시고 쌉싸름했다. 왁자지껄한 이곳에 혼자 앉아 있는 사람은 나밖에 없었고 유일한 동양인이었다. 그렇다고 외롭거나 청승맞지도 않았다. 이 쿠바산 칵테일들에 대해 칼럼을 기고한 한은형 작가도 나를 부러워하고 있으리라.

닭들이 나처럼 거리를 서성거렸다. 곳곳에서 눈에 띄었는데 저녁나절 우는 닭은 처음 보았다.


온종일 다녀서 그런지 호텔로 돌아와서 잠이 깜빡 들었다 깨어 보니 남국을 말해 주는 듯 수영장이 조명에 빛을 발하고 있었고 나는 또 한 잔의 모히토에 취하며 작은 쿠바라 불리는 키웨스트의 하루는 그리 흘러갔다.




## 헤밍웨이의 집

—


헤밍웨이가 살던 곳에는 그의 모든 것이 담겨 있었다. 낚시 인생과 글쓰기와 권투와 여자 그리고 6개의 발가락을 가진 전설의 고양이도 말이다.

키웨스트의 하이라이트인 헤밍웨이 하우스. 그곳은 시내 중심가에서 걸어서 20분 거리에 있었는데 넓은 정원이 눈에 띄었고 수영장도 있었다. 1930년대 이런 웅장한 대저택의 집에서 살고 있었다는 것은 세계적인 문호가 보여 주는 부의 상징이었을 것이다.

현관에서는 보초를 서는 듯 작은 고양이가 방문객들을 반겨 주었고 헤밍웨이의 침대엔 까만 고양이가 주인 행세를 하고 있었다.

이 집에는 곳곳에 고양이들이 널려 있었고 그가 글을 쓰던 스튜디오 옆엔 6개의 발가락을 가진 고양이가 점잖게 호위병처럼 앉아 있었다.

정원에는 헤밍웨이가 이 6개의 발가락을 가진 새끼 고양이를 매사추세츠에서 온 선장한테 선물로 받고 '백설 공주'라 이름을 지었다는 이야기도 등장한다.

안내판에 의하면 그는 이곳에서 9년 동안 집필 활동을 했는데 아침 6시부터 정오까지 매일 500~700개의 문장을 탄생시키며 그의 작품 중 70%를 여기서 집필했다. 매일 집필실을 고양이처럼 걸어갔다는 안내판 문구가 특이하다.

그는 아끼는 낚시 보트인 필라(Pilar)를 타고 이곳에서 낚시를 하였고 여기에서의 경험이 『노인과 바다』의 배경이 되었으며 낚시 보트를 몰던 선원 이름이 『노인과 바다』의 주인공 산티아고였던 것이다.

특이한 것은 그의 권투에 대한 애착과 승부 근성이다. 파리에 있을 때 『순수한 불꽃』이라는 제목으로 칼 로저가 쓴 잭 뎀시의 자서전에서는 "파리에서 꽤 많은 미국인과 복싱을 했는데 다른 사람은 다 복종했지만 헤밍웨이는 절대 그렇지 않았다. 헤밍웨이가 미친놈처럼 달려들어 그 후 절대로 그와 복싱을 하지 않았다."라고 설명했다.

그는 또 누구든 3라운드 안에 자기를 때려눕히면 250달러를 주겠다고 공개적으로 호언장담하였다(1935년에 250달러면 요즘 시세로 환산하면 얼마란 말인가).

아!!! 그는 진짜 프로였으며 지칠 줄 모르는 승부사인 '순수한 불꽃'이었다.

또한 그가 고용한 운전사 겸 비서가 『누구를 위하여 종은 울리나』의 소설 대본을 도와주자 겉표지 디자인을 허락하고는 '위대한 철인의 걸작'이라며 자기 사람한테 극진한 사랑을 보이기도 했다.

아래는 『헤밍웨이의 말: 은둔 시절의 마지막 인터뷰』에서 발췌한 글이다.

사적인 헤밍웨이는 예술가였다. 공적인 헤밍웨이는 사소하고 날카로운 기억이 야단스러운 순간들만큼이나 끈질기게 잔상을 남기는 경험이었다. 우수 어린 침묵을 지키다 약간 놀라 하며 "있잖아요, 내가 아는 미인들이 다 늙어가고 있어요. 『노인과 바다』를 썼을 때 패혈증에 걸렸어요. 그 책은 몇 주 만에 썼죠. 한 여자를 위해 썼습니다. 그 여자는 내 안에 그런 게 남아 있다고 생각하지 않았죠. 그 여자한테 보여 줬다고

생각해요. 그러길 바라고. 내 모든 책들 뒤에는 여자가 있었어요."라고
했다.

내 모든 책 뒤에는 여자가 있었다!! 그는 결혼을 네 번 했는데 무엇이
어쨌단 말인가? 열정이 있으니 결혼한 것이고 안 그랬으면 사랑만 했을
텐데….

기자 생활을 하다가 헤밍웨이의 문하생이 되기 위해 무작정 키웨스
트로 찾아간 아널드 사무엘슨은 헤밍웨이의 집사로서 1년을 보내게 되
는데 그에 대한 이야기와 사진도 정원에 보였다. 무턱대고 찾아온 사무
엘슨을 반기며 집사 노릇을 시켰는데 사무엘슨은 후에 『헤밍웨이의 작
가 수업』이란 책도 발간했다.

1961년 헤밍웨이가 죽었을 때 『에스콰이어』의 발행인은 추도 기사의
마무리를 사무엘슨에게 맡겼는데, 그는 이렇게 썼다.
"어니스트는 안간힘을 다해 살았습니다. 그가 택한 최후의 행동은 그
의 인생에서 가장 의도적인 것이었습니다. 그는 자신의 고통에 대해 한
번도 써 본 적이 없습니다. 그 모든 고통을 말없이, 인간이라면 누구나
이해할 수 있는 언어로 전한 것입니다."

세상에, 용서받지 못할 자살을 그의 추종자가 이렇게 아름답게 표현
하다니!!!

글을 쓸 수 없자 권투 선수가 항복을 선언하며 흰 손수건을 던지듯 생을 스스로 마감한 '순수한 불꽃.' 그에 대한 존경과 경탄을 금치 못하며 전설 같은 생애와 대문호의 실체를 느낀 몇 시간은 그리 지나갔다.

돌아오는 길, 내 손엔 헤밍웨이를 숭배하듯 그의 얼굴이 새겨진 머그잔이 들려 있었다.

\# 사이먼&가펑클의 「The Boxer」 들어 본다.

## 재즈의 고향 뉴올리언스(New Orleans)

승객을 가득 태운 거대한 보잉 757 항공기가 미국의 젖줄이라는 미시시피강을 건너 활주로에 착륙했다. 어릴 적부터 들어 온 미시시피강은 바다처럼 넓고 거대했다.

꿈에 그리던 뉴올리언스에 온 것이다.
'루이 암스트롱 국제공항'이라 불리는 이곳은 방금 지은 집처럼 깨끗했으며 공항의 레스토랑을 비롯한 곳곳에는 예술적인 그림과 사진들이 즐비하게 걸려 있었다.

이 지방의 향토 음식이라는 검보(쌀과 새우, 돼지고기와 야채 등을 갈은 스튜)부터 공항에서 맛보았으나 그리 신통치는 않았다.

매번 경기마다 8만 명의 관중이 꽉꽉 들어찬다는 미식 축구장, 슈퍼 돔의 웅장함에 감탄했다.

남들은 뉴올리언스를 재즈 때문에 온다는데 난 좀 다르다. 다만 스콧 피츠제럴드가 재즈 시대를 대변했다기에 재즈의 고향이 궁금했던 건 틀림없는 사실이다.

루이지애나주에서 가장 큰 도시인 이 지방에 대해서 복합적인 감정이 한참 동안 나를 지배해 왔던 터라 키웨스트보다 훨씬 오래전부터 계획되었고 나 자신도 무척 기대되는 여정이었다.

내가 고딩 때 기타를 맨 처음 손에 잡던 시절, 그 당시 보컬 그룹 애니 멀스의 「House of the Rising Sun」이란 노래가 한창 유행했었고 첫 소절의 감미로운 연주와 가사에 난 금방 매료되었다(후에 군사정권에서 이 노래가 금지된 적도 있었다).

There is a house in New Orleans,
they call the Rising Sun.
And it's been the ruin of many a poor boy.
and God I know I'm one.

재즈의 고향 뉴올리언스(New Orleans)

뉴올리언스에는 집이 한 채 있는데,

모두 '라이징 선'이라고 부르죠.

그곳은 많은 불쌍한 소년들의 폐허죠.

그리고 저도 그중 한 명이랍니다.


그리고 그 비슷한 시절 또 하나의 보컬 그룹 CCR이 부른 「Cotton Fields」라는 곡이 있었는데 학생이던 우리는 가사도 얼버무리며 엉터리 발음으로 신나게 기타를 치고 노래하며 흔들어 댔다.


한참이 지나 40대 후반부터 술 한잔 걸치고 2차에서 노래를 하면 가끔 부르던 단골 메뉴가 이 「Cotton Fields」였고 죽이 잘 맞던 친구와 목청을 높이며 자주 불렀다.


My mama would rocked me In the cradle.


내가 아기였던 시절에

엄마는 고향의 오래된 목화밭에서 나를 요람 안에 가두어 놓았지.


두 아이를 일하는 사람에게 맡기고 출근했던 우리 맞벌이 부부의 애환이 담겨 있었으며 300년 전 목화밭에서 일하던 흑인 노예들의 슬픔과 한이 서려 있는 곡이었다. 참으로 신나는 노래였지만 루이지애나가 늘 뇌리에 남았다.

목화밭에서 매를 맞고 인종차별을 당했던 흑인들의 영화가 생각나고 TV에 방영되어 킨타쿤테로 유명해진 소설 『The root』 그리고 인종차별이 아름답게 우정으로 승화된 「Green Book」, 내가 즐겨 먹는 흑인 노예들의 간편 음식이었던 프라이드치킨과 『Uncle Tom's Cabin』의 역사가 있는 켄터키주 등 흑인들의 생활 터전이 궁금했다.

역사가 있는 나의 두 노래와 이름 모를 흑인들의 애환과 대한항공 비행기의 랜딩 송인 냇 킹 콜의 「언포게터블」이 나를 이리로 오게 유혹했던 것이다.

#「Cotton Fields」 들어 본다.

## 재즈의 거리를 걷다

뉴올리언스 사람들은 우리네가 시끄러운 소음이라고 느낄 수 있는 연주와 때로는 고막이 터질듯한 자동차의 엔진 소리에도 관대했다. 그 소리들은 그들의 일상이며 과거 오랫동안 억압당한 것에 대한 자유의 표현일지도 모른다.

루이 암스트롱 공원은 한적했다. 이곳에서 태어난 흑인들의 우상인 그가 고독한 표정으로 서 있는 듯했다.

· 루이 암스트롱 공원

오랜 역사를 가진 Saenger Theatre 공연장에서 진주만 습격으로 공연이 중단되었다는 역사의 스토리도 보았다. 2005년의 초대형 허리케인으로 많은 생명을 잃었고 극장은 폐허가 되었으나 500억 원의 비용으로 재건되었다며 문화의 도시임을 강조하였다. 티나 터너의 뮤지컬 공연이 2월에 있다는 선전과 함께…. 제일 붐비는 프렌치 쿼터로 향했다. 과거 프랑스의 식민지였고 스페인이 점령한 적도 있는 지역이다. '그라시아스(감사합니다)'라는 스페인어가 가끔 들리는 것도 그런 연유일 것이다.

곳곳에서 벌어지는 재즈의 향연은 마치 향락의 도시 같다.

오이스터 바와 재즈 바는 대낮부터 문전성시를 이루었고 사람들은 스윙에 맞추어 꿈틀거리며 재즈의 리듬에 자유롭게 몸을 맡기고 있었다.

사람들은 분주히 거리로 몰려들었고 그들의 표정은 재즈에 대한 설렘이 가득했으며 몸짓은 자유로웠다. 거리는 재즈로 넘쳐 났으며 몇몇 사람은 스트리트 재즈를 준비하고 있었다.

그곳에서 제일 오래된 160년 된 카페 「드 몽드」로 향했다. 줄 서서 대기해야 커피와 도넛의 진수를 맛볼 수 있는 곳이다. 귀에 익은 「Hey Jude」가 흘러 나도 함께 따라 하며 뉴올리언스 재즈 관광단의 일원으로 합류하며 재즈의 열기 속에 빠져들었다. 나나나 나나나나 나나나 헤이 쥬드.

카페의 모든 사람이 먹는 달달한 베네(Beignet)란 프랑스식 도넛(?)으로 허기를 채우며 나의 탐사는 계속되었다. 그런데 웬 정체 모를 밀가루 같은 걸 그 도넛에 잔뜩 뿌렸는지?

우리가 여의도의 강변 계단에서 한강과 건너편 남산의 모습을 하염없이 바라보듯 한 떼의 사람들이 강변에 모여 바다같이 크고 웅장한 미시시피강을 평화롭게 바라보고 있었다. 뒤편엔 잭슨 광장과 세인트루이스 대성당의 모습이 보였는데 나도 이들 틈에 섞여 한참 동안 앉아서 이국의 한가로움을 즐겼다.

한 떼의 브라스 밴드가 등장하며 사람들은 하얀 손수건을 흔들고 있었다. 공연 중에 하얀 손수건을 흔드는 사람은 루치아노 파바로티인데….

난 재즈의 거리를 계속 거닐었고 피곤해지자 바에 앉아 칵테일과 뉴올리언스의 향토 음식을 맛보았다. 이들도 쌀과 강낭콩을 익힌 수프를 즐겨 먹고 있었다. 재즈가 일상인 도시임을 증명하듯 서빙하는 사람들과 돈을 받는 캐셔도 자유롭게 몸을 흔든다.

거리엔 이름 모를 화가들과 그림들로 넘쳐 났다.

어둑어둑해질 무렵 휘황찬란하게 분장한 자동차들이 등장하기 시작하며 굉음의 엔진 소리가 가득하다.

이제야 재즈 시대의 주인공 『위대한 개츠비』의 장면이 떠오른다.

『위대한 개츠비』에 등장하는 노란색 차가 안 보이니 왠지 모르게 서

운한 마음이 든다.

저녁이 되자 미시시피 강바람은 쌀쌀해졌고 시가 바에서는 슬로우한 음악과 시가를 즐기며 담소하는 사람들의 모습에서 평화로움마저 느껴진다.

난 이제 이국의 밤 문화에 시들해졌는지 잰걸음으로 호텔로 돌아왔지만, 재즈를 들추기 좋은 뉴올리언스의 밤은 지금부터 시작일 것이다.

# 재즈에 클래식을 접목한 조지 거슈윈의 오페라 「포기와 베스」 중 「서머타임」을 엘라 피츠제럴드의 음성과 루이 암스트롱의 연주로 들어본다.

미시시피강 보트 투어                                                        —

뉴올리언스에 비가 내린다.
이 순간 빌리 홀리데이의 「글루미 선데이」를 들어야 하는 이유다.
재즈는 잘 모르지만 왠지 모르게 재즈를 들추기 좋은 날이다.
게다가 나는 뉴올리언스에 있지 않은가?

하늘이 맑기를 기다렸다가 스팀 보트가 있는 선착장으로 느릿느릿하게 걸었다. 재즈의 선율처럼…. 이 정체 모를 선율들은 이번 여행의 풍성함과 추억들을 배가시켜 줄 것이다.

클래식에 길든 내가 재즈의 본고장에서 그것도 늦은 오후에 호젓한 순간을 즐기다니 '이 정도면 꽤 낭만적이다.'라며 셀프 위안을 한다.
우리의 일상은 그리 낭만적이지 않으니 하는 말이다.

· 갑자기 나타난 몇 명의 브라스 밴드. 그들은 한적한
강가에서 거리낌 없는 자유를 구가한다.

디너 크루즈 보트를 보니 영화 「연인」 마지막 장면에 나오는 증기기관선의 고동 소리와 흐느끼는 소녀의 장면이 떠오른다.
보트 타기 전 오이스터 바에서 고흥 굴 같은 크기의 석화에 오일과 갈릭을 버무려서 구운 굴구이에 천상의 맛을 느끼며 보스턴 샘 아담 맥주로 보트에서 느낄 재즈의 맛을 미리 워밍업을 해 본다.

검보는 보트 음식에 빠지지 않는 필수 메뉴인가 보다.

시장이 반찬인지 비슷한 종류인 부다페스트의 짜디짠 굴라쉬보다 풍미가 있어 한 접시를 다 비웠다. 뉴올리언스가 15년 전 허리케인으로 커다란 피해를 입었는데 마치 위로라도 하듯 허리케인 칵테일도 함께 맛보았다.

근사한 중년 남녀의 다정다감한 사랑의 물결이 조명에 빛을 발하는 강물의 물결보다 더 일렁거린다.

저런 다정다감함 때문에 호모사피엔스가 살아났다고 어느 인류학자가 말했던가?

또 한편에서는 나이 들고 거동이 힘든 분들이 모여 생일 파티를 하며 선상 재즈를 즐기는 걸 보니 재즈의 천국이란 표현이 전혀 부담스럽지 않다. 이렇게 4인조 밴드의 스윙은 계속되고 풍요롭고 거대한 미시시피강 강물은 사랑처럼 흐른다.

이번 여행에서 맛볼 마지막 칵테일일지도 몰라 독한 칵테일을 주문했다. 이 세상에서 제일 독한 4종류의 술을 섞은 롱 아일랜드 폭탄 칵테일이다.

· 세계에서 제일 독한 4가지 술을
  섞은 롱 아일랜드 칵테일

속이 허전해 안주 같은 것은 없냐고 했더니 내 팁도 거부한 젊은 여성 바텐더는 올리브를 담아 주며 날 Baby라 불렀다. 돈 워리 베이비!!!

나이 먹은 꼰대를 베이비로 부른 그 여성을 평생 잊지 못할 것이다.
베이비 소리가 또 듣고 싶어 안달이 나서, 아니 그녀의 상냥함과 코맹맹이 소리가 그리워서 또 오고 싶다. 그 올리브 몇 알에 그만 이성을 잃은 것이다.

아 그렇다. "세상은 이리 살맛 난다."라고 외친 루이 암스트롱의 「What a wonderful world」, 그 노래가 딱 들어맞는 날이다. 그의 고향인 뉴올리언스에서….

미시시피강 강가의 한 작은 기념비 앞에서 한 여인이 앉아서 자유롭게 기타를 치며 노래하고 있었다. 그녀의 노래와 목소리는 생소했지만 자유에 대한 몸짓인 듯했다.

　난 그 노래를 들으며 주위를 찬찬히 살펴보고 기념비에 새겨진 글을 읽어 보았다.

　"지금으로부터 300년 후에 역사가들이 되돌아볼 때, 그들은 우리가 어떻게 이 순간, 이 시간에 뉴올리언스의 사람들이 옳은 일을 하기 위해 어려운 일을 하기 위해 함께 왔는지, 그리고 빛과 자유, 선함과 생명을 주었는지를 기억할 것입니다. 우리가 아직 알지 못하는 세대들에게."

　이 글을 읽고 감동의 쓰나미가 밀려왔다. 그들은 후손들에게 물려줄 자유를 얻기 위해 목화밭에서 묵묵히 일했다.
　자신들이 찼던 쇠고랑의 고통과 구속, 그 고난을 대물림하지 않기 위해 투쟁한 그들의 헌신과 후손들에게 물려줄 번영에 대해 이리 아름답게 표현한 것이다.

　불현듯 내게 어린 시절에 들은 이름도 괴상한 보컬 그룹 'Three Dog Night'의 노래 「Black and White」가 떠올랐다. 나는 이 노래의 의미도 모른 채 그저 흥에 겨워 따라 불렀는데 지금에서야 여기 흑인의 땅 뉴올리언스에서 의미를 깨달았다.


The ink is black, the page is white.

Together we learn to read and write.

A child is black, a child is white.

The whole world looks upon the sight, a beautiful sight.

And now a child can understand.

That this is the law of all the land, all the land.


잉크는 검은색, 페이지는 흰색.

우리는 함께 읽고 쓰는 법을 배웁니다.

아이는 흑인, 아이는 백인.

온 세상이 그 광경을 바라봅니다, 아름다운 광경을 말이에요.

그리고 이제 아이는 이해할 수 있습니다.

이것이 모든 땅, 모든 땅의 법이라는 것을.


참으로 평범한 가사이지만 난 알았다.

그들이 추구했던 것은 자유고 평등이었다는 것을….


이번 여행에서 본 재즈를 즐기는 연로하신 분들과 비행기 내 옆자리에 앉았던 75세의 자유 여행가, 그분들이 추구했던 것도 결국은 자유 아니던가?

그러고 보니 화이트에 관한 것들이 제법 많다.


화이트칼라

화이트 워싱(영화에서 흑인 역할을 분장한 백인이 맡는 것)

화이트 라이(선의의 거짓말)

화이트 데이

화이트 와인

스노우 화이트(백설 공주)


그나저나 다음 달이면 밸런타인데이인데 나는 누구에게 초콜릿을 받을지 정말 궁금하다.

혹시 독자분 중에 계신다면 미리 말씀해 주길 바란다. 넘치면 참으로 곤란하니 말이다.


# 「Black and white」 들어 본다.

—

## 사랑의 바이러스를 퍼트리는 댕댕이

집으로 가는 길, 솔트 레이크 시티(Salt Lake City) 상공엔 구름과 눈이 맞닿아 있는 듯하고 하늘에서 본 설경이 제법 근사하다.
오래전에 동계 올림픽을 치른 곳인데 눈이 온 사방을 덮고 있어 가보고 싶은 Wish list에 집어넣었다.

샌디에이고를 경유해 호텔에서 잠깐 눈을 붙이면 고고싱 집에 간다.
다른 것은 참을 수 있어도 나의 사랑 댕댕이가 아른거리는 게…. 보고 싶어 안달이 나 일정을 하루 당겨 보는데 다행히 좌석이 있다.

공항에선 "나를 쓰담해 주세요."란 사랑의 옷을 입은 토실토실한 댕댕이와 마주쳤다. 우연히 본 한국말을 하는 아이가 토닥토닥 쓰담거린다. 5살 된 강쥐가 공항을 돌아다니며 사랑의 바이러스를 전파하는 순간이다.

아, 그렇구나. 저 토닥임.
지난 열흘 남짓한 기간 동안 내 발걸음이 닿는 곳에는 쓰담쓰담이 넘쳐 났다.
비행기를 타고 내린 몇 개의 공항에서, 재즈가 흐르는 보트 안의 생일 파티에서 저들이 환호하는 재즈 바 안에서 서로를 토닥거리며 쓰담하고 있었다. 그들은 작은 토닥거림에 위로를 주고받으며 따뜻함을 교환한다.

내가 30대 중반이던 회사원 시절, 미국의 파트너인 50대 엘렌 시로이스 아주머니가 날 만나면 그랬듯이 용기와 위안을 주고 있는 것이다.

포옹이 넘치는 사회이다. 특히 피부색이 다른 그들에게 느끼는 것은 왁자지껄하고 분주함 속에도 농담과 여유와 질서 정연함이 묻어났다.

지나칠 정도의 친절함과 그들만의 다정함을 배우고 몸에 익히려 하지만 내가 품은 그런 다짐들은 3초 내 즉사한다. 이런 관계라는 것은 시간을 두고 길드는 것인가 보다. 우정이 그리하듯이….

어느덧 샌디에이고 활주로에 랜딩할 시간이다.
사시사철 온화함이 넘쳐 전 세계에서 제일 날씨가 좋다는 샌디에이고. 딱 3년 만에 오는데 반가움이 앞선다.

느릿느릿 걸으며 산책하는 사람들, 해군 병사의 키스 동상과 미드웨이 항공모함, 그리고 단골 피시 마켓의 오징어튀김, 항구 주변에 가득한 수많은 보트의 향연, 그 주위를 맴도는 바다 갈매기 등. 항구의 한적함과 평화로움을 이번엔 느낄 수 없어 아쉽다.

지구 온난화 탓인지 제법 쌀쌀하다.
우연히 몇 년 전 쓰던 그 방에 배정되었는데 풍경은 변하지 않고 나만 변했다.

거울 속의 내 모습만 초라하게 느껴지니 포옹이 넘쳐 나는 사회에서 유머와 따뜻함이 부족해서 그런가 보다.

유머는 인생의 거친 것들을 녹여 주는 만능 용액이라는 미국 전직 대통령의 말을 페이지에 옮긴다. 이번 여행에서 얻은 것은 무엇인가?

재즈의 자유.
헤밍웨이의 지치지 않는 갈망.
이름 모를 그리움과 "나를 Pet 하세요."라는 댕댕이를 본 후 느낀 따뜻함?
미사여구의 화려함보다 온기.

마지막 여정에 잊지 못할 창피함이 있었는데 다음 페이지에 담아 본다.

# 「I left my heart in San Fransico」 들어 본다. "I'am going home."이란 가사가 들리는데 딱 나 같다. 난 내 가슴에 샌디에이고를 남기고 떠난다.

요즘은 유식한 척을 하느라고 외국어를 쓴다거나 쓸데없이 영어를 써 가며 우쭐거리는 시대는 지났다. 길거리에 빼곡한 외국어의 행렬과 표준어가 된 외래어가 넘치는 시대에 살고 있으니 말이다. 요즘은 통닭보다 치킨이란 표현이 더 자연스럽지 않은가?

집으로 가기 위해 샌디에이고로 향하는 국내선 비행기 안, 출출함과 시장기가 겹쳐 위스키 한 잔을 주문했다.

"잭 다니엘 위스키 한잔 부탁해요?"
"뭐라구여?"
"잭 다니엘?"
"뭐라구여?"
사람들의 시선이 내게 집중되고 승무원이 계속 못 알아듣자 "Shit." 하고 욕이 저절로 나왔다. 젠장.

그때 계속 듣고 있던 내 옆에 앉은 고상하게 생긴 미국 여자가 나섰다.
"잭 대녈."
그제야 스튜어디스 OK를 한다.

난 씩씩거렸다. 내 발음이 형편없는 것은 알지만 다니엘이나 대녈이

나 무슨 차이가 있느냔 말이다.

내가 굴욕을 느낀 순간 창피함에 얼굴이 발개졌다. 신사가 체면을 구긴 것이다.

그리고 곧 동양인의 국격이 깎일까 봐 조마조마했다. 일본이나 중국 사람이라고 생각하기를 바랐다.

잠시 후 잘난 체하고 일부러 한 잔 더 시켰다. 구겨진 체면을 급히 회복하기 위해서다.

"Another one please."

임기응변의 대가인 내가 Another라니. 뭐, 그것도 틀린 영어는 아닌데 점잖게 One more 했으면 좀 더 쉬었을 텐데. 아, 엔지니어임을 후회한 날이다.

자칭 대한민국 신사인 내가 망가진 자존심에 "한국은 실용 영어를 할 기회가 많지 않지만 문법에는 매우 강하다."라는 말을 하려다 꾹 참았다.

두 잔을 다 마셨는데 진정은 안 되고 속은 계속 부글부글 끓었다.

승무원이 "한 잔 더 드릴까요?" 하며 "Get one more?" 하는데 진정하고 싶고 공짜 술인데 "Please(네, 부탁해요)." 하려다가 "No, thanks." 하며 입을 꾹 다물었다.

왜냐하면 내 옆에는 근사한 안경을 쓴 채 뒷머리에 쪽을 지고 미동 없이 책을 읽는 미인이 타고 있었기 때문이다.

그 미인에게 어글리 코리안으로 보일까 봐 두려웠다.
그것보다 미인 앞에서 쪽팔리기 싫어서였다. 내 속물근성을 속일 수 없다.
세상의 모든 남자여, 당신들도 어쩔 수 없을 것이다.

독자분들도 어디 가셔서 잭 다니엘 드시고 싶으면 큰 소리로 이리 외치고 으스대 보시길. "One more, 잭 대녈!"

비가 내린 인천엔 안개가 자욱했고 대한민국의 겨울은 온화했다. 역시 포근하고 안온한 것은 조국이고 집이다.

# 조국을 사랑한 시벨리우스의 「핀란디아」 들어 본다.

## 욕망이라는 이름의 전차(A Streetcar Named Desire)

뉴올리언스를 여행하면서 테네시 윌리엄스의 『욕망이라는 이름의 전차』의 흔적을 찾고 싶었다. 그의 고향이지만 루이 암스트롱 같은 족적은 확인할 수 없었는데 마침 그 기회를 돌아오는 비행기 안에서 찾았다.

흑백 영화 전성시대에 전설의 배우인 비비언 리와 말론 브랜도의 젊은 시절 모습이 화면에 가득했다. 어제까지만 해도 화려했던 도시의 모습과 전혀 다른 몇십 년 전 뉴올리언스의 빈민가의 배경이 다소 생경하다.

셰익스피어의 희곡 몇 편과 유진 오닐의 『밤의로의 긴 여로』는 읽어보았으나 미국 3대 희곡인 너무도 유명한 이 작품을 못 읽었던 터라 피곤함도 잊은 채 비행기 속 화면을 응시했다.

내가 궁금했듯이 독자 여러분도 왜 제목이 『욕망이라는 이름의 전차』인지 의아하게 생각하실 텐데 의문은 시작하자마자 바로 풀렸다.

"욕망(Desire)이라는 이름의 전차를 타고 묘지(Cemetery)역에서 갈아타서 여섯 블록을 지나 엘리시안 필즈(Elysian Fields, 극락)에서 내리면 된다고 했어요." 영화는 비비언 리(블랑쉬)가 길거리에 서 있는 해군에게 여동생인 스텔라의 집에 가는 길을 물으며 시작되었다.

· 실제로 '욕망이라는 이름의 전차'가 있었고 1948년 폐쇄되었다.

　결혼한 첫사랑이 동성애라는 것에 충격을 받고 그 첫사랑(극 중에서는 Boy로 표현)이 그 앞에서 춤추다 자살하면서 망가지기 시작하며 남편 대신 누군가를 필요로 하여 17세 제자(여기도 Boy라며 희생자 Victim으로 표현)를 호텔로 불러내어 성관계를 맺다가 결국 학교에서 쫓겨나 갈 곳이 없어 여동생의 집으로 찾아간다. 옛것에 대한 미련을 버리지 못하다가 여러 가지 우여곡절을 겪으며 결국 정신 병원으로 보내지는 몰락한 미국 남부 여성의 이야기다.

　비비언 리가 남자를 만나기 전 콤팩트로 파우더를 바른다던가 춤을 추는 장면 말고는 영화에서는 욕망으로 표출된 장면은 별로 없었고 상황에 대처하는 행동과 표정의 묘사가 눈에 띄었으며 폭력적인 모습의 말론 브랜도도 눈에 들어왔다.

욕망이라는 이름의 전차(A Streetcar Named Desire)

빈곤한 남부 흑인들의 고장이며 재즈의 중심지인 뉴올리언스가 뜨거운 욕망이 달아오르는 곳이었음을 마지막 종착역인 인천에 다 와서야 깨달으며 욕망과 자유로 점철된 작품 속의 인물들을 떠올렸다.

안나 카레니나, 크로이체르 소나타, 마담 보바리, 아들에게 살해당한 표도르 카라마조프와 라 트라비아타의 비올레타 등이 다 욕망으로 인해 위의 블랑쉬처럼 불행해진다.

세상을 살아가며 욕망 없이 무덤덤하면 어찌 산단 말인가? 이성을 포함한 세속적 욕망과 창작에 대한 욕망 등…. 그럼 니코스 카잔차키스가 『그리스인 조르바』에서 자유를 인간의 본질이라고 했는데 우리가 오늘 이야기하는 욕망은 본질이 아닌가? 세상에 경건하거나 적당한 욕망이란 게 있을까?

열정의 화신인 임윤찬의 콩쿠르 우승은 욕망에서 시작되지 않았을까? 열정이 결국은 욕망을 잉태하는 것 아닐까? 아, 헤밍웨이는 글을 못 쓰게 되자 스스로 생을 마감하였다. 욕망이 사라진 사람의 삶은 참으로 무미건조하고 슬픈 모양이다.

독자분들의 욕망은 무엇인가요?

# 베토벤의 「열정 소나타 3악장」을 랑랑의 연주로 들어 본다.

지난주 동창의 아들 결혼식에서 수영복 만드는 회사에 다니는 친구를 만났다. 그 친구 덕분에 사실 오랫동안 수영복을 잘 얻어 입었다. 반가운 마음에 요즈음 근황을 물으니 지금은 "레깅스 만드는 회사에 다니는데 머지않아 정년퇴직을 앞두고 있어서 몹시 서운하다."라고 했다. 그러면서 레깅스에 관한 특별 강의가 시작되었는데 주위에 앉아 있는 동창들이 결혼식은 아랑곳하지 않고 그 친구 설레발에 귀를 쫑긋 세웠다.

"그 레깅스 말이야. 여러 가지 종류가 많아. 특수하게 제작하는 것도 있고." 그리면서 자기는 요즘 헬스클럽에서 운동하는데 젊은 친구들이 레깅스를 많이 입고 다녀서 눈을 즐겁게 해 준다고 온갖 너스레를 떤다. 그 친구 한술 더 떠서 "너 알아? 젊은 애들은 말이야, 봐 주길 바라며 보란 듯이 활보하고 다닌다."

나는 관심 없이 듣는 척을 했지만 사실 조금 부러웠다. 왜냐하면 우리 동네는 젊은 사람들이 별로 없을 뿐만 아니라 운동하는 분들이 체면을 차리느라 그런지 아니면 패션의 일부인지 레깅스에 반바지를 덧입어 눈요기를 할 수가 없다.

가끔 레깅스 차림의 젊은이들을 보기는 하지만 나이 먹은 내가 힐끔거리며 보다가 망신살 뻗칠 듯하여 그냥 천장을 멍하니 본다거나 가끔은 최백호의 "내 마음 갈 곳을 잃어."가 아닌 "내 시선은 갈 곳을 잃는다."

아, 이 노년의 허접스러움이여!!

몇 년 전 초창기에는 레깅스만 입는 것이 입는 사람 그리고 보는 사람 모두 민망하게 했지만 길거리 레깅스 패션이 아무렇지도 않게 자연스러운 스타일링이 되었다. 쫄쫄이 바지가 변해서 레깅스가 된 것인지 모르겠지만 패션은 세월이 가면서 이렇게 여러 모습으로 변하나 보다. 고대 로마군의 패션이었던 것이 지금의 미니스커트고 광부들의 작업복이 리바이스 청바지가 되었듯이.

사실 레깅스 패션의 원조는 쫄쫄이 바지와 발레복을 입은 "갈릴레오 갈릴레오!"를 외쳤던 「보헤미안 랩소디」의 프레디 머큐리가 아닐까?

누군가 그랬다. 패션은 돌고 돈다고. 맞는 말이다.

하지만 '내 사고방식만은 돌고 도는 시대착오적 올드 패션이 아니길' 바라며 더 이상 패션이 아닌 편하고 실용적인 일상복이 되어 버린 레깅스에 대해 잠깐 주절거려 보았다.

# 쇼팽의 「발라드 1번」 들으며 허접한 마음 없애 본다. 조성진의 모습이 앳돼 보인다.

나이에 관해 이야기할 때 나는 자칭 '아재'라는 표현을 즐겨 쓴다. 누구나 다 그러하듯이 자기를 늙었다고 표현하길 싫어하기 때문이다.

그런데 우리네 범인들과는 달리 내가 존경하는 고 박완서 작가님은 자기 스스로를 늙었다고 그의 소설에 적나라하게 나열한다. 그의 딸인 호원숙 님은 나이가 나보다 조금 많지만 더 그럴지도 모른다.

"아무리 멋쟁이라고 해도 어쩔 수 없이 닥칠 늙음의 속성들이 그렇게 투명하게 보일 수가 없었다."라며 '기름기 없는 처진 속살' 등을 있는 그대로 표현했다. 난 그분의 소박하고 단순하며 진실함이 넘치는 인간적인 면을 너무나 좋아했고 글로 남긴 기록이기에 수긍할 수밖에 없었다.

며칠 전이었다. 분위기는 너무 좋았다. 벽난로는 불꽃을 아름답게 피우고 있었고 오래된 이탈리아 와인과 비주얼마저 근사한 세트 메뉴의 값비싼 음식들이 널려 있었다.

남자 둘, 여성 한 명인 지인 생일에 초대되었다. 내 여친이 있었다면 그 근사한 분위기에 끔뻑 죽었을 텐데…. 그렇다고 기가 죽지는 않았다. 내 자리가 쓸쓸해 보였는지 중간에 흥을 돋우기 위해 그 집 사장이 나왔는데 세련미가 넘치는 용모의 도회지풍이 가득 담긴 미모의 여성이었다.

"아, 제가 이제야 인사를 드리게 되었어요. 어떤 늙다리하고 같이 있었는데 그분이 놓아주지 않는 거예요." 나는 속으로 화들짝 놀랐다.

아무리 레스토랑이 회원제로 운영이 되고 유명세를 탄 사람들이 들락거린다 하더라도 어떻게 손님 앞에서 늙다리라고 남을 표현할 수 있단 말인가? 나는 그 여자를 빤히 쳐다보았다. 생글생글 웃는 그녀는 아직도 눈치를 채지 못하고 있었다. 나는 속으로 '그래, 딴 자리에 가선 나를 늙다리라고 하겠지?' 아재 개그로 카운터펀치를 날리려다 말았다. "그렇지요, 뭐. 남자는 다 늑대인데….."

자기 스스로를 늙다리라고 표현하기 싫은 판에 더군다나 남한테 그런 소리를 듣는다면 원통하고 분해서 밤새도록 잠을 못 이룰 것이다.

난 그 고급스러운 음식과 와인에 맛도 잃은 채 '앞으로 내 사전에 늙다리란 말은 없을 것이다.'라고 다짐했다.

그날 '늙어 가는 것은 익어 가는 것'이란 말은 전혀 힘을 발휘하지 못한 채 박완서 님이 표현한 '늙음의 속성'에 수긍이 가다 못해 정감을 느낀 날이기도 하였으니 참으로 아이러니한 날이었다.

암튼 오늘 이후로 내 생전에 늙다리와 영감탱이란 단어는 없을 것이다. '무기여 잘 있거라'가 아닌 '늙다리여 잘 있거라'다.

# 리스트의 「위안(Consolation)」 들어 본다. 셀프 위안을 받고 싶은 날이면 가끔 듣는 피아노곡이다. 지휘자가 아닌 연주자로 본 바렌보임의

모습은 참으로 오랜만이다.


감포가도 가는 길　　　　　　　　　　　　　　　　　　　　　　　　＿


거대한 삼 층짜리 석탑 아래에 어느 한 분이 감개무량한 듯 탑을 바라보며 서 있다. 그분의 체구는 원래 크지 않지만 이 거대한 탑 앞에서는 한낱 미물에 불과한 듯 너무도 작아 보인다.

· 경주 감은사 삼층 석탑 앞에 선
유홍준 교수

그분은 『나의 문화유산답사기』로 더욱 유명해진 유홍준 교수이다. 나의 고교 선배다. 그 학교는 의리를 앞세워 "펜보다 주먹이 먼저 앞선다."라고 어떤 분들에게 알려져 있지만 정계와 재계, 연예계를 평정한 인물들을 배출했고 학계에서는 양주동 박사나 유홍준 교수 같은 스타 교수들을 키워 낸 명문 사학이다.

그분이 쓴 책을 다시 잠깐 펼쳐 들었다. 이틀 전 태백에 가면서 눈에 들어온 제천, 영월 등 생전 못 가 본 도시들에 대한 궁금증이 치밀어 올라서인데 불행히도 제천과 영월에 대한 내용은 없었다.

내 고향 근처에 대한 이야기를 살펴보려니 예산의 수덕사에 관한 글이 나온다. 수덕사의 대웅전은 현존하는 고려 시대 최고(最古)의 목조건물 중 하나라고 소개했다. 또한 두 여인이 스님이 된 화려하고 슬픈 이야기와 근대 고승의 쌍벽이었던 만공 스님의 여색에 관한 부분엔 꽤 흥미로웠다.

책 속에 나오는 우리나라에서 가장 아름다운 길은 어디일까?
그동안 몇 번 읽었지만 이 대목에서 눈이 멈췄다.
"잊을 수 없는 아름다운 곳은 경주에서 감은사로 가는 길, 감포가도이다." 나도 경주에 친구가 있어 오래전 선후배들을 모시고 으스대며 앞장섰던 곳인데 위에서 기술한 대로 강산의 수려함을 느껴 본 천혜의 길이었다.

그런 낭만과 수려함이 깃든 천상의 도로를 다시 한번 천천히 버스를 타고 달리며 바람과 숲의 향기가 가득한 오르락내리락 고갯마루를 느끼고 싶다. 그리고 교수님처럼 감은사 석탑 아래에서 천년 고도의 비밀을 간직한 채 묵묵히 서 있는 조상의 유물을 감상하고 싶다. 만약 그 꿈이 이루어진다면 유홍준 교수님께 이렇게 글을 드리고 싶다.

존경하는 장관님, 교수님, 아니 대선배님, 대선배님께서 심혈을 기울여 지으시고 우리 대한민국이 보물같이 여기는 『나의 문화유산답사기』는 잘 읽어 보았습니다. 덕분에 둘째가라면 서러울 가장 아름다운 길, 그 감포가도를 11월에 달렸습니다.
말씀하신 것처럼 천하에 둘도 없는 잊을 수 없는 아름다움이 넘치는 풍광의 도로였습니다.

교수님께서는 감은사를 말씀하시면서 그저 감탄사만 연발하셨지요?
저는 오늘 감히 이렇게 말씀드리고 싶습니다.
제가 좋은 사람들과 함께한 감은사와 문무 대왕 수중릉 투어에서는 신라인의 기개와 그들의 화랑정신과 조국 수호의 의지를 느끼며 단군의 후예임을 확인한 순간순간들이었으며 이 남쪽의 고국산천은 아름다움으로 가득 차 있습니다! 유홍준 교수님, 감사합니다.

추신: 대한민국의 3대 구라 중 한 분이 『나의 문화유산답사기』를 쓴 유홍준 교수라고 한다. 그분은 작은 체구에서 어떻게 그런 구라가 나오는지.... 퍼 온 글을 아래와 같이 올린다(내가 고등학교 한참 후배니 이

정도 복붙을 하는 것은 눈감아 주실 것이다).

## 앞뒤 같은 단어 내기

제가 대구 영남대에 있을 때 동료 교수인 김호득이라는 화가가 있었습니다. 이 친구와 술자리에서 내기를 했습니다. 앞에서부터 읽으나 뒤에서부터 읽으나 같은 말 중에서 가장 긴 걸 말하는 사람이 이기는 게임이었지요. 예를 들면 '기러기'나 '토마토' 같은 말입니다.

김호득은 한참을 생각하다가 회심의 미소를 지으며 '소주 만 병만 주소'라는 역작을 내놓았습니다. 저라고 질 수는 없지요. 제가 내놓은 카드는, '자지만 좀 만지자'였습니다(이 대목에서 버스 안에는 폭소가 터졌다).

그런데 김호득 작품이나 내 것이나 둘 다 일곱 자로 같으니 승부가 나지는 않았죠. 그래서 제가 고심 끝에 다시 내놓은 것이 '자지만 살살 만지자'였습니다. 일단 제가 이긴 거죠(일행 중 몇 사람은 이미 자지러졌다).

낭패한 표정의 김호득이 아무 말 없이 술만 들이켜더니 거의 30분이 흐른 후 갑자기 술상을 내리치면서 소리 질렀습니다.
"됐다! '더욱더! 자지만 더욱더 만지자' 어때? 내가 이겼지?"

유 교수의 마무리에 일행들은 더 웃지도 못하고 눈물만 질금거렸다. 이 기념비적인 개그 이후 우리 일행의 코드에는 '더욱더'가 추가됐다.

그런데 유 교수의 이야기가 끝난 뒤 우리를 더욱 포복절도하게 만든 사람은 바로 박지선 선생이었다. 그녀는 자는 척하면서 유 교수의 이야기를 듣지 않는 척했으나 이야기가 끝나자마자 수첩에 득달같이 대화 내용을 적었다.


## 국경의 남쪽, 태양의 서쪽       —


내 나이 또래면서 문학인이 아닌 남자가 나처럼 하루키의 책을 소장한 사람은 그리 많지 않을까 싶다. 뭐 소장하고 있는 의미는 하나하나 다 정독했다는 뜻은 아니더라도 읽었다는 의미일 것이다(해석이 어려워 영문, 한글판 두 번 읽은 책도 있는데 "잘난 척하시네."라고 말씀하셔도 상관없다. 그가 쓴 소설을 참으로 좋아하기 때문이다).

약 2년 전에 지면에서 하루키의 책을 싹쓸이하는 '하루키 덕후'라는 이지수 번역가가 쓴 글을 읽었다. 그는 『국경의 남쪽, 태양의 서쪽』을 아는 사람을 딱 두 명밖에 못 만났다며 이 책을 알면 진정한 덕후로 인정한다고 해서 "그래, 그럼 나도 이 책 한번 읽어 볼까?" 하며 오기로 소장하게 되었다.

그럼 나도 하루키 덕후 클럽에 가입된 것일까? 참고로 그녀에 따르면 하루키 덕후들은 "아침부터 파스타를 먹으며 야나체크 「신포니에타」를 들어야 할 것이고 하루키가 노벨 문학상을 받도록 신사에서 기도하며 레코드판 같은 일명 '하루키 굿즈'를 모은다."라고 했다. 난 절대 그럴 생각도 없을뿐더러 그러고 싶지도 않다.

이 책을 읽으며 늘 그랬듯이 하루키의 요지경 마술 단지 속으로 강하게 흡인되며 빨려 들어갔다. 그의 책에 빠지는 이유는 하루키가 어떤 차를 언급하고 무슨 위스키를 마시며 누구의 클래식을 들으며 어떤 가수의 재즈를 레코드판으로 듣는지 등 음악과 어우러지며 자연스럽게 펼쳐지는 스토리의 전개이다. 그리고 한 명이 아닌 여러 명의 각기 다른 부류의 여자들과의 러브 스토리가 이어지고 또한 메타포적인 환상의 요소가 늘 가미된다는 점이다.

또한 하루키 개인적으로 섹스란 인간과 인간이 깊이 서로 이해하기 위해 매우 중요한 수단 중의 하나라고 생각하기에 그의 자연스러운 성 묘사에 대한 문장의 흐름도 늘 궁금해진다. 이런 것들은 마치 007 시리즈에서 제임스 본드가 마시는 볼렝저 샴페인이 매번 빠짐없이 등장하는 것과 너무도 흡사하다. 클래식, 재즈, 위스키, 칵테일, 자동차, 펠라티오와 때로는 자살 등.

여지없이 그랬다. 『상실의 시대』에서 그랬듯이 BMW가 등장하고, 이번에는 주인공이 만든 재즈 클럽에서 와일드 터키 온 더 록의 위스키와 칵테일인 다이키리를 마시고 특히 '로빈스 네스트'라는 특별한 칵테일을 등장시킨다. 그리고 로시니와 베토벤, 슈베르트의 「겨울 나그네」를 들추어내며 빙 크로스비와 내가 모르는 많은 재즈 뮤지션과 영화 「카사블랑카」의 「As time goes by」를 인용하였다.

특이한 것은 냇 킹 콜이 부른 「남쪽의 국경(South of the Border)」이란 노래를 책의 제목으로 선정했다. 남쪽의 국경은 멕시코를 의미하며 '그쪽 어디에는 늘 행복이 있겠지.'라고 상상한다.

그러나 내가 업무차 다녀 본 멕시코 국경 지대인 티후아나(Tijuana)와 레이노사(Reynosa)는 빈곤한 환경에서 마약과 매춘, 향락과 퇴폐가 뒤섞인 멕시코인들의 삶이 보였다. 그것은 마치 책에서 이야기하는 어둠과 죽음을 상징하는 태양의 서쪽인지도 모르겠다.

이번 작품은 잃어버린 순수한 지나간 시간을 찾으려는 주인공의 욕망에 대해 쓴 것인데 책 뒤 페이지의 내용이 무슨 내용인지 잘 알려 준다.

『국경의 남쪽, 태양의 서쪽』 속에서 주인공인 하지메는 잃은 것을 열거하거나 찾으려 하지 않는다. 그저 한 여자를 다시 만남으로써 하루아침에 모든 것을 상실하려 할 뿐이다. 그는 시마모토를 매개로 그전까지 큰 불만 없이 살고 있던 자신의 인생에서 무엇인가가 결여되어 있다는 것을 재인식하고 다시 한번 자신의 아이덴티티를 묻게 된다.
그런 아이덴티티의 탐색은 성공한 삼십 대 사업가의 일상을 '엇갈림'

과 '위화감'과 '혼돈'으로 가득 차게 한다. 이러한 혼돈 속에서 하지메는 결국 자신을 수용하고 재구축하면서 '자기 회복'의 길을 찾게 된다.

이 책의 주인공같이 내가 37살이라면 과거에 대한 나의 결여와 고뇌 그리고 사유를 생각하며 내 아이덴티티를 찾아볼 텐데 세월을 돌릴 수 없으니 아이덴티티 찾기는 영 글렀다. 더군다나 그럴 만한 애달픈 사랑의 흔적들과 아쉬움도 없다.

# 소설 속에 나오는 영화 「카사블랑카」의 OST 「As time goes by」 들어 본다. 이지적이고 우수에 찬 잉그리드 버그만의 모습이 참 고혹적이다. 이 노래 가사에 '키스는 단지 키스일 뿐'이라 나오지만 위의 책에서는 '첫 키스도 진화의 한 과정'이라 표현했다.

## 사랑이 뭐길래 —

설 명절을 맞아 가족들이 단란하게 모여 떡국 먹을 내일을 그려 보며 가족과 떨어져 있는 분들을 포함한 모든 독자분이 안온한 명절을 맞으시고 소망하는 것 다 이루시는 한 해가 되길 바라며 이 글을 쓴다.

생에 감사해

김혜자

"그럼에도 불구하고, 생에 감사해."
우리들의 배우 김혜자의 연기, 인생

「사랑이 뭐길래」, 30년 전 전대미문의 시청률로 국민들의 사랑을 받았던 연속극의 이름이다. 대발이 아버지로 더 유명해진 이 프로그램을 등에 업고 이순재는 국회의원이 되기도 하였다.

『생에 감사해』, 이 책은 그 연속극의 주인공이던 대발이 엄마, 김혜자가 81살인 작년에 출간했는데 솔직히 말해 연예인의 가십거리는 원래 내 관심 사항은 아니다.

그렇다고 김혜자에게서 신성일 같은 숨겨 놓은 애인의 이야기나 연애의 기삿거리가 있는 것도 아니니 애당초 별로 구미는 당기지 않았다. 그렇지만 서문의 추천사를 훑어보며 예쁜 눈이 아니라 아름다운 눈 그리고 매혹적인 눈을 가졌다는 신비스러움과 평소 아프리카 아이를 안은 사진을 많이 보아 온 터라 궁금증이 치밀어 책을 집어 들었다.

많은 사람의 사랑을 받았던 김혜자는 시와 작가와 문학에도 관심이 있었다. 그분은 톨스토이의 『안나 카레니나』를 좋아했고 박완서 작가와 교류를 맺었으며 류시화 시인과도 교감하였다.

"박완서 선생의 글을 읽고 있으면 행주 냄새가 납니다." 어찌 이리 간결한 표현이 있단 말인가? 여기서 박완서 님과 탤런트 김혜자의 공통점이 나온다. 글을 쓰고 난 후나 연기를 하고 난 후에 힘이 다 빠져 무기력하게 널브러져 있다는 것이다.

김혜자는 내가 수없이 들먹거린 『안나 카레니나』의 첫 문장과 마지막 부분에 나오는 레빈의 추수하는 모습을 들추어내며 책의 꽤 많은 부분을 할애하였다. "연기를 하면서 날마다 무엇인가를 발견한다."라는 김혜자의 말은 『안나 카레니나』의 마지막 문장에 있는 내용과 일맥상통하는지도 모르겠다.

"나에게 무슨 일이 일어나든 그것과는 상관없이, 내 인생은 매 순간순간이 무의미하지 않을 것이다."
"내가 힘을 쓸 때는 연기할 때와 아프리카에서 아이들 안아 줄 때밖에는 없다."라는 80세가 넘은 탤런트의 표현에 강한 흡인력을 느꼈는데 "김혜자는 가슴속에 폭발하지 않는 화산이 하나 들어 있다."라고 어느 작가가 말한 그 몰입과 열정을 느끼는 대목이다.

강수연과 최진실과의 인연을 소개하면서 "내가 조금 더 사랑이 많아서 최진실과 함께 이야기도 나누고 했으면 그런 비극을 막을 수도 있었을 텐데, 내가 왜 이렇게 소극적인 사람이었을까 자책을 많이 했다."라는 대목에서는 그녀의 따뜻함을 느낄 수 있었다.

자기가 출연한 많은 작품에서 얻은 느낌 그리고 같이 출연한 후배 배우들의 연기에 대해서도 솔직히 표현했다.

내가 처음 읽은 연예인의 수필집에서 자기가 많은 배역에 혼신의 힘을 다해 연기에 몰입하며 솔직하게 삶을 살고 아프리카 아이들을 아끼고 사랑하는 인류애와 박애 정신, 그것들은 참으로 배울 만했다.

추신: 70년대를 풍미했던 은막의 스타 윤정희가 별세했다. 치매로 오랫동안 고생했던 그분이 영면하길 바라고 남편인 피아니스트 백건우 님께도 심심한 위로의 말씀을 전한다.

# 그리그의 「페르퀸트 모음곡」 중 「오제의 죽음」 들어 본다.

# 카사블랑카

「카사블랑카」하면 근사하게 생긴 험프리 보카트의 트렌치코트 그리고 멋진 중절모자와 잉그리드 버그만의 우수에 찬 눈동자가 생각난다. 또한 지겹게 들어서 이제는 별 감흥이 없는 팝송 「카사블랑카」와 함께….

혹자는 험프리 보가트가 와인 잔을 들어 올리며 잉글리드 버그만에게 "당신의 눈동자를 위하여 건배!"라고 하는 장면을 떠올릴지도 모르겠다.

꼭 이 배우 때문만은 아니겠지만 영화에서 나오는 트렌치코트와 페도라 모자 정도는 젊은 시절부터 갖고 싶었고 특히 비 오는 날, 레인코트를 입고 다니는 신사들이 부러웠지만 매월 돌아오는 신용카드값을 메꾸기가 급급해 도저히 여유가 안 되었다.

세월이 흘러 형편이 나아지고 서서히 머리가 벗겨지기 시작할 즈음에서야 트렌치코트를 처음 장만했는데 내 체구는 땅딸막한 땅딸보에다 어깨는 좀 넓은 편이어서 그런 코트가 당최 폼이 안 나고 잘 안 어울렸다. 이런 옷은 기럭지가 길고 호리호리한 사람이 입어야 폼이 나는데….

반면 모자 쓴 모습 하나는 그럴듯해 봐줄 만하다. 내가 부모님으로부터 물려받은 물질적 유산은 하나도 없지만 잘생긴 두상을 DNA로 물려받아 어떤 때는 나를 근사하게 포장해 준다. 길거리의 페드로나 헌팅캡에 눈독을 들이는 이유도 바로 그 때문이다.

하기야 괜찮은 재킷을 걸치면 가끔은 번듯하게 보이는 때도 있으니 '옷이 날개'라는 소리는 틀린 소리는 아니다.

나이가 들면 늘어나는 게 있는데 모자와 약과, 잔소리라고 하지 않는가?

어제서야 읽기를 끝낸 천 페이지에 달하는 이민진 작가의 『백만장자를 위한 공짜 음식』에서 주인공 케이시는 몇천만 원의 빚을 진 25살의 아이비리그 졸업생이다. 늘 돈, 돈 하며 궁색에 찌든 생활을 하면서도 멋진 옷만 보면 신용카드의 최대한도까지 긁어 대는 모습을 읽고 있노라면 젊었을 때 허영에 들떴던 내 모습이 떠오른다. 물론 지금도 바람이 잔뜩 들어간 허풍선이기는 하지만.

그래서인지 케이시의 매장에서 파는 $1,200불(약 150만 원)짜리 페도라 모자 한번 쓰고 Tom Ford 스리피스 슈트 입고 다니며 폼 잡는 내 동기생 야코 기 좀 팍 죽이고 싶다.

이민진 작가는 "미국에서는 괴짜들이나 굉장히 신앙심이 깊은 여자들만이 모자를 썼다."라고 했는데 그럼 나는 괴짜란 말인가?

그나저나 "그대 눈동자에 건배(Here's Looking at You, Kid)!"라니! 참으로 멋진 작업 멘트인데 서양 사람들은 왜 늘 연인을 Baby나 Kid라고 부르면서 다정히 작업을 거는가? 지난번 뉴올리언스의 보트 안에서 나에게 'Baby'라 속삭이듯 부르던 젊은 여성 바텐더도 그럼 나한테 작업을 걸었단 말인가? 아, 가 버린 기회 참으로 아쉽다.

카사블랑카

\# 지겨울지 모르지만 「카사블랑카」 들어 본다. 이 노래에도 중반쯤에 'Ooh, a kiss is still a kiss in Casablanca(오, 카사블랑카에서 키스는 멋있지만)'이란 소절이 나오는데 요즘 읽는 책들마다 듣는 노래마다 또한 내 글마다 키스 풍년이다.

누구 말대로 작가의 의도는 정녕 아닌데 딴 방향으로 자꾸 흐르니 "참, 제기랄이다."

## 『인간의 대지』와 『어린 왕자』 _

생텍쥐페리의 소설 『인간의 대지』였던가?
주인공인 화자는 프랑스에서 스페인 또는 카사블랑카로 우편 배달을 하는 항공 조종사였다.

코로나 발병 몇 년 전 소설 속의 그 루트를 우연히 좇아 사하라 사막에 추락한 생텍쥐페리가 만난 "양 한 마리만 그려 줘." 하던 어린 왕자를 떠올리며 파리에서 카사블랑카 비행기에 몸을 실은 적도 있었다.

생텍쥐페리는 자기의 비행 경험이 모티브가 되어 『인간의 대지』,

『야간비행』 그리고 『어린 왕자』를 썼다. 그 소설들에는 별, 양(羊), 행성 등이 공통적으로 나온다. 그러고 보니 프랑스인들은 자기 경험들을 바탕으로 한 책들을 써 대나 보다. 『단순한 열정』의 아니 에르노, 『연인』의 마르그리트 뒤라스, 그리고 알렉상드르 뒤마 필스의 『동백꽃 아가씨』가 그것들이다. 그러니 프랑스 사람들에게 "소설 쓰시네." 하면 큰코다친다.

누구나 좋아하는 『어린 왕자』 때문에 생텍쥐페리를 좋아하게 되었는지 아니면 그가 기욤 아폴리네르나 헤밍웨이같이 장교 출신이어서 그런지는 모르겠지만 조종사로서 실제 행동에 근거해 남긴 시적 감수성이 풍부한 소설들이 늘 감동을 주었다. 마치 국어 교과서에 나오는 아름다운 글같이.

그는 44세의 나이에 정찰 비행을 하다 독일 전투기에 의해 격추되어 지중해에서 실종되었다. 누가 말한 대로 고단함과 위태로움이 남긴 외로운 전투의 대가였는지도 모른다.

어린 왕자는 내 질문에 대답하지 않았지만 이렇게 말했다. "나도 오늘 집으로 돌아가. 내가 가야 할 길은 훨씬 멀고... 훨씬 힘들어."
나는 뭔가 심상치 않은 일이 일어나고 있다는 걸 분명히 깨달았다.

"꼬마 친구, 그 뱀이니 약속 장소니 하는 이야기는 전부 나쁜 꿈이라고 말해 줘."

『인간의 대지』와 『어린 왕자』

하지만 그는 내 애원에 답하지 않았다. 대신 이렇게 말할 뿐이었다.

"중요한 건 눈에 보이지 않는 법이야."

-『어린 왕자』中에서

나는 노란 뱀과 위 대목만 나오면 책을 덮는다. 너무 눈물이 나서다. "중요한 건 눈에 보이지 않는 법이야."라는 말은 내 폐부를 더 깊숙이 찌른다. 늘 떠벌리고 드러내 놓길 좋아하는 날 두고 하는 말 같아서다.

# 프랑스 작곡가 가브리엘 포레의 「파반느」 들어 본다. 궁중에서 유행했던 무곡인 「파반느」, 아름답고 서정적이다.

## 치킨 공화국과 앤디 워홀

나의 술 먹는 습관은 참으로 이상하다. 2차를 가면 암만 배가 불러도 반드시 치킨에다 맥주를 먹어야 직성이 풀린다. 닭 다리를 안 뜯으면 무언가 허전하고 섭섭하다. 나 같은 사람이 있으니 대한민국이 치킨 공화국으로 불리는 이유다.

엊그제 정월 초사흘, 집 앞에서 지인들과 만나 막걸리 한잔을 걸치고 2차를 갔는데 역시 치맥집이었다. 우리는 치킨과 핫도그를 시켰는데 토마토케첩은 약방의 감초였다. 우리 셋이 아이들처럼 맛있게 핫도그를 토마토케첩에 찍어 먹는데 그중 어느 친구가 토마토케첩의 어원이 중국이라고 이야기를 한다. 마침 그날 아침 지면에 케첩이란 이야기가 나와서 옮겨 본다.

"현대미술가 앤디 워홀의 기발한 작품 중에는 토마토케첩 박스를 그린 것도 있다. 미국 어디서나 쉽게 눈에 띄는 하인즈사 제품이다. 케첩은 중국어(방언) 캐찹(膎汁)에서 나왔는데, 원래 걸쭉한 생선 수프를 의미했다. 중국인들은 생선을 오래 먹으려고, 뭉근하게 끓였다."

독자분들도 잘 아시겠지만 그 유명한 앤디 워홀에 대해 이야기해 보자. 3년 전 여름 샌프란시스코 현대미술관(SFMoMA)에서 본 그의 작품들인데 아래의 메릴린 먼로 그림은 모르는 사람이 없을 것이다.

치킨 공화국과 앤디 워홀

이 먼로 초상화는 경매가 2400억 원에서 시작되었다고 하는데 한 단어에 여러 의미를 가진 영어 때문에 더욱 유명해졌다. 워홀의 작업실을 방문했던 친구가 워홀에게 "쏴도 되느냐(Shoot)?"라고 물었는데 워홀은 '사진을 찍는 것의 Shoot'으로 이해해 OK라고 하자 그 친구는 그림에 총을 쏘았다. 물론 이 그림은 수리되어 워홀의 작품 중 최고가로 팔렸다.

난 축구를 좋아해 손흥민보다는 못하지만 Shoot을 정말 기가 막히게 쏜다. 슛의 의미는 참으로 다양하지 않은가?

전시회에서 본 현대 미술계 거장의 작품 중 앤디 워홀과 마르셀 뒤샹은 공교롭게도 독특한 성 정체성을 가진 게이들이다. 워홀은 파티에서 여장을 즐겼고, 때로는 파티에서 입을 여성복을 직접 디자인하기도 했다. 뒤샹은 여성의 정체성을 가지려 했고 로즈 셀라비라는 여성으로 분장하기도 했다.

요즘 정치계에서 유명한 진중권의 『미학 에세이』란 책에 보면 오스카 와일드, 뒤샹, 앤디 워홀에 관한 성 정체성에 대해 재미나는 이야기가 나오는데 나중에 기회가 되면 소개하겠다. 부제가 「예술의 눈으로 세상 읽기」인데 부제가 더 눈길을 끈다.

상업 미술은 최초 몽마르트르의 거인이라 불리는 톨루즈 로트레크에서 시작되었고 '팝아트계의 왕'인 워홀은 그에게서 영향을 받았는데 로트레크가 없었다면 워홀도 존재하지 않았을 것이므로 다시 한번 작은 거인 로트레크의 커다란 족적을 느낀다.

마지막으로 앤디 워홀의 멍멍이 사랑에 대해 옮겨 본다. 워홀은 그의 남자 친구도 사랑했지만 그가 데려온 개를 몹시도 사랑하여 개가 먹는 음식까지 먹었다는데 개가 호사를 했는지 워홀이 멍멍이 음식을 좋아했는지 알 수는 없다.

"아모스가 등뼈 골절로 고통스러워할 때 그는 밤새 개 옆에 누워 마룻바닥에서 잤다." 아모스와 아치가 아파 수의사에게 다녀온 우울한 날 워홀은 일기에 썼다. "인생은 너무나 짧고 개의 삶은 더더욱 짧다. 그들은 둘 다 곧 하늘로 갈 것이다." 그런데 하늘로 먼저 간 것은 앤디 워홀이었다. 그는 이 일기를 남긴 두 달 후인 1987년 2월 22일 담낭 수술 합병증으로 세상을 떴다.

쓰다 보니 떠오르는 게 많아져 장황하였지만 세상은 참 배울 게 많음을 느낀다.

# 드보르자크의 오페라 「루살카」 중 「Song to the moon(달님에게 바치는 노래)」 들어 본다. 르네 플레밍의 시그니처 곡이라 생각한다.

—

## 눈사람과 킬리만자로의 눈

사람들은 가끔 이상하다. 나도 그렇다. 며칠 전에는 벌벌 떨며 춥다고 불평을 하더니 눈이 내리는 날은 별 불평이 없다. 바람이 덜 쌩쌩거린 탓도 있지만 눈 때문에 시적 감수성이 예민해지며 때로는 묘한 흥분마저 감돌아 추위에 예민하지 못하기 때문이라.

눈 위, 첫 발자국의 희열을 느끼게 해 주고 싶어 나의 심복 심바를 데리고 나갔다. 사실은 내가 그 발자국을 보고 싶었던 것이겠지? 눈 속을 쿵쿵거리며 거침없이 뛰어다니는 모습에서 흥분되는 모습이 감지된다. 개나 사람이나 다 똑같다.

눈사람과 입을 맞추는 댕댕이의 모습이 참 앙증맞다. 한 아이의 엄마와 아이가 저런 우스꽝스러운 눈사람을 만들었을 것이라고 상상해 본다. 산책 나온 사람들에게 잠깐 동안의 시선을 받을 저 눈사람은 머지않아 녹아 없어지거나 부서 없어질 것인데 저들은 정성껏 노고를 담아 눈을 굴렸다. 이름 모를 저들의 낭만을 부러워하며 심술이 났는지 공연히 눈사람을 발로 톡 찼다. 부서지지 않게.

백영옥 작가는 그의 칼럼에서 눈사람을 이리 표현하였다.
"그러니 사라질 걸 알면서도 기어이 눈사람을 만드는 것이다. 실패할 줄 알면서도 쓰는 마음은 녹아 버릴 걸 알면서 눈사람에 목도리를 둘러 주는 마음과 비슷한 건 아닐까. 그러니 지금도 쓰는 것이고, 계속 써 보는 거다. 매일의 오늘을 사는 것이다."

이렇게 눈이 쌓인 날, 어떤 분들은 영화 「닥터 지바고」의 눈보라를 뚫고 철길 달리는 기차를, 또 다른 분들은 첫사랑과 하염없이 걸었던 눈 쌓인 거리를 생각했는지도 모르겠다.

나는 눈이 펑펑 오는 날이면 영화 「삼포로 가는 길」의 눈이 쌓인 장면을 떠올리곤 한다. 어떤 내용인지 이제는 생각도 안 나지만.

오늘은 헤밍웨이 추종자답게 『킬리만자로의 눈』을 떠올렸다.

해리는 사냥에서 부상을 당해 허벅지 위로 썩어 가는 자기의 신체를 보며 죽음과 마주한다. 터키군과의 전쟁, 파리에서의 생활, 동료 포병 장교와의 싸움 그리고 죽어 가면서 첫사랑 여자를 떠올린다. 그리고 헤밍웨이의 글답게 수프보다는 위스키를 늘 요구한다. 이 모든 것이 헤밍웨이의 거친 삶과 경험을 바탕으로 나온 글이다.

죽어 가면서 첫사랑 여자를 떠올린 것은 바로 해리의 이상형이 아니었을까? 이상을 찾아 킬리만자로산 정상에서 헤매던 바로 그 표범인지도 모른다. 바로 해리일 것이다.

"이건 따분한 일이야."
"뭐가요, 여보?"
"무엇이든 너무 오래 매달리면 그렇다는 거요."
내가 지금 그런지도 모른다.

# 「첫 발자욱(Le Premier Pas)」 들어 본다. 정말 겨울에 잘 어울리는 연주다.

추신: 1. 세계 10대 바(Bar) 중 하나가 베네치아에 있는 Harry's Bar이다. 헤밍웨이가 즐기던 곳이니 거기를 안 갈 수 없다. 바로 이 소설의 주인공 이름이지 않은가?
2. "하지만 결국, 나도 사람이오. 그리고 아무리 철학적인 이성을 끌어대도, 매일, 매 순간, 당신을 원하는 마음까지 막을 수는 없소. 자비심도 없이, 시간이, 당신과 함께 보낼 수 없는 시간의 통곡 소리가, 내 머릿속 깊은 곳으로 흘러들고 있소. 당신을 사랑하오. 깊이, 완벽하게. 그리고 언제나 그럴 것이오."

마지막 카우보이, 로버트.

P.S.: 지난여름 해리에 새 엔진을 달았더니 이젠 잘 달리오.

「매디슨 카운티의 다리」에 나오는 대목인데 킨 케이드가 타던 지프 이름도 해리다.

## 여인의 눈물

심심할 때나 무료할 때 가끔씩 펼쳐 보는 『안나 카레니나』, 오늘은 그 흔해 터진 첫 문장 말고 아래 문장을 소개한다.
"당신의 눈물 같은 건 맹물보다도 못해요!"

이 대목은 안나 카레니나의 시누이가 바람 핀 남편한테 퍼붓는 고함 소리다. 그런데 이 대목에서 난 웃지 않을 수가 없었다. 왜냐하면 여자의 눈물이야말로 맹물 아니던가? 내 딸과 아내 그리고 누나들을 포함한 모든 여인네는 금방 웃다가도 울고 또 울다가도 웃는다. 돌아가신 엄마의 이야기, 시시껄렁한 우리네의 자질구레한 일상, 배신 때린 친구나 직장 동료의 이야기나 주변의 매력적인 스토리에 사로잡혀 금방 눈물이 그렁그렁하다 또 샐쭉 웃는다.

그러면 책이나 영화 등에서 나온 감동적인 눈물엔 어떤 것이 있을까? 수많은 눈물이 있겠지만 여기 몇 가지만 추려 본다.

가장 감동적인 눈물은 호메로스의 『오디세이』에서 20년 만에 귀향했으나 거지로 변장한 자신을 사랑하던 개 아르고스가 반겨 주며 알아보자 들키지 않으려고 남몰래 흘리며 닦는 오디세우스의 눈물일 수 있다.

그럼 이 세상에서 가장 비싼 눈물은 무엇일까? 팝아트의 거장 로이 리히텐슈타인이 그린 우리나라 모 재벌이 소유한 350억 원 호가의 「행복한 눈물」일 것이며 연주에서 가장 슬픈 눈물은 단연코 「재클린의 눈물」일 것이다. 젊은 나이에 유명을 달리한 첼리스트 '재클린 뒤프레'를 기리어 토마스 미프네가 오펜바흐의 미발표곡을 「재클린의 눈물」이라 명명하며 유명해진 곡이다.

세상에서 가장 가치 있는 눈물은? 금세기 최고의 석학인 이어령 교수님이 생애 마지막 인터뷰에서 말씀하신 '눈물 한 방울'을 이야기하지 않을 수 없다. "늙으면 한 방울 이상의 눈물을 흘릴 수 없다."라며 "소리 내 한참을 우는 것도 젊은이의 행복이다."라고 말씀하셨다.

그럼 영화에서 나오는 기적의 눈물은? 「미녀와 야수」 중 피날레 장면일 것이다. 미녀 벨이 쓰러진 야수를 안고 눈물을 흘리며 사랑을 고백하자 그제야 저주가 풀리면서 본래의 모습인 왕자로 돌아온다.

우리나라 노래에서 가장 유명한 눈물은 목포가 고향인 내 친구가 노래방에서 부르는 '사~ 공의 뱃~ 노래'로 시작되는 이난형의 「목포의 눈물」이 아닐까?

그럼 가장 아름다운 눈물은? 포르투갈 최고의 시인인 페르난도 페소아(Fernando Pessoa)가 최초로 인도를 발견한 탐험가 바스쿠 다 가마와 엔리코 왕자 등 탐험가들의 부인들을 두고 남겼다는 말이다. "바다의 소금이 암만 비싸더라도 세계 탐험을 위해 바다를 떠난 탐험가를 기다리는 여인의 눈물방울보다 더 비싸겠는가."

이 얼마나 값을 매기기 어려운 아름답고 슬픈 눈물인가. 그렇다. 누가 뭐래도 여인의 눈물은 슬프고 아름다운 것일지도 모른다. 내가 서두에 말한 것은 순 엉터리다.

# 도니체티의 오페라 「사랑의 묘약」 중 「남몰래 흐르는 눈물」 들어본다.

## 사람 나고 돈 났지, 돈 나고 사람 났냐

자카르타 시내 중심부를 1분만 벗어나면 다닥다닥 붙어 있는 판잣집을 연상케 하는 구멍가게와 노점상 그리고 오토바이들의 행렬과 매연으로 넘쳐 난다. 3년 만에 다시 오는 자카르타의 모습은 별로 달라진 게 없고 대형 빌딩 앞 건너편에는 구멍가게와 거리 노점상들이 아직도 공존한다.

그네들의 삶은 베트남, 필리핀과 인도 등 주변국의 삶과 비슷하다. 그 중 말레이시아나 태국 같은 경우 몇십 년 전에는 우리보다 경제가 더 앞섰던 나라였기에 오래전부터 축구 대회 같은 것을 주관하지 않았나?

"고국에 계신 동포 여러분, 안녕하십니까?" 이 소리는 어릴 적 라디오를 타고 많이 흘러나왔던 아나운서의 목소리였다. 그 당시에 축구 대회에서 한 골만 들어가도 국민들은 함성을 지르며 열광했다. 마치 권투 선수 홍수환이 지옥에서 온 사자를 녹아웃시켰을 때처럼. "엄마, 나 챔피언 먹었어!" "그래, 대한 국민 만세다!"

그런데 나는 별로 오고 싶지 않은 이 도시에 왜 왔을까? "인도네시아 시장을 석권하고 아시아 시장의 교두보를 확보하라." 마치 전쟁 영화의 내레이션 같지만 나에게 주어진 과제이자 지상명령이다. 미국과 중국의 패권 전쟁으로 중국의 생산 기지가 탈중국이란 이름으로 인도네시아와 베트남 등의 다변화가 가속화되었다.

한편 한국은 인재와 자본 그리고 연구 인력이 바깥으로 빠지는 공동화 현상이 일어난 지 이미 오래전이고 고객들이 값싼 노동력과 규제가 덜한 동남아로 중요 거점을 많이 옮겼다.

그럼 인도네시아 사람들의 국민성은 어떠할까? 인도네시아인들 대부분 착하고 선량하다. 내가 싫어하는 싱가포르인처럼 약삭빠르지 않다. 그러나 느긋하고 부지런하지 못하여 발전 속도가 느리다. 그렇다고 방심하면 큰코다친다. 신용카드를 결제하라고 주면 사용하면서 0 하나를 더 누르는 친구들도 있으니 말이다.

이중 스파이로 1차 세계대전 때 명성을 날린 '마타하리'가 원래는 네덜란드 사람이었지만 이국적인 외모를 갖추고 있어 인도네시아 혼혈이라고 속이고 이목을 끌어 작전을 개시한 수법과 비슷하다.

말이 너무 길어졌나? 엉뚱한 곳으로 흘렀다. 인도네시아 현지인을 채용하러 왔다. 고객이 현장에 새로 세울 연구소와 긴밀하게 협조하기 위해서다. 십 년 넘게 인연을 맺은 아주 착한 현지인이 있는데 직업도 없고 도와주고 싶었다.

이 친구는 꽤 신앙심이 깊어서 그 어려운 형편에도 메카 성지 순례는 매년 빠지지 않고 비행기를 타고 가서 금식하며 기도를 드린다. 이 친구랑 인연을 계속 맺을지 아니면 보다 유능하고 젊은 사람을 채용할지 고민했다.

말끝마다 'Sir, Sir' 하면서 어떻게든 살아 보려는 이 친구에게 우선 일을 줘야겠다. 뭐 커다랗게 문제가 되지 않으면 계속 쓸 예정이다. 나에게 희망을 갖고 있는 그에게 실망을 주고 싶지 않고 코딱지만 한 월급이라도 '작은 인류애'라는 이름으로 선량한 그에게 나눠 주고 싶은 것이다. 인류애란 거창한 표현을 써서 죄송하다.

사람 나고 돈 났지, 돈 나고 사람 났나!!!!

# 오랜만에 「보기 대령 행진곡」 들어 본다. 참으로 경쾌한 곡이다.

## 대갈 왕국 스페인

『누구를 위하여 종은 울리나(For Whom The Bell Tolls)』, 지금은 고전이 된 이 소설은 어릴 때부터 나의 관심의 대상이었다. 그 이유는 바로 그 잘난 영어 때문이었다. 왜 Ring이란 표현을 쓰지 않고 Toll이라고 했는지 늘 궁금했다. 비록 그 의문은 나중에 풀리기는 했지만(전화벨이 울릴 때 Ring이라고 쓰는데 왜 저 종은 Toll일까? 호기심 많던 중학생 시절이었다).

이전 글에 쓴 적도 있지만, 헤밍웨이는 이리 말했다. "내 모든 책 뒤에는 여자가 있었어요." 정말 사실이다. 『누구를 위하여 종은 울리나』의 제일 첫 장엔 이리 쓰여 있다(마사 겔혼은 종군기자 출신인 첫 번째 아내이며 그녀와의 결혼 생활은 짧았다). "마사 겔혼에게."

또다시 스콧 피츠제럴드를 들추어내지 않을 수 없다. 피츠제럴드는 그의 부인 젤다를 『위대한 개츠비』의 첫 장에 이리 썼다. "Once again to Zelda(다시 한번 젤다에게)."

위대한 걸작들을 탄생시킨 두 작가만의 이런 공통점이 있었으니 둘이 싸우면서도 친하지 않을 수가 없었을 것이다. 그것도 거시기까지 보여 주면서 말이다.

이 소설은 스페인 땅에서 벌어지는 내전의 모습을 담아서 그런지 우리에게 낯익은 스페인 이름인 페르난도, 파블로 그리고 기타로 유명한 세고비아 등 스페인다운 이름이 자주 등장한다. 헤밍웨이는 스페인에서 새끼 돼지로 유명한 곳에 가서 식사를 즐기곤 했는데 새끼 돼지로 유명한 곳이 세고비아다.
더불어서 스페인 원어도 그대로 나온다.

세상에서 같은 동족들은 생긴 게 다 그만그만하고 비슷하게 그들만의 생김새와 특성이 있다. 우리 한국 사람이 일본인과 중국인과 어딘가 다르듯이. 내가 경험한 스페인 사람들, 특히 피카소 같은 두상의 모습을 한 비슷한 사람들이 스페인 길거리에 엄청 많았다. 즉, 스페인은 대갈 왕국인 것이다.

헤밍웨이는 스페인 내전 당시 통신사 특파원으로 직접 취재했고 그 경험을 바탕으로 이 소설을 썼다. 가장 풍부하고 가장 깊이 있고 가장 진실한 헤밍웨이 소설이라는 평이 있고 전쟁에 관한 책을 무려 스물여섯 권이나 소장하고 있었으며 전쟁이야말로 작가의 가장 좋은 소재라고 이야기했다.

기관총을 잡고 적들을 겨냥하는 마지막 장면의 문장들은 전쟁의 경험 없이는 표현할 수 없는 부분이라고 확신한다(한편 프랑코 총통의 독재에 항거하는 예술가와 그들의 작품인 음악과 그림들이 너무 많다. 특히 바흐의 무반주 첼로 모음곡을 허름한 악기상에서 발견한 파블로 카살스나 조지 오웰 그리고 나체화만 그렸다는 피카소가 반전의 상징으로 그 유명한 「게르니카」를 그렸다).

전염병으로 누군가 죽을 때마다 울리는 교회 조종 소리에서 삶의 허무를 읽어 낸 17세기 영국 시인 존 던(John Donne)의 시에서 제목을 따왔다고 하는데 일본어 번역을 거친 중역이다. 영어 숙어의 속뜻을 고려한 번역은 '누구의 죽음을 알리는 종소리인가' 정도로 보면 된다.

여기서 잠깐 화살을 돌려 오래전 이야기를 해 본다.
바르셀로나가 우리에게 덜 알려지고 생소했던 30년 전에 한국 ○전자의 제품을 소개하고자 그들을 대변해 수출의 역군으로 가 본 적이 있다. 해변을 걸으면서 지나가는 파란 눈동자의 스페인 아가씨들이 내게

윙크하듯 깜빡이면 난 정말 황홀해했고 그녀들은 다 천상의 미녀들이
었다.

군복이 잘 어울릴 것 같은 중위 출신의 대갈장군이 동양에서 온 어리
벙벙한 젊은이를 대접한다고 돼지 뒷다리가 잔뜩 걸린 아주 오래된 식
당으로 데리고 갔다. 토가 나올 듯한 냄새를 맡으며, 하몽이란 이름과
와인조차 생소하고 낯설었던 시절, 스페인 와인에 취해 오래된 골목길
을 거닐며 그 용감하고 씩씩한 바르셀로나의 고객과 맺은 우정은 내게
잊지 못할 시절인연(時節因緣)이었다.

지금도 스페인 하면 생각나는 두 가지. 그건 바로 피카소처럼 생긴
할아버지이고 또 하나는 해변에서 나에게 윙크를 해 대던 수많은 여성
의 파란 눈동자이다.

# 엘비스 프레슬리처럼 스페인 여성의 아름다운 눈을 표현한 가수는
없다. 그의 노래 「Spanish Eyes」 들어 본다.

# K-푸드의 습격

침략(Invasion). 난 엔지니어 출신이어서 이럴 땐 어찌 표현해야 할지 한참을 생각하게 된다. 조선 시대 일본의 왜구가 부산에 상륙하거나 을사조약 시절 또는 북한이 남침할 때 썼던 공격적인 표현이 침략일 것이다.

내가 자카르타의 한 대형 빌딩에서 느꼈던 K-문화, K-푸드의 진출은 침략보다는 습격이란 표현이 더 어울렸다. 자카르타 중심지 한복판에 떡하니 버티고 있는 대형 건물의 이름은 우리 명동의 심장부에 있는 가장 크고 높은 건물과 이름이 같았다.

이미 많이 와 본 건물이지만 그새 많이 바뀌었다. 건물 내부에는, 한국의 어느 일부분을 이쪽에 옮겨 놓은 듯한 세상들이 펼쳐져 있었다. 고객을 붙잡을 기가 막힌 차별화 전략이다.

거기엔 우리 젊은이들이 즐겨 찾는 곱창집과 포장마차와 지하철을 타면 들리는 "다음 정류장은 종로1가, 종로1가역입니다."라는 안내 방송이 한국말로 또렷이 흘러나오고 있었다. 우리가 타고 다닌 버스 노선도와 우리 애들이 입었던 교복들도 함께 말이다.

한 무리의 현지인들은 신기한 듯 연신 사진을 찍어 대고 있었다. 나는 호기심과 나라를 사랑하는 애국심의 발로가 겹쳐 이 현지인 친구를 슬슬 꼬드기며 라면을 시켰다. 파 송송은 없었지만 계란 탁의 라면 맛은 내가 집에서 먹던 어느 라면과 똑같았다.

이것뿐만 아니다. 공항 가는 길에 커다랗게 보이는 CGV 간판 등을 보며 달라진 대한민국의 위상을 새삼 실감했다(물론 베트남 및 주변 국가 곳곳에도 랜드마크라 불리는 대형 건물과 CGV 등 K-문화가 휩쓸고 있다).

돌아오는 날은 BTS가 주도하고 유튜브의 먹방이 가세한 한국 문화가 해외 시장을 습격하며 저들의 문화를 야금야금 집어삼키고 있는 경이로운 모습을 직접 체험한 날이었다. 그러나 애타도록 대한민국을 배우고 싶어 하는 개발 도상 국가도 잘 쓰고 있는 우버(Uber) 택시를 한국은 왜 아직도 도입을 못 하고 있는지…. 그 우버 택시가 부러운 날이기도 했다.

# 슈베르트의 「아르페지오네 소나타」 들어 본다. 첼로와 피아노의

선율이 우아하고 감미롭다.

추신: 어제 아침 조간신문의 1면 기사에는 다음과 같은 기사가 실렸다.
"프랑스 니스의 초대형 할인 마트 까르푸 안에 '느낌(NUKIM)'이라는
한국어 간판을 내건 매장이 등장했다. 고소하고 달착지근한 음식 냄새
가 솔솔 퍼지자 장 보러 온 프랑스인 수백 명이 몰려들었다. 현지 프랑
스인은 '넷플릭스에서 본 K-푸드를 먹어 볼 생각에 설렌다.'라고 했다."

저들 신문은 왜 나보다 늘 한 박자 느린가?


아마겟돈 타임                                          —


늘 그렇듯 비행 중에 영화 한 편을 골랐다. 고전이나 흘러간 영화 중 다
시 보고 싶은 프로그램을 택했었는데 이번에는 작년도에 상영된 신작
을 찜했다. 딱히 끌렸다기보다는 주인공이 우리에게 익숙한 앤 해서웨
이나 앤서니 홉킨스 경 같은 유명한 배우라서 고른 작품이다.

내가 다른 건 몰라도 영화 상영 중에 복선이 깔린 대목을 보면 기가
막히게 예측을 잘한다. 뭐 가마니를 깔아도 되는 수준이다. 이번에도 예

외는 아니었다. 공원에서 할아버지가 자신을 보고 싶어 한다는 엄마의 말을 들은 폴은 할아버지와 마지막 대화를 나눈다.

"Give me a hug(날 안아 주렴)."이라며 외할아버지가 이승에서 마지막으로 손자를 품 안으로 끌어당겨 안았다. 난 이 대목에서 다시, 커다란 내 눈물점을 원망했다.

그다음 장면에서 소년은 "안녕, 할아버지."라며 장례식장에서 그리 인사한다.

폴은 가족들에게 '미운 12살'이지만 폴의 할아버지는 폴에게 친구이자 안식처며 조력자이다. 정의와 싸우며 맞서라고 조언하는데 이 자상한 할아버지를 통해 자기가 가고 싶은 길로 나아간다(「여인의 향기」마지막 부분에 나오는 학교에서 불의와 맞서는 장면과 흡사하다).

난 이 영화를 보며 박원서 작가님이 쓴 『그 많던 싱아는 누가 다 먹었을까』에 나오는 박완서와 할아버지를 떠올렸다. 작가님도 고만한 나이의 유년 시절에 겪은 할아버지와의 특별난 기억들. 그 책에는 할아버지를 커다란 백으로 여기며 각별한 사랑을 받아 늘 할아버지를 멀리 동구 밖에서부터 기다린 소녀 박완서의 유년 시절들이 가득하다.

내 이야기를 한다. 한때 유행했던 TV 프로그램인 「꽃보다 할배」의 영향인지 할배 된 지가 꽤 오래되었다며 자랑스럽게 얘기하는 친구들이 있는데 나는 할배라는 말을 굉장히 싫어한다.

할배라는 표현 자체가 올드한 느낌이 들어서인지 정말 싫다. 그렇다고 올드한 팩트 자체를 피하려는 건 아니다(사실 요즘은 사진 찍기도 싫고 포즈가 자연스럽지도 못한 건 사실이다).

그러나 할아버지라는 말은 왠지 정감이 있다. 몇십 년 전의 고 3 영어 책에 나오는 「할아버지와 사탕 가게」라든지 「할아버지의 옛날 시계」라든지 이런 것들은 자연스럽고 좋은데…. 할배는 왠지 모르게 고릿적 표현 같고 고리타분하다.

소년이 할아버지에게서 느끼는 자상하고 정겨운 사랑을 스크린 속에서 느끼면서 나는 왜 이렇게 할아버지가 되기 힘들까 하고 생각한다.

남들이 그러듯이 할아버지 사랑을 우리 아들의 아이에게 전해 주고 싶은 것이고 그 아이는 또 그 손주에게 정겨움과 자상함이 넘치는 사랑의 대물림을 해 주고 싶은 것이다.

지금 맞벌이를 하는 아들 앞에 두고 차마 이야기할 수도 없고 이미 몇 년 전에 "앞으로 계획이 다 있다."라는 아들 녀석의 말에 그냥 속수무책 기다리고 있을 뿐이다. 매정한 녀석이다. 아빠 속도 모르고….

앤서니 홉킨스 경이 12살 난 손자의 가장 친한 친구가 되어, 인생의 조언을 해 주며 로켓 발사 놀이를 하듯 그리고 박완서 작가의 할아버지가 작가에게 준 애정보다 더 깊고 한없는 사랑과 안식처 이상의 자상함을 내 손주에게 주고 싶은 것이다.

그런데 할아버지 소리는 듣기 싫고, 두 개의 서로 다른 의식이 싸우고 있으니 세상의 이런 말도 안 되는 아이러니가 어디 있나?

좌우간 내가 손주를 안아 줄 때까지 손주를 대하듯 심바에 대한 나의 사랑은 계속될 것이다.

「아마겟돈 타임」이란 감동이 깃든 영화가 내게 손주 보고 싶은 기대감을 불러일으켜 이 글을 쓴다.

# 「할아버지의 옛날 시계(Grandfather's old clock)」 들어 본다.

## 챗 GPT 신드롬

요즘 들어 지면을 매일 장식하는 것 중의 하나가 바로 AI(인공지능)고 챗 GPT이다. 빌 게이츠도 올해 가장 뜨거운 주제는 AI라고 했다. AI는 원하는 글뿐만 아니라 음악까지 순식간에 고객이 원하는 대로 척척 내어 준다. 그리고 심리까지 파악하고 있다. 예를 들면,

조르바: 요즘 졸업 시즌인데 졸업과 관련된 추억이 얽힌 글과 음악 그리고 사진 좀 올려 주실래요?

GPT: 네, 저는 조르바 님의 취향을 너무 잘 알고 있습니다.

"난 졸업 때가 되면 더스틴 호프만의 「졸업」을 떠올린다. 오래전 중학교 시절에 '미성년자 출입 금지' 딱지가 붙은 극장에서 숨죽이며 본 영화다. (이하 생략)"

거기다 한술 더 떠서 "졸업 시즌이면 늘 휘영청 밝은 달이 떠서 온 대지를 환하게 하며 조르바 님이 좋아하는 드뷔시가 작곡한 「달빛」을 떠올리게 합니다. 뿐만 아니라 '밸런타인데이'가 가까워지니 '어디서 누가 초콜릿 안 줄까?' 이런 궁리만 하고 계시겠지요??"

젠장, 이 정도면 대박이다.

챗 GPT의 위대함을 짧게 이해를 돕기 위해 예를 든 것이지만 챗 GPT는 아주 근사하게 아름다운 필체로 감성이 넘치도록 글을 쓰며 분위기에 맞는 음악을 일 분 안에 뚝딱 내어 놓을 것이다.

내가 은퇴할 시간이 머지않았다. 아마 챗 GPT의 가짜 조르바가 쓴 글들과 사진, 음악은 글을 외면하는 사람조차 빨아들여 '좋아요'와 줄줄이 엮인 댓글들의 굴비가 달릴 것이다. 게다가 진짜 조르바가 쓰는 19금의 우스갯소리와 시답잖은 '추신'까지 꼭 집어넣을 것 아닌가?

조르바의 인기는 급격히 쇠퇴하며 젊고 잘생긴 가짜 조르바의 시대가 올 것이다. 진짜 조르바는 쇠퇴하고 가짜 조르바의 시대가 도래하는 것이며 우리는 모두 연결되어 있다고 하는데 챗 GPT 때문에 공중분해가 되고 절단이 나는 것이다.

그 빌어먹을 가짜 조르바가 머지않아 내 일자리도 버젓이 차지하며 주인 행세를 할 것이다. 참, 궁금한 게 하나 있다. 만약 이렇게 진짜 조르바가 설 땅을 잃고 비실비실한다면 독자분들은 AI인 가짜 조르바를 좋아할까, 진짜 조르바를 좋아할까??

# 드뷔시의 「조각배」 들어 본다. 어렸을 때 많이 들어 본, 「전설따라 삼천리」의 OST이다.

추신: 챗 GPT도 개개인 댓글의 성향을 파악해서 누가 어떤 스타일의 댓글을 쓰는지 이미 꿰차고 있다. 그 댓글도 대신 써 줄 것이니 참 우리는 묘한 세상에 살고 있다.

# 밀회

요즘 결혼식장에서는 성스러운 결혼식을 축하하기 위해 신랑이 직접 셀프 축복을 하며 노래를 부르거나 신랑, 신부의 친구가 축가를 불러 주는 게 대세이다. 그러나 가끔은 축하 연주의 선율도 들을 수 있는데 제일 많이 들려오는 곡 중 하나가 영국이 자랑하는 엘가(Elgar)가 작곡한 「사랑의 인사(Salut d'amor)」이다. 엘가가 8살 연상의 약혼자 엘리스를 위해 헌정한 곡이다.

오늘은 작곡가들의 헌정에 대해서 잠깐 이야기하려고 한다.

이 세상에서 아름다운 언어를 나열한다면 사랑, 그리움, 엄마 등등 많겠지만 나는 헌정(獻呈)이란 말을 무척 고상하고 사랑과 찬사 그리고 동경과 정성이 엿보이는 언어라고 생각한다. '올려바친다'는 뜻 아닌가?

음악사에서 특히 후원자나 연인을 위해 헌정된 곡은 셀 수 없이 많지만 가장 성스럽고 아름다운 헌정은 슈만이 결혼하기 전날 신부가 될 연인인 클라라에게 바친 연가곡 「미르테의 꽃」 중 첫 번째 「비트멍(widmung)」으로 우리말로는 '헌정'인데 독일의 시인 뤼케르트의 시에 곡을 붙였다.

불행으로 점철된 인생을 지녔던 가곡의 마왕 슈베르트가 그가 짝사랑하던 여인 카롤리네에게 헌정한 「네 손을 위한 환상곡」도 있다. 연탄곡, 즉 한 피아노에 2명의 피아니스트가 앉아 치는 곡으로 나란히 앉아서 연주하며 서로 스치는 손가락에 사랑이 교차하지 않을 수 없다. TV 프로그램 「밀회」에서 김희애와 유아인의 사랑이 꿈틀거림을 잉태시킨 곡이다. 그 손, 손이 문제다.

그럼 슬픈 헌정에는 어떤 것이 있을까? 쇼팽이 약혼했다가 파혼한 먼 친척의 딸인 마리아 보젠스카에게 헌정한 「이별의 왈츠」라는 곡이 있는데 선율이 아름답고 우울하다.

어릴 적 친구인 마리아와 사랑에 빠진 쇼팽이 그녀에게 결혼을 신청했으나 직위가 백작인 마리아 아버지가 계급 차이 등을 이유로 결사적인 반대를 하자 헤어지면서 쇼팽이 헌정한 곡인데 마리아가 오랫동안 간직했다가 쇼팽에게 악보를 전해 줬다고 알려져 있다.

# 「밀회」에 나오는 슈베르트의 연탄곡 「네 손을 위한 환상곡」 들어 본다.

폴란드의 수도 바르샤바는, 조금 과장해서 말하면 한 스무 번도 더 갔을 것이다. 결코 자랑이 아닌 게 대부분이 일로 갔으며 일을 마친 후에도 방콕을 즐기곤 했었는데 쇼팽을 지독히도 사랑한 히라노 게이치로라는 소설가의 책 『쇼팽을 즐기다』를 읽고 나서야 바르샤바를 탐색하기 시작하며 여행다운 기분을 맛볼 수 있었다.

바르샤바는 늘 고요함이 가득한 곳이었다. 그리고 교황 바오로 6세의 인자한 인상 때문인지 내가 일했던 사람들과 그의 주변엔 늘 순수한 사람들로 가득했다. 물론 내가 묵었던 호텔의 한 곳에는 카지노가 있어 요행을 노리는 사람들이 들락거리기도 했지만….

이 세상에서 가장 풍요로운 아침 식사를 맛볼 수 있는 곳이 바르샤바의 아침 뷔페식당이다. 특히 온갖 소시지들의 향연에 겨자 소스까지 합하면 가히 환상적이다. 특히 저녁에 고객들과 어울려 먹는 이국에서의 두툼하게 썬 삼겹살 맛은 한국에서는 맛볼 수 없는 최상의 맛이었고 걸쭉함이 넘치는 냉동시킨 보드카와는 천상의 조화였다. 러시아의 모스크바에서 마시던 보드카와는 비교도 안 된다.

이곳 바르샤바에서 쇼팽의 생가와 그의 심장이 묻혀 있는 성십자가 교회 및 쇼팽 박물관에서 그의 흔적을 느끼며 저녁엔 하우스 콘서트에서 쇼팽의 주옥같은 「녹턴」과 「왈츠」를 들으며 벌꿀 술을 마시며 감흥에 젖었던 순간들은 나 혼자만의 오롯한 감흥으로 지금도 가슴 깊숙하게 남아 있다.

이맘때쯤이면 높은 호텔 꼭대기에서 본 지상의 스케이트 타는 사람들의 모습은 마치 점들의 움직임같이 보이며 한가함이 넘쳐 났지만 한편 또 다른 지상에서는 아우슈비츠의 슬픈 역사를 지닌 사람들의 교차된 표정 같은 것들도 엿보였다.

이 바르샤바에서 45분쯤 비행기로 가면 부르츠와프(Wroclaw)란 작은 도시가 있다. 오래전엔 독일 땅이었던 곳인데 브람스의 유명한 「대학 축전 서곡」의 발생지인 것으로 알려져 있다. 이 대학에서 브람스는 철학박사 학위를 받고 그 보답으로 「대학 축전 서곡」을 대학에 헌정하였다.

부르츠와프의 공항 이름은 지동설을 주장한 코페르니쿠스 공항이라 부르는데 그네들 특유의 자부심 느낄 수 있었다. 마치 바르샤바 공항 이름이 쇼팽 공항인 것처럼….

이곳에서는 늘 가던 호텔에 투숙하지 않고 히틀러가 연설한 곳으로 유명해진 호텔에 투숙한 적이 있는데 식당의 호화로운 대리석과 명화를 장식한 내부가 돋보였다. 이곳 카페의 '재즈 나잇'이라는 자유를 구가하는 광고를 보니 과거 히틀러의 침략을 조롱하는 듯했다.

유서 깊은 광장에서는 낭만을 노래하듯 젊은이들이 넘쳐 났고 오페라 극장에서는 모차르트의 공연 포스터가 휘날리고 있었다.

작은 도시에 오래된 오페라 극장이라니 과연 '쇼팽 콩쿠르'를 주최하는 폴란드다운 문화 강국임을 느낄 수 있었다.

한때는 지겨워했던 도시들을 이제 떠올리는 걸 보니 그곳들을 그리워하나 보다. 그 바르샤바 시내의 작은 골목길로 연결된 올드 타운에서 오래된 도로의 감촉을 맛보고 걷다 보면 무슨 수가 생길지도 모르는 일이다.

#「대학 축전 서곡」 들어 본다. 1분 57초 후에는 우리에게 아주 귀에 멜로디가 나온다. "어여쁜 장미야, 참 아름답다~"

## 리스트 아버지의 유언, 여자를 조심해라

봄을 알리는 전령의 움직임은 우리 주위 곳곳에 나타난다. 수은주가 영하로 내려가면 여지없이 내뿜어지는 강아지의 입김은 사라진 지 오래고 어제 새벽엔 봄비가 내려 대지를 적셨다.

산책길은 은행잎과 이름 모를 낙엽의 잔해들로 가득 쌓여 있다. 햇볕이 따뜻하게 대지를 비추면 동토의 땅도 녹아 제법 질퍽거릴 정도이니 바야흐로 봄의 초입이다. 한강 옆 둔덕에 고개를 숙인 채 서 있는 물버들도 지금쯤 기지개를 켜고 있을 것이니 계절이 변하는 자연의 이치는 참으로 신비하고 경이롭다.

음악 방송에선 요한 슈트라우스 2세의 「봄의 소리」가 들려온다. 이 곡은 그가 말년에 남긴 걸작으로 부다페스트에 머무를 때 한 살롱에서 리스트와 살롱 여주인이 피아노를 같이 치는 걸 보고 영감을 받아 작곡했다고 알려졌다. 이 아름다운 도시는 나에게도 꽤 의미 있는 곳이다. 유럽 시장을 처음 개척한다며 20년 전부터 들락거렸으니 말이다.

오늘은 작년도 임윤찬이 반 클라이번 콩쿠르에서 '악마의 기술'이 담겨 있다는 그 초절기교의 연주로 더욱 유명해진 헝가리가 고향인 프란츠 리스트에 대해 잠깐 알아본다.

리스트가 활동하던 19세기 중반, 그 당시에는 귀부인들이 주도하는 살롱에서 주로 연주했는데 특히 리스트는 초절기교의 연주뿐만 아니라 무대 매너의 기교도 뛰어나서 가끔은 연주 중 기절하는 척했다가 다시 일어나는 등 그야말로 쇼맨십이 뛰어나 뭇 여성의 사랑을 많이 받았다. 뭐, 그것도 속칭 여자 꼬시기 작업의 일환이었는지도 모른다(니체가 리스트를 여자 꼬시기의 대가로 비꼬았다).

리스트 아버지의 유언, 여자를 조심해라

대작곡가를 이리 표현해 무척 송구한데 리스트의 아버지는 16세의 아들에게 "여자를 조심하라."라는 유언을 남겼다. 6년 뒤인 22살 리스트는 파리 사교계의 여왕인 여섯 살 연상의 마리 다구 백작 부인을 후원자로 만나게 된다. 당시 파리 상류 사회에서 쇼팽 및 리스트의 인기는 대단해서 "애인을 사귀려면 리스트를, 남편감은 쇼팽을."이란 말이 나왔을 정도로 리스트는 사교계에 인기남이었다. 급기야 마리 다구 백작 부인은 남편과 애를 버리고 리스트와 사랑의 도피 행각을 하며 스위스로 이주하는데 딸 둘을 낳았으나 그들의 사랑도 약 10년 만에 막을 내린다(그 당시에는 법적으로 이혼 성립이 안 되어서 도주했다).

# 오늘은 「라 캄파넬라(은은히 들려오는 종소리라는 뜻, La Campanella)」를 손열음의 연주로 들어 본다.

추신: 리스트의 자유분방한 기질과 연주, 여행으로 독점력이 강한 마리 다구와 사이가 벌어져 결국 헤어지는데 두 딸 중 한 명이 바그너와 결혼해서 리스트가 바그너의 장인이 된다.

나는 박진배 교수의 「공간과 스타일」이라는 조간신문의 칼럼을 즐겨 읽는다. 그는 세계 곳곳을 여행하며 폭넓은 경험과 지식을 바탕으로 그 도시에 대한 특징을 소개해 독자들의 호기심을 자극하며 이국에 대한 궁금증을 유발한다.

그의 글과 사진에는 여러 나라의 생활 습관과 건축의 공간과 색채 등 현지의 숨결이 담겨 있고 또한 역사가 흐르고 있기에 늘 흥미진진하다. 그리고 때로는 내가 가 본 곳들을 소개하여 그 도시에 대한 진한 노스탤지어를 불러일으킨다.

최근 그는 포르투갈의 레스토랑과 카페 등에 폭넓게 응용되어 아름다운 자태를 뽐내는 푸른 타일 아술레호스(Azulejos)를 소개한 바 있다. '푸른색이 채택된 건 명나라의 청화백자의 영향 등으로 16~17세기에 고급스럽고 우아하다고 인식되던 색이었기 때문'이라며 포르투갈에는 낙후된 질감에 정겨움이 느껴지는 도시들이 많다고 했다.

과연 그랬다. 포르투칼 제2의 도시 포르투(Porto)의 곳곳에는 아름다운 푸른색들의 천국이었다. 도시의 곳곳뿐만 아니라 하늘과 도루(Doru) 강도 파랬고 그들이 자랑하는 와인도 융단 폭격을 맞은 것처럼 천지에 널려 있었다.

· 도시 전체에 넘쳐 나는 푸른 타일 아술레호스

그럼 푸른 타일 말고 어떤 블루들이 세계 각국에 있을까?

우리 눈에 익숙한 것은 단연 면세점이나 아웃렛에서 가끔 볼 수 있는 로열 코펜하겐 찻잔의 덴마크 블루인데 이미 우리 생활 곳곳에 침투해 있다.

한편 덴마크 이웃 나라인 스웨덴에서도 그들이 자랑하는 블루를 볼 수 있었는데 아직도 왕국으로 남아 있는 스웨덴의 근위병과 왕궁 기마병의 모습 등 블루의 흔적들이 주변 곳곳에 나타난다.

풍차의 나라 네덜란드에는 델프트 블루가 있다. 약 8년 전에 KLM 비행기를 타며 기념품으로 받은 미니어처 하우스를 통해 이 색을 배우게 되었다. 그러나 뭐니 뭐니 해도 네덜란드의 대표적인 블루는 우리에게 깊게 각인되어 있는 빈센트 고흐의 차이나 블루이다. 가수 돈 맥클린도 그의 히트곡 「Vincent」에서 표현한 그 고흐의 그 차이나 블루, '눈' 말이다.

"Reflect in Vincent's eyes of china blue.
빈센트의 차이나 블루 눈에 비치는."

· 파리 오르세 미술관에서 본
고흐의 「자화상」

그런데 정말 이 세상에서 블루를 제일 좋아하는 멍청이 얼간이가 있다. 그는 이 블루를 정말 사랑한다. 지금도 스페셜 에디션이 개봉될 그때를 기다리고 있다. 이 바보 같은 친구는 천사의 몫(Angel's Share)이 소실되어 증발되고 있는지도 모르는 채….

또 그는 청바지 블루진을 좋아하지만 키가 땅딸막해서 청바지가 잘 안 어울려 늘 속상해하는데 그래서인지 청바지를 곱게 차려입은 여성을 보면 늘 눈이 번쩍 뜨이곤 한다. 그러나 가끔 술에 취하면 그는 진짜 블루에 빠지는 조금은 알쏭달쏭한 친구다.

# 에디트 피아프의 「Non, Je Ne Regrette Rien(아니요, 전 아무것도 후회하지 않아요)」 들어 본다. 이 작은 거인에게 'Love is Blue'라는 말은 절대 용납이 안 된다.

## 밸런타인데이 유감

내가 시애틀에 짐을 풀면 십중팔구 비가 내렸다.
사계절 가릴 것 없이 1월에도 추적추적 처량하게 말이다. 그래서 시애틀을 하면 비가 내릴 때 같은 멜랑콜리와 심란함을 떠올리게 된다. 그래도 미소 짓게 되는 것은 지금은 노신사(?)가 된 청춘 시절의 톰 행크스가 주연한 「시애틀의 잠 못 이루는 밤」의 해피엔딩을 떠올릴 때다. 마지막 장면이 약속한 엠파이어스테이트빌딩에서 밸런타인데이에 만나는 장면이었던가?

바야흐로 밸런타인데이를 맞아 세상의 온갖 붉은 것들과 스윗함이 2주 전부터 사방팔방에 가득했다. 연인들을 위한 캐치테이블의 선전 문구를 필두로 갖은 스윗한 것들이 대향연을 벌이며 젊은 선남선녀를 유혹한다.

하물며 대기업의 회사 광고도 스윗으로 넘쳐 났다. 우리만이 아니다. 2월 초부터 우리보다 훨씬 못한 개발 도상국인 인도네시아에서도 'Sweet Valentine, Love me Sweet', 이런 젊은이들을 위한 달달한 문구들과 사랑의 징표인 빨간 초콜릿을 선보이며 연인들을 자극했다. 그런데 왜 Love me Tender는 빠진 것인가? 엘비스의 달콤한 목소리를 떠올린다. 초콜릿 하나 못 받았으니 어제의 세상천지는 내게 온통 블루였고 어둠이 가득했다. 희망은 사라지고 절망뿐 이었다.

섭섭한 마음 금할 수 없어 실의에 가득 차 있는데 마트 갔다 온 아내가 무엇을 주섬주섬 꺼낸다. 그럼 그렇지. '과연 조강지처다!' 하며 내심 쾌재를 부르고 있는데,

"가서 개껌 사 왔어." 하며 초콜릿이 그려진 짜표도 아닌 No Brand 밀크 스틱을 잘난 척하며 턱 내놓는다. 내 참, 기도 안 찼다. 이것은 개껌도

아닌 진짜 초콜릿이다.

"이건 개껌 아니야. 밀크 초콜릿인데 우리 심바 먹으면 깨코닥이야."

"강쥐 그림이 있어서 개껌인 줄 알았는데 큰일 날 뻔했네. ㅜㅜ"

난 이렇게 해서 No Brand 초콜릿을 본의 아니게 선물로 받았다 짜표 좋아하는 조강지처는 밸런타인데이라는 것도 알지 못한 채….

서운함을 감추지 못해 출빙가(출장을 빙자한 가출)를 결심하고 몇 시간 후면 베트남으로 향한다. '내년 2월 14일은 뭐 있으려나?' 기대하며…. 그 서운함의 근본이 누구일지는 오직 신께서만 아시고 나도 모른다.

# 리스트의 피아노곡 「사랑의 꿈」 중 3번째 곡 부제 「사랑할 수 있는 한 사랑하라」를 손열음의 연주로 들어 본다.

## 안녕 베트남, 홍강, 사이공 햇빛　　　　　—

오랜만에 베트남 국적기를 타기 위해 인천공항의 제1터미널을 찾았다. 오후라 그런지 출국장은 붐비지 않았고 여객기들은 드문드문 서 있었다. 우뚝 솟은 관제탑과 한가한 활주로에서 왠지 모를 쓸쓸함과 적막감마저 감돈다. 사람도 비행기도 정신없이 움직일 때가 제일 좋은 때인지도 모른다. 기내에선 내 아들보다 어려 보이는 젊은 친구가 서빙을 하는데 머리를 짧게 깎은 모습이 왠지 모르게 귀여워 머리를 쓰다듬어 주고 싶다. 아마도 어릴 적 아들의 까까머리 생각이 나서일 것이다.

하기야 나도 어릴 때 까까머리 신세였고 돈깨나 있는 부잣집 아이들이나 상고머리를 하고 다녔던 기억이 난다. 그것도 스타일이라고 마냥 부러워했었다. 그 까까머리 아이가 초로의 영감이 되어 아들 생각을 하고 있으니 세월은 바람처럼 날아간다.

처음 보는 '안녕 베트남, 홍강, 사이공 햇빛'이라고 불리는 칵테일 메뉴에 내 눈이 멈췄다. "이거 한 잔." 했더니 "스윗한데 괜찮으시겠어요?" 한다. 그놈의 스윗. 그래, 오늘 밸런타인데이다.

비행기 안에서 혼자만의 스윗함에 풍덩 빠지려 했더니 연식 후배의 명품 캄파리 맛에 길들어서 그런지 영 밍밍하다. 저들 베트남 친구들의 스윗함은 이리 물처럼 싱거운 것일까? 그렇다고 깔보다 큰코다친다. 그들은 프랑스로부터 독립하기 위해 몇십 년 동안 싸웠으며 미국 등 최강대국에도 굴하지 않고 처절하게 맞섰다. 우리를 만만히 보는 중국도 베트남한테는 함부로 못 하지 않는가?

좁은 도로 사이를 차들과 같이 주행하며 도로 위를 누비는 오토바이의 물결들. 오토바이의 앞뒤에 나눠 앉는 이들의 풍경은 참으로 낯익다.

아, 그러고 보니 저렇게 오토바이를 같이 타면서 나누는 자연스러운 백 허그를 통해 사랑이 싹트나 보다. 영화 「첨밀밀」이었던가? 자전거를 타며 사랑이 움트기 시작한 것이?

2023년도의 밸런타인데이는 예전과 달리 아주 특별하게 지나갔다. 아내가 개껌인 줄 알고 산 초콜릿을 선물로 받았으니 말이다.

#「첨밀밀」들어 본다.


## 남남북녀(南男北女)

오늘 하노이의 날씨는 흐리고 우중충하다. 피아니스트 김정원이 진행하는 음악 방송에서 흘러나오는 바흐의 관현악 모음곡 3번인 「G 선상의 아리아」와 지금의 날씨가 제법 잘 어울린다. 호텔에서 내려다본 하노이 중심지엔 작은 아파트들과 군락을 이루고 있는 오래된 주택들이 공존하며 조화를 이룬다.

쌀국수의 원조 베트남에서 며칠째 맛보는 아침의 쌀국수는 한국과 비교해서 풍미가 다른 듯 비슷하다. 작은 라임과 홍고추 때문일까? 하기야 한국에선 이런 쌀국수를 먹을 기회가 별로 없다. 기껏해야 1년에 한 번 정도이니. 남을 관찰하는 특유한 나쁜 습관이 발산하여 서빙하는 몇몇의 젊은 여성들을 바라본다. 2,000km 떨어진 저 남쪽 호찌민 사람들과는 왠지 모르게 무언가가 조금 다르다. 키도 크고 얼굴도 조금 하얗다. 중국에서 북경 쪽의 여인들은 늘씬하고 팔랑거리는데 남쪽 심천 지방의 여인들은 까무잡잡하고 키가 조금 작듯이. 남남북녀가 생각나는 순간이다.

심란한 마음을 달래려고 피트니스 센터에 갔다. 이 작은 요술 부리는 스트레칭 기구는 늘 내 맘에 쏙 든다. 한 기구로 여덟 가지 동작을 만들어 내니 말이다. 이 스트레칭은 빠질 수 없는 내 일상의 루틴인데 이 기계가 유난히 오늘따라 내 친구가 되어 울적한 마음을 토닥거린다. 중년의 배는 용납되고 王 자 복근은 용서할 수 없다는 것이 나의 피트니스 철학이자 신조다. AI 만능 시대에 배가 조금 있어야 힘도 있다는 미신을 믿는 세상천지 바보이지 않은가?

오후 예정인 잠재 고객과의 판로 개척을 위한 미팅이 만만치 않다. 조금 터프하면 또한 어떠하리. 이 나이에 내가 좋아하는 음악을 듣고 와인을 마시고 또 가끔 혼자만의 사색에 빠지는 그런 순간들, 그것이 출장이든 여행이든 외유라는 이름으로 맛보는 오롯한 나만의 즐거움이자 기쁨인 것이다.

베트남에 와서는 꼭 들어야 할 음악이 있다. 쇼팽의 「왈츠 10번」인데 영화 「연인」이 이곳 베트남을 배경으로 한 마르그리트 뒤라스의 자전적 소설을 바탕으로 만든 영화이고 이 곡이 OST로 쓰였기 때문이다.


## 유쾌한 복수 —

하노이 시내에서 할롱 베이 방향으로 두 시간을 달리고 또 달렸다. 날씨가 좋으면 고객과의 미팅을 끝내고 할롱 베이를 보려고 하였으나 운이 따라 주지 않는다. 베트남에 꽤 많이 왔지만 할롱 베이와는 이상하게 인연이 없다. 유수한 풍광을 자랑하는 곳들은 단체 관광객이 북적거려 일부러 기피하는지도 모르겠다.

도로의 양옆엔 전형적인 농촌의 풍경이 펼쳐진다. 좁은 도로를 따라 마을로 들어가니 우리나라의 몇십 년 전 농촌 모습을 옮겨 놓은 듯한 논과 밭에 낯이 익고 김매는 아낙네들의 모습은 정겹기까지 하다.

단지 우리나라에서 많이 보이는 비닐하우스가 하나도 눈에 띄지 않는 것으로 보아 이들은 인공 재배를 멀리하며 자연의 순리대로 농사를 짓는 민족인가 보다. 갑자기 유명 MC 임성훈의 노래가 생각났다. "내가 놀던 정든 시골길~ 소달구지 덜컹대던 길~"

"첫술에 배부를 수 없다."라는 격언을 확인한 미팅을 끝내고 나오는 길, 동구 밖 모퉁이에는 전통 모자를 쓴 채 아이스커피와 단팥죽 같은 것들을 팔고 있는 아낙네들이 있었다. 달달한 커피 생각도 나고 베트남의 시골 분들이 궁금해서 차에서 내렸다. 사실은 잠깐 어울리고 싶었던 것이리라.

나 자신을 가리키며 '코리아'라고 소개하니 고개를 끄덕인다. 세계 어디를 가든 이런 자리엔 통역자가 필요 없다. 만국 공통어인 보디랭귀지와 '엄지척'만 있으면 그만이다.

그야말로 깡촌의 시골길에서 맛본 아이스커피는 가히 환상적이었다. 그분들은 바텐더가 칵테일을 제조하듯 커피를 셰이커로 흔들며 커피 맛을 내고 있었다!!! 난생처음 먹어 보는 셰이커로 만든 아이스커피는 달달함을 넘어 마치 사카린을 탄 듯(먹어 보진 못했지만) 천상의 달착지근함을 선보였다. 보통의 베트남 커피는 아주 쓴맛을 자랑하며 블랙커피라고 부르는데, 이 커피는 지친 사람에게 기운을 불어넣어 주는 박카스 같은 에너지였다.

나는 동행한 운전사와 함께 코코넛과 쌀떡을 혼합한 또 다른 음료를 주문했다. 재킷을 입은 내 모습이 화려해 보여 사진 찍기가 미안했지만 자연스럽게 포즈를 취해 주며 이방인을 경계하지 않는 그들에 감사했다. 2,500원에 고마워하는 그들의 마음에 나도 덩달아 유쾌해졌다. 해외를 그렇게 많이 다녔지만 이런 모습은 흔하지 않으니 2,500원으로 엄은 유쾌한 득템이다.

그들의 컵에서 본 'I am not a paper cup'이라는 한국에서 선전하는 생과일주스 병의 선전 문구와 빨간 매니큐어를 칠한 아낙네의 모습에서 순박한 농촌에 침투한 도시 문화의 흔적과 아름답게 보이려는 여성의 본능을 감지할 수 있었다.

돌아오는 길, 낯익은 롯데마트에 들러 커피 몇 봉지를 샀다. 집안의 가장에게 댕댕이 줄려고 산 노 브랜드의 밀크 초콜릿을 선물한, 아내에게 아주 고약한 선물을 선사하고 싶어서다. 베트남이 자랑하는 쓰디쓴 블랙 커피 맛으로 본때를 보여 주리라. 난 이 작은 거사를 '유쾌한 복수'라 이름 짓고는 승리의 미소를 지었다!!!

# 바흐의 「커피 칸타타」를 조수미의 음성으로 들어 본다. "커피 맛이 이렇게 썼던가?"

며칠 전 기내서 본 영화 「엘비스」는 멤피스의 트럭 운전사에서 일약 백만장자로 떠오르며 미국 문화계를 휩쓴 로큰롤의 황제 엘비스 프레슬리를 영화화한 작품인데 엘비스를 발굴했으며 그의 가수 생활을 쥐락펴락한 매니저역엔 톰 행크스가 출연했다.

남녀노소 할 것 없이 아니 특히 무대 앞의 여성들은 엘비스의 개다리춤 비슷한 선정적인 몸동작에 사로잡혀 숨이 넘어갔다. 그 감미로운 목소리와 춤 앞에 속절없이 무너져 웃고 울고 기절하였으며 때로는 하의실종도 있었다. 마치 파가니니가 바이올린 연주를 하면 나폴레옹 황제의 여자 동생이 기절하였듯이.

이 영화를 통해 몇십 년 전 클리프 리처드 내한 공연 때 모 여대생들이 보인 하의 실종 사건을 지금에서야 이해하였다. 엘비스는 가는 곳마다 엄청난 파장을 일으키며 관중들은 그야말로 열광의 도가니에 빠졌다. 당시로선 상상할 수 없는 파격적인 춤과 달달함이 넘쳐흐르는 감미로운 마력의 목소리에 다들 자지러질 것이다.

평소 흑인들의 성지라는 테네시주의 멤피스를 무척 궁금해하였는데 엘비스가 이곳에서 유명해졌고 이곳의 집을 무척 좋아했다는 내용의 영화를 보고 멤피스를 나의 여행 Wish List에 집어넣었다.

한편 미국 정부가 파격적이고 선정적인 엘비스의 공연을 싫어해 간섭을 심하게 하자 엘비스는 군에 입대하며 제대 후 다시 복귀하게 되는데 이때 시대의 아이콘인 엘비스가 입대를 하자 그의 어머니가 실의에 빠져 술과 마약으로 사망해 엘비스는 일생일대의 커다란 시련을 겪기도 하였다.

어디선가 읽어서 보관해 놓은 아래의 글을 옮겨 본다.

마이애미 해변은 광란의 도가니였다. 해변 즉흥 콘서트장에 엘비스 프레슬리가 나타났기 때문이다. 여성 팬들은 거의 전라의 모습이 되어 그를 환호했다. 내가 본 엘비스는 호텔 방 안에서 흠뻑 땀에 젖도록 연습하는 노력파 가수였다. 그는 옷걸이를 기타처럼 잡고 열심히 춤을 추면서 노래를 불렀다. 이미 영웅이 된 그가 신인처럼 연습에 몰두하는 모습, 그리고 '코냑'이나 엷은 칵테일을 즐겼다. 그에게는 술이 음료수를 대신하는 듯했다. 그래서인지 당시 그는 장이 안 좋다고 하며 늘 약을 복용하고 있었다. 여성을 대하는 데 있어서 그는 꿈을 꾸는 이상주의자 같았다. 모든 여성을 성모 마리아로 생각하는 그의 마음속에는 어머니에 대한 그리움이 가득한 듯했다.

기회의 땅 미국에서 '아메리칸드림'을 달성한 트럭 운전사 출신 엘비스 프레슬리. 그는 "인생은 짧고 노래는 길다."라는 진실을 남기고 마약과 술 그리고 여자에 빠진 채 불운하게 세상을 일찍 떠났다.

요즘 마약 사건으로 기피 대상이 된 드라마 「밀회」의 젊은 주인공이 생각나는 것은 왜일까?

엘비스가 그토록 사랑했던 어머니. 영화에서 그의 어머니는 엘비스를 늘 '마이 보이'라고 불렀다. 우리말로 하면 '내 새끼'일 것인데.

#「My Boy」들어 본다. 그가 눈물 흘리는 사진을 보며 공연히 나도 눈물을 적신다. 로큰롤의 황제는 분명히 그의 어머니를 생각하며 슬퍼했을 것이다.

## 문학 속의 복수 열전

내가 어쩌다가 우스갯소리로 아내에 대한 복수 이야기를 했는데 또다시 이런 제목으로 글을 쓰자니 참으로 민망하다.

TV나 영화 등에 나오는 치정에 엮인 삼각관계의 드라마나 기업의 흥망에 관한 얽히고설킨 복수의 이야기는 헤아릴 수도 없으며 문학 작품이나 오페라에도 수없이 많은데 내가 읽은 문학 작품 속에 나오는 '복수 열전'을 아래와 같이 간단히 나열해 본다.

장모의 사위 사랑은 유별나지만, 복수도 만만치 않다.

우리 일상에서 일어나는 가장 강도가 약한 장모의 복수는?

미운 사위한테 매생잇국을 먹여서 입천장이 벗겨지게 만드는 육체적 복수이다. 나는 장모님 생전에 씨암탉 앞다리만 받아 보았지, 매생잇국은 못 받아서 참으로 감사하게 생각한다.

끈기 있고 은밀스러운 장모의 복수는? 편혜영 작가의 『Hole』이란 소설이다.

대학교수인 주인공 오기가 바람을 피운 게 들통나 부인과 차를 타고 가며 이혼 이야기로 옥신각신하다 교통사고로 부인은 즉사하고 남편은 휠체어 타는 신세가 된다. 장모는 죽은 딸의 복수를 하려고 집 안에 커다란 홀을 파 놓고 휠체어를 탄 사위를 홀(Hole)로 밀어 넣는다. 서서히 은밀하게 계획적으로 이루어지는 장모의 복수는 호러 영화의 한 장면 같은데 주인공 오기가 죽는 마지막 장면의 표현이 인상 깊다.

"아내의 눈물이 멈춘 것은 슬퍼서가 아니라 울음을 그칠 때가 되었기 때문이다. 그리고 마침내 오기는 울었다. 아내 때문이 아니다. 그가 울어야 할 때가 왔기 때문이다."

가장 통쾌한 복수는?

호메로스의 『오디세이』에서 20년간 남편을 기다리는 오디세우스의 부인 페넬로페를 유혹하며 그의 아들 텔레마크를 죽이려고 하는 주변 섬들의 귀족들에 대한 오디세우스의 복수이다.

"아들아, 내가 너를 수치스럽게 하지 않았지!! 내 조준은 빗나가지 않았으며, 활을 당기는 데 힘들지도 않았고 힘은 온전해. 저놈들이 나를 생각했던 것처럼 약하지도 않았어!!!"

자기의 생을 마감하며 복수를 하는 소설들은?

첫 번째는 누가 뭐래도 『안나 카레니나』이다. 톨스토이는 『안나 카레니나』의 부제로 성경을 인용하며 이리 썼다. "복수는 내가 하리라. 내 이를 보복하리."

안나는 달리는 열차에 뛰어들어 자살함으로써 브론스키에게 복수를 하는 동시에 자신의 고통에서 벗어난다. 이 소설을 번역한 작가는 에필로그에 이리 쓰며 끝을 맺는다.

"하나는 사회가 안나를 재판할 권리를 갖고 있지 않다는 것이고, 다른 하나는 안나가 복수심에 불타서 행한 자살로 브론스키를 벌할 권리는 없다는 것이다."

두 번째는 서머싯 몸의 『인생의 베일』이다. 『안나 카레니나』와 비슷한 불륜을 다룬 명작 소설이긴 하지만 이번엔 남자가 자살을 유도한다.

세균학자인 월터 교수는 그와 사랑 없는 결혼을 한 아내의 불륜을 알고 콜레라 창궐 지역인 중국에 있는 오지 메이탄푸로 데리고 가며 복수를 기획하는데 교수 자신이 콜레라에 걸려 죽음을 맞이하게 된다. 결국은 본인 자신이 자살을 기획한 거나 다름없다. 아래 문장은 유명해 독자들에게 많이 인용되고는 한다.

"죽는 건 개였어."

\# 모차르트의 오페라 「마술피리」 중 '지옥의 복수심이 내 마음에 끓어오르고' 일명 「밤의 여왕의 아리아」 들어 본다. 소프라노 조수미도 이 곡은 목의 컨디션이 좋을 때만 부른다는 아주 고난도의 아리아이다.

## You Are My Destiny(너는 내 운명)

나는 'D' 자로 시작되는 영어 단어를 유난히 좋아한다.

'Destination(목적지, 도착지)'이 그중 하나인데 오랜 비행 끝에 기장의 "승객 여러분, 최종 목적지(Final Destination)에 도착하셨습니다."라는 멘트가 나오면 그 말이 그렇게 반가울 수가 없다. 왠지 모르게 쾌적한 미지의 세계에 도착한 것 같아서 더욱 그럴 것이다. 이 단어의 어원을 내 엉터리 방식대로 얘기하면 'Destiny(운명, 숙명)'가 되는지도 모르겠다 오래된 팝송 「You mean everything to me」의 가사에 있는 "You are my life, my destiny." 하면 "너는 내 운명."이란, 즉 최종 안식처가 될 수도 있지 않을까?

살면서 '너는 내 운명'이란 고백 한번 못 해 보고 살았으니 나도 얼간이 중 얼간이다. 근사한 여성 앞에서 "Oh My Darling(오, 그대 내 사랑)"이라고 속삭이기 전에 "You are my destiny(그대는 나의 안식처다)."라며 고백하면 십중팔구 넘어올 것인데 이 생애에는 영 글렀으니 다음 생을 기약해 본다.

다른 D는 'Delightment'이다. 오래전에는 상품을 팔면서 고객 만족을 이야기하면서 'Customer satisfaction'을 주로 썼는데 지금은 만족으로는 부족하여 고객에게 감동과 환희를 선사하겠다는 Delightment를 많이 쓰는 듯하다.

Delightment를 이루기 위해 반드시 필요한 것은 'Dedication'인데 헌신이란 뜻이다. 한 분야의 모든 정열과 열정 노고가 담겨 있는 이 Dedication이란 글을 보면 왠지 숭고해 보인다.

마지막으로 요즘 내가 쓰고 싶어 하는 것은 단연코 'Delegation(위임)'이다. 이 말은 한 사람이 갖고 있는 힘과 모든 권한을 남에게 위임한다는 뜻이다. 흔히 부재중에 어느 믿는 사람을 지목하여 쓰는데 회사에서나 글쓰기 모임에서도 내가 제일 하고 싶은 것이다.

한편 빠질 수 없는 것이 꼭 있는데 맛있는 Delicious한 음식들을 가끔 맛보고 싶은 것이며 단연코 Devil(악마)하곤 절대 마주치고 싶지 않다.
먹고사는 생업의 도구로 영어를 일상에서 잠깐잠깐 쓰는데 글로 남기고 보니 참으로 엉터리이다. 난 엉터리 사람인 것이다.

# 「You mean everything to me」 들어 본다. 60년도 넘은 올드 팝인데 요즘도 가끔 나오는 걸 보니 불후의 명곡임이 틀림없다.


## 4남매의 대만 여행

내가 어릴 적 우리 8남매는 형편이 그리 넉넉하지 못했다. 그렇지만 우애 하나만큼은 사촌이 배가 아플 만큼 좋았다. 형들이 사업이 잘되기 시작하면서 버스를 대절해서 온 집안 식구들이 국내를 놀러 다니기도 했다. 우애 좋다는 소문에 형수의 지인이 지금의 아내를 소개해 중매 반 연애 반 결혼하였다. 우애 덕택에 현대식 집안에서 자란 지금의 아내가 내게 시집을 온 것이다.

"형제간에 우애 있게 지내거라." 이것이 아버지의 유언이셨다. 아버지가 돌아가신 후 우리는 엄마를 모시고 어머니의 식솔들 17명과 함께 일본으로 단체 여행을 가는 등 정기적으로 가족 여행을 다녔다. 여행 경비는 늘 아버지 같은 큰 형님이나 둘째 형님 몫이었고 나를 빼고 그 후에 다른 형들이 돌아가면서 경비를 댔다. 누나들과 나는 막내라 부담이 없어 쾌재를 불렀지만 늘 송구스러웠다. 그 대가족 여행은 큰 형님 사업이 곤두박질치자 4남매의 소규모 여행으로 줄어들었다.

· 6년 전 하와이 사진. 사진을 모아
책자도 만들었다.

어제 4남매 부부가 대만에 왔다. 7년 전 일본 여행과 6년 전 하와이 여행 이후 실로 얼마만의 가족 여행인지 모르겠다. 나는 늘 인솔 대장 노릇을 하며 의기양양 으스댔지만 그런 내 모습을 다 귀엽다고 눈감아 주었다. 비록 숫자는 쪼그라들어 17명이 8명이 되었지만 우리는 아버지의 유지와 엄마의 고운 눈길을 잊지 않으며 여행을 계속하면서 우애를 다질 것이다.

오늘 저녁은 아마도 한 방에 모여 술 한잔하며 지나간 추억으로 이야기꽃을 피울 것이다. 이야기가 무르익으면 못돼먹은 막냇동생이 엄마가 좋아하던 「메기의 추억」을 부르며 재롱을 피우고 있을 것이고 셋째 형의 생전 모습을 이야기하며 누나들을 울릴 것이고 내일 아침엔 남매들이 눈이 퉁퉁 부어 있을 것이다.

어머니는 매화꽃이 흩날릴 때 돌아가셨다. 지금도 어딘가에 매화꽃 봉오리가 기지개를 켜고 있을 것이고 우리 집 화단엔 군자란의 꽃대가 소리 없이 올라올 것이다.

내 생명이 다하여 천국에 계신 엄마, 아버지 만나는 날 재롱 피우듯 이렇게 고하리라.

"엄마, 아버지, 난 정말 부족하지만 나름대로 최선을 다했어. 두 분 생각하며…. 형들, 누나들 그리고 엄마가 그렇게 사랑하던 손자, 손녀는 물론 내가 아끼는 심바한테도…."

\# 드보르자크의 「어머니가 가르쳐 주신 노래」를 조수미의 음성으로 들어 본다.

평소 막내 누나와 나는 끼리끼리 잘 통한다. 어제도 그제도 비가 오는 가운데서도 깔깔대며 수다를 떨었다. 버스로 이동하거나 강가를 걷거나 차를 마시면서도 주책맞을 정도로 "남매는 단둘이다."를 외치면서 언니와 형님 내외분께 웃음꽃을 선사하며 분위기 메이커 노릇을 톡톡히 해냈다.

· 남매는 단둘이다.

우리 남매가 그렇듯이 끼리끼리 잘 통하는 나라가 대만이다. 이곳 대만 사람들은 우리나라와 유사한 고통과 수난의 역사를 지녔다. 일본의 식민지가 되었고 같은 시기에 나란히 독립국이 되었으며 전쟁의 참화 속에서 위기를 딛고 '아시아의 용'이라 불리며 번영을 일구어 내며 세계 최고의 IT 강대국이 되었다.

'대만 사람들' 말이 나왔으니 여기서 우스갯소리 하나 하겠다. 우리나라 국민은 상대방 국가를 부를 때 이상한 습성이 있다. 강대국을 부를 때는 늘 미국 놈들, 중국 놈들, 일본 놈들 등 얕잡아 하대를 해 대는 경우가 대부분이다.

하지만 우리보다 조금 못사는 국가를 부를 땐 베트남 사람들, 캄보디아 사람들 하며 나름대로 예우를 하며 경우에 맞게 호칭을 하니 우리나라는 참으로 예의가 있는 양반 국가임이 틀림없다.

대만 사람들을 대만 놈들이라고 하는 것을 들어 봤는가!!

그래서 이런 비슷한 역사를 가졌기에 끼리끼리 잘 통했고 가까워서 **혈맹이라 불렀다**(솔직히 말하면 장개석 총통이 대한민국의 독립을 위해 엄청난 군자금을 대고 도와줬으니 대한민국이 엄청난 신세를 진 것인데 우리는 하루아침에 외교 단절을 하였다).

각설하고 어제는 대만 여행의 필수 관광지인 「말할 수 없는 비밀」의 촬영지 '진리대학' 쪽으로 향했으나 코로나로 캠퍼스가 개방되지 않아 아쉬움을 남긴 채, 할 수 없이 근처에 있는 17세기 네덜란드인들이 이 지역을 다스리던 홍모성(紅毛城)이라는 곳을 둘러보았다. 네덜란드인들을 '붉은 머리카락'이라는 뜻의 '홍모(紅毛)'라고 불렀기 때문에 성 이름도 '홍모성'이라고 부르게 된 것이다. 고난의 역사로 점철된 이 현장을 걸으며 과거에 끼리끼리 놀았던, 혈맹의 국가가 우리와 좋은 관계를 맺으며 계속 발전하기를 염원하였고 아울러 나와 오랫동안 파트너십을 맺어 온 대만 친구들의 안녕도 함께 기원하였다.

#「말할 수 없는 비밀」에 나오는 쇼팽의 「왈츠 7번」 들어 본다.

## 나를 슬프게 하는 것들

입국장을 나서며 공항의 스벅에서 왁자지껄한 박수와 환호로 짧았던 가족 여행의 아쉬움을 달래며 끝을 맺었다. 웃음과 즐거움이 가득했던 여행이었다.

집으로 오는 길, 버스는 교통 체증 없이 평탄한 길을 달렸지만 내 마음 한구석엔 우울함이 남았다. 8남매 중에서 제일 유능하고 이성적이었던 막내 형이 내일모레면 여든이 다 되니 시원치 않고 노쇠한 모습이 역력하다. 발걸음도 예전 같지 않고 어딘지 모르게 석연치 않은 것이다.

한두 달 후 기차 여행을 하기로 했지만, 이번 여행처럼 떠들썩한 해외여행은 없을 형과의 마지막 동행이었다고 생각하니 가슴 한편이 아리다.

아, 마지막이란 단어는 『마지막 잎새』, 『마지막 수업』, 「라스트 모히칸」, 「마지막 황제」, 「파리에서의 마지막 탱고」, 「라스트 카니발」 등에서 보여 주듯이 우리에게 슬픈 여운과 이별의 느낌을 주는데 그중에서도 마지막 동행이 나를 제일 슬프게 한다.

사진에 보이는 환한 웃음의 모습들을 앞으로도 계속 오랫동안 보길 바라면서 이 글을 남긴다.

# 「Last Carnival」 들어 본다. 진한 여운이 남으며 나를 슬프게 하는 곡이다.

내가 요즘 대단한 것인 양 여행 이야기만 앞세우고 책을 멀리한 듯해 독자분들께 매우 송구하다. 그래서 이번에는 주제를 바꾸어 조금 있어 보이고 교양 있는 이야기를 하고자 한다.

그런데 교양서적을 읽으면서 책에 담겨 있는 사상이나 모르는 것을 채워 주는 양식을 얻기보다는 책 속에 숨어 있는 80세에 연애를 했다든지 일 년 내내 여자 꽁무니만 쫓아다니다 실연을 당했다든지 이런 남녀의 사랑 이야기만 관심이 있으니 큰일이다. 이러한 것은 역사에 대해 관심은 없고 궁궐 안의 은밀한 야사에만 관심 있는 것하고 다를 바 없으니 나쁜 독서 습관을 고쳐야겠다.

대문호 괴테는 라이프치히 대학에서 법률학을 전공했지만 자연과학이나 문학, 미술 등 여러 방면에 걸쳐서 재주가 뛰어나서 4개 부처의 장관을 역임했을 뿐만 아니라 여성의 환심을 사는 재주를 가져서 그런지 세상을 떠나는 날까지 연애를 멈추지 않았고 또한 펜도 놓지 않았다.

그러고 보면 법학을 전공했는데 중간에 샛길로 빠진 예술가들은 많다. 슈만과 차이콥스키도 법률을 전공하지 않았는가?

괴테가 지은 책, 『괴테의 교양』은 그의 불후의 명작 『젊은 베르테르의 슬픔』과 함께 거의 60년에 거쳐 집필되었으며 죽기 1년 전인 82세에 완성한 『파우스트』의 유명한 문장들과 그에 대한 간단한 해설 그리고 괴테의 우정과 연애사가 담겨 있었다. 특히 그가 "사랑했노라, 괴로워했노라, 배웠노라."라고 표현한 글은 그의 인생에 대한 끝없는 노력과 열정이 담겨 있는 듯했다.

그는 어떤 사랑하는 부인한테 1,800장의 편지를 썼으며 그 당시면 노년인 60세에 여인과 사랑에 빠졌고, 아내가 세상을 떠난 뒤에도 귀부인과 사랑을 나누다가 74세에 19살 여성에게 반했으나 그녀 부모의 반대로 실패하자 그녀를 향한 연모의 마음을 담은 시집 『마리엔바트의 비가』 등을 내기도 했다(마리엔바트는 그녀를 만난 휴양지 이름).

그러니 거장들은 나이와 상관없이 연애를 잘 하나 보다. 첼로의 거장 파블로 카살스가 90살이 다 되어 20대의 제자와 결혼을 하고 가까운 우리 주변에선 입술의 거장으로 미스터 입술이라 불리는 탤런트 김○○이 80이 다 된 나이에 아주 젊은 여자를 얻어 애를 낳았으니 말이다. 제기랄.

그런데 웬 제기랄인가? 세상을 떠나는 날까지 뜨거운 열정을 불사르며 사랑을 했고 펜과 첼로를 놓지 않았던 그 정열이 탐났단 말인가???

괴테 이야기를 하다 삼천포로 빠졌는데 괴테가 『파우스트』를 통해 인류에게 말하고자 했던 것은 바로 '노력과 사랑'인 것이다.

여기 『파우스트』의 마지막 부분을 옮겨 본다.

천사들은 이리 말하며
"끊임없이 애쓰며 노력하는 자를 우리는 구원할 수 있습니다."
아직 나이 어린 천사들은
"악마들은 사랑의 괴로움을 느꼈습니다. 그 늙은 악마의 두목까지도."

# 구노의 오페라 「파우스트」 중 「왈츠」를 들어 본다. 2대의 피아노를
연주하는 특이한 모습을 볼 수 있다.

## 4부

다시
봄이 스며들다

## 여인들의 봄바람

아침나절의 기온은 콧물을 훌쩍거릴 정도로 찬 바람이 강했고 한강의 강물 수위는 겨울 가뭄 탓인지 많이 낮아졌다. 시간이 지나갈수록 기온이 올라가고 새들의 지저귐도 활발해질 것이며 양지바른 곳에는 들고양이가 햇볕을 쬐며 일광욕을 즐길 것이다.

아파트 뒤뜰에는 겨우내 쌓였던 낙엽들을 긁어모으며 봄맞이 준비를 하는 분들의 움직임으로 다소 분주하다. 이분들의 노고로 제법 파릇파릇한 봄기운들이 땅속에서 솟아날 것이다. 찬 바람이 살랑대는 따스한 봄바람으로 변하듯….

이맘때쯤이면 일렁이는 봄바람 때문인지 생각나는 건 단연 여인들의 옷매무새이다. 그중 하나는 봄바람에 설레서 자기 통제를 벗어나 새로운 자극을 찾으며 빛을 내 몸치장을 하는 플로베르의 '보바리 부인'이고 다른 하나는 가사가 '연분홍 치마가 봄바람에 휘날리더라'로 시작되는 노래 「봄날은 간다」이다.

그 가사 중에서도 '오늘도 옷고름 씹어 가며'란 대목에선 우리 한국 여인들의 기다림과 왠지 모를 고독함과 아련한 설렘도 상상된다. 마치 봄바람에 여행을 꿈꾸고 있는 여인네들처럼….

봄이 오면 이 곡이 떠오른다. 「동무 생각」이다. "봄의 교향악이 울려 퍼지는 청라 언덕 위에…."


## 호야의 더부살이 —


내가 '발하임의 언덕'이라고 부르는 몇 평 안 되는 베란다에 기이한 현상이 발생한 지 여섯 달도 넘었다(『젊은 베르테르의 슬픔』에 나오는 베르테르가 자연을 노래한 그 언덕의 이름을 따서 발하임이라 지었다).

그 발하임의 언덕에 어느 날 민들레 홀씨가 날아와 씨를 뿌린 듯 산세비에리아 옆에 이름 모를 고무나무 비슷한 게 언제부터인지 자라고 있는데 이제는 제법 커다란 나무 잎사귀 형태를 띠며 성장하고 있는 중이다. 이렇게 나는 자연이 만들어 낸 더부살이의 현장에 살고 있었다.

앱을 찾아보니 이 기이한 식물은 '호야'라고 부르는 꽃의 일종인데 어디서 나타났는지 도대체 알 방법이 없다.

아, 나는 고민에 빠졌다!!!

산세비에리아의 특징은 물은 두 달에 한 번씩 줘도 되는 키우기가 용이한 것인데 비해 호야는 잘은 모르지만 잎의 생김새를 보아하니 한 열흘에 한 번씩 줘야 하는 것 같으니 말이다.

· 더부살이의 현장

일전에 산세비에리아의 특성을 모르고 물을 자주 주었다가 실패를 보고 일부분만 살아남아 매우 조심스러워하고 있는데 난데없는 훼방꾼 때문에 신경이 많이 쓰이는 건 사실이고 더 이상 산세비에리아를 죽이고 싶지 않았으며 눈치코치 없는 뻔뻔한 호야가 미웠다!

마치 네안데르탈인과 사피엔스가 만난 듯하니 어떻게 하면 좋은지 엄두가 나지 않는다. 사실 오늘날의 인류는 이종교배의 후손이라는 교배 이론도 있지 않은가? 떠도는 사피엔스가 유럽이나 중동 등에 정착해서 네안데르탈인을 만난 경우가 그 예라 할 수 있겠다.

그동안 겨울이라서 물을 주는 것은 별로 염려가 안 되어 신경 쓰지

않았다. 기생하며 자라라고 호야의 꽃말인 '고독한 사랑'처럼 고독하게
내버려 두었다. 그러나 이제 봄이 오니 관리를 해 주어야 하는데 이러지
도 저러지도 못한 채 벙어리 냉가슴 앓듯 하고 있다. 앞으로 물을 어떻
게 주어야 할까??

　몇 년 지나면 저 뿌리가 얽히고설켜 이종교배의 화려한 콜라보로 길
고 넓죽한 산세비에리아가 나왔으면 좋으련만….

　# 차이콥스키의 발레 「호두까기 인형」 중 「꽃의 왈츠」 들어 본다.

　추신: 이 글을 쓴 며칠 후 신문의 편집자 레터에 아주 비슷한 기사가
나와 깜놀했다. 나는 천 리 앞을 내다보는 재주를 지닌 역술가인지도 모
른다.

## OK 목장의 결투

다 그렇지는 않지만 내가 본 대부분의 사내는 결투를 좋아했다. 난 초등
학교 6학년 때와 고1 때 딱 1번씩 맞짱을 떴는데 거짓말 하나 안 보태서
나의 한판승이었다.

초딩 때는 제주도에서 전학 온 꽤 덩치 큰 아이와 함께 축구를 했는데, 하도 으스대길래 방과 후 학교 뒷문 담벼락 밑에서 한판 했다. 마치 다윗과 골리앗 같은 키 작은 아이와 힘깨나 쓸 거 같은 코흘리개의 결투였으나 싸움은 싱겁게 끝났고 구경꾼이 꽤 많았던지라 내가 느낀 승리의 쾌감은 말로 표현할 수 없었다.

영양부족 탓인지 땅딸막한 내가 기마전을 하는 날이면 상대 팀의 왕초인, 얼굴에 늘 할퀸 자국이 있던 서○○이란 친구를 몹시 괴롭히며 끝까지 대항했던 기억이 생생하다.

늘 얌전하고 온순했던 나는 중학교 때부터 미군들이 메고 다니던 더플백에 모래와 톱밥을 넣고 주먹으로 피가 나도록 매일 두들겨 댔으며 김두한이 잘한다던 공중 돌려차기와 이단 옆차기를 끊임없이 연습하기도 했고, 중국 무술인 사학비권(蛇鶴祕拳)을 혼자 익히기도 하였다. 자기를 지키기 위한 최소한의 방어 수단이었던 것이다.

고등학교 1학년 때 학교 근처 골목길에서 내 옆에 앉았던 짝과 우당탕 한판 했는데 내 주먹에 명치를 맞았는지 그 친구가 풀썩 주저앉았다. 그는 특수 무술을 익혔는지 와신상담 끝에 6개월 후 내게 재도전장을 내밀었으나 이번엔 내가 피했다(내가 이겼다고 모하마드 알리처럼 떠벌리고 다녔으니 만약 진다면 그 후폭풍이 두려워서 고개를 들고 다닐 수 없어서 그랬을 거다).

오늘은 그 결투에 대해 이야기하겠다.

나와 같은 동시대를 살아온 남성들에게는 익히 알려진 서부 영화 「OK 목장의 결투」가 있었고 그 영화 이후에 존 웨인이나 클린트 이스트우드가 주연한 서부 영화로 결투의 전성시대를 이루었다.

OK 목장의 결투(Gunfight at the O.K. Corral)는 실제 이야기인데 1881년 10월 26일 수요일 오후 3시경 미국 애리조나주 툼스톤에서 30초 동안 벌어진 무법자 카우보이들과 법 집행관들 사이의 총싸움이다. 서부 개척 시대를 통틀어 가장 유명한 총격전으로 손꼽힌다.

- 출처: 다음 백과

책을 통한 나의 주관적 경험으로는 이 세상에서 결투를 제일 좋아하는 사람은 러시아 사람들이다.

"그 사람에게 나와의 관계를 고백했다면 깨끗이 당신과 헤어지든지 내게 결투 신청을 해야 하는데 도대체 나는 알 수가 없단 말이오."

안나 카레니나가 브론스키와의 관계를 남편한테 고백한 후 브론스키가 안나에게 한 말이다. 이 소설에서 톨스토이는 결투란 용어를 몇 번 사용했다.

러시아에서 또 하나의 예를 들자면 이 세상에서 가장 안타까운 결투라 불릴 수 있는 푸시킨의 결투이다. 푸시킨은 아내의 명예를 지키기 위해 결투하다 총에 맞아 죽었는데 그것도 낮게 날아온 오발 때문이었다.

도스토옙스키의 『카라마조프가의 형제들』에서는 아버지인 표도르가 자기 아들에게 외치는 소리도 있다.

"만일 네가 내 자식만 아니라면 지금 당장 결투를 신청했을 거다. 무기는 권총, 거리는 3보….."

내가 뭐니 뭐니 해도 제일 좋아하는 결투는 헤밍웨이의 결투이다.

헤밍웨이는 소설 속에서 산티아고 노인으로 분장하여 작은 조각배에 몸을 싣고 망망대해에서 거대한 청새치와 결투를 벌였으니 권투 선수 출신답지 아니한가???

# 석양의 무법자(For a few dollars more) OST 들어 본다. 「몇 달러만 더」란 원래의 제목을 근사하게 바꾼 영화 이름과 오카리나를 조합한 특수 음향이 참으로 환상적인데 엔리코 모리오네 감독의 제일 유명한 영화 음악이다.

호밀밭의 파수꾼(The Catcher in the Rye)  —

나는 우리 집 심바를 가끔 '파수꾼'이라고 표현한다. 이건 틀린 얘기가 아니다. 바깥에서 인기척이 있으면 반드시 짖거나 소리를 내며 늘 우리의 안위를 살펴 주니 말이다.

원래 파수꾼이라고 하면 원두막을 지키는 사람으로만 알고 있어 어릴 적의 시골 냄새가 가득한 단어였다. 그러나 어느 날엔가 이 세상에서 가장 아름답고 고결히 쓰인 '파수꾼'이란 용어를 이 책을 통해 접하면서 우리 심바를 파수꾼이라 표현했는지도 모른다.

미국의 작가 제롬 샐린저가 쓴 『호밀밭의 파수꾼』은 종종 명저(名著)라 불리며 여러 책에서 회자되었다. 예를 들면 하루키의 『상실의 시대』에서나 작년에 베스트셀러로 화제가 된 교포 2세 록 뮤지션인 미셸 자우너가 쓴 『H 마트에서 울다』에서도 소개된 걸로 보아 특히 미국의 중고생들한테는 필독서인 모양이다.

나는 외국에서 발간된 책들을 읽으면 꼭 책의 영어 제목이 무엇인지 읽기 전에 한 번씩 확인을 한다. 그런데 내가 Catcher(야구의 포수와 같은 '잡는 사람'이라 의미)라는 단어가 '파수꾼'으로 번역된 것을 보고 잠시 의아해한 적이 있다. 낙제 과목이 많아 학교에서 부적응자로 처리되어 퇴학당한 주인공 홀든이 정신적으로 파괴되며 엉터리 같은 세상에서 벗어나려 가출을 하려고 하는데 나이 어린 여동생 때문에 가출의 꿈을 접는다.

여동생 피비에게 들려주는 오빠 홀든의 말이다.
"나는 늘 넓은 호밀밭에서 꼬마들이 재미있게 놀고 있는 모습을 상상하곤 했어. 어린애들만 수천 명이 있을 뿐 주위에 어른이라고는 나밖에 없는 거야. 그리고 난 아득한 절벽 옆에 서 있어. 내가 할 일은 아이들이 절벽으로 떨어질 것 같으면, 재빨리 붙잡아 주는 거야, 애들이란 앞뒤 생각 없이 마구 달리는 법이니까 말이야. 그럴 때 어딘가에서 내가 나타나서는 꼬마가 떨어지지 않도록 붙잡아 주는 거지. 온종일 그 일만 하는 거야. 말하자면 호밀밭의 파수꾼이 되고 싶다고나 할까. 바보 같은 얘기라는 건 알고 있어. 하지만 정말 내가 되고 싶은 건 그거야. 바보 같겠지만 말이야."

내게는 이 대목이 소설의 하이라이트이다. 위와 같이 정의롭고 순수한 마음을 가진 열여섯 살 청소년이 세상천지에 어디 또 있을까? 이런 순결한 홀든이 어린 피비에게 조곤조곤하게 들려주는 위의 내용과 동물원에 가서 하는 "회전목마 타고 싶어?"라는 말이 늘 부러웠다. 그러면서 그렇게 얘기해 주려고 해도 들려줄 여동생이 없음을 아쉬워했다.

아!!! 동물원에 가고 싶은 주말이다.

# 히사이시 조의 연주로 「인생의 회전목마」 들어 본다.

추신: 1. 『호밀밭의 파수꾼』의 작가 샐린저는 이 책 하나로 세계적인 베스트셀러 작가의 반열에 올랐다.
2. 존 레넌의 살해범이 레넌의 주검 옆에서 이 책을 읽으며 경찰이 도착하기를 기다렸다고 해서 더욱 유명해진 책이다.

　난 유교에 나오는 『주역(周易)』에 대해서는 전혀 아는 바 없다. 단지 태극기의 4괘(卦)가 주역에 따라서 만들어졌다는 것을 귀동냥으로 들은 바 있고 사주명리(四柱命理)를 배운 사람은 알고 있다.

　　어제 정오쯤의 이야기이다. 여느 때와 다름없이 심바와 산책을 끝내고 피트니스로 향했다. 그제가 쉬는 날이어서 그런지 조금은 평소보다 붐볐다. 습관적으로 몇몇 지인들과 눈인사를 나누고 정해진 프로그램대로 운동을 하고 있는데 오랫동안 안면은 있었지만 그냥 모르는 체하고 지나쳤던 어른이 운동을 하고 계셨다. 연세는 있었지만 허리가 곧고 언제 보아도 하이칼라의 헤어스타일을 유지한 채 흐트러짐 하나 없는 단정한 차림으로 꽤 무거운 중량의 기구 운동을 하고 계셨다.

　　난 평소 인사도 못 드린 터라 늘 미안하던 차에 그분이 무거운 바벨을 옮기시길래 대신 몇 개 옮겨 드리면서 "참 대단하세요."라고 말씀드렸다. 그분이 내게 조용히 오셔서 하시는 말씀이,

　"미안합니다만 띠가 무슨 띠예요? 그리고 몇 층에 살아요?"

　"네 ×띠이며 ×층에 삽니다."

　"성이 뭐예요?"

　"×가입니다."

　"미안하지만 한 말씀 드려도 될까요?"

"네, 편하게 말씀하십시오."

"내가 4살 때 주역을 배웠어요. 할아버지가 참봉이셨는데 한자 공부를 하면서 할아버지께 직접 배웠어요. 참봉이라고 아세요?"

"네, 참봉 압니다."

"더 말씀드려도 되나요?"

"네, 편하게 하십시오."

"댁은 아주 시대를 잘 타고났어요. 그 집에 이사 온 지 몇 년 되었어요?"

"한 25년 됩니다."

"그 집에 오고 난 다음에 모든 일이 순조롭게 풀렸네요. 평생 리더를 할 팔자예요. 그걸 운명으로 받아들이고 그러려니 하세요."

"제가 5남 3녀 중 막내인데 명심해서 잘 알아듣겠습니다."

무거운 바벨을 옮겨 줬다고 내 점괘를 봐 주신 모양이다.

'그런데 층수는 왜 물어보는 거지? 순간 엉터리 짜표 아닌가?' 하는 의구심이 들었다.

집에 와서 아내에게 고했더니 "전혀 틀린 말은 아니네."라며 비꼬듯 대꾸한다. 평소에 내가 너무 설친다고 핀잔을 주는 것이다. 난 이 어르신의 말씀을 어떻게 받아들여야 할지….

이제는 어리광도 못 피울 나이가 된 이 마당에 어르신 말씀에 고개를 끄덕이면서 무엇인지 말 못 할 중압감이 밀려온다. 『주역』을 배운 분한테 주역(主役) 노릇을 하라고 들어서 그렇지 않겠나?

그런데 그분은 진짜 『주역』을 익히기나 한 것일까?

　#「꿈길」 들어 본다. 황진이의 한시를 김안서(김소월의 스승, 본명 김억)가 변역했는데 난 송광선의 음성이 제일 가슴에 와닿는다.

소설 『세상의 마지막 기차역』　　　　　　　　　　　　　　　—

나는 오늘 그리움이 닿는 곳으로 향한다. 매화 꽃잎이 하얗게 휘날릴 때 돌아가신 어머니 기일을 맞아 고향의 산소를 찾아간다.
엄마가 몇십 년 전에 주신 군자란이 어제 꽃대를 올린 걸 보니 며칠 후면 화사한 분홍색으로 나를 반갑게 맞아 줄 것이다. 어머니의 미소처럼….

　오늘은 소중한 사람을 사고로 잃은 사람들이 그토록 그리워하는 사람을 잠깐 동안 다시 만난 후 영원히 헤어지는 것을 그린 판타지 소설을 소개한다. 어느 날 선로를 벗어난 급행열차가 탈선하여 승객 68명이 사망한 대형 사고가 발생한다. 사망자 명단에는 약혼자를 사랑하는 남자, 직업 없는 아들을 둔 아버지, 소년이 짝사랑하는 여학생 그리고 이 열차의 기관사도 있다.

소설 『세상의 마지막 기차역』

사랑하는 사람을 잃은 약혼자, 아들, 소년 그리고 기관사의 아내, 이 네 사람은 유령의 도움으로 사고 난 열차에 올라 망자를 기적처럼 만나 그리움을 전한다. 재회한 사람들은 평소에 차마 말하지 못한 애틋한 감정을 마지막으로 쏟아 낸다. 망자 또한 규칙을 어긴 가족을 저승으로 데려가지 않고 사랑하는 사람이 이승에서 계속 살아 주기를 바라는 슬프지만 아름다운 이야기이다(망자와 만나는 데 규칙이 있으나 그 규칙을 어기면 망자와 함께 저승으로 가야 한다).

> 약혼자를 가슴에 묻은 여자.
> 아버지를 떠나보낸 아들.
> 짝사랑하는 여학생을 잃은 한 소년.
> 그리고 이 사고의 피의자로 지목된 기관사의 아내.
>
> 사람은 누구나 사랑하는 사람을 잃고 나서야 깨닫는다.
> 자신이 다시는 돌아갈 수 없는 아름다운 나날을 보내고 있음을.

이 책은 마치 영화 「사랑과 영혼」 그리고 그리스 신화에 나오는 '오르페우스와 에우리디케'의 슬픈 사연을 떠올리게 하는데 신화의 비극적 결말이 아닌 아름답고 따뜻한 결말을 자아내어 곁에서 함께 삶을 사는 사람들의 소중함을 느끼게 해 준 코끝을 찡하게 만든 소설이었다.

# 글루크의 오페라 「오르페우스와 에우리디케」 중 「정령들의 춤」을 제임스 골웨이의 플루트 연주로 들어 본다.

추신: 오르페우스는 사랑하는 아내 에우리디케가 독사에게 물려 생명을 잃은 후 슬픔에 괴로워하다 저승으로 찾아가 저승의 신 하데스 앞에서 연주와 노래로 에우리디케를 되찾아온다. 그러나 이승에 도달하기 전까지 절대 그녀를 뒤돌아봐서는 안 된다는 조건을 어긴 오르페우스가 이승 앞에서 영영 에우리디케를 놓쳐 버리게 된다.

## 맨발의 청춘 —

불현듯 찾아오는 꽃샘추위는 있겠지만 봄의 길목에 서서 계절이 지나갔음을 느끼는 요즘이다.
한강 변의 오솔길엔 조경 작업이 한창이다. 나무를 옮겨 심고 옮겨 심은 나무에 물을 주며 또 다른 새 생명을 탄생시킨다. 농부들은 땅을 갈아엎고 조상을 섬기는 자손들은 윤달의 풍습에 따라 산소에 새로운 잔디를 입힐 것이다.

성급한 몇 명의 건강족들은 메마르고 누렇게 변한 잔디를 맨발로 밟으며 자연의 감촉을 느끼고 있다. 맨발로 걷는 그들의 모습에서 여러 가지를 떠올린다.

'맨발의 영웅'이란 소리를 들었던 에티오피아의 마라톤 선수 아베베 비킬라와 마라톤 하니 몇십 년 전 한창 지면을 떠들썩하게 만든 "라면만 먹고 뛰었다."라고 말한 임춘애란 육상 선수를 떠올린다. 그러고 보니 어쩌면 맨발은 가난의 대명사인지도 모르겠다.

그리고 「맨발의 청춘」이란 영화로 은막에 데뷔해 불세출의 스타로 불리며 시대의 아이콘이었던 지금은 떠나가고 없는 배우와 그 주제가를 부른 가수왕을 떠올린다.

"눈물도 한숨도
나 혼자 씹어 삼키며
밤거리의 뒷골목을
누비고 다녀도"

이사도라 덩컨도 맨발이었다. 현대무용의 개척자로 불리며 토슈즈를 집어 던지고 맨발로 무대를 뛰어다니는 이사도라 덩컨. 그녀는 왜 그리 궁핍했으며 어쩌다 스카프가 자동차에 끼여 비운의 생을 마감했는지….

반대로 붉은색 와인의 낭만도 그려 본다.
영화 「부르고뉴, 와인에서 찾은 인생」에 나오는, 통속에서 맨발로 포도를 짓이기는 세 자매의 모습을 상상하며 "포도밭의 가장 좋은 비료는 주인의 발자국 소리지."라는 정말 멋들어진 영화 속 대사를 찾아본다.

또한 「매디슨 카운티의 다리」에서 프란체스카와 킨 케이드의 숙명적인 만남을 떠올린다.

"프란체스카는 맨발에 청바지와 물 빠진 청색 작업복 셔츠를 밖으로 내서 입고 소매를 둘둘 말아 올리고 있었다."

마지막으로 내 이야기다.

요즘 내가 외출해서 돌아올 때 맨발로 맞아 주는 건 컹컹 소리와 함께 문을 긁어 대며 울부짖듯 반겨 주는 나의 호위무사 심바이다.

오래전에는 버선발로 반겨 주는 분이 계셨다. 버선을 항상 신어서 그런지 새끼발가락은 쪼그라들었다. 엄마는 늘 며느리발톱이 못생겼다며 그리 사랑하는 막내인 내게 조차 한사코 맨발을 보여 주시기를 꺼리셨다.

그제는 그 버선발이 그리운 날이었다.

\# 폴 모리아 악단의 「맨발의 이사도라」 들어 본다.

내 글에는 하루가 멀다 하고 톨스토이의 『안나 카레니나』가 등장한다. 스펙트럼이 좁아 '이 글을 어찌 이어 가나?' 고민하면 생각나는 게 톨스토이뿐이라 자주 들먹거리지 않을 수 없다.

『안나 카레니나』엔 D. H, 로런스의 『채털리 부인의 연인』 같은 노골적인 장면이 없어 가끔 "그것참 시시하네."라고 투덜거리기도 한다. 그러나 무엇보다도 우리 인간 내면의 본능과 욕정을 탐하는 안나의 끊임없는 번뇌 그리고 농노들과의 일상을 통해 자기 성찰을 추구하는 레빈이 등장하여 나같이 나이가 들어도 욕망이 가득한 사람에게 반성할 기회를 주니 내 인생의 책이라 할 수 있다. 독자분들께 "시간이 지나면 욕망이 약해지냐?"라고 묻고 싶다. 150년 전 안나의 욕망이나 우리네 필부필부의 욕망이 다 똑같지 않을까?

여기에 나보다 더 안나 카레니나를 추종하는 사람이 있다. 몇 달 전 유명을 달리한 지독한 『안나 카레니나』의 추종자인 소설가 밀란 쿤데라이다.

심지어 그의 대표적인 소설 『참을 수 없는 존재의 가벼움』에서 주인공은 강아지 이름을 카레닌이라 부른다(안나의 남편 이름이 카레닌이다).

"강아지가 여자인데 톨스토이라고 부를 순 없죠. 안나 카레니나라고 부르죠."

외국 서적의 제목을 우리말로 있는 그대로 직역한 것 중 가장 길면서도 아름답고 근사한 것을 꼽으라면 나는 주저 없이 밀란 쿤데라의 『참을 수 없는 존재의 가벼움(The unbearable lightness of being)』을 꼽을 것이다.

이 책에는 니체의 철학이 담겨 있으며 네 명의 남녀 인물들이 등장하여 펼치는 가볍고 무거운 사랑 이야기와 1960년도에 있었던 체코슬로바키아(오늘날 체코)의 민주 자유화 운동인 '프라하의 봄' 등이 배경으로 나온다.

"그들은 서로 사랑했는데도, 서로에게 하나의 지옥을 선물했다."라는 문장을 비롯한 수많은 명문장이 담긴 명저(名著)이며 「프라하의 봄」이란 영화를 탄생시키기도 했다.

가끔 내가 심술이 나 심사가 뒤틀려 감정을 폭발시킨 후 '아, 이 말은 왜 했을까? 이 행동은 하지 말았어야 했는데.' 하며 책의 내용과는 상관없이 '아! 나란 존재는 정말 참을 수 없이 가벼워.'라고 후회하기도 하니 이 책 역시 나의 인생 교과서라 할 수 있겠다.

그런데 체코 말로 고양이는 '예쁜 여자'라는 뜻이라고 한다.

그러니 누가 여러분 보고 '고양이'나 '여시 토깽이' 같다고 하거든 바로 다큐로 받으셔서 "Thank you."라고 하시라.

예쁜 사람을 부르는 은어도 가지가지다.

헤밍웨이는 자신이 좋아하거나 선망하는 모든 여자를 '딸내미'라고 하지 않았던가?

나는 그 딸내미는 없고 서로 옥신각신하는 딸내미는 있다.

그제도 집에 와서 "콧대 높이는 수술을 해야겠다."라고 해서 인성(人性)부터 높이라고 했다.

이참에 이런 광고 하나 붙여야겠다.

"딸내미 데려갈 사위 구함."

# 체코가 낳은 스메타나의 교향시 「나의 조국」 중 2번 「블타바」 들어 본다. 강 이름이 몰다우에서 블타바로 바뀌었다.

## 우정의 색 —

봄의 감미로움을 시샘하듯 어제의 날씨는 차갑고 쌀쌀했다. 패딩 생각이 간절했으나 겨울옷 세탁 '세일'이란 문자에 혹한 아내의 성화이자 봉사에 패딩과 코트를 저비용 세탁소에 맡긴 지 며칠째다.

자전거 라이딩이 있는 아내는 추워서 큰일 났다며 투덜거리길래 "날씨가 누구 닮아서 꼭 변덕스러운 뺑덕어멈 같네."라며 목구멍까지 올라오는 목소리를 겨우 참았다.

우리가 이런 기분을 느끼듯 날씨는 이제 가족과 사회에서 그리고 우리의 일상에서 아주 중요한 자리를 차지하게 되었다. 이런 느낌 때문에 프랑스 역사학자 알랭 코르뱅이 『날씨의 맛』이란 책을 지었나 보다.

그는 『날씨의 맛』에서 비, 햇빛, 바람, 눈, 안개, 뇌우 등의 기상 현상이 사회 문화와 예술 및 정치에까지 어떤 영향을 미쳤는가를 두루 망라하였다.

날씨에 맛이 있다고 하니 나는 우정에 '색'이 있다고 외치고 싶다.
특히 그 색은 내게 알록달록하며 형형색색으로 물들여진 성당의 스테인드글라스 같은 느낌을 갖게 한다.

일 년 전 작은 모임에서 나는 어떤 친구로부터 수복강녕을 기원하는 빳빳한 새 돈이 담긴 수제 봉투를 선물 받았다. 그 안에는 그와 그의 아

내의 정성과 만들며 분주했을 손길과 수고로움이 담겨 있었다. 나는 그 선물을 받고 많이 부끄러웠다. 나의 사려 깊지 못한 그동안의 행동들과 처신들이….

그리고 2개월 전 선물한 그 친구로부터 색색이 넘치는 팬티를 선물로 받았다. 생전 처음 받아 보는 남사스러운 내복이다. 막둥이 누나가 사 주었다고 15년도 넘게 자랑스럽게 입고 다니는 고무줄 헐렁하며 누렇게 퇴색한 모시 메리 트렁크 팬티를 입고 다니는 내가 안쓰러웠나 보다. 불같은 기운이 넘쳐흐르는 불그죽죽한 비주얼의 팬티. 그것도 시뻘건 대포알 같은 코를 가진 팬티를 선물로 받았다. 그런데 웬 대포알이람.

그러고 보니 그 친구는 때깔 좋은 색색이 전문인가 보다.
내가 우정에도 색이 있다는 것은 이런 이유 때문이다. 그러나 우정과 사랑이란 이름에 선을 긋게 되는 빛바래고 퇴색해 보이는 것들도 있다.

대한의 아들, 딸들이 군대 갈 때 고무신 거꾸로 신고 줄행랑치는 등진 우정, 바로 배신이다. 또한 음식점에서 계산할 무렵 꽁무니 빼며 신발 신고 화장실 가는 친구들의 습관도 배신이다.

그들에게서 "브루투스, 너마저?"를 떠올리게 되는데 하기야 오늘의 동지가 내일의 적이 되는 비정한 세상에 살고 있는데 그까짓 고무신 거꾸로 신는 게 무슨 대수이겠는가? 혹자는 "요즘 어떤 바보가 2년씩이나 기다려!!"라고 할지도 모른다.

그러나 영원히 배신하지 않을 나의 친구가 있다. 우리 둘이 마주치는 한결같은 신뢰가 가득한 서로의 눈길은 참으로 깊고 정겹다. 그는 바로 나의 호위무사 심바이다.


## 개인적인 체험

일본의 극우주의를 비판하고 한일 합방을 무효라고 주장하여 일본인으로부터 손가락질과 때로는 위협을 받아 가며 한국을 옹호한 일본 작가가 있다. 그는 고 김지하 시인의 반체제 운동 시절 그의 석방 운동에도 동참한 친한파 소설가인 오에 겐자부로이다.

그는 지적 장애아인 아들을 끝까지 포기하지 않았으며 그 아들을 키우면서 실전적 경험을 바탕으로 쓴 소설 『개인적인 체험』은 그의 노벨 문학상 수상에 지대한 영향을 끼치게 된다.

어느 작가의 표현을 빌리자면 그의 문학은 문자 그대로 일본어로 쓰인 일본 너머의 세계 문학이었는데 그가 최근 영면했다는 소식을 접했다. 한국에 애정을 가진 오에의 명복을 빌며 그가 남긴 명작에 대해 아주 간단히 적는다.

27세의 영어 학원 강사인 주인공은 아기가 뇌 손상을 가진 장애아라는 사실을 알게 되면서 아이의 죽음을 원하며 술과 옛 여자 친구에게 빠지면서 절망과 일탈의 날들을 보내지만 결국 그 아들에게 헌혈을 하면서 목숨을 살려 낸다. 그는 이 책을 통하여 희망과 지옥 속에서 '인내'를 배우고 '희망'의 빛을 찾아내려 하였다.

내겐 생소한 작가였지만 허무와 절망을 넘어서 밝은 세상의 미래와 희망을 준 오에 겐자부로는 가와바타 야스나리가 대표한 『설국』 같은 토속 문학과 무라카미 하루키가 대표하는 자극적인 대중문학과 더불어 일본 문화의 새로운 계보를 형성했으며 그 뒤를 이어서 마쓰이에 마사시 등 신예 작가들이 활동하고 있는 듯하다.

# 일본 소설을 이야기하니 나가사키를 배경으로 한 푸치니의 오페라 「나비부인」의 「어떤 개인 날」을 마리아 칼라스의 음성으로 들어 본다.

추신: 한국 현대 문학의 계보는 어떤 것일까? 생각나는 대로 적어 보면 박경리의 『토지』를 대표한 향토 문학을 필두로 그 뒤를 이은 최인훈과 김승옥 등 4.19 세대들의 고뇌에 찬 소설들과 대중 문학을 선도한 최인호, 김홍신 박완서 등과 그 이후 김훈을 거치며 『채식주의자』 한강, 『82년생 김지영』의 조남주 등이 활동하는 듯한데 책 몇 권 읽고 내 입으로 이런 한국 문학의 계보를 이야기하다니 정말 나는 몰라도 너무 모른다.

"소금을 뿌려놓은 듯하다."라는 메밀꽃의 전설을 지닌 평창에 왔다. 초봄에 와서 그런지 아니면 해발 고도가 높은 대관령 자락에 위치한 탓인지 바람은 쌀쌀하고 음지엔 아직 녹지 않은 잔설과 얼음이 가끔 눈에 띈다.

시장기가 발동하여 아내와 나는 전병과 메밀국수부터 먼저 찾았다. '달이 너무도 밝은 까닭에'라는 음식점 선전 문구에 취해 이렇게 패러디해 본다. "메밀 맛에 숨이 막힐 지경이다."

처마 밑의 곶감은 말없이 익어 가고 오래된 창틀을 보니 어디선가 읽은 듯한 "문풍지 떨린다."라는 시구절만 생각난다. 아, 또 하나 있다. 막 혼례 올린 신랑, 신부가 첫날밤 보내는데 문풍지 뜯어지는 소리다. 그러고 보니 우리 조상들은 관음증에 꽤 관대한 민족이었나 보다.

"허 생원과 성 서방네 처녀가 사랑을 나누었다."라던 이효석의 소설 속 물레방앗간이다. 그런데 그 물레방앗간은 동서고금을 막론하고 아름다운 여인이 늘 등장했던 장소였다. 스탕달의 『적과 흑』에서 슈베르트의 『아름다운 물레방앗간 처녀』에서도, 『그리스인 조르바』에서는 '방앗간 집 마누라의 엉덩이가 인간의 논리'라는 표현이 나오지 않았던가?

아, 그런데 여기서 꼭 짚고 넘어가야 할 게 하나 있다. 클래식과 재즈를 좋아하여 모던보이라고 불렸던 이효석은 소설 속에 음악을 자주 등장시켰다. 그 이효석에게 영향을 받은 탓인지 무라카미 하루키의 작품에는 드라마의 소품 선전하듯 빠짐없이 클래식과 재즈, 그리고 직접 운영한 재즈바가 등장한다.

시간의 흐름을 보아 하루키는 이효석을 흉내 낸 것이 틀림없다.

내가 좋아하는 하루키를 비하에서 죄송하지만 그는 또 『기사단장 죽이기』에서 한국의 지성 고 이어령 교수의 『축소지향의 일본인』을 본받아 '60cm의 난쟁이 기사단장'을 탄생시켰으니 한국은 하루키 문학의 정신적 지주인 셈이다(혹시 나중 하루키를 만나는 영광스러운 자리가 있다면 넙죽 절하며 "하루키 님의 관심을 끌기 위한 진한 농담이었다."라고 사과할 것이다).

손열음의 대관령 음악회나 메밀꽃 피는 9월에 다시 찾기로 마음먹으며 '견공과 함께한 투어'라고 거창하게 이름 지어진 평창의 하루는 그리막을 내렸다.

떠버리 모하마드 알리와는 비교가 안 되지만 평소 과장이 심한 내 이
야기에 많은 분이 "그 친구, 참 떠벌리기 좋아하는군. 과연 허풍이 세긴
세."라고 하실 것이다. 맞는 말씀이다. 나는 틀림없는 허풍선이다. 그래
서 나 스스로 '입을 다물었으면.' 하고 생각할 때가 종종 있다.

나 같은 말 많은 사람을 위해 만들어진 낭만파 시대의 음악이 있는데
바로 멘델스존의 「무언가(無言歌)」이다. 즉, 가사 없는 노래란 뜻이다.
「Songs without words」, 곡 이름도 나 같은 수다쟁이에게 딱 어울리는
멋진 제목이 아닌가?

이 「무언가」는 슈만의 「어린이의 정경」, 슈베르트의 「즉흥 환상곡」
이나 「악흥의 순간」 등과 함께 낭만파의 창시곡이라 불릴 만큼 선구를
이룬다. 맨델스존의 「바이올린 협주곡」처럼 특유의 감미로움, 우아함
과 낭만의 로맨티시즘을 갖춘 곡으로 널리 사랑받고 있는 곡이다.

이 낭만파 거장들의 유명한 작품들 중 소설과 영화에 삽입된 곡들이
있다. 내가 소개하고 싶은 곡은 제인 오스틴의 『오만과 편견』에 나오
는 곡이며 또 한 편의 소설은 루이자 메리 올컷이 쓴 『작은 아씨들(Little
Women)』이다.

두 소설의 쓰인 시기는 시대적으로 약 70년의 차이가 있지만 공통점이 참으로 많다. 둘 다 여성 작가고 두 소설에는 각각 딸 다섯 명과 네명의 자매가 등장하며 저마다의 개성을 표출하는데 200년이 지난 오늘날에도 많이 읽히는 명작이며 스테디셀러이다.

# 『오만과 편견』의 주인공인 둘째 딸 엘리자베스가 피아노로 연주했던 「노래 위에 날개 위에」를 강혜정의 음성으로 들어 본다. 이 노래는 독일의 대표 시인 '하이네'의 시를 붙인 우리도 잘 아는 애창곡이다.

추신: 1. 책에서는 엘리자베스가 리즈(Lizzy)라는 애칭으로 많이 불린다. 유명한 배우 엘리자베스 테일러가 리즈 테일러라고 불리는 것과 같은 이유인 듯한데 우리 밴의 어느 분도 닉을 바꾸어야 하는 것 아닌지 모르겠다.

2. 멘델스존은 부호의 아들로 태어났다. 할머니가 생일 축하 시 오케스트라를 초청해서 파티를 해 주었을 정도이니 말이다.

며칠 전 친구가 사준 알록달록한 팬티를 글로 올리다가 갑자기 생각난 게 있다. 내 남성 호르몬 수치이다.

제기랄. 지칠 줄 모르고 활개를 치던 남성 호르몬 수치가 작년의 정기 검사에서 뚝 떨어졌다.

이 요상 망측한 테스토스테론이라 이름 지어진 남성 호르몬이 요즘 나의 감정을 들었다 놓았다 한다. 재작년에는 TV 프로그램에 나온 젊은 이들의 호르몬 수치와 별 차이 없고 비등비등하여 친구들 앞에서 "음, 그럼 그렇지." 으스대며 기분 좋은 함성과 쾌재를 불렀지만 작년의 검사 결과를 받고는 시무룩해졌다. 그래도 평균은 되는 듯해 셀프 위안을 해 보지만 기분은 안 좋고 우울했다.

올해 일주일 전 두근거리는 마음으로 피를 뽑았다.

뽑는 순간 '다른 건 정상일 테니 제발 그것만은, 그것만은 예전으로 돌아와다오.' 하며 천지신명께 빌었다.

배불뚝이나 베들레헴이라도 좋다. 곧은 등 말고 새우등이라도 좋으니 제발 그놈의 호르몬 수치여, 올라가 다오!!!

가는 세월은 못 잡아도 호르몬은 붙잡을 수 있다는 일념으로 그놈의 호르몬에 휘둘려서, 오늘도 내일도 헐떡이며 운동을 한다. 여봐란듯이 무거운 바벨을 끙끙거리며 들어 올리고 푸시업도 해 보는 것이다.

그런데 큰일이다. 테스토스테론 수치가 높아졌다고 치자.
나는 기분 좋은 미소를 지으며 행복과 사랑의 감정을 전달해 주는 호르몬인 도파민에 취해 잠시 행복할 것이다. 그러나 또 다른 사랑 호르몬인 옥시토신은 어디서 얻는단 말인가? 그게 없다면 스트레스 호르몬이 분비되고 결국 내 남성 호르몬도 또다시 줄어들 것인데.

어쨌든 나는 잠시 후에 일어날 의사와의 전화 면담에 대뜸 이것부터 물어볼 것이다.
"선생님? 저 남성 호르몬 수치 얼마예요? 올라갔나요?"

# 활력이 넘치는 「라데츠키 행진곡」 들어 본다.

## 세상의 수많은 여성이 그렇게 산다

내가 읽는 신문의 편집을 담당하는 기자가 추천사 글을 쓰면서 붙인 제목이다. 그 책은 바로 매그, 조, 배스, 에이미 네 자매의 이야기를 다룬 『작은 아씨들』이다.

코로나가 창궐하고 마스크가 품귀 현상을 빚었을 때인 3년 전, 이맘때 읽은 950페이지에 달하는 장편소설이다.

이 책은 매사추세츠의 콩코드를 배경으로 쓰였는데 작가인 루이자 메이 올컷의 성장기이다. 루이자는 실제로 네 자매 중 둘째였으며 소설에 나오는 둘째 조는 작가의 분신이다. 셋째인 바로 아래 동생은 피아노를 잘 쳤고 베스처럼 성홍열로 요절했다.

소설 속의 막내 에이미가 친척 아주머니의 도움을 받아 파리로 유학을 가는 것도 실제 루이자가 책을 팔아 번 돈으로 그림을 잘 그리는 동생을 유럽으로 유학을 보내 준 이야기다. 영화「작은 아씨들」은 루이자의 아래 문장으로 시작된다.

"고난이 많았기에 즐거운 이야기를 쓴다."

"I've had lots of troubles, so I write jolly tales."
LOUISA MAY ALCOTT

자매들의 아버지는 링컨의 노예해방을 지지하는 북군으로 남북전쟁에 참전했으며 살아서 돌아온다. 어머니와 네 자매는 그리 넉넉지 않은 살림에도 불우한 이웃을 보면 음식과 옷가지를 나누며 다정하고 선하며 소박한 성품을 지닌 따뜻한 가족애를 보여 준다.

옆집의 부호 할아버지가 죽은 손녀의 피아노를 셋째 딸 배스에게 선물하며 편지와 함께 전한다. '충성스러운 벗'이라고 하며. 할아버지와 손녀 같은 사이에 벗이라고 하니 따뜻함과 다정함이 저절로 느껴지는 대목이다.

사람이 죽어 가면 바늘도 무겁게 느껴지는 걸까?
배스는 "너무 무겁다."라며 바늘을 다시는 들지 못했다.

아래의 문장들은 먼저 세상을 떠난 배스의 죽음에 대해서 묘사한 문장들인데 슬픈 모습보다는 가족들의 따스함과 부모님의 자애로움이 너무나 아름답게 표현되어 그대로 옮겨 본다.
"부모님은 배스의 손을 이끌어 죽음의 골짜기를 넘어 하느님의 품으로 인도했다."

영화에서 배스가 피아노로 연주하는 곡이 슈만의 「어린이의 정경」 등이다. 마침 요즘 내가 듣는 음악 방송에서 슈만의 「어린이의 정경」에 대한 특집 방송을 하고 있는데 이 곡은 13곡의 소품집으로 이루어졌으며 그중 7번째가 우리 귀에 익은 「트로이메라이(꿈)」이다.

# 「트로이메라이」 들어 본다. 아련한 그 무엇이 떠오르지 않는가?

스페셜리스트를 순수 우리말로 표현하면 어느 특정 분야에 도가 튼 사람을 말한다. 내가 알기로는 백혜선 교수는 베토벤의 전문 연주자인데 좌절에 도가 트다니?

한국이 낳은 우리 시대의 최고의 피아니스트라는 백혜선, 그녀의 에세이집 첫 장은 '쌀알만큼이나 작은 기쁨'으로 시작된다.

박완서 작가는 『모래알만 한 진실이라도』라는 제목의 에세이를 낸 적이 있는데 그러고 보니 내가 좋아하는 분들은 자신의 감정과 기분을 쌀알이나 모래알 같은 아주 작은 것으로 표현하며 한껏 자세를 낮추고 겸손을 익혔나 보다.

백혜선 피아니스트의 연주하는 모습을 생생히 앞쪽에서 지켜본 적이 있다. 한 세대 젊은 유자 왕이나 카티아 부니아티쉬빌리 같은 미니스커트에 착 달라붙는 뇌쇄적인 모습이 아닌 은은함과 우아함이 넘치는 드레스를 입은 그녀의 등장에 관객들은 열광했고 피아노 앞에 다가서자 모두 숨죽였다.

그녀의 연주는 광기가 섞여 휘몰아치는 듯하면서도 부드러우며 섬세하며 폭발적인 광속의 연주였다. 그 강렬한 건반의 터치에 나도 모르게 전율하였으며 베토벤의 「월광 2악장」 등에선 부드럽고 약한 선율로 시적인 감정을 전달해 주기도 하였다.

29살 때 최연소 나이로 서울대 교수에 발탁되어 임용된 지 10년 만에 교수직을 내팽개친 백혜선. 그녀는 "그럴듯한 간판에 안주해 버리면 박제가 될 거 같다."라며 미국으로 공부를 하러 떠난다.

이 매력적인 피아니스트의 이야기를 앞으로 차근차근 읽어 볼 텐데 몇 페이지를 넘기니 내 정곡을 콕 찌르는 대목이 눈에 들어왔다. 백혜선 교수 스승의 이야기다.

"사람이 하는 말 한마디에 인품과 지식이 드러난다고 생각했고 따라서 무심결에 쓰는 캐주얼 한마디를 혐오했다."

점잖지 못한 평소의 말과 글로 이어지는 나의 표현들. 내가 바로 그 혐오의 대상이었던 것이다. 나는 이 '캐주얼 한마디'라는 강렬한 한 문장에 많은 것을 느꼈다.

"그래 품위를 지켜야지."

그러나 고민이 한 가지 생겼다.

몇십 년 몸에 밴 내 고유의 언어가 있고 걸맞지 않은 점잖은 언어만 쓴다면 밍밍하고 싱거운데 그 불편함을 느끼며 어찌 살아야 한단 말인가? 난 사실 촐싹거리는 게 편하고 좋은데….

백혜선 교수가 50년간 연마한 좌절의 기술과 인생을 나도 좀 배웠으면 좋겠다.

# 백혜선의 연주로 「열정 소나타 1악장」 들어 본다.



## 3남매의 새봄맞이 여수 투어

3~4월 봄꽃 소식이 들리면 어디선가 가끔 들려오는 노래가 있다. 바로 「여수 밤바다」이다.

들도 보도 못한 가수의 노래가 봄만 되면 들린다. 무심코 따라 흥얼거려 본다. 저 가수는 노래 한 곡으로 평생을 먹고살겠지.

세 남매가 '새봄맞이 여수 투어'란 그럴싸한 핑계를 대고 남으로 향했다. 과연 남쪽은 남쪽이었다. 찌푸린 날씨가 곡성에 들어서자 환하게 밝아지며 섬진강 강변의 벚꽃 꽃망울이 활짝 터진 채 찬란히 장관을 이룬다.

우리나라에서 일출이 가장 아름답다는 여수 향일암에서 목련을 보며 베르테르를 떠올리지 않을 수 없었고 송이째 떨어진 동백꽃의 슬픈 잔해도 보였다.

돌계단에선 부처님의 장난스러운 미소가 우릴 반겨 주었다. 4시 50분이 되자 스님이 범종 앞에서 의식을 치르듯 종을 치셨고 종소리는 고요한 산사에 은은하고 아름답게 울려 퍼졌다.

흐린 날이었지만 사방이 봄의 색으로 가득했으며 산 중턱 언저리엔 진달래도 보였다.

오동도 근처의 낭만포차는 젊은이들의 전유물은 아니었다. 그 자리에 우리 꼰대들이 보란 듯이 자리를 차지했다. 포차 한편에 걸려 있는 아래 문구가 눈길을 끌었다.

명곡들을 남기고 떠난 김광석과 말××× 이문세의 모습도 보인다.
밤에 본 동백은 이슬비를 머금고 더욱 활짝 피었고 케이블카를 타고 공중에서 바라본 여수 밤바다는 고즈넉했으며 낭만적이고 몽환적이었다.
우리 3남매 부부의 표정은 밝았고 늘 그렇듯 웃음꽃이 활짝 피었다.
카페 안에 있는 아래의 문구처럼.
"걱정은 그만, 활짝 웃어 보자."

# 「여수 밤바다」 들어 본다.

내게 가장 여행하기 좋은 날을 꼽으라면 3월 말에서 4월 중순 사이 그리고 9월 말에서 11월 초 사이라고 이야기한다. 그때는 북적거리지 않는 한산함과 비 갠 오후 같은 상쾌한 신선함이 묻어 있기 때문이다.

아내와 심바에게 미안한 마음을 뒤로한 채 피렌체로 향하는 길이다. 피렌체는 르네상스의 절정을 이룬 도시라는 느낌 때문인지 고전적 느낌과 동시에 현대의 모던하고 세련된 느낌이 묻어나는 도시다.

14~16세기에 이르는 단테에서부터 미켈란젤로를 거쳐 마키아벨리에 이르기까지 역사적으로 근세라 칭할 수 있는 부분과 산업혁명을 거쳐 19세기 아르누보 시대의 신지식인들을 포함한 근대 시대까지 피렌체는 빈과 더불어 문화 예술의 중심지 노릇을 했다.

예술인들은 피렌체를 즐겨 찾았으며 차이콥스키 같은 음악가는 피렌체에서의 추억을 잊지 못하고 「피렌체의 추억」이라는 현악 6중주를 작곡하기도 하였으며 도스토옙스키는 『백치』를 이곳에서 탈고하기도 하였다.

또한 21세기 초에 만들어진 영화 「냉정과 열정 사이」에서는 옛날 그림을 복원하는 공방과 연인들이 즐겨 찾는 두오모 성당 등을 배경으로 작품을 그려 내었으니 세기를 뛰어넘어 전 인류가 사랑하는 도시라 칭할 수 있겠다.

사실 피렌체는 과장되게 부풀려서 이야기하면 셀 수 없을 만큼 가 보았지만, 이번엔 조금 느낌이 다르다. 지난 3년간의 코로나 시대를 지내면서 많이 떠올랐던 도시이기도 하다. 거기에는 이 도시에 유행했던 흑사병과 그를 배경으로 쓰인 『데카메론』은 물론 『그리스인 조르바』에서 화자가 조르바를 만날 때 읽고 있었던 단테의 『신곡』 그리고 코로나의 유행으로 다시 생겨 인기를 끌고 있다는 '벽에 낸 작은 구멍을 통해 술을 파는 곳인 와인 창' 등이 생각나고는 했다.

서먹서먹함과 친근감이 섞여 있는 낯선 듯 낯익은 그 거리를 이번에는 어린아이의 눈과 마음으로 호기심을 갖고 바라보고 싶다.
다비드상이 왜 '거인'이라 불리는지 그리고 미켈란젤로와 23살의 선배인 레오나르도 다빈치는 왜 앙숙처럼 적의를 갖고 경쟁했는지 차근차근 살펴보고 싶다.

늘 그렇듯 이번에도 예기치 못한 그 무언가와 맞닥뜨릴 것인데 새로운 것이라도 발견하면 남몰래 소리 죽여 소리쳐 볼 것이다. 아르키메데스가 목욕을 하던 중 욕조의 물이 넘쳤을 때 '유레카'라고 외친 것처럼….

피렌체 언덕에서 적당히 기분 좋은 이국의 봄바람을 맞고 베키오 다리에서 조수미의 시그니처 곡인 「오 나의 사랑하는 아버지」를 떠올리며 과년한 내 딸이 수더분한 남자라도 만나 "아빠, 제발 결혼을 허락해 주세요."라고 오페라에서 하듯 날 위협해 주길 간절히 기원할 것이다.

# 「냉정과 열정 사이」 OST 들어 본다.


## 베키오 다리                                                    —

간밤에 늦가을 같은 쌀쌀한 바람이 사람을 움츠리게 하더니 오늘 아침
은 태양이 환하게 온 세상을 비춘다. 피렌체 시내에서 조금 떨어진 호텔
에서 환하게 빛나는 아침을 맞았다. 내복을 조물조물 빨래하는 기쁨을
맛보며 잠시 웃었다. 집에서는 세탁기에 양말조차 똑바로 던져 넣는 것
도 지겨워하던 내가 해외에 와서 내복을 널고 있는 모습이 우스꽝스러
운 까닭이다.

눈치 안 보고 혼자 발가벗고 다니는 자유의 즐거움도 누린다. 그러고
보니 사실 여행은 어쩌면 속박에서의 탈출을 가장한 일종의 가출인지
도 모르겠다.

시내로 향하는 셔틀버스를 탔다. 손바닥 보듯 떠올랐던 피렌체의 작
은 골목들로 내 생각은 가득 찼고 사람들의 표정은 들뜬 듯 시끌벅적함

이 가득하다.

베키오 다리와 우피치 미술관으로 향했다. 이름 모를 다리들의 모습은 변한 거 없이 그대로이고 한 떼의 학생들은 다리를 스케치하고 있다. 녹조 색깔을 띤 아르노강의 모습은 한가롭기만 하다.

베키오 다리에서 푸치니의 아리아를 흥얼거리기는커녕 젊은이들의 왁자지껄한 생일 축하 노래와 관광객들로 발붙일 틈도 없다. 나는 마치 단테라도 되는 듯 베키오 다리에 베아트리체 같은 여자가 있는지 두리번거린다.

그런데 이탈리아 여인들의 전유물인지 베아트리체란 이름을 쓴 여성은 수없이 많다. 단테의 영원한 뮤즈를 비롯해서 영화 「일 포스티노(우편배달부)」에서 집배원이 사랑한 여자 그리고 스탕달이 베아트리체 첸치의 그림을 보고 기절을 하여 스탕달 신드롬을 일으킨 여인 등….

우피치 미술관에서는 라파엘로와 보티첼리 등 수많은 화가의 그림들을 대했는데 메디치가[그들이 부르는 공식 명칭은 공작(Duke)]의 궁전이 있었으며 그 조각들과 천장화와 그림들은 공작의 지시에 의해 만들어졌는데 예술을 사랑하고 아낀 흔적이 역력히 보이는 보물 창고나 다름없었다.

메디치 가문으로 인해 전 세계 관광객들이 몰려들고 길거리의 많은 상인이 메디치란 이름의 간판을 내걸며 아직도 그 이름으로 먹고사는 것을 보니 르네상스의 주역임은 틀림없다.

우피치 박물관 투어를 마치고 시뇨리아 광장의 베키오궁 앞에 우뚝서 있는 다비드를 만났다. 약자의 영웅이라는 데이비드. 돌 5개를 가지고 골리앗과 대결해 승리를 이끈 양치기 소년. 예나 지금이나 변함없이 미켈란젤로의 천재성을 알려 주는 작품이다.

사람 몸의 3배도 넘는 거구이니 사람들이 거인이라고 부를 만하다. 500년 전 30살도 안 된 나이에 정과 망치를 이용 피와 땀과 눈물로 만들어 낸 조각의 정수이다. 미켈란젤로는 돌을 깎아 형상을 만드는 것이 아니라, 이미 돌 속에 존재하는 형상을 끄집어냈다고 하니 그 예술의 혼을 짐작할 만하다.

미켈란젤로는 피렌체 외곽에서 태어나 아기 때 어머니가 죽자 유모 손에 키워졌고 유모의 남편이 석공이어서 조각하는 것을 보고 자랐다. 후에 공방에 들어가 도제로 일하다 메디치가의 로렌초에 의해 발탁되는데 내가 가끔 펼쳐 보는 에릭 와이너의 『천재의 발상지를 찾아서』를 보면 미켈란젤로와 메디치가의 수장이 어떻게 만나는지 나온다.

재능을 훈련시키는 장소인 메디치가의 정문에서 그 가문의 수장인 로렌초가 장인들을 관찰하고 있었는데 14살도 안 된 어린 소년 하나가 반은 인간이고 반은 염소의 로마의 신 파우누스를 조각하고 있었다. 소년은 고대 작품을 완벽하게 본떴다. 심지어 파우누스는 사악한 미소를 띠며 입을 벌려 날카로운 이빨을 드러냈다. 로렌츠가 농담을 건넸다 "파우누스를 아주 늙은이로 만들어 놨군. 그런데 이는 그대로 있군. 모든 노인은 이가 몇 개씩 빠졌다는 걸 모르나?" 소년은 질겁했다. 이렇게 중요한 세부 사항을 어떻게 놓친 거지? 게다가 그 사실을 피렌체 최고 권력자에게 지적받다니.

로렌초가 사라지자마자 소년은 작업을 재개했다. 윗니를 하나 빼고 이가 썩은 것처럼 보이도록 잇몸을 파냈다. 이튿날 정원을 다시 찾은 로렌초는 기뻐하며 웃었다. 그는 소년의 명백한 재능뿐 아니라 문제를 바로잡으려는 집념의 깊은 인상을 받았다. 그는 자신의 저택으로 불러 같이 배우도록 했다. 이름 없는 아이였을 뿐이다. 소년은 오디션 프로그램 연속 우승을 한 심정이었을 거다. 그 이름은 부오나로티 미켈란젤로였다.

호텔 라운지에서 이탈리아 정통의 피자와 파스타 등으로 허기를 채우며 스파클링 와인과 화이트, 레드 와인의 폭풍 흡입으로 피곤함을 달래는데 저 멀리 붉은 벽돌 색깔의 두오모가 오늘의 안녕을 고하는 듯하다.

# 푸치니의 오페라 「잔니 스키키」 중 「오 나의 사랑하는 아버지」 들어 본다.


## 푸치니로 먹고사는 도시 루카(Lucca)

피렌체역에서 약 두 시간 떨어진 루카라는 푸치니의 박물관에 가는 길이다. 기찻길 철로의 양옆엔 토스카나 지방의 특산물인 양 사이프러스 나무가 주변에 가끔 보이고 넓은 들판엔 푸르름이 가득하다.

한적하고 조용한 소도시이다. 잘 알려지지 않은 곳이라서 그런지 동양 사람들의 모습은 찾을 수 없다. 오래된 집들과 도로에서 유구한 역사를 지닌 도시임을 느낀다. Torre Delle Ore라는 45m 높이의 높은 종탑 타워에 올라가 시내 전경을 바라본다. 건물 꼭대기 맨 위에 나무가 심겨 있으니 신기하다.

유명 음악가 출신이 많은지 바이올리니스트의 동상과 보케리니의 이름을 붙인 음악원이 눈에 들어온다. 그리 가고 싶었던 푸치니 박물관으로 발걸음을 재촉했다. 그가 태어나고 자란 곳에 박물관을 지었다. 오래된 건물 앞에 푸치니의 동상이 서 있다.

박물관 안에 들어서니 그가 사용하던 피아노와 「토스카」나 「라 보엠」 같은 오페라 대본들과 오페라에 사용됐던 무대 의상 그리고 「나비부인」의 주인공 초초가 입었던 기모노가 눈에 들어온다. 작업실을 「라 보엠」의 배경인 다락방처럼 꾸며 놓았고 아리아가 은은히 흘러나온다.

여기에 푸치니에 대한 유명한 일화가 있다.

푸치니는 취미로 사냥 등을 좋아했는데 물오리에 대한 지나친 사냥에 대한 몰두로 부상을 당할 정도의 보트 몰기에 출판사 사장이 투덜대자, "밤낮 오리만 쫓다니 내가 쫓는 게 오리뿐이란 말이오? 나는 오리와 잘된 오페라 대본 그리고 어여쁜 아가씨, 이 세 가지를 쫓는 위대한 사냥꾼이란 말이오."란 익살을 부렸다고 한다.

- 『바흐의 두개골을 열다』 中에서

박물관을 나와 피자 두 조각과 푸치니를 닮은 사진이 있는 맥주로 허기짐을 달랬다. 여기도 곳곳에 푸치니의 흔적이 잔뜩 남아 있고 그들은 「투란도트」 등의 이름을 팔며 먹고살고 있었다.

좁은 골목들을 염탐하고 다녔다. 특이한 소품을 팔고 있는 곳과 전 세계의 온갖 진기한 술들을 모아 놓은 곳이 눈에 들어온다.

'와인은 만들고 전쟁은 금지'라는 김정은의 스티커가 눈에 띄는 걸 보니 트럼프와 김정은은 세긴 센가 보다.

조그맣고 아담한 멋진 레스토랑이 보여 주인의 허락을 받고 사진을 한 컷 찍었다. 동행자가 있다면 이런 곳에서 도란도란 도시의 역사와 오페라에 대해서 이야기할 것인데 이럴 때야말로 오롯이 혼자 하는 여행의 묘미와 아쉬움을 동시에 느낀다.

역으로 돌아가는 길, 돌아가지 않는 회전목마가 거리를 지키고 있고 길거리의 벤치에서는 젊은 남녀 둘이서 사랑의 밀어를 속삭이고 있었다. 그들 뒤편엔 건축이 중단된 오래된 성당이 있어 무언가 비밀이 숨겨진 작은 도시의 슬픈 역사를 전해 주는 것 같았다.

# 푸치니의 오페라 「라 보엠」 중 「내 이름은 미미」 들어 본다.


## 와인 성지 여행(토스카나)

나는 각종 술을 마다하지 않으니 와인 애호가라고는 할 수 없지만 언젠가는 와이너리에 가서 와인 테이스팅을 하고 싶었다. 25년 전 일하던 미국 회사에서 설립자가 은퇴 후 세운 나파밸리의 와이너리를 얼떨결에 가 본 적은 있으나 그 당시에는 와인에 대한 감각과 감흥조차 없던 터라 그저 신기했던 기억밖에 없다.

　1180년에 안티노리 가문이 처음 시작한 와이너리에 왔다. 입구에는 마치 요새처럼 바리케이드가 쳐져 있어서 얼마나 통제가 심한지 알 수 있었다. 와인의 성지를 순례하는 사람처럼 호기심이 반짝거렸는데 이곳이 바로 토스카나에서 나오는 와인 3총사의 하나인 키안티 클라시코를 생산하는 안티노리 와이너리다.

　와인의 절대 조건은 기후와 토양이며 이 두 조건이 조화롭게 결합될 때 완성되는 '신의 물방울'이 와인이라더니 바로 토스카나 키안티로 알려진 이곳을 두고 말하는 모양이다.

　내가 와이너리에 도착했을 때 따뜻한 태양이 포도밭을 비추어 햇볕이 가득하더니 금방 선선한 바람으로 바뀌며 따뜻함과 서늘함이 공존하는 곳임을 느끼게 한다. 낮은 산 같은 언덕에 끝없이 펼쳐지는 넓은 평원이 보이고 그곳에는 포도나무가 메마른 모습을 보이며 겨울잠을 끝내고 포도송이를 잉태할 준비를 하고 있었다. 그 옆에는 노란 민들레가 한창이었다.

　1685년 토스카나 지역을 군림한 메디치가의 코스모 3세는 안티노리

가문에서 빚어진 와인을 술의 신인 박카스의 이름을 빌려 '토스카나의 박카스'라고 시에서 노래하기도 했다는 안내문도 있다.

어제 예약한 와이너리의 루프톱에 위치한 레스토랑으로 향했다. 식당 주위엔 오래된 항아리로 조각한 예술 작품 등이 보이고 야외에 펼쳐진 테이블에서는 고급스러움과 우아함이 가득 풍기는 이탈리아 최고의 야외 식당의 모습이 펼쳐지고 있었다.

난 가죽으로 된 메뉴판을 보자 지레 겁부터 먹었다. 천정부지의 와인 값이 걱정되었던 것이다. 메뉴를 펼치니 상상조차 할 수 없는 와인 1잔에 20만 원짜리 리스트도 보였는데 가장 저렴한 와인을 골랐다. 그리고 눈을 딱 감았다. 그리고 이 순간만은 통장 잔고와 다음 달 청구될 카드 대금은 걱정하지 않기로 마음먹었다.

조심스레 스타터로 로제 스파클링 와인을 시키고 이 지방 특유의 치즈로 만들어진 치즈 텀블링을 시켰는데 맛 또한 부드럽고 은은한 감칠맛을 풍겼다. 난 흥에 겨워 하루키의 『만약 우리의 언어가 위스키라고 한다면』 책에 나오는 내용을 흉내 내었다. '우리의 언어가 토스카나의 레드 와인이라면.' 하고….

참으로 오랜만에 기분 좋고 낭만이 가득한 점심을 오랫동안 음미하며 근사하게 즐겼다.

· 1시가 다 되자 사람들이 몰려들기 시작하며 와이너리는 절정을 맞는 듯했다.

이탈리아가 자랑하는 세기의 와이너리에서 맛본 감흥이 가득한 투어를 마치며 차마 빈손으로 갈 수가 없어 와인 숍에 들렀다. 특이하고 기품마저 넘쳐 보이는 와인 숍의 디자인과 셀 수 없이 가득한 와인의 향연에 감탄하였으며 문을 나서며 토스카나 지방에서만 나오는 와인 두 병을 손에 든 채 득템이라도 한 듯 마냥 즐거운 미소를 짓고 있었다.

말로 표현할 수 없는 와이너리의 풍광에 압도당하고 와인값에 기죽고 나도 모르게 와인과 자연스럽게 친해진 나의 모습에 놀란 하루였다.

# 이 지방 출신으로 축구공에 눈이 맞아 시력을 상실한 안드레아 보첼리의 「타임 투 세이 굿바이(Time to say good bye)」 들어 본다. 이제 토

스카나 지방을 떠나며 다음 여로로 향한다.


## 헤밍웨이의 단골집인 세계 10대 Bar에서


피아니스트 백혜선은 그의 책 『나는 좌절의 스페셜리스트입니다』에서 "이 열차는 종착역이 없습니다."라며 안온한 생활에 안주하는 것을 경계하였고 '여기가 종착역'이라면서 눌러앉지 말기를 당부하였다. 3일을 마음껏 즐기고 피렌체를 떠나니 이 글이 생각났다.

사실 이번 여행의 종착역은 베네치아이다. 오래전부터 베네치아에 있는 페기 구겐하임 미술관과 「Harry's bar」에 꼭 가 보고 싶어서 안달이 났었으니 실제적인 종착역이라 표현할 수 있겠다(굳이 최종 목적지를 집어넣으라 한다면 암스테르담의 미술관 투어다).

물의 도시 베네치아에 왔다. 물이 많이 줄었다고 하지만 15년 전과 비교해 별 차이 없어 보이고 수상 택시비만 3배 이상 오른 듯하다. 바닷물을 거르며 질주하는 보트에서 함성을 지르던 아내와 아이들 생각이 났다. 9분 걸리는 수상 택시비가 11만 원이어서 고민할 것도 없이 한참을 기다려 수상버스를 타고 호텔로 향했다. 물가가 이탈리아에서 최고 비싸다고 하더니 호텔에는 손님들이 바글바글했다. 종업원들과 관광객들 그리고 길거리 상인 중에 인도 사람들의 모습이 유난히 눈에 띈다.

짐을 풀자마자 허기도 잊은 채 그렇게 가고 싶어 하던 「Harry's bar」로 향했다. 100년의 역사를 자랑하는 세계 10대 바(Bar) 중의 하나이며 나의 우상인 헤밍웨이가 마티니를 즐기던 곳이고 우연히도 소설 『킬리만자로의 눈』 주인공 이름이 바로 Harry 아니던가? 바에 들어서자마자 1958년에 이 바를 들락거리던 당대 명사들의 모습이 담긴 우편엽서를 웨이터한테 받았다.

· 게리 쿠퍼, 페기 구겐하임, 조 디마지오(메릴린 먼로 두 번째 남편) 헤밍웨이의 모습 등을 익살스럽게 표현했다.

인터넷이 되지 않아 길을 물어물어 겨우 찾아간 곳인 「Harry's bar」

는 유명 음식점인 「치프리아노」와 같은 곳이었다. 바에 들어서니 음악은 전혀 틀리지 않고 작은 홀에서는 왁자지껄함이 가득했다.

헤밍웨이의 추종자인 내가 간절히 바라던 곳에 왔건만 이상하게 신이 나지 않았다 하얀 재킷을 유니폼으로 걸친 남녀 직원들의 불친절한 태도와 표현에 비위가 많이 상했다. 심사가 뒤틀려 마티니 대신 그가 미국 키웨스트에서 즐겼던 다이키리를 시켰고 다른 사이드 메뉴는 보란 듯이 생략했다. 상황을 봐서 마티니를 한 잔 더 시키고 싶었으나 이름을 알 수 없는 피로가 엄습해 빨리 돌아오고 싶었다.

동양인 하나 없는 곳에 중국 사람 같은 이방인이 혼자 와서 떡하니 버티고 있는 게 저들은 싫었을까? 그 바텐더의 태도에 기분이 상한 탓인지 꿈꾸던 「Harry's bar」 투어는 싱겁게 끝났다.

9시가 되니 성당의 종소리가 아홉 번 들렸다. 다른 것들은 다 변해도 시간 따라 울리는 종소리, 저것만은 변하지 않는가 보다.
돌아오는 길 저 건너 호텔의 불빛이 보인다.
심사가 사나워진 내 마음을 알았는지 아니면 사나운 봄바람 때문인지 곤돌라만 출렁거린다.

이름 모를 다리의 불빛 사이로 비추어진 조명만 어슴푸레 비추는데 영화 「미션 임파서블」의 주인공인 톰 크루즈가 물과 배와 골목길을 헤집고 다니며 종횡무진 활약한 장면이 떠오른다.

노천카페에는 사람들이 가득했고 불빛은 환하게 빛나고 있었으며 그들의 표정은 행복해 보였다. 자유와 낭만을 사랑하는 사람들은 정말로 밤을 즐기는 듯했다.

어디를 가도 나같이 혼자 있는 사람은 찾을 수가 없다. 그야말로 노마드이다. 호텔이 제공하는 스카이 보트를 타고 돌아오는 길에서도 싱글로 덩그러니 있는 사람은 단둘이었다. 배를 지키고 항해하는 캡틴과 나.

처칠 수상이 블랙 독(검은 개)이라 표현했던 우울감이 밀려오고 이름을 알 수 없는 고독이 엄습해 오니 흔들리는 배를 따라 내 마음도 흔들린다.

힘내야겠다. 누군가가 "Show must go on."이라 했거늘 여기서 포기할 수는 없지 않은가? 내일은 내일의 태양이 떠오를 것이다.

#「베네치아 야상곡」 들어 보며 검은 개 아닌 내 심복 심바를 떠올리며 위안한다.

—

미국 부호의 손녀인 미술 수집가이자 예술가 페기 구겐하임이 1949년 베네치아로 이주하여 원래 궁전이었던 이곳을 구입하고 작품들을 공개하면서 숨을 거둘 때까지 살았던 그녀의 집이자 영원한 안식처인 기념관에 왔다.

남몰래 계획했던 구겐하임 기념관 탐방을 부추긴 것은 노벨상의 주역, 아니 에르노가 쓴 소설에 나오는 문장과 앤 해서웨이와 앤서니 홉킨스 경이 출연한 영화 「아마겟돈 타임」에 나온 뉴욕에 있는 구겐하임 미

술관 장면이었다. 에르노가 쓴 정사 후 남겨진 현장을 사진과 글로 담은 자전적 소설 『사진의 용도』에서 아르노의 연인은 이렇게 적고 있었다.

"나는 당신을 베니스에 데려가고 싶어요." 나는 그녀에게서 나온 그토록 자연스러운 문장에 감동했다. 그때 나는 함께 여행하다 보면 당연히 그곳에서 서로를 유혹하게 될 것이라고 상상했었다. 우리는 그 이상이었다. 베니스에서는 한 침대를 나눠 썼다. (중략) 페기 구겐하임 미술관의 1층 가장 안쪽 전시실에 「붉은 탑」이 전시되어 있다.

베네치아의 기념관은 산 마르코 광장 근처의 가면이 가득한 상점들을 지나 이름 모를 좁은 골목길 안에 위치한 작은 집 같은 곳인데 정원에는 벚꽃 같은 생소한 꽃이 만발하고 있었다.
정원에는 자코메티의 「서 있는 여인」 등과 헨리 무어의 조각 몇 점이 널려 있었고 페기의 두 번째 남편 Max Ernst의 작품과 「여성의 걸음」이라는 작품도 보였다.

현장에서 확인한 구겐하임의 예술품 수집에 대한 열정과 예술에 대한 사랑은 말로 표현하기 힘들었는데 그녀가 잠들고 있는 곳에서 잠시 묵념하였다.

집 안의 전시장에는 피카소와 칸딘스키의 추상화 등 진기한 작품 등이 널려 있었는데 이번 장에서는 아래의 조각까지만 감상하고 끝을 맺겠다. 세계에서 가장 멋있는 남성을 표현한 조각이 기념관 뒤에 딱 버티고 있었다. 혹자는 교양 머리 없고 캐주얼한 표현이라고 말하겠지만 저 놈을 보고 부러워하지 않을 사람이 어디 있단 말인가? 더군다나 사시사철 저러고 있을 게 아닌가? 그런데 왜 작품 이름이 「천사의 도시」였을까?

한 여성이 주의 깊게 바라보고 있었다.

· Marino Marini, 「천사의 도시(The Angel of the city)」

# 이탈리아가 낳은 베르디의 오페라 「나부코」 중 「히브리 포로들의 합창」 들어 본다.

—

그제 저녁은 말로 형용하기 어려운 초콜릿의 달짝지근함과 부드러움과 적당한 아삭아삭함과 새콤달콤함이 혼합된 이 세상에서 가장 맛있는 디저트를 토스카나 와인과 함께 맛본 날이었다. 행여나 조금이라도 남아 있을까 봐 누룽지 먹듯 싹싹 긁어 먹었다.

일주일이 되어 가서 그런가, 오늘 아침은 어제와 다르게 늘 왕성한 식욕을 불러일으키던 풍성한 조식 뷔페도 싱겁고 시들해진다. 내일 새벽 일찍 암스테르담으로 출발해야 해서 뭍에 있는 호텔로 어제 짐을 옮겼다.

귀차니즘이 발동하여 그냥 방콕을 하려다 이러면 안 되지 싶어 주변을 산책했다. 사람을 기분 좋게 만드는 수영장의 색깔과 주변의 신선함이 나를 자극했다.

구름과 바다, 보기만 해도 기분 좋아지는 베네치아의 햇살과 자유로움 그리고 노천카페에서 들려오는 사람들의 담소에 와인 향이 담겨 있는 듯해 산 마르코로 향했다. 주말이라 그런지 사람들이 골목길을 누비고 있었다. 작은 공원엔 튤립이 잔뜩 피었고 다리에서 본 베네치아의 바다는 빛나고 풍요로웠다.

　발길이 향하는 곳으로 정처 없이 걷다가 모자 전문점이 보여 모자를 하나 고르고 이탈리아에서 마지막 여정이라고 생각하니 아쉬움이 많아 해산물 스파게티를 주문하며 베로나산 화이트 와인도 한 잔 시켰다. 베로나도 아담하고 고풍이 넘쳐 나는 아름다운 도시인데 오래된 원형 경기장이 생각났다. 마리아 칼라스가 원형 경기장인 아레나에서 공연에 성공하여 프리마돈나의 길이 열리고 단테가 피렌체에서 추방을 당해 간 곳도 베로나였다.

　걷다가 헤밍웨이가 즐겨 찾던 모히토가 생각나 장소를 옮겨 한잔하며 아쉬움을 달랬다. 앞에는 한 떼의 어린아이들과 몇몇 가족이 풍선 놀이를 하며 즐거운 인생을 향유하듯 주말을 만끽하고 있었다. 그들은 시간을 즐길 줄 아는 가족이었다.

그 가족들을 보자 온갖 유머로 가득 찼던 「인생은 아름다워」에서 귀도가 아들과 부인에게 보여 준 웃음과 사랑 그리고 자기를 희생하면서 끝까지 가족을 지키는 숭고한 가족애에 뭉클하던 생각이 난다.

호텔로 돌아와 소문으로만 듣던 Bellini 복숭아 와인을 맛보았다. 세상에, 별 희한한 주스 와인도 다 있다.


# 영화에서 나온 오펜바흐의 「호프만의 뱃노래」 들어 본다. 이 노래는 베네치아 극장에서 결혼 전 귀도와 부인인 도라가 같이 듣던 곡인데 유대인 수용소에 끌려온 귀도가 도라에게 자기가 살아 있다는 것을 알려 주기 위해 들려주는 곡이다.


## 기울어진 사탑 ___


세계의 불가사의인 피사의 사탑을 보기 위해 서둘렀다. 피렌체의 기차 안에서 만난 케이프타운에서 여행 온 중년 부부와의 유쾌한 잡담으로 인해 창밖을 바라보는 기차 여행의 묘미는 빼앗겼지만 낯선 여행자들이 갖는 동병상련의 즐거움이다.

피사의 아침은 을씨년스러울 정도로 쌀쌀했다. 이곳 학생들은 야외 수업이 많은지 지나가는 곳마다 왁자지껄한 학생들과 인솔하는 나이 지긋한 선생님들의 모습이 눈에 들어온다. 자연과 함께하는 교육과 배움이 입시 위주의 교실에 처박혀 있는 우리네 모습과 전혀 상반됨을 느낀다.

오래된 건물들과 골목길을 지났다. 대리석으로 만들어진 피사의 사탑은 예상대로 기울어져 있었고 세례를 위한 성당과 회백색의 특이한 두오모도 보인다.

남들이 하는 대로 기울어진 사탑을 바로 세우려는 포즈를 흉내 내었다. 사진을 보니 여태까지 나는 뒷머리가 텅 비어 있는지 모르고 앞머리만 커버하려고 애쓰는 소갈머리 없는 놈이었다. 사람은 뒷모습이 아름다워야 한다는데….

1154년에 지어진 성벽을 탐험하듯 걸었다. 성벽을 걷는 것은 크로아티아의 두브로브니크 이후 처음이다. 이곳 피사는 피렌체처럼 적벽돌색 집들이 눈에 띄고 사이프러스 나무의 푸르름이 가득하다. 길고 끝이 없는 듯한 잔디밭을 한적히 강아지를 데리고 산책하는 사람들에게서 평온함을 느낀다. 성벽을 혼자 걷는 방랑자는 오래된 도시의 성벽 위에서 유유자적하게 거닐며 고요함이 가득한 토스카나 지방의 자유로움과 한가로움에 빠져들었다.

걸으면서 염탐하듯 보니 성벽 옆에 있는 집 안의 구조와 널려 있는 빨래도 보인다. 언젠가 두브로브니크에 걸려 있는 빨래를 보며 자연과 함께하는 저들을 관찰한 적이 있는데 저들의 살림살이와 가재도구는 어떤지 호기심이 넘쳐 안으로 들어가 보고 싶은 욕망을 느낀다.

적벽돌과 노란색의 조화 속에서 평화롭게 사는 것처럼 보이는 이탈리아인들은 오래전에는 파시스트의 독재하에 전 세계를 지배하는 꿈을 가졌던 강국이었는데 금융 위기 속에서 휘청거리며 세계 강대국 순위에서 벗어난 지 오래며 이제 그들은 급속도로 성장하며 K-문화와 함께 세계 10위권의 경제 대국 안에 든 우리나라를 부러워하고 있는 것이다.

이리 세계의 역사가 뒤바뀌듯 우리네 인생도 돌고 도는 새옹지마는 아닐는지….

조영남 노래가 생각난다. "돌고 도는 물레방아 인생~"

# 원곡인 톰 존스의 「Proud Mary」 들어 본다.

언젠가 얘기했지만, KLM 항공사는 사방이 블루색으로 가득한 네덜란
드 항공 회사이다. Flying Blue라고 선전하며 온 천지에 물을 들인 듯 고
급스러우면서도 기품이 넘쳐 보이는 화사한 블루를 자랑한다.

　누구나 그렇듯 비행기를 타면 승무원의 모습부터 관찰한다.
　아마조네스 군단 같은 여인들의 유니폼부터 시작하여 비행기 로고,
좌석 등받이, 기내의 커튼과 식기 그리고 고객용 파우치까지 모두 블루
였다.

　나막신 모양의 후추와 소금 통, 크리스털 잔 그리고 꽃잎 같은 장식
의 스푼, 포크, 나이프와 차 스푼 등에서 오래된 고전미와 고급스러운
품격을 느낀다. 이것들은 요즘 세상에서 가장 뛰어난 네덜란드의 산업
디자이너 마르설 반더르스(Marcel Wanders)에 의해 디자인되었다고 소
개하고 있었다.

이런 디자인을 보니 한눈에 네덜란드가 어떤 나라인지 감을 잡고 무릎을 탁 쳤다(난 KLM 특파원이 아니다. 단지 전 국민 30%가 청어잡이였던 나라가 어떻게 동인도 회사를 세우고 조선업과 해운업의 왕국이 되었으며 오늘날 로테르담이 유럽 최고의 항만이 되었는지 상관관계를 이해하였다).

승무원들의 친절함과 밝은 모습이 기내를 환하게 밝혔고 미술 강국답게『피카소의 뮤즈들』이란 제목의 기내 매거진도 눈에 띄었다.

그동안 그냥 무심코 지나쳤던 것들에 대해 깨달았다. 어느 건축가가 말한 것처럼 "신은 디테일에 있다(God is in the details)." 이 조각품 같은 기내 식기 세트들에서 디테일을 보았다.

어느 항공 회사

난 비행기 안에서 그 디테일이라는 신께 감사드리지 않을 수 없었다. KLM이라는 회사뿐만 아니라 그들이 자랑하는 미술과 델프트, Blue를 더 알게 되었으니 말이다.

· 라운지가 너무 특이해 사진에 담아 보았다(3층이 모두 라운지이며 세계에서 가장 크고 넓은 아름다운 예술의 공간이다).

# 물의 나라이니 슈베르트의 「물 위에서 노래함」 들어 본다. 물결의 찰랑거림이 느껴지는 곡이다.

물의 도시 암스테르담에 대해 글을 쓰게 되어 그 어느 때보다 행복하다.

　공항에 도착하자마자 사달이 났다. 많은 공항을 접했지만, 공항 내 게이트 근처에 꽃을 파는 곳은 처음 본다. 형형색색의 튤립에 반해 사진을 찍다 핸드폰을 떨어트렸다. 그렇다. 여긴 바로 튤립의 나라이기도 하다.

　암스테르담은 현대의 모던함과 유서 깊은 고전미가 공존하는 도시이다. 시내 한가운데에 역사가 깃든 교회와 중앙역 그리고 현대식 건물들과 조형물 등이 서 있다. 바다 위에 건설된 도시답게 공간을 잘 활용한 몇 개의 스카이라인에서 수평과 수직의 멋진 조화가 엿보이고 호텔에서 바라본 해 질 녘 풍경은 근사했다.

　도시는 정돈된 듯 차분하고 깨끗했다. 많은 사람의 모습에서 「우유를 따르는 여인」이나 히딩크 감독의 여자 친구인 엘리자베스 같은 편안함과 풍요로움이 넘쳐 보였다. 반면에 네덜란드의 최대 도시이자 수도답게 세련미가 잔뜩 풍기는 도회지풍을 지닌 여인들과 신사들의 모습도 눈에 많이 띄었다.

　사람들은 바닷가의 벤치에서 책을 읽고 있었으며 담소를 나누고 있었다. 한편에서는 자전거가 사람보다 더 넘쳐 나는 분주함이 보였으나 사람들은 차분하면서도 즐겁게 인생을 향유하고 있는 듯이 보였고 어느 유럽 국가보다 더 시끌벅적한 카페의 분위기를 느낄 수 있었다(택시비가 워낙 비싸 자전거를 많이 이용하며 무료인 페리에 싣고 시내로 출퇴근을 한다).

식당과 호텔 곳곳에는 화려한 장식품들로 넘쳐 났고 벽난로는 불타고 있었으며 에일 맥주 맛은 상큼하고 시원했다.

몇십 년 전 해외여행이 자유롭지 못할 때 회사 사장님의 결재를 받아 꿈에 그리던 여권을 만들어 임원의 가방을 들고 시중들 듯 쫓아다니던 첫 번째 해외 출장지가 빈이었고 네덜란드였다.

그 시절 내가 생전 처음 보는 신기한 차량들과 오래된 도시의 느낌에 강렬한 인상을 받았고 활기 넘치는 이 선진국을 보며 '그래, 나도 반드시 해외 비즈니스의 꿈을 펼치리라.'라는 꿈을 가졌었다.

그 후 미국 회사에 전직하여 유럽 가전회사 Philips의 본거지이자 박지성이 활약한 에인트호번에 방문하며 그들의 기술 동향 등을 한국의 S와 L 그룹에 소개한 바도 있고 아내와 함께 안네 프랑크의 집을 같이 가보기도 한 낯설지 않은 곳이다. 그런데 지나간 몇 번의 여행은 족적은커녕 기억조차 남지 않은 여정이었다.

낯익지만 전혀 낯선 도시에서 핸드폰 도움 없이 캄캄한 3일을 지내며 아쉬울 때마다 네덜란드인에게 히딩크와 엘리자베스를 팔았다. 어퍼컷 세리머니로 깊이 각인된 히딩크 감독은 며칠 동안 나의 구원자였다.

화란인(和蘭人)들은 이방인에게 너무나 친절하였고 "낯선 사람을 환대하라. 그는 어쩌면 변장한 천사일지도 모른다."라는 말이 몸에 가장 자연스럽게 밴 서구인이었다.

난 엄청난 핸드폰 수리비를 치른 대신에 '친절'이라는 값비싼 경험을 배웠다. 어찌 태도뿐이랴. 이 기회에 '마음을 친절하게 여는 법'을 배워야 하는데 작심삼일이 될까 봐 걱정된다.

## 진주 귀걸이를 한 소녀

낮선 이방인은 용감함을 발휘하여 이정표를 보기보다 길을 물어물어 목적지로 향했다. 사람들은 귀찮을 정도로 친절했고 남녀노소 모두 영어에 능통했다. 무역으로 융성해진 나라답게 그들은 언어에 막힘이 없다. 왜 이리 친절하냐고 물었더니 원래 자기들은 그렇다고 한다.

「진주 귀걸이를 한 소녀」는 고풍스러운 고궁 같은 건물과 호수에 둘러싸인 마우리츠하위스 미술관(Mauritshuis)에 전시되어 있었다.
날씨는 겨울처럼 차가웠고 찬 바람이 불었으나 환상의 소녀를 만난다는 기대감에 잔뜩 부풀어 있었다. 그 소녀를 보고 더 섬세하고 부드러우며 디테일한 아날로그 감성을 접해 보리라!!!

네덜란드의 3대 미술관답게 17세기의 거장들, 페르메이르, 렘브란트, 안토니 반 다이크와 루벤스 등의 그림이 많이 걸려 있었다.
예상대로 그림 앞에는 사람들이 몰려 있었다. "오래 보아야 아름답다."라는 어느 시인의 글을 떠올리며 존재하지 않는 소녀를 그린 그림을 한참 동안 바라보았다.

잠시 후 옆편의 그림들에 많이 실망했다. 왜냐하면 그 방엔 AI가 많든 많은 진주 목걸이를 한 패러디가 많이 걸려 있던 것이다. 그것으로 나의 아날로그 회귀와 감성 수업은 끝이 났다.

청어를 중요시하게 생각하는 네덜란드에서 청어 그림이 없다니 한참을 찾다 드디어 발견했다(청어를 왜 중요하게 생각하는지 역사적으로 설명하면 길다. 네덜란드인의 30%가 청어잡이를 했다).

페르메이르의 고향 델프트에 있는 박물관의 초대형 그림에서도 군주와 귀족들은 랍스터와 청어를 놓고 파티를 즐기고 있었다.

관람을 마치고 나오려 하는데 그림을 보러 온 아이들에게 눈길이 갔다. 베네치아의 페기 구겐하임 기념관과 피렌체의 우피치에서도 보았던 낯익은 풍경이다. 문화를 사랑하는 나라엔 남녀노소가 없었고 예술에 대한 미래가 보였다. 책을 통해 역사를 배우고 그리 전파하는 우리와는 사뭇 다른 듯하다.

· 유럽 미술관 어디서나 흔하게 볼 수 있는
아이들의 현장 학습

진주 귀걸이를 한 소녀

디지털 현실에서 잠시 벗어나 아날로그의 섬세함을 느껴 보려던 하루. 허기에 지쳐 터벅터벅 걸어오는데 치킨 왕국의 간판이 나를 반겨 주고 있었다.

그렇다. 대한민국은 K-문화뿐만 아니라 치킨으로도 전 세계를 지배하고 있었다.

\# 무소르그스키의 「전람회의 그림」 중 「프롬나드」 들어 본다.


## 부모 돈으로 실컷 여행하라

페르메이르의 고향 델프트 가는 길, 기차 안 옆자리엔 중국 유학생 두 명이 앉았다. 이런저런 이야기를 하다가 『백세일기』의 김형석 교수님의 "공부하라, 여행하라, 그리고 사랑하라." 말씀이 생각나 북경에서 마드리드로 스페인어를 배우기 위해 유학을 왔다는 젊은이들에게 내가 해 준 말이다. "꼭 프라도 미술관에 가 보세요."

델프트에 있는 프리센호프 박물관에서 델프트 블루 도자기의 탄생과 페르메이르의 성장 과정을 살펴보고 그곳 델프트에서 스페인에 8년간 저항 운동으로 네덜란드의 국부로 추앙받는 윌리엄 1세에 관한 이야기와 관련된 그림들도 보았는데 그들도 조국을 수탈당한 슬픈 역사를 가진 민족이었다.

· 델프트 블루 도자기

　마지막 날은 네덜란드에서의 하이라이트인 반 고흐 미술관과 네덜란드 국립 미술관(고흐 미술관은 한 달 전에 이미 만원이었고 온라인으로만 예약받아 불가능했다)으로 향했는데 국립 미술관 앞의 정경은 평화로움이 가득했다.

· 평화로움이 넘치는 암스테르담 국립 미술관의 정경

· 암스테르담 술 파는 곳에서 마주친 고흐가 즐겨 마신
압생트. 92%짜리도 있는데 이 술 때문에 고흐가
환각에 빠져 그림을 그렸다는 설도 있다.

매번 집을 떠날 때마다 느끼는 것은 있지만 이번에도 그 잘난 '성장'
을 떠올린다. 『안나 카레니나』에서 지주 레빈은 풀베기를 하며 농부들
과의 벽을 없애고 무의식 상태에서 최고의 순간으로 몰입하며 시간의
흐름을 망각한다. 결국 그 시간 동안 자기가 하는 일을 잊어버리며 행복
한 시간으로 빠져들어 일이 저절로 되어감을 느낀다.

풀베기를 하면서 레빈이 노동의 행복한 순간을 맞듯이 미술관에서
긴 줄을 서도 불평 하나 없이 행복한 표정을 짓는 서구인들의 끊임없는
인내심을 보았다. 그리고 길 잃고 방황하는 낯선 자에게 친절하고 인자
한 마음으로 온정을 베풀며 소통하는 것도 몸소 느꼈다. 그네들 특유의
유머와 함께.

과연 "우리네 삶의 가장 큰 기쁨은 무엇이란 말인가?"

다시 한번 『백세일기』의 김형석 교수님 말씀을 떠올린다.
"공부하라, 여행하라, 그리고 사랑하라."

오늘 친절과 인내를 들먹거리며 글을 맺는 걸 보니 역시 나는 허풍쟁이다.

# 돈 맥클린의 「빈센트」 들어 본다.


## 피카소의 연인, 페르낭드 올리비에

햇빛이 찬란하게 온 누리를 비춘다. 황사는 강아지와 나의 루틴인 산책의 즐거움과 연산홍을 바라보는 봄날의 유희도 앗아 가니 틀림없는 불청객이다.

KLM 기내에 있는 매거진에 "무료이니 집에 갖고 가시오."라고 쓰여 있어 공개적으로 슬쩍했다. 가끔 기내 매거진을 보고 비행 중이나 집에서 미래의 가 볼 곳을 꿈꾸기도 하니 챙겨 올 만하다.

그 매거진에 피카소의 사망 50주기를 맞아 수록된 글을 번역하고 편집해 본다.

파블로 피카소는 종종 그의 뮤즈들과 요란한 관계를 가졌지만, 그들은 피카소의 경력의 핵심 단계에 중요한 영감을 주었다(그리스의 작가 카잔차키스가 그의 친구 조르바의 영향을 받아 소설을 쓴 것과 비슷한 연유인가 보다).

1901년 2월 17일, 21세의 스페인 예술가 찰스 카사헤마스는 파리의 카페에서 총으로 자살한다. 그의 가장 친한 친구이자 동료인 파블로 피카소는 바르셀로나와 파리를 오가며 생활하다 이 소식을 듣고 큰 충격을 받았다. 친구의 자살은 피카소에게 영감을 주고 대부분 파란색 팔레트로 일련의 그림을 만들어 피카소의 '청색 시대'를 시작하며 우울한 색채의 그림이 시작된다.

1904년 22세의 피카소는 몽마르트르의 바토 라브아르(le bateau lavoir)라는 건물에 정착하며 작업실을 만들었다. 비바람이 몰아치면 너무 많이 흔들리고 삐걱거리며 쪼그리고 앉을 수밖에 없어 '세탁소 보트(The Washhouse Boat)'라 별명 지어진 이 작업실은 어둡고 더러웠지만 많은 위대한 예술가와 작가의 거주지이자 만남의 장소였다.

거기서 22세의 모델 페르낭드 올리비에를 만나며 진정한 첫사랑을 찾았고 피카소가 「아비뇽의 처녀들」을 비롯한 자신의 가장 많은 작품을 만든 것은 그녀와 맺은 7년간의 관계 동안이었다.

올리비에와 함께하면서 피카소가 그림을 그린 방식에 얼마나 많은 힘의 사랑이 실리었는지 알 수 있다. 파란색 톤은 빨강, 주황 및 분홍색의 다른 색조로 바뀌었고 이 시대를 '장미 시대'로 분류하고 있는데 절망에 빠진 사람들을 그리기보다는 주로 쾌활한 서커스 공연자들인 광대 등을 그렸다. 한 여자와의 사랑이 그림의 색깔을 바꾼 것이다.

1907년 제작된 「아비뇽의 처녀들」을 실제로 보면 엄청난 크기의 대작에 놀라게 된다. 5명의 나체 여성을 묘사한 그림으로 아비뇽은 매춘업소로 유명한 바르셀로나의 거리를 말하며 올리비에는 나중에 다섯 명의 여성 중 한 명으로 포즈를 취했다고 인정했다.

# 신날새의 해금 연주로 「봄날은 간다」 들어 본다.

## 남성을 바친 파리넬리

바깥세상을 하염없이 내다보는 그 녀석의 모습을 보고 있노라면 생식을 박탈당하고 청춘을 거세당한 슬픈 동물의 고뇌가 느껴지는 듯해 연민(?)을 느낀다.
인위적으로 거세당한 우리 심바를 두고 하는 말인데 이젠 암컷이 주위를 서성거려도 '쿵쿵'거리며 냄새조차 확인하려는 기색도 없이 이성에 대한 그리움은 사라진 지 오래다.

여기에 목소리를 아름답게 내기 위해 자신의 남성을 거세한 청춘들이 있었다. 그 이름하여 카스트라토.

카스트라토란?
17~18세기에 특히 이탈리아의 나폴리에서 유행하던 풍습으로 소프라노 유지를 위해 변성기가 되기 전 남성 호르몬을 억제키 위해 거세된 성악가를 가리킨다. 후두는 소년 그대로지만 폐는 성인의 폐가 되기 때문에 강하고 팽팽한 울림, 특유의 음질, 매우 넓은 음역을 갖고 있다.

- 책 『카스트라토』 中에서

이 책은 거세된 남자 소프라노 가수의 운명을 살다가 성년의 나이에 은퇴한 마지막 카스트라토가 하이델베르크에서 여생을 보내면서 남긴 회상록이 독일의 한 낡은 성에서 발견된 것을 토대로 하여 쓰인 소설이다.

카스트라토로 가장 유명한 인물이 카를로 브로스키인데 영화로도 우리에게 널리 알려진 '파리넬리'라는 예명을 쓴 오페라 가수이다. 흔히 우리는 그를 두고 이리 말한다.
지상에서 가장 아름다운 목소리를 위해 '남성'을 바친 파리넬리.

가수로 이름이 알려지면 엄청난 부와 명예를 동시에 거머쥘 수 있어서 수많은 소년이 카스트라토가 되길 희망했으며 카스트라토로 변장한 여성들도 많았다. 헨델도 카스트라토들의 높은 출연료 때문에 재정난에 시달리는 시기가 있었다고 한다.

한때 이들을 키우는 전문적인 양성 기관이 생길 정도였지만 로마 교황이 비인간적인 행위라며 공식적으로 카스트라토를 금지하면서 오페라 무대에서 더 이상 그들을 볼 수 없게 된 지 오래다.

책에는 모차르트에 대한 이야기도 나오는데 그 당시도 최고의 선물은 금붙이나 은붙이였음을 알 수 있다. 카스트라토들이 황제로부터 받은 은으로 된 담뱃갑 이야기와 어린 모차르트가 황제로부터 선물을 받은 금십자가를 몸에 두른 장면도 책에 나온다.

카스트라토의 슬픔과 고민이 엿보이는 대목을 옮기며 글을 맺는다 (그들은 남성과 여성 모두의 성적 대상이었다).

청춘기를 영원히 빼앗겼다는 걸 느끼면서 내가 처음에 괴로워했던 건 사실이다. 나는 밤마다 침대에 얼굴을 묻고 눈물을 삼키곤 했다. 사람들 사이에 오가는 모욕적인 말들을 웃어 줄 수 있기까지에는 시간이 필요했다.

나폴리의 수천의 남자들, 이 지구상의 수백만의 남자들은 몇 달 후면 싫증으로 지치고 말, 키스와 애무를 여자에게 퍼붓는 게 마치 인생의 목적이라도 되는 것처럼 살고 있다. 그들을 흉내 내지 못하는 나는 따라서 얼마나 끔찍하게 불행한 남자인가? 성적 욕구의 결과가 허망할 뿐이라면 그런 의무에서 벗어난 나는 행복해야 할 것이 아닌가?

"남자는 의무적으로 한 여자와 사랑에 빠져야 한다고 생각하는 건 너무 상투적이야."라고 동 레몽도가 말했었다. 나를 위로하기 위해 그가 그런 말을 했을까?

추신: 음악을 들으면 카운터 테너란 소리를 종종 듣는데 이는 여성의 소리로 여겨져 온 높은 소리를 남성이 노래하는 것을 뜻한다. '카스트라토'와는 다르다.

# 헨델의 「리날도(울게 하소서)」 들어 본다.


## 어느 식당에 대하여 ___

보령(대천) 버스 터미널 근처에 밴댕이와 갈치조림을 전문으로 하는 허름한 식당이 있다. 짭조름한 밴댕이 조림의 맛이 일품일 뿐만 아니라 가게 사장님의 능숙한 가시 발라 주는 손놀림에 손님이 끊일 새가 없는 지역 맛집이어서 우리도 부모님 산소에 갈 때마다 들르는 단골 식당이다. 사실은 밴댕이 맛보다도 돌아가신 셋째 형님이 즐겨 찾았던 식당이기도 하여 형님의 생전의 모습을 그리워하며 기억하기 위해서 일부러 찾는 집인지도 모르겠다.

"또 오셨슈?"

"네, 사장님. 밴댕이 4인분, 갈치조림 4인분 주세요."

우리는 소주잔을 나누며 이런저런 지나간 일들과 형과의 추억 속에 젖어 눈시울을 붉히며 바다 내음이 가득한 갯것들을 탐닉하고는 했다.

그런데 이 식당에 최근 손님의 발걸음이 뚝 끊겼다.

최근 산소에 갔을 때 기사님과의 대화를 옮겨 본다.

"선생님, ○○식당으로 갑시다."

"네, 손님. 그런데 최근에 ○○식당 가보셨어요? 요즘 우리 기사들 그 식당 안 가유. 지금은 아들이 물려받아서 장사한 지 몇 달 되는데 그 전 주인과 비교하면 형편없어유."

"왜 주인이 안 하시는가요?"

"네, 뭐, 나이도 있고 아프다고도 하는데 주인 아들이 싸가지가 없고 돈 아끼느라 양념도 줄이고 해서 맛도 이제 예전만 못해유."

우리 형제자매들은 발길을 돌려 딴 곳으로 향했다. 또한 그런 곳에서 인정이 넘쳤던 형의 얼굴을 떠올리기도 싫었다. 암만 떠돌이들이 많은 해안가 여행지라고 하나 따뜻한 인심이 없고 인간미마저 없는 곳. 그런 곳은 왠지 모르게 가고 싶지 않은 것이다. 누구라도 그러하듯이….

인간미란 사람들이 가게를 계속 찾아오게 하도록 고생 속에 음식을 준비하고 정겹게 손님을 맞으며 따스하게 대하는 것. 글자 그대로 사람에 대한 사랑이며 정(情)이 아닐는지….

엊그제 어떤 글에 人間愛(인간애)에 대한 글을 읽고 불현듯 이 식당이 떠올라 써 보았다.
그러고 보니 다음 달부터 밴댕이 철이다.

# 따뜻한 곡 들어 본다. 차이콥스키의 현악 4중주 중 2악장 「안단테 칸타빌레」인데 천천히 노래하듯이 연주하라는 뜻이다.

## 착한 사람 콤플렉스 ＿

이전 글에 이어 또다시 밴댕이를 끄집어낸다. 밴댕이는 내장이 없는지 아니면 어디 숨었는지 보이지도 않아 나 같은 속 좁은 인간을 두고 '밴댕이 소갈딱지'라는 표현을 쓴다.

어떤 때는 커피 한잔 갖고 발끈해서 우락부락해지고 남이 어쩌다 실수라도 하면 눈 한번 질끈 감아 주지도 못한 채 끙끙 앓는다.

게다가 가운데 머리도 휑한 걸 보니 틀림없이 소갈머리 없는 게 맞다. 그리고 또 있다. '속 빈 강정'이란 소리도 많이 들었다. 쥐뿔도 없는 인간이 큰소리친다고 아내가 나를 두고 빗대어서 하는 말이었다.

늘 그렇듯 주말 신문을 대하면 맨 처음 펼쳐 보는 곳이 있다. 바로 백영옥의 「말과 글」이라는 제목으로 연재되는 칼럼이다. 내가 그녀의 글을 즐겨 읽는 이유는 에세이 『안녕, 나의 빨강머리 앤』을 읽고 나서부터다.

"엘리자가 말했어요! 세상은 생각대로 되지 않는다고. 하지만 생각대로 되지 않는다는 건 정말 멋져요. 생각지도 못했던 일이 일어나는걸요."

- 백영옥의 『빨강머리 앤이 하는 말』中에서

백영옥 소설가는 글이 안 써지고 사랑에 실패했을 때나 좌절에 빠졌을 때 『빨강 머리 앤』을 수십 번 읽고 용기를 내고 희망을 가졌다고 이 책에서 이렇게 이어 가고 있었다.

나는 '다시' 소설을 쓰기 시작했다. 나는 '다시' 책을 읽기 시작했다. 『안나 카레니나』와 『참을 수 없는 존재의 가벼움』, 『파우스트』, 『오만과 편견』 같은 내 인생의 책들을. 아무것도 하지 않으면 결국 어떤 일도 일어나지 않을 테니까. 이 빨강머리 소녀가 내게 말하는 것도 그것이었을 테니까. 어쩌면 이것은 더 이상 기적을 믿지 않는 시대에 일어난 지극히 개인적인 기적에 관한 이야기인지도 모르겠다. 그해 가을, 나는 소설가가 되었다. 이 책을 나의 빨강머리 앤에게 바친다.

- 백영옥의 『빨강머리 앤이 하는 말』中에서

나는 가끔 나 스스로 밴댕이 소갈딱지라고 느껴질 때 이 작가를 떠올리며 "세상일이란 다 그런 거지." 하며 셀프 위안을 하기도 하고 그를 따라 『오만과 편견』 등을 다시 펼쳐 보기도 하는 것이다.

지난 주말 기고한 글을 유심히 읽으면서 독자분들과 함께 나누고 싶은 대목이 있어 일부 문장을 아래에 옮겨 보았다.

내 친구는 어린 시절 잠자리와 오래 놀고 싶어 잠자리 몸통에 실을 묶어 날리다가 실을 놓쳐 버렸다. 놀다가 금세 날려 줄 생각이었지만 기회가 사라진 것이다. 그녀는 지금도 코발트블루를 싫어하는데, 긴 실을 몸통에 매달고 잠자리가 날아가던 하늘이 딱 그 색깔이었기 때문이다. 평생 몸통에 실 꼬리를 달고 살아야 하는 잠자리를 생각하면 그녀는 지금도 마음이 불편하다고 했다.

한 친구는 '팁'에 대해 이야기했다. 라오스의 한 호텔에서 자신을 위한 바닷가 만찬의 연주자에게 팁을 주지 못했다는 것이다. 수영복 차림이라 미처 지갑을 챙기지 못한 탓이었다. 그는 두 번이나 자신의 테이블에

와서 연주가 좋았는지 묻는 사내의 슬픈 눈빛을 잊을 수 없었다. 남루했던 사내의 아이들이 어쩌면 그날 저녁을 굶었을지도 모른다는 생각에 지금도 미안하다고 했다.

착한 사람들은 타인이 자신에게 잘못한 건 잊고 용서하지만, 본인이 잘못한 건 잊지 못하는 습성이 있다. 이들이 기억해야 할 건 하나다. 만약 용서하지 않고 실망과 분노를 담아 둔다면 어디에 담겠는가? 결국 자신의 몸과 마음에 담아 두는 것이다. 그러니 용서는 타인을 위한 것이기도 하지만, 자신을 위한 것이다. 착한 사람들은 그러므로 본인의 잘못도 꼭 용서해야 한다.

친구에게 내가 만난 애리조나 할머니 얘길 해 주었다. 연료가 떨어져 사막에서 오지도 가지도 못하던 내게 석유와 물을 기꺼이 나눠 주던 할머니가 식사를 대접하고 싶어 하던 내게 말하길, 앞으로 만날 곤란한 여행자에게 자신이 한 대로 베풀면 된다는 것이다. 길 잃은 죄책감이 방향을 옳게 틀면 염치가 되고, 친절이 된다. 내 친구들의 죄책감은 동물 복지를 위한 기부와 후한 팁으로 승화됐다.

이 글을 읽고 나 자신을 위해 용서할 것이 너무 많음을 느꼈다. 나에게 슬픈 눈빛을 보인 사람들이 어찌 한두 명이겠는가?

# 정경화의 연주로 바흐의 샤콘 「무반주 바이올린 파르티타 2번」을 들어 본다. 종종 이 세상에서 가장 슬픈 춤곡이라고 불린다.

## 미역국 타령

"1박 2일 양평 친구들 집들이에 갔다 올게."

"그래, 잘 놀다 오셔."

"미역국이라도 끓여 놓고 가지."

"술 드시나? 먹다 남은 거 있는데 그거 드셔."

아내가 집을 비웠다.

정년 퇴임 후 소일거리도 없는데 하고 싶은 거 다 하라고 내버려 둔지 2년이나 되었다.

요즘 우리는 묵시적인 합의를 해서 갈 곳을 묻지 않는다.

정 궁금하다고 생각할 거 같으면 대충 가르쳐 준다. 잘못하면 잔소리로 들릴 수 있어 최대한 마찰을 피하고 싶은 마음일 것이다.

난 그 틈을 이용, 친구들과 저녁 모임을 가졌다. 토스카나에서 가져온 와인도 따고 오래된 위스키도 맛보았다.

헤어지면서 이자카야에서 한잔 더했다.

동석한 친구가 일본통이어서 해석을 부탁했다.

"아빠, 오늘도 일하느라 고생했어. 늘 건강해."

이 말이 왜 이리 부럽던지….

오늘 아침 속은 거북하지 않았지만 그 미역국이 생각났다.

"음, 이건 속풀이용이 아닌데…. 그래, 만들어 먹자."

미역을 찾아 조금 불렸다. 그리고 지난번 산소에 갔다가 남은 명태도 잘게 부수었다. 참기름 넣고 달달 볶다가 물도 한 사발 붓고 펄펄 끓였다. 참치액젓을 두 술 넣었다. 마늘 다진 걸 찾으니 없다. 사실 미역국은 마늘을 안 넣는 게 더 좋다.

시중에서 파는 미역국과 비교해 보았다. 색깔부터 확연히 다른 게 공연히 웃음이 나왔다.

계란프라이 두 개와 미역국. 제법 근사한 해장이다.

오래전 아이들 급식 파동 때 도시락으로 새우튀김 만드느라 튀김옷 만들던 생각이 난다. 270도에 살짝만 담갔던가?

가끔 이리 혼자 하는 요리도 즐길 만하다. 그 잘난 미역국 갖고 요리라고 하다니….

# 가곡 「명태」 들어 본다.

## 선과 악에 대하여

며칠 전 "선하게 태어났으니 선하게 살아야겠죠."란 어떤 글을 보고 '아, 우리 인간의 대부분은 선과 악을 아직도 믿으며 최선을 다해 매일매일 살고 있다.'라고 생각했다. 가장 대표적인 선과 악이 공존하며 얽히고설킨 영화를 예로 들자면 「오징어 게임」인지도 모르겠다.

길거리에서 걸인을 마주치거나 눈먼 악사들을 보면 적선을 하느냐 마느냐 갈피를 못 잡고 고민한다. 길거리 행인들의 싸움을 보고 말려야 할지 말지, 골목길 학생들의 흡연에 본척만척 지나쳐야 할지….

우리는 주변에서 일어나는 일상의 크고 작은 것들에 고민하고 방황하며 가끔은 나 자신에 거짓과 기만의 악마가 숨어 있는 듯한 느낌을 갖기도 한다. 소설 속의 주인공처럼….

오늘은 위대한 고전을 예로 들어 우리 인간 본성의 모습과 갈등하는 장면을 살펴본다.

대표적인 것이 「실낙원(失樂園 Paradise Lost)」이다.

작가인 존 밀턴은 르네상스 시대의 선구자라 할 수 있는 단테와 비교하면 약 300년 정도 차이를 둔 르네상스 시대의 후기에 속한 작가라 할 수 있다. 「실낙원」은 영국 문학사 중 가장 위대한 작품으로 꼽히는 서

사시로서 구약성서 창세기를 바탕으로 아담과 하와(이브)의 잃어버린 낙원을 그렸다. 그는 음악에도 재주가 많았는데 페스트를 피해서 이 서사시를 쓰기 시작했으며 이 무렵 눈이 실명한 것으로 전해진다.

이 작품의 내용은 뱀으로 변장한 사탄의 유혹에 의해 타락한 아담과 이브가 에덴에서 쫓겨나는 것을 주제로 하고 있다. 즉, 신에게 거역하다가 지옥에 떨어진 사탄(악마)이 신에게 보복하려고, 에덴동산에 들어가 인간이 죄를 짓기 만들었으나, 신은 예수 그리스도를 보내어 인간의 죄를 보상하게 한다는 줄거리이다. 단테의 『신곡』이 그리스도교의 깊은 신앙에서 만들어졌듯이 이 작품도 종교적 색채가 책 전반에 걸쳐 깊이 배어 있었는데 사탄이 히브리어로 '적(敵)'을 뜻하는 것도 이 책을 통해 알게 되었다.

다른 한 편의 고전은 영혼을 담보로 악마 메피스토펠레스와 계약을 맺은 괴테의 희곡 『파우스트』이다.

"주님, 무슨 내기를 할까요? 당신이 허락해 주신다면, 그자를 내 길로 살짝 끌어들여, 당신에게서 빼앗아 보이겠습니다."

"그가 지상에 살고 있는 동안은, 자네가 무슨 짓을 해도, 나는 말리지 않겠다. 인간이란 노력하는 동안은 헤매게 마련이다."

존 밀턴도 「실낙원」에서 이리 말하고 있다.

"신은 지치지 않고 끝없이 방황하는 마음을 우리에게 주셨다."

『파우스트』에 나오는 내용과 유사하다.

이 두 권의 고전이 시사하는 바는 매우 크다. 즉, 우리 일생은 끊임없는 유혹이 난무하는 일상에서 살고 있으며 선과 악 사이에서 늘 헤매고 고전하기 마련인데 우리는 선으로 우클릭이 되도록 애쓰며 노력하고 있는 것이다.

"지옥에서 나와 빛에 이르는 길은 멀고도 어렵다(Long is the way and hard, that out of hell leads up to light)."라는 「실낙원」의 글을 인용하며 글을 맺는다.

# 악마의 이야기가 나왔으니 악마의 연주자라는 파가니니를 들추어 내지 않을 수 없다. 드라마 「모래시계」에 나와서 더욱 유명세를 탔으며 이 곡의 서두는 모 가수가 부른 「미안 미안해」와 너무 비슷한 「바이올린 소나타 6번」이다.

일리아드(Lliad)　　　　　　　　　　　　　　　　　　　　　　—

현존하는 인류 최초의 서사시라는 「일리아드」를 다시 꺼냈다.
오래전 영어 공부를 한답시고 산 책이지만 해석이 잘 안되고 아가멤논이나 아킬레우스와 트로이 전쟁을 일으킨 장본인인 파리스와 헬레나 그리고 트로이의 영웅 헥토르 등 특정 인물을 제외하고는 등장인물들의 이름이 너무 길고 외우기 힘들어 등한시했으면서도 생각나면 가끔씩 꺼내 보던 의미 있는 책으로 이제야 몇 자 적어 본다(트로이는 전설 속의 도시이지만 실제 존재했으며 현재 튀르키예에 속해 있다).

"여신이여, 펠레우스의 아들 아킬레우스의 슬픔을 노래하라."로 시작되는 「일리아드」는 「실낙원」과 함께 인간 본성을 다룬 서사시라고 최초의 SF 소설인 『프랑켄슈타인』에서는 아래와 같이 소개하고 있다.

"나는 그렇게 인간 본성의 근본 원칙들에 대한 진실을 담아내려 애쓰는 한편, 그 원칙들의 조합을 일신하는 데도 주저하지 않았다. 그리스의 비극 서사시 「일리아드」, 셰익스피어의 「템페스트」와 「한여름 밤의 꿈」 그리고 무엇보다 밀턴의 「실낙원」이 이러한 법칙을 충실히 따르고 있다."

「일리아드」에서는 그리스 연합군과 트로이군의 영웅인 아킬레우스와 헥토르에 대한 이야기에 중점을 두고 전개되는데 특히 발뒤꿈치에 있는 아킬레스건의 유래가 된 아킬레우스에 관해 몇 가지 옮겨 본다.

아킬레우스는 전리품으로 얻은 왕비를 노예로 삼았다. 그리스 연합군의 총사령관 격인 아가멤논이 이 노예를 가로채자 아킬레우스가 전쟁에 참여하지 않는데 그를 회유키 위해 아가멤논이 제시하는 선물 리스트는 방대하며 종목도 가지가지다.

"나는 막대한 보상금을 기꺼이 내겠소. 내가 제공할 수 있는 눈부신 선물들을 당신들 앞에서 전부 열거하겠소. 새로운 세발솥 7개, 황금 덩이 10개, 가마솥 20개, 12필의 말을 주겠소. 또한 천을 아름답게 짤 수 있는 여인 일곱 명을 주겠소.
훗날 신께서 프리아모스의 도성(트로이)을 함락하게 해 주신다면 전리품을 분배할 때 그의 배에 청동과 황금을 가득 싣게 하고, 헬레네 다음으로 아름다운 트로이의 여인 20명을 기꺼이 고르게 하겠고 우리가 고향으로 돌아가게 되면 나의 궁전에 있는 세 딸 중 한 명을 골라 결혼을 시키겠으며 지참금으로 풍요로운 도시 7개를 주겠소."

한편 신의 아들 아킬레우스는 그가 어릴 때부터 같이 자란 죽마고우인 친구 파트로클레스가 전사하자 장례를 치르면서 여러 가지 근대 올림픽 같은 경기를 준비시킨다. 이를 위해 자신의 배에서 가마솥과 세발솥, 말과 노새, 육중한 머리의 황소를 가져왔으며 아름다운 여인들도 데려왔다. 모두 장례 경기를 위한 상품들이었다.
아킬레우스는 경기 참가자에게 상을 나누어 준 다음, 여러 가지 다른 상을 내놓고 권투경기, 격투기, 달리기, 창던지기와 전차 경주 시합을 열어 친구의 죽음을 애도한다.

친한 친구를 잃고 분개하며 자신의 죽을 운명도 마다하지 않고 적들과 싸우는 영웅 아킬레우스와 마음속 두려움을 극복하고 신의 아들 아킬레우스와 맞서는 헥토르의 여러 심리를 묘사한 것, 여자들 두고 질투하는 인간들과 전쟁을 치르는 국가들을 서로 도우려는 신들끼리의 속임수 등 인물과 상황에 대한 섬세한 묘사 등은 3,000년 전에 상상으로만 만들어진 호메로스의 『오디세이』와 더불어 인류 최초의 소설이라고 칭송받을 만하다. 또한 제우스신이 전쟁에서 누가 이길지 저울질한다든지, 손님을 대접할 때 고기에다 소금을 뿌려 굽고 와인을 마신다는 표현 등은 고대의 서사시라고는 믿을 수 없을 정도로 현대와 비슷하다.

그들의 왕이나 다름없는 영웅의 장례식 때 평소 즐겨 하는 게임을 하며 상을 주고 추모하는 장례 문화는 하루키의 에세이 『만약 우리의 언어가 위스키라고 한다면』에 나오는 '그들이 즐겨 마시는 위스키를 마시며 고인을 애도하는 것'과 다를 바 없으며, 춤을 추고 노래하며 망자를 보내는 일부 국가의 장례 문화가 수긍이 가는 대목이다.

추신: 일리아드는 일리움의 노래라는 뜻인데 일리움은 트로이의 옛 지명이다.
우리가 요즘 우리가 마시는 사과 넥타 등 음료수인 넥타는 신들이 마시는 음료 넥타르(Nektar)에서 유래되었음을 알았다.

# 라흐마니노프 탄생 150주년에 즈음하여

요즘 음악 방송에서 가장 많이 들려오는 곡은 탄생 150주년을 맞은 라흐마니노프의 피아노곡이다. 한국인이 사랑하는 클래식 음악가로 손꼽히는 그는 차이콥스키와 함께 낭만주의 거장이라 불린다(라흐마니노프의 작품에서는 대선배인 차이콥스키로부터 직접 배운 적은 없지만 영향을 받은 흔적이 많이 보인다. 차이콥스키는 만년에 '내가 죽고 나서 러시아 음악의 길을 이어 갈 젊은 인재'로 라흐마니노프를 언급했다).

우크라이나 출신인 라흐마니노프는 지주 집안에서 태어나 어렸을 때부터 피아노를 익혔다. 그는 육중한 체구에 커다란 손을 가지고 있어서 피아노 치기에 천부적인 조건을 지녀 폭발적인 연주를 즐겼지만 신경이 너무 섬세하여 신경쇠약에 걸린 적도 있다.

교향곡 1번 초연 시 글라디노프가 지휘를 망쳐 초연이 실패하자 신경쇠약과 우울증에 걸려 3년 동안 칩거하였으나 정신의학자를 만나 최면과 긍정 암시요법으로 치료를 받으면서 두려움을 극복하며 마침내 유명한 「피아노 협주곡」을 완성했고, 이후 최고 작곡가로 자리매김하게 된다(초연이 실패하자 톨스토이가 라흐마니노프를 찾아와 위로했다고 전해진다. "인생이 다 그런 것이다."라며).

라흐마니노프의 작품은 차이콥스키의 전통을 충실히 지키려는 보수

적 경향이 강한 것이지만, 천재적인 피아니스트로서의 음악성을 강하게 내세워 풍부한 서정성의 색채와 함께 그의 음악의 매력이 되고 있다. 어느 작품이나 좋은 의미로서의 통속성을 가지고 있지만 특히 초기 작품에는 걸작이 많다.

그는 볼셰비키 혁명으로 미국에 망명하여 조국을 비판하기도 하였으며 만년에는 스탈린이 귀국을 종용하기도 하였으나 귀국을 실천하지 못한 채 미국에서 타계했다.
작년 반 클라이번 콩쿠르에서 임윤찬이 우승한 곡인 「피아노 협주곡 3번」은 미치지 않으면 칠 수 없다는 곡으로도 소개되기도 한다.

# 라흐마니노프의 「파가니니 주제에 의한 광시곡」 중 「18번 변주곡」 들어 본다.

부활을 알리는 축포 　　　　　　　　　　　　　　　—

축구 멀티 골로 찬란한 봄날을 맞은 주말 이야기다.
난 축구 마니아다. 경기장에서의 직관도 좋아하지만 직접 뛰는 걸 몹시 즐겨 한다. 축구라면 워낙 사족을 못 써서 그런지 경기 당일이면 아침부터 가슴이 설렌다.

나는 은퇴한 축구 선수 이동국을 무척 좋아한다. 그의 훤칠한 용모와 환상의 발리슛에 열광했으며 한때는 '대박이 아빠'로 출연한 인기 프로그램의 애청자였다. 불운과 부상의 악몽을 이기고 재기에 성공해 43살까지 스트라이커로 맹활약하며 명예의 전당에 헌액된 불굴의 의지에 감탄했던 것이다.

지난 주말 오랜만에 멀티 골이 작렬했다. 우리 팀의 간판 골잡이이며 부동의 원톱인 내가 그동안 한 골도 못 넣으며 넘버 10번의 위신에 먹칠을 하며 체면을 구겼다.

"너 골 맛본 지 오래되었지?"라는 동료들의 조롱 섞인 격려에 보란 듯 선제골에 이어 연거푸 3골을 넣으며 무려 4골을 기록 MOM으로 뽑혀 다음 주 결승전의 견인차 노릇을 했다.

"넌 역시 큰 게임에 강해.", "침몰하는 우리 배를 살렸어."라는 동료들의 덕담에 그제의 내 모습은 또 겸손을 잃은 채 으스대며 꼴불견이었겠지만 그날 밤 잠자리에서는 전광석화 같은 슛 장면들이 파노라마처럼 펼쳐지며 또 한 번 나를 흥분시켰다.

매년 4월과 5월 사이에 치르는 고등학교 동문 축구 대회에 사활을 걸고 뛴 지도 25년이 다 되었다. 동기들도 떼거지로 몰려와 프로 축구 관람하듯 마른침을 삼키며 열띤 응원전을 벌인다.

이때가 되면 만사를 제쳐 놓고 컨디션 조절에 심혈을 기울이고 잠깐 동안 술을 멀리하며 시합 당일 아침은 아주 간단히 하고 초콜릿으로 배를 채운 채 경기장으로 향한다.

마음의 부담감이 없고 가벼워질 때 기량이 나오는데 골 욕심을 버리니 골문이 열렸다. 골 가뭄에서 해소되니 자신감과 용기가 생긴다. 골프가 멘탈 게임이라더니 축구도 매한가지다.

내가 쓰는 이 잘나 빠진 짧은 글도 가볍고 부담 없는 마음으로 채워지길 바라며 이번 주 결승전서 좋은 컨디션을 유지하길 기대한다.

# 베르디의 오페라 「아이다」 중 「개선 행진곡」 들어 본다.

## 클레오파트라의 높은 코                                      _

지면에서는 다음 달 넷플릭스에서 신작으로 발표될 이집트의 전설적 여왕 클레오파트라 7세(기원전 69년~30년)를 다룬 다큐멘터리 「퀸 클레오파트라」의 주인공으로 흑인 배우가 캐스팅되자 논란이 거세지고 있다고 소개하고 있다.

클레오파트라에 대해서는 아무것도 모르고 오직 '코'에 대해서만 전해 들었던 내가 함부로 입을 열었다가는 큰코다칠 듯해서 이 틈에 클레오파트라의 높은 코에 대해 잠시 이야기한다(내가 본 카이로 사람들은 모로코인 같은 피부색이 약간 검은 사람들이 꽤 보였지만 넷플릭스 다큐멘터리를 제작하는 미국 배우 윌 스미스 정도의 피부색은 아닌 듯했다).

어려서부터 우리는 파스칼의 "클레오파트라의 코가 조금만 더 낮았어도 세계 형세는 완전히 달라졌을 것이다."라는 말을 많이 들었다. 그런데 『로마제국 쇠망사』를 쓴 에드워드 기번은 그의 저서에서 그녀의 코에 대해 아래와 같이 표현하고 있으니 아주 흥미로운 대목이 아닐 수 없다.

> 카이사르(시저)가 이집트를 정복하고 약 2년 만에 로마로 입성하여 최고 자리에 오른 후 클레오파트라를 로마로 불러 본부인이 마주 보는 강 건너편에 입주시키는데,
> "시저의 부인은 남편의 애인과 첫 대면을 했는데 클레오파트라의 코가 너무 높은 곳에 대해서 안도의 숨을 내쉬었다."라고 했다.

과연 누가 옳은 것인가? 파스칼일까, 기번일까? 예쁘장한 미인이라도 코가 높은 사람들을 별로라고 생각하는가?

이 책에서는 시저를 만날 당시 20세였던 클레오파트라를 손발이 가늘고 균형 잡힌 몸매였으며 독창적인 화장 기법으로 스스로를 장식한 금발의 여인으로 묘사하고 있다. 공동 정치가이자 남동생이고 남편인

프톨레마이오스 왕과는 7살 차이의 누이였는데 당시 순수 혈통을 이어 가기 위해 근친결혼을 했기 때문에 흑인 여왕은 어림없다고 학자들은 주장한다.

그런데 말이다. 다들 알다시피 클레오파트라는 셀프 멍석말이(?) 전문이다. 시저에게 접근할 때 둘둘 말린 양탄자에서 나오며 팔을 벌리면서 미소로 인사했고 그녀를 재판하러 온 안토니우스에게는 화려한 여왕의 배 안에서 유혹했으며 옥타비아누스에게는 알몸으로 향수를 뿌리고 접근했으나 퇴짜를 맞고 자살했으니 말이다.

고대의 젊은 여성치고는 엄청난 배짱을 가진 여장부임엔 틀림없다. 한편 클레오파트라보다 850년 전에 시바의 여왕은 지혜의 왕 솔로몬의 명성을 듣고 제 발로 솔로몬을 찾아왔으니 고대의 여인들은 영토를 지키기 위해 물불을 가리지 않았다(솔로몬의 후궁은 700명, 첩은 300명이었다고 구약성서에 나온다. 다들 국토를 넓히고 보존키 위한 정략결혼의 결과인 걸로 보아 클레오파트라의 미인계에 녹아든 것은 이해될 수 있겠다. 또한 시저에게 눈독을 들인 원로원 의원들의 부인은 한두 명이 아니었으니 여인 천국의 시대가 아니었는지도 모르겠다).

# 헨델의 오라토리오 「솔로몬」 중 「시바 여왕의 도착」 들어 본다.

추신: 로마사는 브루투스와 네로 황제 등 재미있는 이야기도 많지만 기사화된 부분만 골라서 요약했다.

# 각방 타령

각방을 쓴 지 3년이 다 되었다.

떡하니 안방의 침대를 독차지한 안방마님을 원망도 했지만 아들이 쓰던 침대에서 자유를 누리는데 방 크고 침대 넓은 게 무슨 대수겠는가?

이제는 한 침대에서 자는 것보다 떨어져서 자는 게 편하고 호텔이라도 가면 트윈 침대가 더 익숙해지니 문제다. 정말 문제인가? 서로에게 맞춰야 하는 노고를 생략하니 사실은 문제가 아니다.

각설하고 장가간 아들이 남겨 놓은 상자들을 정리하다 30년 전에 내가 사 주었던 배트맨의 자그맣고 앙증스러운 모습에 눈길이 갔다. 아직도 버리지 않고 가지고 있다니!! 장난감 선물을 보면 늘 기쁨의 표정이 가득했었던 어릴 적 아들 생각에 갑자기 울컥했다.

이 녀석, 아빠와의 추억이 저리도 남아 있었던가?

이 작은 배트맨 모습에 왠지 모를 미니멀리즘이 느껴지며 상자의 잡동사니들을 정리하려 했으나 버릴 수가 없었다. 누군가는 집 안을 정리할 때 설레지 않는 것은 몽땅 버리라고 했는데 가슴 설레지 않는 것이 없었던 것이다.

인형들을 꺼내 하나하나 닦아 선반에 두었다. 주위엔 아들이 쓰던 연필깎이, 태권도 하던 사진이 걸려 있다. 그리고 손주 낳으면 주려고 내가 항공사에서 선물로 받은 곰 인형도 보인다.

엊그제 집에 오더니 "손주를 안겨 드리려고 노력 중이다."라는 말에 "서두를 거 없다."라고 했지만 안도의 숨을 쉬었다.

근처에 왔다 들린 아들의 손에 들린 찹쌀떡 몇 개와 부추액. 다정다감함이 배어 있는 아들의 모습에서 어려운 세상을 헤쳐 나가는 안쓰러움과 의지의 모습도 함께 보이니 기특하다.

부지런히 모아 집도 빨리 장만하길 바라건만 가치와 취향을 중시하며 돈주머니를 여는 요즘 젊은 세대들을 누가 뭐라 하겠는가? 자린고비처럼 젊은 날을 살아온 우리가 어쩌면 미련했는지도 모르겠다.

대충 정리가 끝났다. 서 있는 인형들의 모습들에서 요즘 저런 인형 모으는 키덜트(키드+어덜트)들도 있다는데 우리를 안전하게 지켜 줄 근위병이라 생각하고. 우리 강아지에게 이리 속삭이듯 말했다.

"저 제군들이 우릴 지켜 줄 거야!!! 저게 바로 제군들이야."
그렇다. 집에 우리 심바 말고 보초가 더 늘었다.

# 장한나의 첼로 연주로 로시니의 「'모세' 주제에 의한 변주곡」 들어 본다. 「G 선상의 아리아」처럼 G 현에서만 연주하는 곡이다.

각방 타령

## 피카소를 통한 남성 심리학 분석

결혼한 두 명의 부인과 여섯 명의 연인 그리고 연인의 친구 등 셀 수 없이 스쳐 지나간 여인들을 가졌던 피카소. 그는 스스로를 황소라고 표현했다. 투우장에서 투우사를 향해 돌진해 나가는 황소의 지칠 줄 모르는 강인함과 끝없는 열정 그리고 여인에 대한 불타는 자신의 욕망을 황소에 빗대어 표현한 것이리라.

하기야 원시 시대부터 고대 그리스 문명을 거쳐 현재 미국 맨해튼의 월 스트리트의 치받친 뿔을 자랑하며 돌진하는 황소 동상에 이르기까지 인류는 소를 사랑했으며 황소는 힘의 상징이었다.

일전엔 피카소가 궁핍했던 시절 모델이었으며 연인이었던 페르낭드 올리비에 대해 이야기한 바 있다. 오늘은 그의 여성들에 관한 자세한 내용을 알아보자.

왜? 무엇 때문에? 피카소는 네 번째와 다섯 번째의 두 여인을 양다리 걸치며 만났는지 그 근원은 무엇인지 KLM 항공사의 기내 매거진의 기사를 토대로 알아본다. 내가 비록 청춘을 잃은 남자지만 흥미로운 대목이 아닐 수 없다.

먼저 아래와 같은 대목을 옮기며 시작한다.

"1935년 피카소가 마르를 만났을 적에 그는 창조적인 틀에 박혔다."

큐레이터인 로라 스탬프는 이리 말하고 있다.

"피카소는 매우 유명하고 부유한 예술가였고 상업적으로 성공했지만 새로운 예술적 충동이 필요했고 표현이 자유로웠던 도라 마르는 그러한 영감을 제공했다."

피카소는 두 여자를 동시에 좋아했으며 관계는 겹쳤다.

마리 테레제(네 번째 여인, 마리가 17살 때 피카소는 백화점에서 나오는 그를 낚아챔)는 다정하고 부드러웠고 도라 마르(다섯 번째 여인, 사진작가)는 지적이었기 때문이다.

피카소 전문가 카이저는 "피카소의 두 여성 초상화가 얼마나 다른지 놀랍다." "마리의 초상화는 평화롭고 균형 잡힌 반면 마르의 초상화는 관능적이고 드라마틱하다."라고 말했다.

피카소가 도라 마르를 만날 당시 그는 이미 마리 테레즈와 동거 중이었다. 마리는 멋진 미모와 완벽한 몸매의 소유자였으며 평화로운 모습을 지니고 있었다. 피카소는 황소처럼 욕정을 불태우며 마리와 자신의 모습을 그려 넣었다.

그러나 피카소는 지적이고 세련된 예술 감각을 가진 도라를 만나자 금방 그녀에게 사로잡혔고 그의 가장 유명한 그림 중 하나인 「게르니카(1937)」 작업을 시작했는데, 이 그림은 스페인 내전 중 스페인 바스크 지방의 한 마을인 게르니카 폭격에 대한 분노를 표현했다. "마르는 「게르니카」를 그리는 과정에서 그와 함께 있었고 그녀와 함께 그것을 포착했다."라면서 오직 그녀에게만 자신의 작업 과정을 촬영하도록 했다.

바흐와 헨델은 새로운 영감과 창의성의 부족으로 인한 스트레스를 엄청난 양의 음식으로 달래야 했다(헨델은 미혼이었고 바흐는 두 번째 부인의 자식을 포함 축구팀을 만들 정도의 아이들을 낳았다).

다시 말하면 위의 음악가들과 피카소는 창의성의 틀에서 빠져나오기 위해 엄청난 양의 음식과 여성들을 필요로 했다. 피카소는 여인들로부터 영감을 느꼈으며 그 영감은 그의 그림의 원천이며 근원이었다. 그것은 바로 마리의 육체였으며 도라의 지성과 날카로움이었던 것이다.

이제 나는 여기서 거꾸로 질문한다.
우리가 만약 피카소처럼 교착상태에 빠지고 삶이 무의미하다고 느낄 때 기가 막힌 뮤즈가 있으면 활력이 넘칠까?

# 비제의 오페라 「카르멘」 중 「투우사의 노래」 들어 본다.

5월이 바로 내일인데 요 며칠 봄바람은 꽤 거칠었다.

4월 30일의 튤립은 고결한 모습을 띤 채 피어 있다. 튤립은 저리 고귀한 척 서 있다가 절정에 다다르면 금방 꺾어지는 듯 수그러든다.

반면 장미는 거친 가시 속에서 자라나고 만개한 후에 생명력도 오래 간다. 그러고 보니 5월은 장미의 계절이던가?

1년에 한 번 다가오는 아마추어 족쟁이(축구를 하는 사람)들의 축제도 어제로 끝이 났다. 카니발이 끝난 후의 허전함이 마치 절정을 지난 튤립 같다. 떠들썩하고 왁자지껄한 응원의 열기도, 듣기 좋으라고 삼국지의 노익장을 과시하는 황충을 소환하는 어느 분의 덕담도 곧 잊히리라.

근로자의 날로 내일 쉴 생각을 하니 오늘 하루는 부담 없이 편하다. 뭐, 일할 것도 별로 없는 내가 근로자의 날을 들먹거리다니….

왠지 모를 허허로움에 단팥빵을 찾았다.

크림 70, 단팥 30의 비율로 된 크림 단팥빵의 맛에 녹아들며 커피계의 에르메스라는 밀라노 커피로 사치를 부리며 저녁을 보냈다. 밀라노에 저런 모닝커피가 있었나?

옆에 있는 이 녀석도 달콤한 맛을 느끼는 듯 사랑의 표시인 꼬리를 살랑거리며 혀를 날름거린다. 무언가를 먹고 싶다는 신호다.

저 꼬리 치는 친구는 어떻게 나를 알아볼까? 이미지일까? 특유의 주인 냄새일까? 사람들은 눈으로 서로를 알아보는데….

# 5월 1일, Bee Gees의 「First of May」 들어 본다. 가사가 서글프기만 하다.

"내가 어렸을 적에 크리스마스트리는 컸다. 시간이 지나서, 이제 우리는 크고 크리스마스트리는 작다."

이 노래를 들으니 더 늙으면 쪼그라들어 크리스마스트리보다 작아질까 겁난다.

## 고래 이야기

생애 두 번째로 고래에 관한 소설을 읽었다.

첫 번째 소설은 '백경(白鯨)'이란 이름으로 우리에게 널리 알려진 허먼 멜빌이 지은 『모비딕』이었다. 열정적인 성격이면서도 양심적이며 신중함을 가진 의리의 사나이인 1등 항해사 스타벅은 흰고래인 모비딕을 잡기 위해 선원들을 선동하는 에이허브 선장에 맞서려고 하지만 결국에는 배와 운명을 함께한다. 이 스타벅의 이름을 따서 스타벅스 커피가 탄생했는데 원래는 스타벅이 바이킹의 한 부족이라고 한다.

또 하나는 2004년에 출간된 책인데 최근에 와서 부커상 후보로 선정되며 19년 만에 매스컴에 재조명되며 각광을 받는 천명관의 장편소설 『고래』이다.

이 책을 고르면서 몇몇 분들이 생각났다.
영화 「고래사냥」에 출연했으며 국민 배우로 불리는 안성기이다.
몇 년 전 혈액암이 발병했고 지금은 거의 완치되었다지만 엊그제 지면에서 대하니 안성기다운 모습은 사라지고 병색의 노인이 서 있었다. 길거리를 지나가면 아무도 알아보지 못한다는 ROTC 한참 선배인 그분이 빨리 완쾌되어 그가 바라는 밝고 재미있는 영화로 대중 앞에 나서 주기 바란다. 그가 출연한 「라디오 스타」가 제일 기억에 남아 아래의 대사를 적어 본다.
"자기 혼자 빛나는 별은 없어. 별은 다 빛을 받아서 반사하는 거야."

두 번째는 「고래사냥」에 나오는 김수철이다. 학창 시절 인연이 있어 유명해지기 전 마주치면 "잘 지내니?"라고 인사하며 늘 눈인사를 게을리하지 않았던 그가 최근에 국악과 콜라보로 멋진 행보를 보이고 늦은 나이에도 정열적인 창작 활동을 하는 걸 보고 그 열정과 의지에 감탄했다.

마지막으로는 송창식의 「고래사냥」이다. 어쩌면 노래보다 작고하신 최인호 소설가의 작사가 더 멋들어진다.

"술 마시고 노래하고 춤을 춰봐도~ (중략) 자, 떠나자~ 동해 바다로~ 신화처럼 숨을 쉬는 고래 잡으러~"

책 첫 장을 펼치니 '춘희'라는 이름이 눈에 띈다 "그녀가 태어날 때 7kg을 넘었고 열네 살이 되기 전에 100kg을 넘었다."라니 저자에게 욕된 표현일지 모르겠지만 인간 산맥이 아니고 무엇이랴??? 그리고 춘희라는 주인공 이름이 우리에게 익숙한 「라 트라비아타」 동백꽃 여인이 춘희가 아니던가??

『두 도시 이야기』 같은 고전이나 이민진의 『파친코』의 첫 문장처럼 명문장은 아니지만 독자를 흥미 있는 세상으로 유도하기 충분한 문장이다.

사실 이 책을 고른 이유는 영어로 출판된 소설이라는 것 때문이다. 얼마 전 지면에서 이 책을 영문으로 번역한 작가가 이 소설을 읽으면서 낄낄 웃을 때도 많았다고 했는데(어떤 대목들이 낄낄대고 웃게 하는지 대충 짐작은 간다. 영어로 만든 소설도 주문했지만 이런 디테일의 진수를 느끼지 못하는 게 내 수준이니)….

과연 그랬다. 그는 시대를 넘나드는 풍자와 유머를 섞어 가며 정치인들이 "소설 쓰시네."라고 표현하듯 정말 상상을 초월하는 이야기를 풀어냈고 나도 정신없이 웃은 대목이 한두 곳이 아니다. 게다가 무슨 법칙이 그리 많은지…. 자연의 법칙, 세상의 법칙, 남녀의 법칙 등…. 세상에 떠도는 이야기를 매혹적으로 그려 낸 작가에게 갈채를 보낸다.

맨 마지막 에필로그에 나오는 벙어리 벽돌공 춘희와 점보(코끼리)의 대화에 눈시울이 뜨거워졌다.

"우린 어떻게 되는 거지?"

"우린 사라지는 거야, 영원히. 하지만 두려워하지 마. 네가 나를 기억했듯이 누군가 너를 기억한다면 그것은 존재하는 것과 마찬가지니까."

현대문학의 걸작이라고 예찬받으며 시대를 넘어가는 복수의 이야기가 고래처럼 빠르고 치밀하고 원시적으로 전개되며 독자를 웃게 만드는 이 소설이 부커상을 수상하기를 간절히 바란다.

노동절의 하루는 책 속에 파묻힌 채 그리 지나갔다.

# 멘델스존의 연주회용 서곡인 「핑갈의 동굴」 들어 본다. 초반의 연주는 귀에 익은 곡이며 멘델스존이 스코틀랜드 바닷가 핑갈의 동굴을 보고 압도되어 작곡했다고 전해지는 곡이다.

# 혼밥 좋아하는 남자의 혼자 가는 미술관
_

나는 어쩌다 한 번은 혼밥을 좋아한다.

이 나이에 혼밥을 좋아한다고 하면 "청승맞게 웬일이야?"라고 말씀하시는 분도 계시겠지만 직장 다니던 아내 덕분에 가끔 한 번씩 혼밥은 물론이고 찬밥도 마다하지 않았다(혼자 밥 먹는 사람을 '이상하다.'라고 생각하는 사람을 나는 이상하게 본다).

한때는 TV 프로그램 「고독한 미식가」의 주인공이 혼밥을 하는 모습을 정신 줄을 놓고 시청한 적도 있다. 혼자서 바깥에서 밥을 먹는 날엔 꼭 다른 메뉴로 1인분 더 시켜 이것저것 맛본다.

적당한 게 안 보이면 무조건 시키는 게 있다.

"이모, 계란찜 1인분 추가요!!!"

이것이 혼밥 외식의 법칙이다.

우스갯소리로 시작했지만 나는 혼자서 하는 것을 즐기는 체질인지도 모른다.

제일 즐거운 것은 나 혼자만의 여행 계획을 짜는 것이다.

여기 갈까 저기 갈까 혼자 궁리하고 있노라면 신이 나며 시간 가는 줄도 모른다.

타지에서 처음 보는 낯선 타인들과 어울리는 것이 내게는 무척 자연스럽고 좋은 경험들을 안겨 준다.

전시회나 음악회 공연도 홀로 가면 즐거움이 배가 되고 나 혼자만의 도취에 풍덩 빠져 희열을 느낀다.

어제도 혼자만의 세계에 빠져 에드워드 호퍼의 전시회장을 찾았다. 그렇다. 모든 미술관은 MA로 끝이 난다. SOMA, SOFMA, MoMA 등.

그리고 여지없이 입장 전에 달달한 당근 케이크와 아이스 라테로 혼자만의 허허로움을 달랜다. 오래전부터 보고 싶은 화가의 그림이어서 뉴욕 휘트니 미술관에서 꼭 보려고 했는데 서울에서 보게 되었으니 복이 넝쿨째 굴러 들어온 셈이다.

"내게 가장 중요한 것은 계속되어 간다는 느낌입니다. 여행을 하고 있을 때 사물들이 얼마나 아름답게 보이는지, 당신도 잘 알겠지요."라는 호퍼가 남긴 구절에 나의 미술과 그림 그리는 것에 대한 무지함을 한탄했다. 내가 여행하면서 보고 느낀 것을 기억에 담아 상상력을 더해 스케치북에 그려 낼 수 있으면 좋으련만, 그림은 정말 젬병이다.

호퍼는 도시의 고독을 사랑한 작가로 도시의 풍경 등을 잘 그렸다고 알려져 있다. 지면에 소개된 그의 그림과 휘트니 미술관 관장의 글을 옮기며 글을 맺는다.

"끊임없이 변하는 도시에서 잠시 멈추고 싶은 마음, 그것이 지금도 에드워드 호퍼가 사랑받는 이유일 겁니다."

부인인 조세핀 호퍼를 모델로 한 「햇빛 속의 여인」은 그의 대표 작품으로 그녀는 대학 동창이며 같은 화가였다.

· 「햇빛 속의 여인」, 1961, 출처: 조간신문

그런데 말이다. 혼자 하는 것을 즐기는 나는 바깥을 빙빙 돌며 소극적인 아웃사이더인가? 아니면 적극적이며 네트워크의 중심에 있는 트렌디한 인싸(인사이더)인가?

권투에서 말하는 치고 빠지는 아웃 파이터가 저돌적으로 무조건 덤비는 인파이터보다 더 스마트하다는 생각이 드는 걸 보니 인싸와 아싸의 중간쯤이 아닐까?

# 영화 「분노의 주먹(Raging Bull, 성난 황소)」의 OST인 마스카니의 오페라 「카발레리아 루스티카나」 중 간주곡 들어 본다.

나는 손재주가 빵점이다. 세밀한 손놀림이 요구되는 그림을 그린다거나 나무 조각에 무엇을 새긴다든지 하는 손동작은 굼벵이처럼 느릿느릿하고 꼬물꼬물한 게 답답하기만 하다(어찌 손놀림뿐이랴? 어떤 분들은 내 말이 느려 터진다고도 한다).

그림 이야기만 나오면 그만 주눅이 든다. 중·고등학교 땐 미술 시간이 정말 싫었다. 중학교 때 미술 선생님은 신경질적으로 생긴 남자 선생님이셨는데 내가 그린 수채화엔 푸른색만 가득했다. 솔직히 표현하면 물감과 붓을 살 돈으로 라면을 사 먹은 탓에 돈이 부족해 한 가지 색만을 고집했는지도 모른다.

고등학교 1학년 때는 친구의 조각을 빌려서 냈다가 미술 선생님께 들켜 단체로 혼쭐이 난 적도 있는데(중학교 때 음악은 여자 선생님이 가르치셔서 그랬는지 몇 분간 들려주는 음악 감상 시간에 꽤 집중해서 들었던 기억이 난다) 그 사건을 끝으로 그림 그리기와는 담을 쌓고 살았고 열등감 속에 묻혀 지냈다.

내 실력은 엊그제 읽은 소설 『고래』의 주인공 춘희가 그린 개망초 같은 단순한 그림조차 흉내도 못 낸다. 춘희 엄마 금복이가 그린 아래 같은 고래 그림은 더욱더 어렵다.

그래서 그런지 요즘은 권지안(예명 솔비)같이 글을 쓰고 그림도 그려 내며 흥과 끼를 발산하는 다재다능한 작가를 무척 부러워한다. 물론 그녀의 소신대로 산다는 삶과 세상을 긍정적인 시각으로, 다양하게 바라보는 시선도 포함해서 말이다.

반면에 ○○○ 가수는 그림도 잘 그려 가끔 전시회도 연다고 하지만 왠지 모르게 따스한 인간미가 없어 보임에 그가 TV에 나오면 채널을 돌린다. 더군다나 남을 시켜 만든 대작은 아니올시다이다.

세월이 흘러 시간적 여유가 생기니 '가끔가다 그림 연습을 해 볼까?'라는 욕구가 생기기도 했다. 그렇다고 이 나이에 미술 학원 문을 두드리며 "저 그림 배우러 왔어요."라고 하는 건 어림도 없을뿐더러 용기도 나지 않는다. 문방구에서 물감 써서 따라 그리는 셀프 연습도 생각하였으나 그것 또한 만만치 않은 일이다.

지난번 피렌체의 다리 근처에서 본 거침없는 손놀림으로 스케치하는 사람들의 모습에선 경외감마저 느껴졌다.
여정의 가운데 길 위에서 본 수많은 사람과 스쳐 지나간 이름 모를 다리들, 어느 강변의 저녁노을, 아마존강의 빨간 돌고래 등 이런 모습들을 기억하고 담아 놓지 못함에 아쉬움이 가득하다. 한 폭의 그림에 담긴 열정과 움직임들은 순간의 움직임을 포착한 사진보다 더 숭고한 건지도 모르겠다.

엊그제 미술관에서 본 화가의 그림들과 MZ 세대의 문화에 대한 폭발적인 관심과 내 형편없는 손재주를 한탄하며 짧은 글을 쓰다.

# 손놀림이 기가 막힌 헨리의 「차르다시(Csardas)」 들어 본다.

## 3남매의 자연 휴양림 여행 _

갓 피어난 5월의 아카시아꽃이 다발로 달려 있다.
동요 '동구 밖 과수원 길~'의 가사처럼 향긋한 꽃냄새가 실바람과 어우러진 듯 싱그럽다. 휴양림에서 본 오후 5시의 탁 트인 하늘은 맑고 밝았다. 자연의 정기를 흡입하듯 힘껏 공기를 들이마셨다.

3남매가 양평의 산음 자연 휴양림에 그제 오후 짐을 풀었다.
"막내는 몸만 와."라는 누나들의 배려가 막내의 특권인 양 당연한 듯 빈손으로 따라나섰다. 숲의 대부분이 잣나무와 소나무로 빼곡히 채워져 조화를 이루며 장관을 연출한다. 오랜만에 맛보는 피톤치드와 음이온에 잔뜩 취했다. 가끔가다 흙을 파헤친 멧돼지의 흔적이 있음을 보니 두메산골임이 틀림없다.

저녁 시간이 되자 향긋한 미나리와 부추전이 노릇노릇 익고 있었다. 취나물무침과 두릅과 쌈 등 각종 야채, 그리고 돼지 목살과 두부가 더해진 시골 된장의 맛에 싱글 몰트와 막걸리가 흥을 돋우며 향연은 무르익었다. 예외 없이 이어지는 가부장적 아버지와 현모양처 엄마 이야기, 그리고 탐닉이라도 하듯 임영웅에 푹 빠진 누나들에 대한 매형들의 유쾌한 성토에 두메산골의 밤은 깊어 갔다.

외지에서의 불편한 잠자리에 다소 뻐근했던 몸들은 계란프라이와 육개장의 산뜻한 아침으로 유연해진 듯 상쾌했다.

물 흐르는 소리와 안녕을 기원하는 작은 돌무덤 인형, 야생 곤충학자라는 분이 가르쳐 준 아주 작은 방구벌레의 모습에서 왠지 모를 자연의 섭리를 느낀다.

돌아오는 길, 한국에서 제일 크다는 스타벅스에서 아이스 라테와 달달한 케이크를 탐닉하며 남한강의 정취에 잠깐 빠져들었다. 집에 돌아와 피곤한 몸을 잠시 눕히고 오페라 갈라 콘서트장으로 향했다.

오페라의 시작을 알리는 「카르멘 서곡」은 댕댕이를 산책시키지 못한 걱정과 세상의 모든 근심도 잊게 하며 나를 격정 속으로 몰아넣었다. 첫 번째 무대에 선 유혹적인 빨간 드레스를 입은 메조소프라노 최승현의 「하바네라」는 늘 그렇듯 넋을 잃게 만든다. 하바네라 뜻이 '사랑은 자유로운 새'였던가?

갈라쇼는 「투란도트」의 「네슨 도르마(Nessun Dorma, 아무도 잠들지 마라)」로 피날레를 장식했는데 네슨 도르마는 특히 마지막 부분의 가사 Vincero(승리 하리라)로 관중들에게 깊은 감동과 여운을 선사한다.

우리 가족들과 독자분 등 많은 분이 승리하길 바란다. Vincero!!!!

## 모든 개는 이유가 있다

『개의 목적(A Dog's Purpose)』이란 제목에 호기심이 가득해 집어들은 책이 나를 울리고 슬프게 만든다. 내가 작년에 본 어느 한 편의 개에 관한 영화보다 더 눈물짓게 한다.

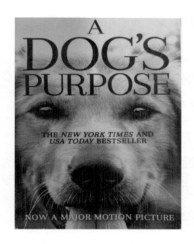

알고 보니 국내에도 「베일리 어게인」이란 영화로 개봉된 적이 있다. 난 이 영화 보기를 포기했다. 눈물범벅이 되어 끝까지 못 볼 것임을 뻔히 알고 있기 때문이다(베일리는 강쥐 이름이다).

"세상에 나쁜 개는 없다. 나쁜 인간만 있을 뿐, 오직 사랑만을 필요로 한단다."가 바로 이 책에서 나온 말이다.

나(책의 화자)는 처음에 야생 강아지로 시작된다. 몇 주 후, 나와 형제자매 3남매는 엄마 개의 간호 아래 주변의 숲을 탐험하기 위해 굴 밖으로 나왔다가 사람들에게 잡혀간다. 개들은 세노라라고 부르는 온화한 할머니의 인도 아래 수십 마리의 버려진 개들이 사는 야드(유기견 보호소)라는 곳에 도착한다. 나는 세노라에 의해 '토비'라 이름 지어지고 새 생활에 적응한다. 얼마 지나지 않아 열악한 위생 및 복지 조건으로 인해 해당 장소는 폐쇄되고 토비의 형제자매를 비롯한 모든 개는 안락사된다.

죽어 가면서 토비는 이런 생각을 한다.

어둡고 조용한 잠에 빠져들기 시작하면서 생각했습니다. 엄마와 미친 듯이 뛰어다니는 것, 세노라가 쓰다듬어 주는 것 그리고 여자 친구 코코와 야드가 생각났습니다.

뜻하지 않게, 주인인 세노라에게서 느꼈던 슬픔이 나를 휩쓸었고, 나는 그녀에게 다가가서 그녀의 손바닥을 핥고 그녀를 다시 행복하게 해 주고 싶었습니다. 내가 한 모든 일 중에서 주인 세노라를 웃게 만든 것은 가장 중요한 것이었습니다. 주인을 웃게 만드는 것이 나의 목적이었다고 생각했습니다.

토비는 골든레트리버인 베일리란 이름으로 환생하고 베일리가 두 번 더 환생했을 때 기적적으로 옛 주인을 만난다. 주인인 에탄이 늙어 뇌졸중으로 죽어 가면서 모습을 달리하여 환생한 베일리를 알아보는데 에탄의 임종을 지키며 베일리가 이렇게 표현한다.

좋은 개의 역할은 궁극적으로 주인과 함께 있고 그들의 삶이 어떤 길을 가더라도 주인의 곁을 지키는 것입니다. 지금 내가 할 수 있는 일은 주인에게 위로를 주는 것뿐입니다. 그가 이 세상을 떠날 때 그는 혼자가 아니라 세상 무엇보다 그를 사랑하는 개에 의해 보살핌을 받았다는 확신을 주는 것뿐이었습니다.

약하고 떨리는 그의 손이 내 목 위의 털을 만졌습니다. "나는 네가 그리울 거야." 에탄이 내게 말했습니다. 나는 그의 얼굴에 내 얼굴을 대고 그의 숨결을 느꼈고 그가 나에게 시선을 집중하려고 애쓰는 동안 그의 얼굴을 부드럽게 핥았습니다. 그는 이제 눈을 감았습니다. 나는 그의 개였고 그는 나의 소년이었습니다.

나는 그가 소년 시절 처음 만났을 때와 바로 지금, 그의 마지막 순간, 그리고 그 사이의 모든 함께했던 시간을 기억하면서 내가 있는 곳에 충실히 머물렀습니다. 그가 떠나 잠시 후 깊은 슬픔은 곧 찾아오겠지만, 매 순간 내가 느낀 것은 대부분 평안이었고, 내가 살아온 방식으로 내 삶을 살았기 때문에 모든 것이 이 순간에 이르렀다는 확신이 있었습니다. 나는 내 목적을 달성했습니다.


죽어 가면서도 오로지 주인만을 생각하고 죽어 가는 주인의 곁을 지키는 여러분들의 문지기이자 충복인 댕댕이와 냥이. 그들은 우리에게 위안을 주고 기쁨을 선사하기 위해 우리 곁에 존재하는 것이다.


# 쇼팽의 「강아지 왈츠」를 랑랑의 연주로 들어 본다.

아버지는 고복수의 「짝사랑」을 구성지게 잘 부르셨다. 숨이 차셨는지 가사가 끊어질 듯 말 듯 이어지며 자연스럽고 어딘가 한스러웠다.

"아~ 으악새 슬피 우니 가을인가요. 지나친 그 세월이 나를 울립니다. 여울에 아롱 젖은 이즈러진 조각달, 강물도 출렁출렁 목이 멥니다."

어쩌다 술 한잔을 하시는 날, 동구 밖에 들어서시면 어김없이 동네방네 떠나갈 듯 큰 소리로 이 노래를 부르셨다. 그날따라 당신 어머니(할머니) 생각이 나신 걸까?
멀리서도 이 노래를 용케 들으시던 엄마는 나를 채근하셨다.
"그렇게 있지 말고 얼른 가서 모시고 와."

그런 기분 좋은 날엔 아버지의 손엔 늘 건빵 봉지가 들려 있었다. 빈손의 무표정한 모습으로 오실 때가 많았는데 복덕방의 부동산 매매가 없어 돈벌이가 시원치 않았던 까닭이다.

며느리발톱이 보기 싫다며 늘 버선을 신으셨던 엄마는 버선발로 아버지를 부축하며 "당신 웬 술을 이렇게 많이 드셨어요?" 하시며 늦게라도 밥상을 차리셨다.

그 후 오랜 시간이 흘러, 나도 아버지의 구성진 노랫소리를 흉내 내며 한때는 노래방에서 「짝사랑」과 「충청도 아줌마」 등을 불러 대기도 했는데 그때가 언제인지 가물가물하다. 이렇게 아버지가 좋아하는 노래마저 잊게 만드니 세월의 흐름은 참으로 야속하기만 하다.

엊그제 동창들과 술 한잔 걸치고 집에 오다 갑자기 아버지를 흉내 내듯 아파트 맨 밑 화단 옆에서 창피한 줄 모르고 우리 댕댕이 이름을 크게 불러 댔다. "심바야!! 심바야!!" 저 친구도 주인의 심정을 아는지 컹컹 짖어 댄다.

아버지가 돌아가신 지 30년이 지난 요즘에서야 왜 아버지가 멀리서부터 큰 소리로 노래를 부르셨는지 알 수 있었다. 그것은 할머니에 대한 그리움과 동시에 "나 집 근처에 다 왔으니 걱정 말라."라는 어머니를 안심시키는 가장만의 남모르는 신호였던 것이다.

그러고 보니 오늘이 어버이날이다. 카네이션을 달아 드리면 수줍음을 타시면서도 좋아하시던 어머니가 떠오르는 날이다.

# "나실 제 괴로움 다 잊으시고~"로 시작하는 「어머님 은혜」 들어 본다.
부모님 회갑 때 형제들이 종로의 태화관에서 환갑잔치를 했는데 「어머님 은혜」를 부르며 가족들이 전부 눈물을 흘렸던 기억이 난다.

모든 아버님, 어머님께 축복이 가득하길….

· 어머니 미수연(88세) 기념. 관광버스를 대절해도 될 대가족이다.

## 나는 수포자였다

지난 1주일 내내 날씨는 흐렸고 주말마다 비가 내렸다.

찬란하게 빛나는 5월은 어제 어버이날 하루밖에 없었다.

5월이 되자 계절에 대한 온갖 찬사와 시구절이 넘쳐 난다. 남들이 으뜸으로 인용하는 시인은 "오월은 금방 찬물로 세수를…"의 금아 피천득

님이요, 두 번째는 '축복의 서정시'를 쓴다는 이해인 수녀님의 「5월의 시」일 것이다.

나는 그 많은 5월의 시 중 무엇보다도 "창밖은 오월인데 너는 미적분을 풀고 있다."라는 금아의 이 시구에 눈이 멈추며 지난날을 돌아보게 한다. 파스칼의 미적분을 돌출해 낸 시인은 딸인 서영이를 염두에 두었을 것이다(우리 나이에 서영이를 모른다면 간첩인지도 모른다. 간첩이란 표현은 정말 내 나이에나 어울릴 진부하기 짝이 없는 표현이다). 그분의 딸에 대한 사랑은 평범하며 귀족적이고 단순하면서도 우아하다. 예를 들면 내가 이전 글들에 썼던 아래의 글을 보면 딸에 대한 무한하고 섬세한 사랑이 이리 단순하고 명료하게 표현된다.

"눈 잠깐만 감아 봐요. 아빠가 안아 줄게. 자, 눈 떠!"

한편 금아가 들추어낸 미적분과 복잡하고 골치 아픈 방정식은 테두리가 노란 『수학의 정석』을 연상케 하며 내가 수포자(수학을 포기한 사람)였음을 고백하게 한다. 비슷한 제목인 『공통 수학의 정석』이라는 것도 있었다. 우리는 여드름이 가득했던 그 청춘을 까까머리와 단발머리가 빼곡한 그 학원에서 보냈다. 그 시절 누구나 다 그러했듯이.

나같이 머리가 아둔한 사람과 응용력 없는 사람들이 잘하는 달달 외워야 하는 영어나 국사, 국어에는 제법 자신이 있었다.
난 머리를 쥐어뜯어야 할 정도로 복잡한 수학이 싫었고 지긋지긋해서 결국 수포자의 길을 택했다. 교양 과목이었던 수학은 F 학점의 천재

못지않아서 부족한 학점을 때우러 여름 학기를 다녀야 했다.

어찌 그러고 공대생이라 할 수 있었겠는가? 그 시절 나는 수학 못하고 양자역학 원서를 옆구리에 끼고 다니며 폼만 잡는 엉터리 공대생이었다.

시대의 지성, 이어령 교수님이 "청년아, 수포자는 되지 마라. 미래는 알고리즘이 지배하는 시대, 내일은 없어도 미래는 있다."라고 하셨는데 좀 더 일찍 말씀해 주셨다면 내 인생은 조금 뒤바뀌어 제2의 허준이, 교수가 되었을지 누가 알겠는가?

돌풍을 일으킨 영화 「작업의 정석」이 바로 『수학의 정석』을 본떠서 만들었다고 하면 사족이며 허풍일 것이다. 딴 분들께는 모르지만 지금 나에게는 유치원생들이 쓰는 덧셈, 뺄셈과 간단한 한 자릿수의 곱셈만을 필요로 한다.

아무짝에도 쓸모없는 그 『수학의 정석』을 배우느라 땀 냄새조차 싱그러웠던 5월의 봄날들을 잃어버렸던 까까머리 시절을 떠올리며 이 푸른 계절 5월에 끄적거린다.

# 크라이슬러의 「사랑의 기쁨」 들어 본다.

어제 음악 방송에서 나오는 쇼팽의 「왈츠 7번」을 들었다.

이 곡을 들으면 남녀 두 명이 속삭이듯 다정함이 넘치는 모습과 동적인 우아함이 어우러지는 장면들을 연상케 하는데 쇼팽이 죽기 2년 전 몸과 마음이 심약할 때 작곡했다는 아름다운 선율에 천재 작곡가에 대한 무한한 경외심마저 든다.

> "여러분, 모자를 벗으세요. 천재예요."
> "이건 뭔가 제대로 된 작품인데.
> 쇼팽이라니. 들어본 적이 없는 이름이야.
> 누굴까. 어쨌거나 천재야."

· 슈만의 저서 『음악과 음악가: 낭만시대의
한가운데서』 中에서

한편 「왈츠 10번」은 영화 「연인」의 OST로 잘 알려진 곡인데 무너지듯 오열하는 소녀의 모습에서 사랑의 애잔함과 쓸쓸함을 느낄 수 있다. 쇼팽이 19살에 음악원 동기생과의 짝사랑에 실패한 후 작곡한 곡으로 쇼팽은 이 곡을 발표하지 말라고 유언을 남겼지만 누이동생이 세상에 내놓았다.

「이별의 왈츠」는 폴란드에 있는 쇼팽의 약혼녀 마리아 보진스키가 파리에서 활동 중이던 쇼팽에게 파혼을 선언하자 이별의 아쉬움을 달래며 마리아에게 헌정한 곡이다.

내가 제일 좋아하면서도 슬퍼하는 곡은 영화 「번지점프를 하다」에 나오는 쇼스타코비치의 「버라이어티 오케스트라를 위한 모음곡」 중 2번째 왈츠곡이다.

대중에게 널리 알려진 이 곡에 슬픔을 느끼는 이유는 "남자는 왼발이 앞으로, 여자는 오른발이 뒤로."라는 영화 속 대사를 남기며 유명을 달리한 이은주 때문이다.

쇼스타코비치의 왈츠는 유쾌함과 쓸쓸함이 공존하는 곡이다.


## 글로 쓰지 않는 생각은 날아간다     —


"저는 글을 잘(?) 쓸 줄 모릅니다."

글쓰기 모임에서 어떤 분의 고백 같은 문장을 읽으니 빙그레 웃음이 나왔다. 첫 번째 웃은 이유는 단순한 독백 같은 첫 문단으로 우리 독자들을 사로잡으며 의사소통을 시작한 것이요, 두 번째는 꼬리를 내린 그분의 문장에서 나의 모습을 보았기 때문이다. 프로가 아닌 이상 그분이나 나나 서툴기 짝이 없으니 우리 모두 쌤쌤이다.

　사실 많은 사람이 글을 쓴다. 어떤 사람은 일기를, 또 다른 사람은 낙서를 즐기며 혹자는 글을 마음속에 담아 놓지만 단지 바깥에 내놓지 않을 뿐이다. 처음을 어떻게 무슨 주제로 시작하느냐가 글을 쓸 때의 문제일 것이다. 그것은 낯선 남녀가 처음 만나 '무슨 이야기를 꺼내야 할까?' 고민하는 것과 같을지도 모른다.

　여기에 나만의 글을 쓰는 엉터리 법칙이 있다.
　나는 생각날 때마다 수시로 메모를 한다. 핸드폰이 있으니 메모할 수 있는 기능은 수없이 많다. 시간이 없으면 잃어버릴세라 스피커를 통해 말을 녹음하는 기능도 이용한다.

　주로 생각이 많이 떠오를 때는 매일 운동하기 전 넋 놓고 앉아 있는, 이십 분의 반신욕을 할 때이며 맑은 기운이 넘치는 새벽녘이다.
　반신욕을 끝내면 생각났던 것들을 핸드폰 습작 노트에 대충 옮긴다. 어떤 때는 생각이 날아갈까 봐 급히 적느라 물기도 말리지 않아 다른 사람들의 눈총이나 핀잔을 받기 일쑤다.

　가끔가다 독자의 성향 파악도 필요하다.
　어떤 분은 "이미 독자들이 글의 성향을 아는데 그냥 다 쓰고 싶은 대로 쓰시라."라고 하지만 잘못하면 정제되지 않는 글이나 허리 아래 등의 원색적인 표현 등으로 큰코다칠 수 있어 아직은 아니라고 자제한다.

또한 짧은 가방끈이나 나의 개인 성향 등을 고려해 잘 모르는 철학이나 사상이 담긴 내용 등은 회피하고 겉절이 무치듯 살짝만 담근다. 잘못하다간 밑천이 떨어져 낭패 보기 십상이기 때문이다.

그리고 '무슨 주제로 시작할까?' 고민되면 남의 글을 보고 연상의 기법(?)을 동원하기도 한다.

예를 들면 K이다. K는 카프카의 『성(城)』에 나오는 주인공 이름이며 이 K는 도스토옙스키의 『죄와 벌』의 K 다리, 『죄와 벌』하면 도끼와 계단, 계단 하면 멘델스존의 180년 된 계단과 호퍼가 그린 양탄자 있는 계단 그리고 책을 도끼로 비유한 카프카로 다시 돌아가게 된다. 카프카를 통해 희망을 서술한 시시포스의 신화와 축구 선수였던 카뮈를 거쳐 그의 고향인 알제리를 생각한다. 알제리는 아랍풍의 곡과 아랍을 여행했던 작곡가 생상스와 그의 곡 「삼손과 델릴라」 오페라를 떠올리며 마리아 칼라스와 그녀의 고향인 그리스인들의 코와 생김새를 연상한다. 물론 선박왕 오나시스와의 파경과 우정까지 말이다.

또한 카프카는 하루키의 『해변의 카프카』를 떠올리게 하고 『상실의 시대』와 자살 그러면 또다시 『기사단장 죽이기』와 배경인 모차르트의 「돈 조반니」에 이르기까지…. 이리 연상을 거듭하면 그중 한두 개는 소재와 줄거리의 스토리 텔링을 만들 수 있을지 모른다.

그리고 가끔 지면을 통해 나오는 名문장을 기록해 놓는다면 궁할 때나 막힐 때 하늘에서 내려온 동아줄처럼 요긴하게 쓸 수도 있다.

제일 중요한 게 있다. 흰쌀밥만 좋아하면 그것만 고집해서 먹을 수 있게 되니 잡곡밥이 나와도 가리지 말고 무엇이든 반복적으로 계속 소화해야 한다. 그것은 일종의 리추얼이며 의식 행위이고 반복의 법칙이다.

글 실력이 쌤쌤이라면서 으스대는 듯 법칙을 나열하며 교만을 한참 떨어 송구하다. 나의 이런 엉터리 법칙들이 글쓰기를 갈망하는 분들에게 아주 조금은 유효하길 바라며 새로운 분들의 글로 넘쳐 나길 기대해 본다. 노벨상 수상자 아니 에르노는 "글쓰기는 과거가 아니다. 현재이며 미래다."라고 하지 않았는가?

최인아 글방 대표의 글을 옮기며 맺는다.

## 글로 쓰지 않는 생각은 날아간다

30년 가까이 다니던 회사를 퇴직하고 아침부터 밤까지 온종일 혼자의 시간을 보내며 새삼 알아차린 게 있다. 혼자 있기 좋아하는 나도 사회적 동물이며 같이 놀 사람이 절대적으로 필요하다는 것, 사회적 존재들은 다른 존재와 연결되지 않으면 외롭다는 것. 이때 글쓰기야말로 외로움을 다루는 매우 지혜로운 방법임을 여러 작가들로부터 듣는다. 안쪽의 생각을 글로 써 꺼내 보였는데 좋다 해 주는 이를 만나면 외롭고 불안했던 마음이 환해지는 거다. 그러므로 나는 얼마 전 어느 기업과 진행한 글쓰기 클래스의 타이틀에 이렇게 적었다. 글 쓰는 사람은 외롭지 않다고. 훗날 다시 후회하지 않기 위해, 또 내 안의 생각들을 더 이상 가

뭇없이 떠나보내지 않기 위해 꼭꼭 글로 써야겠다. 외롭기 쉬운 계절, 당신도 무엇이든 써 보면 좋겠다.

# 마스네의 오페라 「타이스」 중 간주곡인 「명상곡(Meditation)」 들어 본다. 글이 막힐 때 들을 만한 곡이다.